Der Käfer

Thomas Hesse, Jahrgang 1953, lebt in Wesel, ist gelernter Germanist und Kommunikationswissenschaftler und war lange Zeit in leitender Funktion bei der Rheinischen Post am Niederrhein tätig. Heute ist er freier Autor und Publizist.

Renate Wirth, Jahrgang 1957, lebt in Xanten und arbeitet im therapeutischen Bereich als Heilpädagogin und Gestalttherapeutin.

THOMAS HESSE / RENATE WIRTH

Der Käfer

NIEDERRHEIN KRIMI

emons:

Bibliografische Information der Deutschen Nationalbibliothek
Die Deutsche Nationalbibliothek verzeichnet diese Publikation
in der Deutschen Nationalbibliografie; detaillierte bibliografische
Daten sind im Internet über http://dnb.d-nb.de abrufbar.

© Emons Verlag GmbH
Alle Rechte vorbehalten
Umschlagmotiv: photocase.com/Farbspritzer
Umschlaggestaltung: Tobias Doetsch
Gestaltung Innenteil: César Satz & Grafik GmbH, Köln
Lektorat: Hilla Czinczoll
Druck und Bindung: CPI – Clausen & Bosse, Leck
Printed in Germany 2015
ISBN 978-3-95451-553-0
Niederrhein Krimi
Originalausgabe

Unser Newsletter informiert Sie
regelmäßig über Neues von emons:
Kostenlos bestellen unter
www.emons-verlag.de

www.der-krimi-hesse.de
Facebook: der-krimi-hesse.de

Schicksalsschläge lassen sich ertragen –
sie kommen von außen, sind zufällig.
Aber durch eigene Schuld leiden –
das ist der Stachel des Lebens.

Oscar Wilde

EINS

Der alte VW Bulli, dessen helles Türkis an heute längst renovierte Badezimmer aus den 1960ern erinnerte, leuchtete in der Mittagssonne. Gleichmäßig schnurrte der Motor, hinter der Frontscheibe saßen zwei ältere Männer in weißen T-Shirts und blauen Overalls. Der Grauhaarige hinter dem Steuer pfiff eine alte Schlagermelodie, die er am Morgen auf seinem Oldiesender gehört hatte. »Ein Freund, ein guter Freund, das ist das Beste, was es gibt auf der Welt« aus dem Film »Die Drei von der Tankstelle«, einer seiner Lieblingsstreifen aus guter alter Zeit. Sein Beifahrer hielt eine Brötchentüte auf dem Schoß, zwischen ihnen auf der durchgehenden Sitzbank standen in einem ausrangierten Fahrradkorb drei Kaffeebecher »to go«, wie es heutzutage hieß, wenn man etwas mitnahm, statt es vor Ort zu verzehren.

Nach der morgendlichen Plackerei, dem Entsorgen einer Fuhre Sperrmüll, die sie in unterschiedliche Container verteilt hatten, lockte auf dem Rückweg vom Wertstoffhof der Stadt Wesel nun eine Frühstückspause an ihrem aktuellen Einsatzort. Alfons Mackedei lenkte den Transporter die Schermbecker Landstraße entlang in Richtung Op de Hei, dem geschichten- und skandalumwobenen Trabantenviertel der Stadt. Sein Beifahrer drehte sich um, wollte erkunden, was hinter seinem Rücken so scheppernde Geräusche von sich gab. Er entdeckte als Ursache leere Bananenkisten. Heinz-Hermann Trüttgen schüttelte den Kopf.

»Wir hätten die alten Kisten gleich dalassen sollen, stattdessen rumpeln die jetzt durch den Laderaum.«

»Lass nur, die werden wir in den nächsten Tagen gut gebrauchen können, denke an den ganzen Kleinkram aus der Küche, und der Wohnzimmerschrank ist auch noch nicht ausgeräumt.«

Der Kaffeeduft waberte gemeinsam mit dem würzigen Aroma der frisch belegten Brötchen unwiderstehlich durch das Innere des Fahrzeugs, während Trüttgen die Tüte fester umklammerte und versonnen aus dem Seitenfenster blickte. In einiger Entfernung kam die Silhouette der Bausünde aus den frühen Sechzigern in Sicht, drei sternförmig zueinander ausgerichtete, lang gezogene Hochhäuser. Die dem Ortsteil Obrighoven zugewandten Häuser waren acht bis zehn Stockwerke hoch, das Gebäude hinter den rechteckigen Kästen mit zwölf Etagen ein wahrer Koloss aus Beton und Fenstern.

»Hoffentlich hat unser Spargeltarzan angefangen, den Balkon zu räumen, sonst esse ich sein Brötchen diesmal höchstpersönlich vor seinen Augen auf. Der Kerl ist so faul geworden in letzter Zeit.«

Alfons Mackedei musste unweigerlich grinsen. »Arbeit, die mit körperlicher Anstrengung verbunden ist, hat Gesthuysen noch nie erfunden, das weißt du doch. Dafür pflegt er unsere Internetseite und druckt Flyer. Man muss die Menschen bei ihren Stärken abholen, statt ihre Schwächen zu monieren.«

Trüttgen verdrehte die Augen. »Jawohl, Herr Generaldirektor. Du hängst immer noch deiner Firma nach. Bist noch nicht im Ruhestand angekommen, richtig?«

»Würde ich sonst mit euch zusammen durch den Kreis tuckern, Wohnungen auflösen, Kleinreparaturen durchführen und seit Neuestem auch noch als Lese-Opa in einer Kindertagesstätte arbeiten? Für dich ist doch ebenfalls die Zeit noch nicht gekommen, um ruhig im Sessel zu sitzen und zu beobachten, wie das Wasser den Rhein runterfließt.«

Trüttgen stimmte mit leichtem Nicken zu, während die Ampel auf Grün sprang und sie sich als Linksabbieger dem Gebäudekomplex unaufhaltsam näherten. »Und trotzdem! Wenn Gesthuysen innerhalb der letzten Stunde nichts geschafft hat, kriegt er auch kein Brötchen.«

Vorbei an den Zufahrten zu den beiden Häusern, die zu einem Großteil aus Eigentumswohnungen bestanden, fuhr Mackedei zu dem umgrenzten Parkplatz vor dem höchsten der Blöcke und setzte den Wagen rückwärts in die Zufahrt zum Haus. Der Hausmeister hatte am Morgen die Poller vor dem Eingang entfernt, sodass sie das einzuladende Inventar nicht über den Vorplatz schleppen mussten.

Trüttgen hielt die Tüte und nahm einen Kaffeebecher mit, Mackedei griff sich die anderen beiden. Auf dem Weg zum Eingang bemerkten sie eine Ansammlung von Menschen auf der von Maulwurfshügeln durchsetzten verwilderten Wiese. Um dem Betrachter ein freundliches Ambiente vorzugaukeln, hatte man hier zur Auflockerung der Anlage, einzeln und sparsam, immergrüne Bäume gesetzt.

Trüttgen wies auf die bunt zusammengewürfelte Gruppe. Einige ältere Männer und dazwischen drei Jugendliche standen gemeinsam auf der niederrheinischen Version von Rasenfläche, vom schlecht gepflasterten Seitenweg aus holperte eine Frau in einem Elektrorollstuhl auf den Pulk zu.

»Da, guck, die haben nichts Besseres zu tun, als hier herumzulungern. Typisch.«

»Nein, nein, da lungert keiner einfach so herum, die schauen sich an, was da in einer der oberen Etagen passiert.«

Mackedei folgte der Blickrichtung der meisten Anwesenden. Sie hatten die Köpfe weit in den Nacken gelegt und sahen die Fassade empor. Schon schritt er mit den Kaffeebechern in den Händen auf die Gruppe zu. Die beiden Jugendlichen hielten ihre Smartphones in die Höhe, um das Ereignis aufzunehmen, und feuerten irgendjemanden lauthals an.

»Nu mach schon, du Loser. Spring endlich!«

Mackedei gab sich entsetzt. »Was macht ihr denn da, das könnt ihr nicht einfach hochbrüllen, hinterher fällt uns hier jemand vor die Füße!«

»Soll er doch, wir twittern das, und am Abend kann man den auf 'nem Privatsender fliegen sehen, is doch geil.«

Trüttgen, der seinem Kompagnon nachgeeilt war, stieß Mackedei mit einem Ellbogen an. »Schau mal nach oben, ich glaube, da tut sich was Übles in der zehnten Etage.«

»In der zehnten? Du meinst …?«

Trüttgen nickte matt, gemeinsam schauten sie in die Höhe.

Mackedei ließ seinen Kopf umgehend wieder sinken. »Ich bin zu alt für solche Verrenkungen. Was geschieht da oben?«

»Irgendwas bewegt sich auf dem Balkon, die Brüstung ist hoch und blickdicht, man sieht, dass etwas Großes, Wuchtiges darüberliegt oder -hängt und sich verdächtig in Richtung Abgrund bewegt.«

Einer der anwesenden älteren Männer in brauner Stoffhose und Hemd mit kurzen Ärmeln formte mit seinen Händen einen Trichter vor dem Mund und erhob sein dünnes Stimmchen. »Tun Sie es nicht, so seien Sie doch vernünftig!«

Ein zweiter Alter, agil, mit spinnendürren Beinchen in Sportschuhen und Shorts, wies in die Höhe. »Sag mal, das ist doch der Balkon vom Appartement der alten Wallenboom, die vor vier Wochen gestorben ist. Wird da schon geräumt?«

»Nee, ich glaub eher, dass da jemand vor einer Kurzschlussreaktion bewahrt werden muss.« »Auch er bemühte sich um Gehör in schwindelerregender Höhe. »Lassen Sie das, und gehen Sie von der Brüstung weg!«

Eine kurzhaarige Frau mit einem riesigen, mehrfach umgeschlungenen bauschigen Schal, der ihren Hals gänzlich verschwinden ließ, eilte herbei und baute sich mit geöffneten Armen vor der Gruppe auf.

»So treten Sie doch zur Seite, der arme Mensch könnte sich provoziert fühlen durch so viel Interesse. Und kann mal jemand die Feuerwehr rufen, wir brauchen hier ein Sprungtuch.«

Sie drehte sich um und schrie aus voller Kehle in die Höhe. »Tun Sie es nicht, es gibt doch für alles eine Lösung!«

Die Frau in dem E-Rolli erreichte die Gruppe und hantierte ungelenk an ihrem Rückspiegel. Eine junge Mutter mit einem Buggy, in dem ein weinendes Kind saß, näherte sich eilig.

»Benni, guck, da ist die Frau von der Kinderbetreuung, die rettet bestimmt gerade einen Menschen aus großer Not. Leider hat die kein Handy dabei. Wenn du mal groß bist, kriegst du eins und nimmst es immer mit. Und schau, die Mama tippt jetzt auf 112 und holt die Onkels von der Feuerwehr, und die werden hier helfen.«

Trüttgen suchte erneut Mackedeis Aufmerksamkeit und flüsterte ihm zu: »Ich geh jetzt da rauf. Und wenn das tatsächlich Gesthuysen ist, der an der Brüstung herumturnt, reiße ich ihm den Arsch auf.«

Mackedei nickte und tat einen tiefen Atemzug. »Vor einer Stunde hatten wir alles im Griff.«

»Jetzt heißt es, das Chaos zu beherrschen, bevor es uns unter sich begräbt.«

Trüttgen lief zum Eingang, Mackedei unterstützte die halslose junge Frau bei ihren Bemühungen, aus Gaffern wieder rational denkende Bürger zu machen. »So gehen Sie endlich zur Seite, Sie stehen hier im Fallwinkel, das könnte gefährlich werden.«

Ein älterer Mitbürger in schlotternder Jeans und BVB-T-Shirt löste sich aus der Gruppe und stemmte seine Arme in die Seiten. »Wer ist der Klugscheißer in dem Blaumann, wo vorne O.P.A. draufsteht? Ist das Super-Oppa, der Held der Entrechteten und Verzweifelten?«

Mackedei drehte sich zu ihm um. »Erlauben Sie mal! O.P.A. steht für optimale präzise Arbeit. Wir räumen auf, wo keiner hilft, und machen heile, was andere wegwerfen. Und wie füllen Sie Ihren Tag sinnvoll aus?«

»He, he, he …!«

Der BVB-Fan trat einen Schritt auf Mackedei zu, der seine Arme mit den Kaffeebechern ausbreitete. »Bitte nicht jähzornig werden, der Kaffee ist heiß, und ich bin Pazifist.«

»Ach, auch noch unverschämt, hä? Wohl Bock auf Ärger?«

Die junge Mutter wandte sich wieder ihrem mittlerweile an einer Milchschnitte mümmelnden Kind zu und ging neben dem Buggy in die Hocke. »Benni, und wenn sich zwei Onkels zanken, dann musst du die 110 wählen, das ist die Polizei, die schlichtet Streit bei den Großen. Pass schön auf, ich zeig dir, wie das geht.«

Alle starrten gebannt in die Höhe, etwas nicht näher Definierbares hing in beachtlicher Größe schwankend über der Brüstung. Die Jugendlichen warfen ihre Caps in die Luft. »Jetzt geht's looos! Mach schon!«

Aufgebracht bewegte sich der Senior mit den kurzen Hemdärmeln auf die beiden zu. Die halslose Frau stellte sich mutig vor die Kids. »Der Kevin meint das nicht so, der ist eigentlich ein ganz Netter.«

Von der nahen Bundesstraße 58 her hörten sie die Sirenen der

Feuerwehr, mehrere Fahrzeuge näherten sich dem Viertel Op de Hei. Die Jugendlichen schwenkten ihre Smartphones. Die Frau im Rollstuhl blickte von ihrem Rückspiegel auf, den sie gerichtet hatte, um ohne Kopfbewegung in die Höhe schauen zu können. Ein kurzer Blick nach oben zeigte Mackedei, dass Trüttgen in der Zehnten und auch in dem Apartment von Friederike Wallenboom angekommen war. Die Brüstung war wieder frei. Trüttgen winkte mit einem weißen Taschentuch, Mackedei atmete erleichtert auf. »So beruhigen Sie sich doch! Schauen Sie nach oben, niemand wird springen, nichts wird herabfallen, alles ist in Ordnung.«

Keine zwei Minuten später, beim Eintreffen der Feuerwehr, stand Mackedei allein mit zwei Bechern Kaffee auf der Wiese zwischen den niedergetrampelten Maulwurfshaufen, als einzige andere Person mühte sich die Rollstuhlfahrerin langsam durch die wilde Wiese, wich im Zickzack den neu aufgeworfenen Erdhügeln aus. Mackedei lief den Einsatzkräften entgegen und rief Entwarnung.

Während er dem Einsatzleiter die Situation und den Eifer der jungen Mutter beschrieb, hielt quer zur Einfahrt ein Einsatzwagen der Polizei, dahinter ein alter roter Polo. Von Weitem erkannte Mackedei Nikolas Burmeester, der schwungvoll aus der Rostlaube stieg. Vor Jahren war der mit seiner Enkelin Charlotte befreundet gewesen. Burmeester kam direkt auf ihn zu, nahm ihm den Kaffeebecher aus der rechten Hand, um ihn förmlich zu begrüßen.

»Herr Mackedei, das ist ja eine Überraschung. Was führt Sie in diese Gegend? Sind Sie immer noch mit Ihrer Rentnercrew unterwegs, um der Menschheit zu helfen?«

Alfons Mackedei huschte ein kurzes Lächeln durchs Gesicht. »Ach, der bunte Mann von der Kriminalpolizei. Burmeester, Nikolas, richtig? Jaja, die Arbeit, was sonst sollte mich hierherführen? Wir lösen den Haushalt einer Frau auf, die tot im Keller gefunden wurde. Ihr einziger Sohn hat weder Zeit noch Interesse und bat uns um Hilfe. Vorher hat er die Bude noch auf den Kopf gestellt, ein wahres Schlachtfeld, sage ich Ihnen.«

»Ich erinnere mich an die Frau, den Fall hatten Kollegen bearbeitet. Ausnahmsweise hat sich eine natürliche Todesursache bestätigt, was im K1 mit Erleichterung aufgenommen wurde. Wir hatten einen Mordfall befürchtet. Wie ich sehe, kam hier heute niemand zu Schaden?«

»Richtig, falscher Alarm.«

»Ich werde oben nachsehen müssen.«

Mackedei nahm ihm den zweiten Kaffee aus der Hand. »Das ist wirklich nicht nötig, ehrlich, da wollte niemand springen. Eine junge eifrige Mutter mit Handy hat überreagiert.«

»Wenn Sie wüssten, wie viele Menschen dort schon runtergesprungen sind. Als ich im K1 anfing, waren wir oft hier im Einsatz. Kein schöner Anblick, wenn jemand auf dem Boden zerschellt vor einem liegt. Seit einigen Jahren ist der Zugang zum Dach verriegelt. Ein Mann schaffte es vor Kurzem trotzdem. Er klingelte Sturm in der zehnten Etage, drängte sich an der Mieterin vorbei in die Wohnung und sprang dann blitzschnell von deren Balkon. Die Frau war fix und fertig, sage ich Ihnen.«

»Herr Burmeester, glauben Sie mir, da wollte niemand springen, mein Mitarbeiter hatte einen Haufen Wäsche über die Brüstung gelegt, und das Zeug drohte, in die Tiefe zu fallen, mehr nicht.«

»Na gut.« Burmeester wandte sich um, zögerte und sprach Mackedei erneut an. »Sagen Sie, wie geht es Charlotte?«

»Gut, glaube ich. Die lebt jetzt in der Nähe von Florenz, führt Touristen durch die Uffizien und züchtet ansonsten Oliven an der Seite eines feurigen Luciano.«

»Klingt gut. Grüßen Sie sie von mir. Ich muss los.«

Die Kaffeebecher waren kalt, als Alfons Mackedei die kleine Wohnung mit dem prächtigen Blick in Richtung Innenstadt betrat. Gesthuysen hockte auf dem alten Sofa und rauchte eine seiner unförmigen selbst gedrehten Zigaretten. Trüttgen saß auf einem wackeligen Stuhl bei der Küchenzeile, hielt immer noch die Brötchentüte fest und nahm einen Schluck aus seinem Becher.

Mackedei knallte die Kaffeebehälter auf den Couchtisch, dünne Kunststoffdeckel verhinderten eine Überschwemmung. »Was hast du auf dem Balkon gemacht?«

»Na, aufgeräumt. Ich habe den ganzen Krempel aus der kleinen Abstellkammer in einen alten Bettbezug gestopft, Stuhlauflagen, einen Sonnenschirm, zwei alte Liegestühle, die, bei denen man sich immer mindestens einen Finger beim Aufstellen klemmt.«

»Und?«

»Wie, und?«

»Was geschah dann? Der Bezug wanderte allein in Richtung Brüstung, und du konntest ihn nicht aufhalten?«

»Mann, hör auf, Heinz-Hermann hat mir schon eine Predigt gehalten. Ich hatte Mucke auf den Ohren, ich habe echt nicht mitgekriegt, was unten los war.«

Mackedei blickte auf den Balkon. Gesthuysen hatte tatsächlich gearbeitet. Das prall gefüllte Bettzeug lehnte an der Innenmauer. Nur noch drei große Tontöpfe standen vor der Tür.

»Die hast du verschont, oder passten sie einfach nicht mehr in den Bezug?«

»Ich will die behalten, machen sich gut in meinen Schrebergarten. Ich wollte immer schon solche Blumen haben. Die sind zu schade für den Müll.«

»Sollen wir die zum Schluss in den Bulli packen?«

»Nee, ich hab doch heute den Anhänger an meinem Mofa, wegen dem Fernseher und der Mikrowelle. Die Pötte passen da drauf, ich schaff das.«

Mackedei nahm Trüttgen die Brötchentüte ab und bemerkte dessen Blick. Der erzählt doch Mist, sagte diese kleine Augenbewegung in Richtung Gesthuysen. Mackedei ließ sich nicht beirren, bot dem spindeldürren Kollegen ein Brötchen an.

»Gut, Männer, kurze Pause und dann packen wir's.«

***

Die Räume des K1 wirkten verwaist. Nikolas Burmeester fand seinen Kollegen, den feinsinnigen, unbezähmbaren Gero von

Aha, im Besprechungsraum, ein Bein lässig über die Stuhllehne baumelnd, intensiv mit seinem Smartphone beschäftigt.

»Wo sind die anderen?«

Blitzartig drehte von Aha sich um und schloss das Display.

»Äh, nach Rheinberg, Tod einer jungen Frau, Ursache ungeklärt. Die ist im Stadtpark aus einer Baumkrone gefallen, die sie zuvor erklommen hatte.«

»Eine junge Frau, sagst du? Sind Baumkronen nicht eher was für Zehnjährige?«

»Genau deshalb sind die drei hin und haben Heierbeck von der Spurensicherung gleich mitgenommen. Kurz nachdem du weg warst, kam der Anruf. Und? Was war los im Stadttrabanten?«

»Du meinst in unserem Adelsviertel? Nichts, falscher Alarm. Die Anruferin hat sich von Bettzeug täuschen lassen, das über der Balkonbrüstung hing.«

Von Aha mimte den Entrüsteten. »Na, da hast du den Mietern der entsprechenden Wohnung aber hoffentlich Bescheid gesagt – wie können die es wagen, ihre Laken zu lüften!«

»Nichts dergleichen, die Wohnung wird gerade geräumt. Du erinnerst dich an die alte Dame im Fahrradkeller? Ein natürlicher Tod, vor ungefähr vier Wochen, die hat dort gelebt. Die Auflösung ihres Besitzstandes hat eine Initiative aus Wesel übernommen, die Herren von O.P.A. sind zugange. Und da ich sie von früher kenne, kann ich sicher sein, dass aus der zehnten Etage keine Gefahr drohte.«

Von Aha ließ sich den haarsträubenden Fall um das gestohlene Gemälde »Der arme Poet« von Spitzweg erzählen, das für kurze Zeit am Niederrhein aufgetaucht war, um erneut in der Versenkung zu verschwinden. Beteiligt gewesen waren die drei älteren Aufräumer, die sich nicht mit ihrem Dasein als Rentner zufriedengeben wollten, sondern Dienstleistungen für kleines Geld anboten. Um beschäftigt zu sein und um Leuten mit geringem Einkommen zu helfen.

Von Aha reagierte beeindruckt. »Die haben etwas gefunden, wofür sie leben«, und etwas melancholisch fügte er einen tiefen Seufzer hinzu. »Ist doch klasse!«

15

Nikolas Burmeester hatte null Bock auf einen Kollegen mit persönlichem Gesprächsbedarf und ignorierte die emotionale Steilvorlage. »Ich rufe Karin an, ob die in Rheinberg Unterstützung brauchen.«

»Das kannst du dir sparen. Die sind angekommen und haben den Notarzt schon befragt. Heierbeck macht zur Sicherheit Fotos von der Auffindesituation. Tom und Jerry befragen einen Zeugen, der Aufstieg und Fall aus einiger Entfernung beobachtet hat, und suchen nach weiteren Augenzeugen, mehr geht im Moment nicht.«

Auf die Frage, ob man schon wüsste, wer sie sei, erntete Burmeester ein langsames Kopfschütteln.

»Warte, Karin hat gerade ein Foto per Smartphone losgeschickt, gleich habe ich es auf dem PC«, sagte der geschmackvoll leger gekleidete Kriminalkommissar. Er öffnete eine E-Mail, und gemeinsam schauten sie auf ein junges, hübsches Gesicht, blaue Augen mit gebrochenem Blick.

Von Aha wandte sich ab. »Die lächelt! Das habe ich noch nie gesehen, dass die gesamte Mimik in einem absolut zufriedenen Lächeln erstarrt. Ich finde das irritierend.«

Burmeester schaute auf den Bildschirm. »Ungewöhnlich, ja. Wissen die Kollegen inzwischen, wie sie heißt?«

Gero von Aha folgerte: »Karin schreibt, es gebe keinen Hinweis, weder Tasche, Papiere noch Handy. Ich werde das Foto in ein Gesichtserkennungsprogramm eingeben. Erst einmal formatieren, und dann schau ich, ob wir sie in der Kartei haben.«

Das Ergebnis kam unverzüglich.

»Negativ. Dann lass sehen, ob ihr Konterfei bei Google, Youtube oder einer anderen Community auftaucht.« Von Aha schickte die elektronischen Geister mit energischem Tippen auf die Entertaste auf die Suche.

Gero von Aha schien ungewohnt betroffen. »Ein junges, hübsches Gesicht, so eine Schande. So ein Mensch fällt nicht zufällig von einem Baum. Ob es jemanden gab, der sich um sie gekümmert hat?«

Burmeester blickte abwechselnd zu seinem Kollegen und auf

den Bildschirm. Vor dem zweiten Versuch, in ein lebensphilosophisches Gespräch verwickelt zu werden, würde er sich nicht drücken können. »Was ist mit dir los? Versinkst du jetzt in eine Sommerdepression?«

Von Aha zierte sich zunächst, antwortete anfänglich mit ironisch gefärbtem Unterton. »Nimm das mal ruhig alles lasch und lapidar, junger Kollege. Komm erst mal in mein Alter, dann siehst du vieles mit anderen Augen, glaube mir.«

Der PC arbeitete emsig, während Burmeester nach einer Erwiderung suchte. »So weit liegen wir altersmäßig nicht auseinander. Ernsthaft, was plagt dich, ist das der Einstieg in die Midlife-Crisis?«

»Was weiß ich? Ich mache mir in letzter Zeit Gedanken darüber, wie es um das Liebes- und Beziehungsleben von Kriminalbeamten steht. Meine persönliche Statistik sieht nicht rosig aus.«

»Daher weht der Wind. Du leidest unter verspäteter Torschlusspanik«, erklärte Burmeester.

Von Aha wiegelte ab. »Nein, im Ernst. Schau dir das K1 an. Patalon? Solo. Weber? Wieder alleine. Du lebst lieber im Dachapartment einer alten Lady, statt mit deiner Yasmin zusammenzuziehen. Und ich?«

»Du hast immerhin gelegentlich Damenbesuch aus Oslo oder Erfurt. Gero, der Womanizer. Diese Geschichten haben wir ja alle miterlebt.«

»Zeitweilige Zweisamkeit.«

»Und überhaupt, schau dir Karin an. Deren Beziehung hebt unsere interne Statistik deutlich an.«

Von Aha winkte ab, als habe er auf diesen Einwand gewartet. »Da hat es auch erst im zweiten Anlauf und nach längerem gemeinsamen Probeleben geklappt, klar.«

»Was zählt, ist doch, dass sie glücklich sind, der Archäologe aus den Niederlanden und die Hauptkommissarin vom Niederrhein«, wandte Burmeester optimistisch ein.

Von Aha bewegte sich mit hängenden Schultern zu seiner über das Kommissariat hinaus berühmten Kaffeemaschine und stelte einen Becher unter den Spender. Er tippte auf zwei der unzähligen Tasten, und schon brodelte es fauchend in seinen Designerbecher. Er schlich zurück zu seinem Platz.

»Ich will nicht klagen über mein Leben. Ich habe mich eingerichtet, allein. In Wahrheit bin ich jedes Mal froh, wenn die Frauen, die in mein Leben treten, wieder abreisen. Beziehung ist nicht alles, was man anstreben sollte.«

»Wie meinst du das nun wieder?«

Von Aha philosophierte weiter. »Kümmern. Vielleicht fehlt mir eine Aufgabe, verstehst du? Das hier ist meine Arbeit, die schalte ich nach Feierabend ab. Was folgt, ist ein feuchter Ausflug in die Kneipenzeile am Weseler Kornmarkt, und anschließend falle ich ins Bett. Das kann es auf Dauer nicht sein, das ist mir zu wenig.«

Den Vorschlag, sich ein Haustier anzuschaffen, sparte sich Burmeester. Von Aha allerdings schien in der Lage, Gedanken zu lesen.

»Komm nicht auf die blödsinnige Idee, mir ein Haustier einreden zu wollen. Ich kann dieses ganze Käfig- und Leinengetier nicht ausstehen, Hunde, die demütig wedelnd zum x-ten Mal das Bällchen bringen, Katzen, die Möbel und Wände zersäbeln, ihrer Freiheit beraubte Fische oder Vögel, nein danke. Mir fehlt was mit Tiefgang, verstehst du? Als Gegenpart zum ständigen Blick in den kriminalistischen Abgrund.« Aufgebracht wies der Kommissar zum PC. »Tagtäglich solche sinnlosen Toten wie diese unbekannte junge Schönheit ...«

Automatisch glitten die Blicke beider Männer auf den Bildschirm. Das Suchprogramm bot eine Reihe von Übereinstimmungen, die meisten sammelten sich bei dem Bild einer Frau, ein Eintrag führte zu einem Kurzvideo auf Youtube, das es nun zu öffnen galt, um den angegebenen Namen zu bestätigen. Gero von Aha wirkte schlagartig klar und kompetent.

»Da muss ich mich mal eben drum kümmern.«

Insgeheim war Burmester heilfroh darüber, am nächsten Tag in Urlaub gehen zu können. Sollte sein Kollege allein durch seine Krise finden. Kümmern! Um was oder wen, ging es ihm durch den Kopf, als von Aha sein Smartphone zur Hand nahm und energisch und mit angestrengter Mimik darauf einhämmerte. Wenig später entfuhr ihm ein kurzer Aufschrei. »Jaa! Ich hab sie. Da ist die Bestätigung. Sie ist auf Youtube, und ich konnte das Kurzvideo direkt auf ihre Facebook-Seite verfolgen.«

Von Aha loggte sich anschließend ins Einwohnermelderegister ein, erhielt eine Bestätigung für den Namen in Rheinberg und eine Adresse. Er griff zum Hörer und wählte Karin an.

»Bist du noch vor Ort? Hast du was zum Schreiben parat?«

Er gab ihr eine Rheinberger Adresse durch, und als er den Hörer wieder auf dem Apparat einrasten ließ, überzog ein sieghafter Anflug von Stolz das zuvor verkniffene Gesicht.

***

Immer wieder Alarm. Luis Kreidler konnte diese Aufregungen schlecht ertragen. Sein Herz. Seit dem letzten Winter musste er Tabletten nehmen, um Wasseransammlungen in seinem Körper abzubauen, damit die Kurzatmigkeit nachließ. Mit knapp Siebzig gehörte man heutzutage nicht zum alten Eisen, war aber auch nicht mehr taufrisch und knackig. In beschönigender Selbsteinschätzung, die von seiner Frau stets belächelt wurde, stand er noch gut im Saft, nicht zuletzt aufgrund der Einnahme diverser pharmazeutischer Hilfsmittelchen.

Wieder hatte die Feuerwehr vor dem Block gestanden. Er hatte aufgehört, die Einsätze zu zählen. Von seinem Balkon in der vierten Etage eines der niedrigeren Häuser aus hatte er den letzten Einsatz verfolgt. Immer wieder waren er und seine Edda aufgescheucht, wenn sich Blaulicht und Martinshorn näherten.

Es war so viel passiert in mehr als fünfundzwanzig Jahren. Tote hatte es gegeben. Über eine Frau war er selbst fast gestolpert. In einer angetrockneten Blutlache mit verdrehten Gliedmaßen hatte er sie damals zwischen den Thujen entdeckt. Der Tod hatte inmitten von Lebensbäumen gelegen, das ging ihm lange nicht aus dem Sinn. Gehadert hatte er mit seinem Glauben und war lange davon überzeugt gewesen, dass Gott bei seinen täglichen

Inspektionen einen riesigen Bogen um den Weseler Stern machte. Es hatte gedauert, bis er mit IHM wieder im Reinen gewesen war.

Heute waren sie umsonst gekommen und schnell wieder abgezogen. Besser so. Eine Horde von Glotzern hatte seine Ordnung durcheinandergebracht. Seit er Rentner war, kümmerte er sich ehrenamtlich um die Grünanlage vom Weseler Stern, und seit dem vorletzten Jahr hatte er Beobachtungsbogen angelegt, um die Bewegung der Maulwürfe auf dem Gelände zu verfolgen. Diese Drecksviecher durchpflügten die Anlage gewissenlos und belästigten sein Gärtnerauge, hinterließen wahllos Zerstörungen im ohnehin schon minimalistisch angelegten Gelände rund um die hässlichen Betonklötze.

Luis Kreidler stand vor den niedergetrampelten Erdhaufen und versuchte nachzuvollziehen, welchen sein Feind als Letztes aufgeworfen hatte. Gestern hatte er noch einen Plan. Hatte gewusst, wo der kleine schwarze Lümmel als Nächstes an der Oberfläche auftauchen würde. Jetzt hatte diese Horde von hirnlosen Spannern alles zertrampelt und den Maulwurf durch die Unruhe an der Oberfläche auf andere Bereiche ausweichen lassen.

Zu gern hätte der passionierte Hobbygärtner die Silvesterböller aus dem Keller geholt, in dem frischesten aller Haufen versenkt und dann – bums – das Ende eines heimtückischen Attentäters aus dem Untergrund gefeiert.

Schade. Das ging hier nicht. Es hingen zu viele Zeugen in den Fenstern, hockten auf den Balkonen oder saßen neben Einweggrills auf abgenutzten Decken zwischen den schwarzen Erdhügeln, den frischen Bröckchen aus der Tiefe. Irgendein Öko, ein Grüner, der alles hegte, was sich bewegte, würde ihn umgehend anzeigen. Die Böller nutzte er stattdessen dort, wo er seine spärliche Rente an mehreren Tagen in der Woche aufstockte, wo man seine Arbeit würdigte und schätzte, wo er schalten und walten konnte, wie er es für richtig hielt: auf Rosenhof.

Luis Kreidler war der Herr über einhundertfünfzig Rosenstöcke, angelegt in kleinen Beeten, eingefasst von niedrigen Buchsbaumhecken und diversen Spalieren mit himmlisch duftenden englischen Kletterrosen. Diese empfindlichen Kreationen aus jahrelanger Züchtung ausschließlich biologisch-dynamisch aufzuziehen und zu kultivieren, das gelang kaum jemandem. Und auf Rosenhof war dem Besitzer der Anlage alles recht, wenn seine Pracht nur schädlingsfrei und üppig blühte.

Heute aber war er mit Sauzahn und Eimer am Weseler Stern, diesem Beispiel ungewöhnlicher Nachkriegsarchitektur, unterwegs. Den Löwenzahn hatte er so gut wie ausgerottet, nur beharrliches Ausstechen in ausreichender Tiefe half, und nun waren die anderen Plagegeister dran. Kreuzkraut hatte sich angesiedelt, gemeiner Stechapfel, und später würde er die Ambrosia finden und vernichten. Manches mochte er als Pflanze nicht leiden, anderes eliminierte er, weil es extrem giftig war und er die drohende Gefahr für spielende Kinder in der Anlage erkannte. Ambrosia bekämpfte Luis seiner Edda zuliebe, die unter Atemnot litt, wenn diese oder die einheimische Verwandte namens Beifuß blühte.

Luis Kreidler war nicht auf Lob aus. Er wollte, dass seine Welt funktionierte, in Ordnung war. Es sollte blühen und gedeihen, was gut und schön war, der Rest kam in den Container.

Sein Eimer füllte sich schnell. Disteln gehörten ebenso zu den unbeliebten Gewächsen wie Brennnesseln und Vogelmiere. Wenn er ehrlich zu sich selbst war, fiel ihm das Bücken immer schwerer. Seine Bauchkugel, die über den Hosenbund schwappte, plagte ihn, und den verwaschenen grauen Arbeitskittel konnte er nicht mehr zuknöpfen, obwohl seine Frau die Knöpfe schon bis zur Kante versetzt hatte. Edda schlug ihm regelmäßig eine Diät vor. »Hol mich der Teufel«, erwiderte er dann unwirsch, »wenn du mir Schlankmacherpampe vorsetzt, werde ich mit der hübschen Thai-Frau aus dem Imbiss fremdgehen.« Niemals würde er zugeben, dass Edda recht hatte. Er war zu dick.

Morgen würde er wieder in seinem Paradies arbeiten. Dort war alles möglich. Niemand beobachtete ihn, und keiner machte ihm unnütze Vorschriften. Er konnte sein Wissen über Rosenzucht nutzen und nach Gutdünken Gift gegen Blattläuse jeglicher Art bestellen, eigene Mixturen herstellen und verspritzen. Es gab keine Schädlinge auf Rosenhof. Jedenfalls keine sechsbeinigen, geflügelten, saugenden Kreaturen. Und das Beste dort waren Gärtnerschürzen zum Umbinden. Zwei Stück lagerten in seinem Gartenschuppen, und wenn eine dreckig war, lag die andere schon frisch gewaschen und gebügelt im Regal. Besser konnte er es nicht treffen.

Was er von den Menschen hielt, die dort lebten, das stand auf einem ganz anderen Blatt.

***

So ein kurioser Todesfall war der Hauptkommissarin in ihrer gesamten Laufbahn im wahrsten Sinne des Wortes noch nicht vor die Füße gefallen.

Am Vormittag war eine junge Frau flink und mit unglaublicher Kraft und Energie vor den Augen eines Spaziergängers im Stadtpark von Rheinberg in den höchsten Baum geklettert. Der Zeuge schüttelte noch immer den Kopf, ein Notfallseelsorger hatte sich zu ihm und Tom Weber auf eine Bank gesetzt, bot ihm sein Ohr und eine Hand zum Halten.

Die beiden anderen Augenzeugen saßen bei Karin Krafft und Jeremias Patalon im Wagen und berichteten abwechselnd, wie sie von dem aufgeregten Mann angesprochen worden waren und zunächst niemanden in der Baumkrone entdecken konnten, wie sie eine fröhliche Stimme vernahmen, jedoch zu leise, um sie zu orten oder zu verstehen. Und dann sei es auch schon passiert, durch einige Äste sei sie gekracht, vor ihnen gelandet, die dünnen gebrochenen Zweige seien hinterhergeprasselt, zuletzt schwebten abgerissene Blätter zu Boden, gespenstisch sei das gewesen. Gelächelt habe sie, noch ein, zwei Atemzüge getan, immer weitergelächelt.

Im Park war inzwischen der Bestatter eingetroffen, und Heierbeck veranlasste den Transport der Toten in die Pathologie nach Moers. Gemeinsam mit dem Team vom K1 waren sie übereingekommen, dass dies nicht nach einem Selbstmord aussah, auch wenn niemand direkt Einfluss auf den Tod der jungen Frau genommen hatte. Zunächst hatten sie in der nicht weit entfernt gelegenen psychiatrischen Klinik angerufen, ob dort jemand abgängig sei. Nichts. Und nun gab von Aha Karin das Ergebnis des Gesichtserkennungsprogramms durch, mit dem sie jedoch umsichtig umgehen musste. Die Zuverlässigkeit der Ergebnisse lag bei knapp unter achtzig Prozent, und eigentlich nutzten sie das Verfahren kaum. Von Aha schien sich jedoch ziemlich sicher zu sein.

»Zoe Grüttner, gemeldet bei ihrer Familie an der Kanalstraße 106 in Rheinberg.«

»Gut, wir werden sie aufsuchen«, sagte Karin.

Tom Weber hatte den Augenzeugen gerade nach Hause geschickt, als sich die Hauptkommissarin nachdenklich zu ihm gesellte.

»Wir haben sie mit großer Wahrscheinlichkeit identifiziert.«

»Wie hat Gero das hingekriegt? Ist sie in unserer Kartei?«

»Nein, er hat ein Suchprogramm genutzt, das auf prägnante Erkennungsmerkmale von Gesichtern reagiert und über ein Video auf Youtube fündig wurde. Daher ist es nicht ganz sicher.«

»Verstehe.«

»Ich mache das nicht alleine.«

»Wir zwei?«

Karin nickte. Beide fühlten sich unwohl mit dem Vorhaben. Es gab jedoch zum jetzigen Zeitpunkt keinen anderen Weg herauszufinden, ob es sich bei der Toten wirklich um Zoe Grüttner handelte. Sie mussten jemanden aus der Familie mit dem Foto der lächelnden Toten konfrontieren. Wenigstens nahmen sie kein Bildnis eines entstellten, blutverschmierten Gesichts mit.

Über den Tod eines jungen Menschen zu informieren, sensibel, aber direkt, stellte immer wieder eine neue Herausforderung dar. Viele der Betroffenen ahnten schon, welche Tragweite die Nachricht haben würde, die die Kriminalbeamten zu überbringen hatten, und es schien, als sei es allen Beteiligten lieber, schnell zum Punkt zu kommen, als lange Vorreden auszuhalten.

Karin parkte an der Kanalstraße ein paar Häuser von der Nummer 106 entfernt. Laufen tat gut. Und man konnte sich nebenbei ein Bild von der Umgebung machen. Karin schaute sich unwillkürlich um.

»Nette Wohngegend, gepflegt, fast schon spießig. Viele Kinder gibt es hier. Siehst du die Bobbycars, Fahrräder und die Basketballkörbe in den Garageneinfahrten?«

»Was du alles bemerkst. Ich schaue mir die Autos und die Postkästen an.«

»Und sieh mal, die vielen selbst gemachten Fensterbilder mit Sommermotiven. Bei bastelnden Müttern werde ich immer neidisch, weil mir das völlig abgeht. Die Nummer 106 ist auf der anderen Straßenseite.«

Tom Weber blickte in die Einfahrt. »Da stehen nur große Fahrräder, und im Heck des Autos lebt zeitweilig ein nicht gerade kleiner Hund.«

»Familie mit heranwachsenden Kindern, stimmt, da im Dachfenster baumelt eine Bayern-München-Fahne.«

Karin atmete ein paarmal tief ein und aus, bevor sie auf den Klingelknopf drückte. Jetzt wurde es ernst. Wenn es zu starken Reaktionen käme, würde Tom den Notfallseelsorger holen, während Karin bei der Familie blieb, das hatten sie auf der Herfahrt abgesprochen.

Hinter der Tür bellte ein Hund. Ein Junge mit pickelübersätem Gesicht und Haaren, die er ständig aus den Augen schleuderte oder wischte, stand im Türrahmen und hielt einen Golden Retriever am Halsband. Die Hauptkommissarin fragte nach den Eltern. Ohrenbetäubend laut rief er nach seiner Mutter, die aus dem Keller herbeieilte, sich, ähnlich wie der große Junge, eine Haarsträhne aus dem Gesicht streifte. Karin Krafft und Tom Weber zeigten ihre Dienstausweise und baten darum, die Frau zunächst allein sprechen zu dürfen. Der Junge nahm den Hund mit, Frau Grüttner lotste die beiden in die Küche. Karin forderte sie auf, sich zu setzen.

»Sie erzählen mir jetzt bitte nicht, dass mein Mann einen Unfall hatte, oder?«

Karin verneinte. »Sie sind die Mutter von Zoe Grüttner, richtig?«

Krampfhaft nickte die Frau, wurde blass.

»Ich muss Ihnen jetzt ein Foto zeigen, um sichergehen zu können, dass wir beide von derselben Person sprechen. Sind Sie bereit?«

Karin rief auf ihrem Smartphone das Bild auf, das sie nach Wesel geschickt hatte, und legte der stocksteif dahockenden Frau das Gerät auf den Tisch. Frau Grüttner blickte auf das Gesicht, einen Moment, noch einen und entrang sich eine heisere Bestätigung.

»Das ist Zoe. Was ist passiert? Wo ist sie? Wo ist meine Tochter?«

Erst jetzt zog sich Karin einen Küchenstuhl neben den der Mutter und setzte sich. Mit leiser Stimme und so sachlich wie möglich schilderte sie ihr die Umstände von Zoes Tod. Ein tieftrauriger Schrei bewirkte, dass der Junge in die Küche gestürmt kam. Weber nahm ihn zur Seite und sprach mit ihm.

»Zoe tot?«, murmelte er. »Geht nicht, wir wollen doch morgen ins Kino. Ich hab sie eingeladen zu ihrem Geburtstag. Morgen kommt endlich ein Film, der ihr gefällt. Ich habe die Karten schon besorgt.«

»Wie heißt du?«

»Ich bin Grisha. Was soll die gemacht haben? Vom Baum gefallen? Die doch nicht, wir sind von hier bis in den Westerwald in jedem Kletterpark gewesen, die ist da absolut sicher.«

»Grisha, wohnt jemand in der Nähe, den wir verständigen können? Deiner Mutter geht es nicht gut.«

»Oma. In Wallach.«

»Such die Telefonnummer raus, ich mach das. Geh du zu deiner Mutter. Schaffst du das?«

Beide Großeltern stürmten kurze Zeit später ins Haus. Karin konnte sich in Zoes Zimmer umschauen, während der hinzugezogene Hausarzt sich um die Mutter bemühte und der Großvater zur Identifikation der Toten mit Tom Weber in die Pathologie nach Moers fuhr.

Zoe war das älteste von drei Kindern, es gebe nichts Auffälliges zu berichten, sagte die Großmutter. In letzter Zeit habe sie sich gut gemacht, mit richtig viel Energie an ihren Schulnoten gearbeitet. Dünn geworden sei sie, aber ihre Tochter habe immer behauptet, das sei normal in dem Alter.

Karin fand nichts Besonderes im Zimmer: der Raum einer jungen Frau, Wände mit eigenen Zeichnungen, Klamotten, die an einem Kleiderständer hingen, ein aufgeräumter Schreibtisch.

»Sie war begabt, Ihre Enkelin.«

»Ja, Zeichnen ist … war ihre Leidenschaft. Mein Gott. Es ist schlimm, wenn Kinder vor den Eltern oder Großeltern gehen.«

»Ich werde das Notebook mitnehmen müssen, sagen Sie das Ihrer Tochter? Wir werden es auswerten, dann bringe ich es zurück. Haben Sie eine Idee, wo das Handy von Zoe sein könnte?«

»Hatte sie es nicht dabei? Eigentlich trägt sie es immer am Körper, entweder in der Hand oder im Etui in einer Hosentasche. Sie schlief mit dem Ding.«

»Haben Sie ihre Nummer?«

Sie lief zur Garderobe und holte ein einfaches Handy aus ihrer Handtasche, setzte sich eine Lesebrille auf und tippte sich ins Telefonbuch.

»Hier, das ist sie. ›Aldi Talk‹ mit günstiger Flatrate, hat sie mir auch eingerichtet.«

Karin wählte die Nummer. Es klingelte durch, eine fröhliche Stimme bot an, auf die Mailbox zu sprechen.

»Wer auch immer dieses Handy findet, bitte melden unter …«

Karin sprach ihre Kontaktnummer auf das Band und wählte als Nächstes von Aha im K1 an. Sie gab Zoes Nummer durch, das Handy solle geortet werden. Von Aha schien sich die Haare zu raufen.

»Ohne Hinweis auf ein Gewaltverbrechen? Wie soll ich das dem Staatsanwalt erklären?«

»Zeig ihm das Bild der Toten, es wird ihn überzeugen. Mach schnell, solange es noch im Netz ist, haben wir eine Chance. Vielleicht hat es jemand mitgenommen, oder es liegt irgendwo im Park – das wäre die einfache Lösung.«

»Okay, und wenn es jemand an sich genommen hat, dann

könnte derjenige über ihr Vorhaben, sich selbst etwas anzutun, Bescheid gewusst haben, ich verstehe.«

»Und Burmeester soll sich in ihrer Schule umhören, sie ging hier aufs Gymnasium, schickst du ihn los?«

»Hältst du es für sinnvoll, wenn Nikolas einsteigt, obwohl er morgen in den Urlaub geht? Der räumt gerade seinen Schreibtisch auf.«

»Du hast recht, das wird Jerry übernehmen.«

Noch war es kein richtiger Fall, vielleicht würde die Pathologie schon morgen Entwarnung geben. Wenn dies so wäre, würde Karin den Todesfall zu den Akten legen. Andererseits tobte es in ihr, all ihre kriminalistischen Antennen waren spätestens nach einem kurzen Austausch mit Tom Weber über die bisher bekannten Todesumstände ausgefahren. Ihre Intuition sagte eindeutig, hier stimmt was nicht, mit so einem Lächeln geht keine Siebzehnjährige, die am nächsten Tag mit ihrem Bruder ins Kino gehen wollte, in den Tod.

***

Burmeester vertiefte sich in seine Tätigkeit, trällerte, pfiff oder summte ausgelassen, blickte von dem Aktenvernichter auf, dem er alte Notizen zum Zerkleinern überlassen hatte. Im Hintergrund telefonierte von Aha, sein Name war gefallen.

Neugierig geworden, lief der Kommissar zum Besprechungsraum, der immer mehr zum technischen Büro des versierten Kollegen Gero von Aha wurde, erkennbar vor allem an der exklusiven Kaffeemaschine, die neben mehreren Dosen mit extra gemischten Kaffeesorten auf dem Sideboard einen neuen Platz gefunden hatte.

»War was?«

»Wieso?«

»Ich glaubte, meinen Namen zu hören.«

»Ach ja, ich habe dir mal eben den letzten Arbeitstag vor dem Urlaub gerettet. Karin wollte dich zur Befragung in die Schule der Toten nach Rheinberg schicken. Ich hoffe, das ist dir recht?«

Burmeester nickte übertrieben, mit hochgezogenen Augenbrauen. »Klar, Mensch, ich hab hier genug zu tun.«

Von Aha musterte den wirren Papierstapel, den sein Kollege krampfhaft vor seine Brust presste. »Sag mal, wie viel Zettelkram hast du in deinem Schreibtisch gehortet? Ich höre andauernd den Zerschnipsler, den du musikalisch begleitest. Aus dem Vorsatz der effizienteren Arbeitsorganisation nach dem Seminar im letzten Jahr ist nichts geworden, oder?«

Burmeester winkte ab, so wild sei es nicht, es käme halt eine Menge zusammen, da er sich bei jedem Fall verhältnismäßig viele Notizen machen würde. »Ich habe die Erfahrung gemacht, dass ich einen besseren Überblick gewinne, wenn ich alles handschriftlich notiert vor Augen habe.«

»Und wenn du die Zettel gleich nach Fallabschluss entsorgst?« Burmeester zweifelte. »Und was ist, wenn alles neu aufgerollt wird? Oder wenn ich nachts aufwache mit einem Berg zusätzlicher Fragen? Ich kann doch nicht davon ausgehen, dass unsere Ergebnisse immer hieb- und stichfest sind.«

Im Alltag des K 1 am Herzogenring in Wesel bot sich nicht oft die Gelegenheit, in Gespräche über ganz persönliche Belange abzudriften, beide Männer schienen in der Laune dazu. Gero von Aha nippte an seinem Kaffee und deutete in Burmeesters Richtung.

»Kann es sein, dass du ein wenig unflexibel wirst? Oder entwickelst du Messie-Tendenzen? Die können sich von nichts trennen und bewahren alles auf. Ich musste bei diversen Ermittlungen in solche Wohnungen, das ist der Hammer, glaub mir.«

»Jetzt mach aber mal einen Punkt. Nur weil ich meine Unterlagen so lange aufbewahre, bin ich noch kein krankhafter Sammler. Bring das bloß nicht in Umlauf, du weißt, dass hier die Wände Ohren haben. Gib mir lieber einen Kaffee aus, den werde ich bestimmt in den nächsten Wochen vermissen, während ihr hier für Recht und Ordnung sorgt. Hoffentlich entpuppt sich der Tod der jungen Frau als ein bedauerlicher Unglücksfall.«

Wenn ein Kollege ihn auf die Qualität seines italienischen Kaffees ansprach, reagierte von Aha mit stolz geschwellter Brust.

Er kam dem Anliegen von Burmeester umgehend nach. Der Meister ließ es brodeln und fauchen. Beide setzten sich an den schmalen Besprechungstisch, Burmeesters abgelegter Papierwust rutschte fächerförmig auseinander.

»Merkwürdig ist es schon, wenn jemand in einem öffentlichen Park aus einem Baum fällt, ohne dass der entflogene Papagei oben drinhockt.«

Burmeester sog den Duft des Luxusgetränks genussvoll ein.

»In dem Alter? Da kann ich mir eine pubertäre Aktion aufgrund von fahrlässiger Selbstüberschätzung vorstellen. Hast du nicht auch mit siebzehn gedacht, du könntest alles und es gäbe keine Grenzen?«

»Ich war immer ein braver Junge«, antwortete von Aha mit absolut ernster Miene.

Burmeester sah ihn entgeistert an, bevor beide losprusteten.

»Klar konnte ich alles. Ich hab mir nichts sagen lassen. Bei meinem ersten Mofa hab ich gedacht, das kriege ich alleine frisiert. Ich habe es auseinandergenommen und tagelang versucht, alle Teile wieder ordentlich zurückzubauen. Exakt eine Woche lang war ich der King in meiner Klasse, bevor ich zurück auf den Fahrradsattel musste. Völlig geknickt. Mein Vater weigerte sich, die Reparatur zu bezahlen. Ich sollte selber lernen, wie es geht, oder mir das Geld erarbeiten. Und weil am Rad das Licht fehlte, habe ich am selben Tag ein Knöllchen gekriegt. Das hab ich meinem Vater beim Abendessen auf den Tisch geknallt und gesagt, das hätte er jetzt davon, jetzt würde es noch teurer für ihn. Er hat zu Ende gekaut, wir sprachen nie mit vollem Mund, mit einem Schluck Bier nachgespült und das Knöllchen in aller Seelenruhe zurück in meine Richtung geschoben. Er hätte damit nichts zu tun, das sei meine Angelegenheit, ich solle gefälligst zu Fuß gehen, wenn meine Fahrzeuge nicht verkehrstauglich wären. Mann, hab ich da gekocht.«

»Aber er hatte doch recht.«

»Hättest du das mit sechzehn oder siebzehn auch gedacht?«

Burmeester zuckte mit den Schultern. »Das kann ich dir nicht sagen, ich habe meinen Vater nie kennengelernt. Und die Männer im Dunstkreis meiner Mutter habe ich Fred oder Anwar, Richie, Siddartha oder wie auch immer genannt, aber sie waren für mich kein väterliches Vorbild.«

Von Aha stutzte kurz, dachte nach. »Stimmt, du hast ja eine Mutter von Bhagwans Gnaden. Wieso bist du eigentlich bei der Kripo gelandet, statt einen Ökobauernhof oder eine andere alternative Lebensform mit Selbsterfahrungsauftrag zu gründen?«

»Ich wäre am liebsten der größte Gangster von Frankfurt oder Zuhälter in Hamburg geworden. Lach nicht, echt, mit sechzehn schien mir eine kriminelle Karriere verlockend, aufregend, wie ein lebenslanges Abenteuer. Mein Therapeut meinte später, ich sei in der Pubertät stecken geblieben und mein Hauptanliegen innere und äußere Abgrenzung. Der Kreis um meine Mutter war sexuell befreit und schwebte immer auf einer Ebene kurz unterhalb der Erleuchtung, stand aber ständig mit den Gesetzeshütern auf Kriegsfuß.«

Burmeester führte dies weiter aus, als er von Ahas fragenden Blick sah. »Es gab Hausdurchsuchungen wegen Hasch, Verhaftungen, Ärger wegen ruhestörenden Lärms, weil sie sich lauthals von ihren Zwängen befreiten. Ihre Freunde fuhren ohne Führerschein mit nicht angemeldeten Autos und besetzten Häuser, aus denen man sie herauszerrte.«

Von Aha hörte sich aufmerksam die Details aus einem völlig fremden Leben an, sein Kollege gab sich in Plauderlaune.

»Ich wollte lieber zum Feind überwechseln, egal zu welchem, als zu der peinlichen Gesellschaft durchgeknallter Hippies zu gehören. Zum Glück nahm mich die Polizeihochschule in Münster, sonst wäre ich vielleicht irgendwo ein zwielichtiger Chef im Ring.«

Von Aha musterte Burmeester, der auch heute wieder mit seiner farbenfrohen, wild gemusterten Kleidung den Paradiesvogel unter den niederrheinischen Krähen gab, und nickte. »Abgrenzung ist dir gelungen, innen wie außen. Besonders außen, glaub mir. Du stehst in diesem Jahr auf Neonfarben, stimmt's?«

Burmeester blickte kurz an sich herab, fand sich selbst, wie immer, okay, wollte nicht weiter seine eigenwillige Farbwahl

thematisieren.»Und wenn die Rheinbergerin unter Drogen stand?«
»Dann wird die Pathologie das herausfinden. Trotzdem wäre dann nicht unbedingt ein Fremdverschulden nachzuweisen. Es besteht immer noch die Möglichkeit, dass sie psychisch krank war und aus einem psychotischen Schub heraus so eine Wahnsinnstat begangen hat.«

»Karin hat keinerlei Hinweis darauf, sonst wäre sie in Rheinberg schon ein Stück weitergekommen.«

Burmeester kramte in seinem Zettelberg nach einer unbeschriebenen Seite.»Ich mach mir eben Notizen dazu, irgendwas stört mich an dem Fall. Allein schon dieses lächelnde tote Gesicht … Ich muss aufschreiben, was mir durchs Hirn zieht.«

Von Aha schüttelte den Kopf, griff hastig nach seinem Papierkorb und fegte mit einer blitzschnellen Armbewegung das gesamte Notizenwerk vom Tisch.»Nein.«

»Wie, nein?«

»Nein, du machst dir keine Notizen. Du bist ab morgen drei lange Wochen nicht im Dienst, da kannst du dir Vermerke zu einer Toten, bei der nicht klar ist, ob Fremdverschulden überhaupt im Spiel ist, sparen. Und wenn es so ist, ist der Fall gelöst, wenn du erholt und braun gebrannt wieder auf der Matte stehst. So viel freie Zeit am Stück. Was hast du eigentlich vor?«

Versonnen nahm Burmeester noch einen Schluck des teuren Gesöffs.

»Ich werde ein paar Tage mit Yasmin an die See fahren. Ein neues Bett will ich kaufen, es könnte bequemer sein in meiner Bude. Anstreichen wäre nicht schlecht. Wenn das Wetter hält, schnappe ich mir was Nettes zu lesen und setze mich bei uns in Bislich ans Rheinufer. Wenn ich Ruhe will, hocke ich mich direkt ans Wasser, und wenn ich einen Kaffee brauche, verziehe ich mich ins Uferrestaurant mit Blick auf Xanten und den Sonnenuntergang. Yasmin mag diese Aussicht sehr.«

»Siehst du, genau das meinte ich heute Morgen. Du machst dein Ding, und trotzdem wartet jemand auf dich.«

»Da bin ich auch froh drüber.«

»Sieh zu, dass du bei Dienstschluss startklar bist, noch knapp zwei Stunden. Lass alles hier, was mit der Arbeit zu tun hat, und konzentrier dich auf die schöne Frau an deiner Seite und dich selber.«

Burmeester stellte seinen leeren Becher neben die Kaffeemaschine. »Stell dich bloß nicht während meiner Abwesenheit auf Tee um, ich würde gleich am ersten Arbeitstag zusammenbrechen.«

Von Aha lachte herzhaft, wobei seine buschigen Augenbrauen mit dem Rand der Hornbrille zu verschmelzen schienen, die ihm nachgesagte Ähnlichkeit zu einer Eule noch deutlicher zutage trat. »Da kann ich dich beruhigen, das wird garantiert nicht geschehen.«

***

Unzufrieden hatte Karin Krafft ihren Arbeitstag beendet. Etwas war eigenartig an dem Tod der jungen Frau aus behütetem Haus.

Gemeinsam mit den Kollegen Weber und Patalon hatten sie die Familie aufgesucht, Schulfreunde gefunden, mit der Klassenlehrerin gesprochen, nichts. Eine vorbildliche Schülerin, Mitglied in der Schulband, stellvertretende Klassensprecherin, Vorreiterin einer Kunst AG, die sich mit der Verschönerung des Schulhofs beschäftigte. Es gab nur Positives über Zoe Grüttner zu erfahren. Wo sie sich betätigte, geschah es mit großem Engagement und Erfolg, sie war beliebt und mittendrin. Dünn sei sie geworden, ganz eingenommen von ihrer Kreativität und dem Ehrgeiz, sich ein bestmögliches Abitur zu erarbeiten, hatte die Lehrerin gemeint.

Sie war zu gut für diese Welt gewesen. Wo war der Haken? Bei der kleinen Lage zu Dienstschluss hatten ausschließlich Nikolas Burmeester und sie mit diesen Zweifeln dagesessen, alle anderen glaubten, es gäbe kein Fremdverschulden, ein sehr bedauerlicher Unglücksfall, sonst nichts.

Karin beneidete Burmeester ein wenig, der mit seinem Notebook unter dem Arm neben ihr herlaufend das Gebäude verließ und »Happy« von Pharrell Williams summte, während sie zum Parkplatz gingen.

»Urlaubslaune, wunderbar.«

»Bei dir ist es doch auch bald so weit, oder?«

»Wenn du zurück bist, haben wir noch vierzehn Tage gemeinsam Dienst, und dann habe ich frei. Wir werden zu Maartens Verwandten nach Texel fahren. Ab Ende August sind wir für die nächsten zehn Jahre wieder an die Ferienzeiten gebunden. Schluss mit ruhiger Vorsaison auf niederländischen Inseln oder in den Bergen und guten Preisen auf den griechischen Inseln.«

»Eure Hannah wird eingeschult?«

»Ja, und bevor bei uns Urlaub dran ist, müssen wir noch den riesigen Besorgungszettel von der Schule abarbeiten. Ich sage dir, was die Kleinen alles als Grundausstattung mitbringen sollen, dagegen haben wir mit nichts Lesen und Schreiben gelernt. Heute ist Maarten dran mit Einkaufen.«

Sie waren bei Burmeesters mattrotem Polo angekommen, den mittlerweile ganze Linien pustelartig aufgeworfener Roststellen an Kanten und Schweißnähten zierten. Karin wies auf das altersschwache Vehikel.

»Willst du dich nicht langsam mal um einen neueren Wagen kümmern? Damit kann ich dich ja gar nicht mehr in die Pathologie nach Duisburg schicken, weil du keine grüne Plakette hast.«

»Was soll ich im Ruhrgebiet? Mich zieht es mehr in die andere Richtung. Und zu dienstlichen Zwecken leihe ich mir einen fahrbaren Untersatz von Kollegen, oder ich organisiere mir einen Dienstwagen aus unserem Fuhrpark. Den nächsten TÜV-Termin schafft mein alter Schluffi nicht mehr, das ist klar, aber bis dahin wird er halten.«

Karin musste beim Anblick des neonbunt gekleideten Kollegen, der sein angejahrtes Auto liebevoll betrachtete, unweigerlich lachen. »Dein Optimismus in Ehren, aber ich glaube an ein vorschnelles Ende durch herabfallende Einzelteile.«

»Du wirst recht haben, ich kann's nur nicht zugeben.«

»Wie auch immer, ich wünsche dir eine erholsame Zeit und

will dich drei lange Wochen nicht mehr hier in Wesel sehen. Es sei denn als Gast in der Eisdiele am Großen Markt.«

Sie winkte ihm nach, dachte noch, dass der Motor des ehemals knallroten Wagens sich wirklich nicht altersschwach anhörte, und stieg in ihr eigenes Auto.

Auf der Lippebrücke sah sie sich wie immer zu beiden Seiten um. Die geplante Renaturierung des Flussdeltas nahm zügig Gestalt an. An der breit gezogenen Mündung in den Rhein saßen Kormorane auf einzelnen Grauwackesteinen und hielten die gespreizten Flügel in die Sonne. Zur anderen Seite bildeten ausgedehnte Wasserflächen und schmale Landstreifen eine abwechslungsreiche Landschaft. Die neue Rheinbrücke war zu allen Tageszeiten ein beeindruckender Anblick, und seit auf der Südseite die alte Behelfsbrücke aus der Nachkriegszeit gänzlich verschwunden war, spannte sie sich als Solitär eindrucksvoll über das weite graue Wasser.

Auch die neue Umgehungsstraße, die um Büderich herumführte, war nach zeitlicher Verzögerung endlich fertiggestellt, die Anlieger der ehemaligen Durchgangsstraße konnten wieder ruhig schlafen. Dafür blieben die Tageskunden für belegte Brötchen, Pizza und Döner aus, hatte Karin vor Kurzem in einem geradezu vorwurfsvoll formulierten Leserbrief in der Zeitung gelesen. Die wissen auch nicht, was sie eigentlich wollen, dachte sie und fuhr schon an Ginderich vorbei.

Schmunzelnd erinnerte sie sich an eine Krimilesung in einem ungenutzten Stall an der Straße Kuhpoort, den die Veranstalter in Anbetracht des Buchtitels in ein großes Spinnennetz verwandelt hatten. Bei ihrer Ankunft hatte dort ein Hund gebellt, ein Pferd neugierig aus seiner Box auf die Gäste geblickt, und der stimmungsvoll dekorierte Raum war nahezu überfüllt gewesen. Ein großer Abend in einem kleinen Dorf, so hatte Maarten es zusammengefasst.

Jetzt wollte Karin nur noch nach Hause, nicht mehr irgendwo anhalten, einkaufen, nichts, nur noch zu ihrer Familie und für den Rest des Tages den Anblick der schönen, jungen Toten vergessen, wie sie mit unnatürlich verrenkten Gliedern unter dem Baum in Rheinberg lag und entspannt lächelte, als posiere sie für ein Fotoshooting.

Seit Hannah verständig, aufmerksam und lernbegierig wie die meisten Vorschulkinder war, konnte sie Maarten nicht mal eben über die Erlebnisse berichten, die sie bewegten, sondern hatte sich vorgenommen, nur noch von der Arbeit zu erzählen, wenn ihr Kind garantiert schon schlief. Hannah hatte wache Ohren und verfolgte jedes Gespräch mit kindlicher Neugier, da sollte sie vor Geschichten über Mord und Totschlag bewahrt bleiben.

Karin bog am Xantener Hafen in Richtung Lüttingen ab, der Parkplatz am See schien bis zum letzten Eckchen gefüllt. Das Hafenrestaurant konnte sich an solchen Tagen nicht über mangelnde Kundschaft beschweren.

Auch ihren großen Sohn Moritz fand man sonst im Sommer hier mit seinen Freunden, zum Chillen, wie sie es nannten. Nun war er weit fort, für ein halbes Jahr in Asien, um als freiwilliger Helfer mit einer Abordnung von UNICEF dort Schulen zu besuchen, den Bedarf an Unterstützung zu ermitteln und hellblaue Schulrucksäcke zu verteilen. Karin war anfangs nicht begeistert gewesen von seiner Idee, sechs Monate durch Myanmar zu reisen, mittlerweile freute sie sich über seine Berichte. Wenn er irgendwo einen funktionstüchtigen PC fand, schrieb er lange E-Mails und schickte das eine oder andere beeindruckende Foto aus einer anderen Welt.

Daheim fand sie Maarten und Hannah in deren Zimmer, vor ihnen auf dem Boden ausgebreitet lag ein Wust an Schulmaterial. Maarten hakte auf einer Liste ab, was Hannah in ihren neuen Tornister packte. Sie blieb vor der Tür stehen und genoss das Bild der beiden in Aktion.

»Die gelbe und die rote Mappe?«

»Habe ich schon im Heftordner.«

»Der Farbkasten mit zwei Pinseln?«

»Papa, den haben wir gestern schon reingetan.«

»Das Wasserdöschen mit dem kleinen Schwamm?«

»Ja, alles ist vorn drin.«

»Das rosa Glücksschwein zum Knuddeln?«

Hannah lachte und warf ihr Stofftier in Maartens Richtung.

»Aber Papa, das darf doch nicht mit.«

»Wer sagt das? Auch Glücksschweine müssen heutzutage Lesen und Rechnen lernen.«

Jetzt konnte Karin sich nicht mehr zurückhalten, mischte sich in die kleine Rauferei ein und beschloss, ihre fleißige Familie bei dem schönen Wetter aus dem Haus zu locken, zumal ihr selbst danach war.

»Ihr habt ja schon fast alles eingekauft, das ist super. Wie wäre es, wenn wir ins Teatro mitten in Xanten fahren und ich euch ein Eis spendiere?«

Hannah jubelte, Maarten nahm seine Frau mit einem kritischen Blick in den Arm. »Wir nehmen die Räder, du wirkst, als könntest du frische Luft gebrauchen. War es schlimm heute?«

Karin nickte nur, er wusste Bescheid. Genaueres würde sie ihm später mitteilen.

Hannah fuhr vor, der neue Helm saß gut und wurde wie selbstverständlich von ihr akzeptiert. Maarten hatte seinen geräumigen Rucksack mitgenommen.

»Aber vor dem Eis müssen wir noch im ›Scriptorium‹ nachschauen, ob die dort violette und tannengrüne Ordner haben, die gab es nämlich in Wesel nicht.«

»Ihr seid ja richtig im Einkaufswahn. Fehlt sonst noch was?«

»Nein, das meiste haben wir. Du, ich frag mich, wie Familien mit wenig Geld das hinkriegen. Bislang haben Material und Bücher ungefähr einhundertfünfzig Euro gekostet, das ist doch ein Wahnsinn, und da sind Tornister und Schultüte nicht mitgerechnet.«

»Ja, die Liste ist lang, alle Marken vorgegeben. Vielleicht sollten wir die anderen Eltern fragen, ob wir für bestimmte Sachen Sammelbestellungen organisieren, dann wird es günstiger. Das hat bereits bei Moritz gut geklappt.«

Maarten fuhr nah an Karins Seite. »Nun warte ab, wer alles in ihre Klasse kommt. Du bist schon wieder dabei, die Regie zu übernehmen. Vielleicht möchte mal jemand anderes die Klassenpflegschaft leiten. Bei Moritz hast du übrigens einige Male fehlen müssen, aus beruflichen Gründen.«

Karin sah Hannah auf eine innerörtliche Vorfahrtsstraße zurollen. »Hannah, da haben die Autos Vorfahrt!«

»Ich weiß, hat der Papa mir schon erzählt.«

Maarten lobte Hannah für ihre Umsicht, sie wurde von Tag zu Tag sicherer auf der Straße.

Karin wirkte nachdenklich. »Aber irgendwie möchte ich mich einbringen, verstehst du, wie jede andere Mama, die sich für die Belange ihres Kindes interessiert. Ich kann aber keine Superkuchen für das Sommerfest backen, und in Eierauspusten bin ich ganz schlecht.«

»Aber du tust doch viel. Wenn du ihr ein T-Shirt mitbringst, ist es immer genau das, was sie sich wünscht. Du weißt, was sie gerne isst, welches Schmusetier neben ihr schlafen darf, welches Buch sie mag und welche Schuhgröße sie hat.«

»Den ersten Schritt hat sie an deiner Hand gemacht, und der erste Wackelzahn gehörte ebenso dir wie der Wunsch nach kurzen Haaren. Manchmal habe ich das Gefühl, ich schaue mir euer Leben aus der Ferne an.«

Beide ließen Hannah nicht aus den Augen. Während sie am archäologischen Park vorbei auf den Kreisverkehr zusteuerten, wurde Maartens Stimme ganz leise. »Was ist los, etwa ein Fall mit einem Kind?«

»Mehr oder weniger. Eine Siebzehnjährige, von der jeder in der Familie meinte, sie genau zu kennen. Verstehst du, ich will bei meinen Kindern nichts versäumen. Ich musste Moritz loslassen, damit er in die Welt geht, und Hannah möchte ich einfach alles mitgeben, was ich ihr geben kann.«

»Das machst du doch, du kannst nur nicht immer dabei sein. Ich bin ja da, und glaub mir, du bist in ihrem und in meinem Leben ganz, ganz wichtig.«

»Gut, dann kann ich mich ja wenigstens in ihrer Klasse zur Wahl stellen.«

»Und wenn ich den Job gern hätte?«

Karin schmunzelte – Maarten im Kreis von jungen Müttern, er hatte bereits aus dem Kindergarten Keksrezepte und praktische Tipps für die Wäsche mit nach Hause gebracht.

»Dann stellen wir uns beide zur Wahl und schauen mal, wer das Rennen macht.«

In der Fußgängerzone schoben sie die Räder in Richtung Eiscafé, der Abstand zu Hannah war groß genug, und Karin erzählte Maarten in fünf Sätzen, was sie am Tag erlebt hatte. Er hörte aufmerksam zu.

»Eine lächelnde Tote aus gutbürgerlichem Haus. Keine Probleme, eine nette Familie, ich verstehe.« Maarten hielt Karin an der Schulter fest, damit sie kurz anhielt. »Lass uns nachher weiterreden. Jetzt wartet ein Erdbeerbecher auf dich.«

Es war nicht ganz einfach, sich über zwei Räder hinweg zu küssen.

***

Ich hätte wissen müssen, dass es kein Zuckerschlecken wird, einem Moped mit Anhänger zu folgen. Jaja, hup du nur, überhol mich doch, du Knalltüte, ich kann nicht schneller. Können schon, aber ich darf nicht, sonst verlier ich dieses Klappergestell in Overall mit Muskelshirt aus den Augen. Nun fahr doch, kommt gerade keiner von vorne. Traust dich nicht, so knapp vor der Ortseinfahrt? Aber erst mal einen auf dicke Hose machen, du alter Angeber. Voerde – hier bin ich ja noch nie gewesen. Was in aller Welt hätte mich nach Voerde führen sollen? Nichts, bislang.

Voerde, ah, eine Tankstelle, und dahinter gleich die Polizei. Hoffentlich guckt nicht einer von den Blaumännern aus dem Fenster, die halten den sonst fest, weil der Anhänger hoffnungslos überladen ist. Ob der das Teil selber gebaut hat? Jedenfalls ist das Nummernschild handgemalt, das habe ich schon bemerkt, als ich mir die Kiste vor dem Haus angeguckt habe. Der biegt nicht in den Ort ab, wenn der bloß nicht bis nach Duisburg will, ich dreh hier bald durch, einhundertzwanzig PS unter der Haube, und ich schleiche mit siebzig durch die Wallachei, versuche, im Ort Abstand zu halten, und der stockt hier jenseits der Geschwindigkeitsbegrenzung durch. Aber niemand soll mir später nachsagen, ich hätte nicht alles probiert.

In der Wohnung war nichts zu holen, da hab ich alles auf den Kopf gestellt, sogar im Spülkasten nachgeschaut und in dem Arbeitsschacht unter der Badewanne, null, *nada*. Vor lauter Brass hätte ich alles zerdeppern können. Hab mich gerade noch beherrscht, schließlich wollte ich niemanden aufscheuchen. Andererseits leben da viele nach dem Motto: nichts sehen, nichts hören und nichts sagen.

Jetzt biegt er ab. Wo geht es da hin? Götterswickerhamm, kann ja kein Mensch richtig aussprechen, und nach Löhnen. Ob der da wohnt? Leben Menschen in dieser platten Einöde? Felder, Kühe, Schafe, im Hintergrund ein dampfendes Kraftwerk. Ah, er biegt also nicht ab, nach Göttersdingsbums, der fährt Richtung Löhnen. Auch nicht interessanter, ein Windrad und ein alter Förderturm. Ich muss Abstand halten, ja, auch du, mein Sohn, darfst mich ruhig gepflegt überholen, bevor du mir auf der Stoßstange sitzt. Man sieht sich immer zweimal. Wir werden uns begegnen, irgendwo auf der Autobahn kannst du dann meine Abgase schnuppern.

Da biegt er wieder ab. Das ist doch keine Straße, da soll mein heiß geliebter Superfresser hinterher? Nein, muss gar nicht, der Kerl hält an, schiebt sein Gefährt durch die Hecke. Ich parke euch gleich hier, ihr treuen Pferdestärken, nicht weglaufen, ich gucke nur mal um die Ecke, was der Kerl da treibt.

Eine Art Garten hinter der Hecke. Ein Haufen Schrott, überwucherte Bretterstapel, eine windschiefe Laube. Abgewrackt wie der ganze Mann, ein abgemagerter Schrebergarten. Und da steht das Moped. Der räumt die Blumentöpfe vom Anhänger. Mein Gott, der hat ja gar keine Muskeln an den Armen. Nicht, dass der zusammenbricht unter dem Gewicht.

Ich lass ihn mal machen.

Blöd von mir. Ich hätte in die Blumentöpfe gucken sollen.

***

Der Anblick des schlanken, modern gekleideten Kollegen mit der Hornbrille, durch die dessen Augenpartie an ein Eulengesicht erinnerte, der seinen seidenen Sommerschal lässig über die Stuhllehne legte, während seine Augen bereits den Kontakt zu seinem edlen Kaffeeautomaten suchten, befremdete seine Vorgesetzte aufgrund der Tatsache, dass er mit seiner rechten Hand einen Topf mit rosa Zimmerröschen umklammerte. Er gestikulierte mit der Hand wie sonst auch, wodurch die kleinen, zarten Blütenköpfchen in wogende Bewegung gerieten, wies auf Karin, um seine Frage nach Neuigkeiten im Fall zu unterstreichen.

»Willst du mir Rosen schenken? Vergiss es, du weißt, dass Grünzeug bei mir keine Woche überlebt. Davon abgesehen ist Rosa eine Unfarbe. Und Neuigkeiten gibt es in einer halben Stunde in der kleinen Lage.«

Verwundert starrte von Aha auf den folienumwickelten rotbraunen Blumentopf in seiner Hand, anscheinend hatte er ihn völlig vergessen, und stellte ihn unachtsam auf der Fensterbank ab.

»Mein Bäcker feiert Jubiläum und verschenkt bei jedem Brötchenkauf einen Topf Freude. Ich hätte die Pflanze am liebsten gleich wieder ausgesetzt, weißt du, wie die ausgelesenen Bücher, die ich an markanten Orten platziere. Dann dachte ich, nein, das Röslein lebt, ich nehme es besser mit.«

Zur Freude seiner Kollegen vollzog er sein morgendliches Kaffeeritual, bald dampfte braunes Heißgetränk mit aromatischem Duft in mehreren stylischen Porzellanbechern, die im Besprechungsraum reißenden Absatz fanden.

Hauptkommissarin Karin Krafft überließ es Tom Weber, dem Team des K1 die Ergebnisse der pathologischen Untersuchung mitzuteilen.

»Im Grunde genommen eine gesunde junge Frau, sehr schlank, sportlich, keine Veränderungen in den Organen.«

»Was soll das bedeuten?«

»Moment, ich berichte der Reihe nach. Es gab kaum einen Knochen, der nicht beim Aufprall zu Schaden kam, ihr Schädel weist gleich mehrere Brüche auf, innere Organe, Lunge, Leber, Milz wurden durch Knochensplitter perforiert oder sind gerissen.«

Von Aha wies auf die Schauwand mit den Fotos der aktuellen Ermittlung. »Kein Wunder bei einem Sturz aus *der* Höhe. Ihr Körper wird gegen einzelne Äste geprallt sein, die konnten aber ihren tiefen Fall nicht entschleunigen.«

Tom Weber fuhr nickend fort. »Richtig, es gibt Schürfwunden vom Geäst, sie ist an zwei stärkeren Ästen langgeschrappt. Aber das ist noch nicht alles. Der diensthabende Rechtsmediziner sprach heute früh von einem umfangreichen ›Glückscocktail‹, den die junge Frau im Blut hatte. Er hat das Labor die ganze Nacht mit der Analyse auf Trab gehalten, und die haben eine hohe Dosis Amphetamine gefunden.«

»Aufputschmittel? Diese perfekte Abiturientin aus geordneten Verhältnissen hat sich Hallo-wach-Pillen reingepfiffen?«

Von Aha wirkte höchst erstaunt; die Laborergebnisse passten absolut nicht zu dem Bild von Zoe Grüttner, das die Kollegen am Vortag aus Rheinberg mitgebracht hatten.

Tom Weber zitierte den Fachmann aus der Pathologie. »Sie muss sich stark und sicher gefühlt haben, in dem Zustand gäbe es keine Grenzen, von psychopathischer Euphorie wäre man beseelt, man bräuchte keinen Schlaf, kein regelmäßiges Essen.«

Von Aha wollte es genau wissen. »Heißt das im Klartext, sie gehört in die Statistik der Drogentoten?«

Tom Weber nickte. »Die Zusammensetzung der nachweisbaren Substanzen spricht für eine der gängigen Modedrogen, die aktuell vermehrt angeboten wird: Crystal Meth. Ihr kennt euch aus?«

Von Aha brillierte mit seinem Fachwissen. »Das Zeug hat User in allen Schichten, die es schnupfen, spritzen oder rauchen. Es wird in relativ einfachen Drogenküchen zusammengepanscht und hat einen großen Marktanteil, auch bei uns im Grenzbereich zu den Niederlanden. Das Fatale ist, es macht umgehend abhängig. Tom hat schon einige Hauptmerkmale erwähnt. Stellt euch sieben Tage und Nächte ohne Schlaf vor mit einem überdimensionierten Gefühl von Kraft, Größe, Energie, Wachheit. Schon ohne Drogen führt dies zu psychotischen Zuständen, das Hirn bekommt keine Ruhephasen, kann nichts mehr verarbeiten und dreht durch.

Appetitlosigkeit führt nebenbei zu Gewichtsabnahme, weshalb viele Frauen drauf sind.«

In gleicher Weise dozierte von Aha kurz über Drogen und Provinz, nun sei der Dreck auf dem platten Land angekommen, auf dem es noch echte Nachbarschaften, Pfadfinder und Schützenvereine gebe. Karin wandte sich um und blickte ihn ernst an. »Pack deine großstädtische Überheblichkeit gleich wieder ins Hinterstübchen. Es ist seit Jahrzehnten hinlänglich bekannt, dass der Niederrhein von den Niederlanden aus als Route für den Drogenschmuggel genutzt wird. Früher ging es mit Haschisch über die grüne Grenze, jeder Wagen mit jungen Leuten an Bord wurde auseinandergenommen, dafür winkte man die Omis und Opis mit den dicken Mantel- und Jackentaschen durch. Die Menschen entwickelten da Kreativität, es gibt zig Ermittlungsergebnisse, aber auch Geschichten über Schmuggelerfolge, die in der Bevölkerung des Grenzgebiets kursieren.« Sie schmunzelte bei dem Gedanken, wurde aber schnell wieder ernst.

»Heute muss man nicht mehr mit illegalem Gepäck durch die Wälder marschieren. Ohne Grenzkontrollen wird die Drogenszene immer vielfältiger und diffiziler. Für die Konsumenten bedeutet es, dass selbst ein Joint heute wesentlich gefährlicher ist als vor zwanzig Jahren. Vieles, was auf den Markt kommt, macht schnell abhängig und hinterlässt ebenso flott irreparable Schäden.«

Mit stoischer Miene beendete Tom Weber seinen Bericht. »Der Fachmann schließt Fremdeinwirkung mit hoher Wahrscheinlichkeit aus.«

Karin stand unwirsch auf, trat vor die gläserne Schauwand, blickte von einem Foto zum anderen, auf dieses junge, friedvoll lächelnde Gesicht mit den starren Augen.

»Wir müssen noch einmal zu ihrer Familie. Ich kann nicht glauben, dass niemand etwas gemerkt hat. Und was ist, wenn Zoe noch irgendwo einen Vorrat an glitzernden Kristallen oder bunten Pillen hat, die ihre Geschwister für einfache Dragees halten?«

Die Lage wurde beendet. In ihrem Büro nahm Karin telefonisch Kontakt zum Kollegen Drechsler von der Drogenfahndung auf, sie würde ihm den Fall übergeben. Von Aha hörte sie im Vorbeigehen die Fakten berichten.

»Nein, Fremdeinwirkung ausgeschlossen. Ja, Crystal Meth. Warum ich noch einmal in die Familie will? Ich muss sichergehen, dass es keine Drogen mehr im Haus gibt. Ihr seid die Spezialisten. ... Was? Wen wirst du mitbringen? Wer ist Woodstock? ... Ach, euer talentiertester Drogenhund mit familientauglichem Schmusefaktor, ich bin gespannt. In einer Stunde vor dem Hauptgebäude der Kreispolizei an der Reeser Landstraße? ... Gut, ja, und unser Kollege von Aha wird dir alles Wesentliche schicken, aber, wie gesagt, da gibt es nicht viel.«

So blieb von Aha nur noch, die Akte zu speichern und zu schließen. Nachdenklich saß er vor seinem Arbeitsplatz und konnte sich lange nicht vom Anblick der lächelnden Toten lösen, nahm das Foto doch von der Wand und verschickte die Datei an die Drogenfahndung. Er konnte Drechsler nicht leiden, ein körperorientierter Großkotz, der sich gern mit tief aufgeknöpftem Hemd und frisurlos wucherndem Haar präsentierte. Und jetzt würde er wieder um seine Chefin herumscharwenzeln, ihr mit irgendeinem netten, wohlerzogenen Hund imponieren.

Von Aha nahm seine Brille ab, die Bügel waren zu locker, er war sich nicht sicher, ob der Optiker sie noch richten konnte. Aber: kein Problem für einen hellen Kopf. Er hatte das gleiche Modell noch fünfmal in der Schublade, man trennt sich nicht ohne Weiteres von eingefleischten Gewohnheiten, Lieblingshemden und dem besten aller Brillengestelle.

Wieder im Vollbesitz seiner Sehfähigkeit, fiel sein Blick auf die Rose in der Plastikhülle, deren zarte Blütenblätter das pralle Sonnenlicht des Morgens nicht gut ertrugen, sie wirkten geschrumpft und knickten zur Seite. Oje. Vorsichtig entfernte er die störende Hülle, die Erde unter den winzigen Blättern fühlte sich völlig trocken an. Er leerte seine Stiftschale, füllte sie mit Wasser und stellte den Topf hinein.

Minutenlang beobachtete er die kleine Pflanze, und während der Wasserspiegel in der Schale langsam sank, richteten sich Blüten und Blattwerk wieder auf. Der kauzige Kommissar hockte lächelnd vor dem Naturwunder auf seinem Schreibtisch, betrachtete die winzigen, angekrausten Blütenblätter, bis die Erinnerung ihm deutete, warum er wie magisch angezogen vor diesem Topf verweilte.

Rosen, egal in welcher Farbe oder Größe, erinnerten ihn an seine Großmutter, die stets eine prall gefüllte Vase im Wohnzimmer auf einem Beistelltischchen platziert hatte. Am frühen Morgen hatte sie die Pracht aus eigener Zucht geschnitten, einer Reihe von Sträuchern zwischen Garage und Gemüsebeet. Damals war die Anzahl der Sorten noch überschaubar gewesen, und der kleine Gero brüstete sich mit seinem Wissen, dozierte die Namen der riesigen duftenden Blüten, deren Farben von tiefem Rot bis zu leuchtendem Gelb variierten.

Von Aha bückte sich und schnupperte an den rosafarbenen Blütenkränzen. Er schloss die Augen und sog die Luft langsam ein, immer wieder, und bemerkte mit Erstaunen, dass selbst dieses kleine Gewächs einen hauchzarten Duft verströmte. Gleich in der Pause würde er ihr einen würdigen Übertopf kaufen und Erde, denn dieser winzige Behälter war eine Zumutung. Dünger brauchte er. Aber welchen benötigte diese Rose? Ein Buch musste her, in der Fußgängerzone würde er fündig werden.

Dieser Moment, die intensive Erinnerung an den Duft von Omas Rosen, besiegelte offensichtlich den Beginn einer wunderbaren Freundschaft. Er würde sich kümmern.

»Jerry, machst du Stallwache? Ich muss mal kurz weg. Meine Brille, ich muss sie richten lassen.«

***

Blass und zittrig hockten Alfons Mackedei und Heinz-Hermann Trüttgen auf den fest montierten Stahlmöbeln vor dem Eingang zur Ambulanz des Marienhospitals in Wesel. Sie waren mit Mühe dem Rettungswagen gefolgt, den sie am frühen Morgen selbst gerufen hatten, um ihren verletzten Kollegen in die Klinik zu begleiten. Nun bangten sie um ihn.

Der Tag hatte wie ein normaler Arbeitstag begonnen, die beiden trafen sich auf dem Parkplatz hinter dem Preußen-Museum, um den Dritten, Walter Gesthuysen aus Voerde, abzuholen. Er hatte am Vorabend darum gebeten, weil er meinte, sein altes Moped könne jederzeit den Geist aufgeben. Vor seiner Wohnung in einem hohen Mehrfamilienhaus am Buschacker hatten sie geduldig gewartet. Nichts. Schließlich war Mackedei ins Haus gegangen, hatte geklingelt und geklopft, es regte sich nichts in der Wohnung. Seine Bemühungen riefen schließlich eine neugierige ältere Nachbarin in zugeknöpfter Kittelschürze auf den Plan, die aus der Nebentür lugte.

»Was soll der Lärm, sind Sie von der Inkassofirma oder was? Wer anders will den gar nicht sehen.«

Mackedei wollte sich vorstellen, erkannte jedoch in den kleinen, schlitzartigen Augen hinter der schief sitzenden Brille mit den dicken Gläsern ein Funkeln, das jeden Widerspruch im Keim erstickte.

»Wissen Sie, ob er da ist?«

»Hören Sie was?«

»Wie meinen Sie das?«

»Na, wenn er da ist, hat er immer eine Geräuschkulisse, der schläft vor dem Fernseher ein und lässt ihn die ganze Nacht laufen. Nehmen Sie ja den Fernseher mit und seine Boxen, das Gewummer ist unerträglich.«

Man hörte jedoch kein Geräusch hinter der verschlossenen Tür. Die Frau atmete schwer, legte zur Sicherheit ein Ohr an Gesthuysens Türblatt, schüttelte den Kopf. Nur aus dem Erdgeschoss drang Gemurmel zu ihnen herauf.

»Wir haben ruhig geschlafen heute, der war gar nicht erst zu Hause. Vielleicht suchen Sie ihn in seiner Laube in Spellen oder Löhnen, weit genug weg von hier. Und wenn Sie dann mit ihm zusammen herkommen, nehmen Sie den Fernseher mit, ja?«

»Ich schaue, was sich machen lässt.«

Im Bulli schimpfte Trüttgen los, der Kerl sei die Unzuverlässigkeit in Person. Der hätte früher im Betrieb, den Trüttgen geleitet hatte, die Probezeit keine drei Tage überlebt, nun würden sie ihn im Schlepptau haben und sich immer wieder aufs Neue ärgern.

Mackedei solle sich bloß zurückhalten, soziales Engagement hin oder her, er habe große Lust, den Nichtsnutz in den nächsten Altkleidercontainer zu stopfen. Vielleicht könne er in Afrika den großen Macker geben, weil er jeden PC ans Laufen kriegt, jetzt würden sie ihm auch noch hinterherfahren, um ihn zur Arbeit abzuholen, unmöglich. Unmöglich!

Und dann hatten sie ihn vor seiner Laube gefunden. Blutüberströmt, ansprechbar, aber nicht in der Lage, sich zu bewegen. Um ihn herum ein wirrer Haufen aus Tonscherben, Erde und welken Pflanzen.

Mackedei schaute auf die milchig verglaste Tür zu dem Behandlungsraum, hinter der die Trage mit Gesthuysen verschwunden war. »Mensch, die lassen sich aber auch Zeit.«

»Bleib mal entspannt, vielleicht sind die noch zum Röntgen oder so. Man weiß doch gar nicht, was der hat.«

»Stimmt, konnte sich nicht regen. Sein Handy unter den Tonscherben zerdeppert. Die ganze Nacht da draußen verletzt zu liegen, ohne Aussicht auf Hilfe ...«

Trüttgen ging zu dem Getränkeautomaten, der neben einer beachtlichen Auswahl an Kaltgetränken in kleinen Flaschen auch Heißgetränke in Plastikbechern offerierte. »Soll ich dir einen Kaffee mitbringen?«

Mackedei nahm dankend an.

»Wie der das geschafft hat? Er ist ja nicht der Geschickteste, aber so ein Chaos zu veranstalten, dazu bedarf es schon einer Menge Pech.«

Trüttgen schlürfte den Kaffee und schaute sich nebenbei um. Die Sitzmöbel in der Wartezone wurden von Menschen mit unterschiedlichen Gebrechen besetzt, bandagierte Arme und Beine, blutgetränkte Pflaster an Fingern, Menschen, die man stützen musste, blass, mit ungekämmtem Haar. »Glaubst du ihm die Geschichte mit dem selbst verschuldeten Unfall?«

»Wie meinst du das? Er ist nun mal schmächtig und hat versucht, zwei von den Töpfen gleichzeitig zu tragen. Dabei ist er über den dritten gestolpert, von den anderen beiden begraben worden, hat die Tonscherben an den Kopf gekriegt, sich beim

Fallen das Bein gebrochen und die Rippen geprellt. Was sollte daran nicht stimmen? Und warum?«

Trüttgen blickte versonnen in die Runde, wandte sich nah an Mackedei, um leise zu antworten. »Das waren drei Arbeitsschritte zu viel für den Kerl. So viel Unglück am Stück kann doch keiner haben, oder?«

»Du meinst, er hat Mist erzählt?«

»Genau, der war im Delirium oder hat uns voll verarscht. Überleg mal, Gesthuysen und zwei schwere Blumenpötte in beiden Armen. Das ist ein Bild, das will sich vor meinem inneren Auge nicht aufbauen. Der trägt doch sonst keine zwei Farbpinsel gleichzeitig, aber gestern soll er mehrere bepflanzte Tontöpfe gestemmt haben?«

Die Tür zu den Behandlungsräumen öffnete sich, erwartungsvoll schauten sie der Krankenschwester entgegen, die jedoch nur den nächsten Patienten hereinholte.

Mackedei schaute auf seine Armbanduhr. »Noch eine Stunde haben wir auf dem Parkplatz, dann muss ich nachwerfen. Was macht dich so misstrauisch, und was will er deiner Meinung nach vor uns verbergen?«

»Hast du schon erlebt, dass man sich mit einem Blumentopf im Fallen ein Veilchen zuziehen kann? Der hatte einen völlig vermackten Kopf, als wäre er in eine Schlägerei geraten. Die Sanitäter waren auch ganz misstrauisch. Und der Notarzt musste grinsen, als er die Version mit dem unglücklichen Sturz hörte. Wenn du mich fragst, da stimmt was nicht.«

Die undurchsichtig verglaste Tür wurde schwungvoll von innen geöffnet, ein Arzt in blauem Kittel mit einem Mundschutz, der an einem Ohr baumelte, blickte sich um und kam auf sie zu.

»Sie müssen die Verwandten von Herrn Gesthuysen sein. Er hat Sie beschrieben.«

Bevor Trüttgen protestieren konnte, bestätigte Mackedei die Annahme. »Ja, was ist mit ihm?«

»Er wird hierbleiben müssen. Wir werden das Bein operieren, der Bruch im Bereich des rechten Unterschenkels ist sehr kompliziert und muss geschraubt werden. Alles andere ist schmerzhaft, jedoch oberflächlich. Wissen Sie, ob er vor dem Unfall in eine Schlägerei verwickelt war?«

Mackedei verneinte, sie hätten sich am Nachmittag des Vortages zuletzt gesehen und ihn so vorgefunden, wie er eingeliefert wurde. »Wie kommen Sie darauf?«

»Da gibt es für einen Sturz untypische Verletzungen am Kopf, Hämatome am Jochbein, auf der anderen Gesichtshälfte am Kiefer, ebenso im Brustbereich, dann der Riss an der Lippe. Wissen Sie, so etwas erleben wir hier bei Frauen, die häusliche Gewalt erlitten haben und uns erzählen wollen, sie seien vom Rad gefallen. Es gibt durchaus auch Ehefrauen, die ihre Männer verprügeln.«

»Der ist solo, glauben Sie mir. Und der muss die ganze Nacht draußen in der Laube gewesen sein, meinte seine Nachbarin.«

Der Arzt schien in Eile. »Jedenfalls will er keine Polizei dabeihaben, wir müssen seine Angaben akzeptieren. Sprechen Sie mit ihm, vielleicht ist er überfallen worden oder er wird bedroht. Er wird momentan für die OP vorbereitet, Schwester Klara bringt Sie zu ihm.«

Er winkte einer freundlichen Schwester, die sie in einen kleinen Raum führte, in dem Gesthuysen mit einem OP-Hemd bekleidet auf einem Bett lag. Aus einem Infusionsbeutel tropfte Flüssigkeit in einen Zugang, der an seinem dünnen linken Arm befestigt war, mitten in der Tätowierung mit dem Namen einer früheren Freundin. »A…«, Pflaster, Zugang, Pflaster, »…arie.« Er wirkte erschöpft und ohne seine Kleidung noch wesentlich schmaler.

In Trüttgens Gesicht zeigte sich eine Spur Mitgefühl. »Mensch, altes Haus, du siehst nicht frisch aus.«

»Nehmt mich mit, ja? Die wollen mich gleich operieren, mit Narkose und so.«

»Sei froh, so kannst du das Bein nicht mehr bewegen, das hast du doch die halbe Nacht lang versucht.«

Mackedei betrachtete ihn. Er hatte keine Ahnung von den Auswirkungen einer Schlägerei, aber so ohne den verkrusteten Überzug aus Blut und Blumenerde im Gesicht verstand er, was der Arzt ihnen mitteilen wollte. »Du siehst aus, als wärst du unter fremde Fäuste geraten. Bist du sicher, dass du dich mit niemandem geschlagen hast? Das da ist eindeutig ein Veilchen.« Gesthuysen versuchte ein zaghaftes Kopfschütteln, mit schmerzverzerrter Miene beendete er den Versuch abrupt. »Vielleicht erinnerst du dich morgen oder in den nächsten Tagen. So etwas gibt es, ein Gedächtnisverlust nach traumatischen Erlebnissen, ich habe davon gehört.«

»Nein. Ich bin mit den Pötten gestürzt. Ganz unglücklich. Sonst war da niemand. Nur die Tontöpfe mit den Blumen. Alles ist hin, oder?«

Schwester Karla erschien und kontrollierte den Tropf. »Ich gebe Ihnen ein leichtes Beruhigungsmittel, gleich geht es los.« Sie wandte sich an die beiden Männer im Blaumann. »Wenn Sie Ihrem Cousin ein paar Sachen bringen könnten, Hygieneartikel, etwas zum Anziehen.«

Mackedei grinste. Klar, als Verwandte bekamen sie Auskunft, als Kollegen nicht. Der besaß noch einen Rest an Verstand, der dünne Mann im Hemdchen. »Natürlich, Cousin, wo ist denn dein Schlüssel, dann versorgen wir auch gleich deine Blumen.«

»Der ist bestimmt in der Laube. Ich habe meine Jacke von innen an die Tür gehängt, da ist er in der Tasche.«

Mackedei tätschelte ihm vorsichtig die rechte Hand. »Wir machen das, keine Sorge.«

Auf dem Vorplatz des Hospitals setzten sie sich für einen Moment auf eine Holzbank zwischen Beeten, die im Wechsel mit plattierten Flächen geometrisch angelegt waren.

Trüttgen stöhnte auf. »Jetzt haben wir den Job im Weseler Stern alleine zu erledigen und müssen den Kerl auch noch versorgen. Wenn das mein Cousin wäre, würde ich eine Anzahl von Frauen aus der Verwandtschaft damit beschäftigen, die können das. Ich kann Handwerk, aber nicht Haushalt und Krankenpflege.«

Mackedei fingerte seinen Autoschlüssel aus der Brusttasche. »Ich kann eigentlich nichts von alldem, ich stelle mich hiermit einer neuen Herausforderung. Los, wir fahren zunächst, um die Dinge für Gesthuysen zu erledigen, danach legen wir mit der Arbeit im Hochhaus los.«

Trüttgen folgte ihm mit schlurfendem Schritt. »Und ich wollte heute das neue Spalier für die Rosen zusammenschweißen. Muss wieder warten. Wenn du wüsstest, wie lange mir meine Frau damit schon in den Ohren liegt. Ich hör se schon meckern, immer zuerst die anderen und so weiter.«

»Schick sie ins Ehrenamt, meine ist ständig auf Sammeltour. Jetzt engagiert sie sich hier in Wesel für den Kinderschutzbund. Sie ist zufrieden und aus dem Haus. Ich kann mir den Tag selbst einteilen, was will ich mehr?«

»Egal wo ich bin, immer bestimmt ein anderer, was dran ist. Et is völlig wurscht, wobei dein Ton in den meisten Fällen wesentlich netter ist als der von meiner Angetrauten.«

Mackedei schloss den Bulli auf. »Sei nett zu ihr. Wann hast du ihr zum letzten Mal Rosen mitgebracht? Siehst du, kannst dich gar nicht daran erinnern. Das bewirkt manchmal mehr als ein neues Gestell für die Kletterpflanze. Die kleinen Nettigkeiten des Alltags, die sind wichtig. Meine Sekretärinnen haben sich immer über Pralinen gefreut, edle Tropfen in Nuss und dergleichen. Glaub mir, das schafft Zufriedenheit im Haus.«

Trüttgen kratzte sich am Kopf. »Wenn ich Rosen mitbringe, meint sie, ich hätte ein schlechtes Gewissen. Bringe ich keine mit, hält sie mich für nachlässig. Beides kommt schlecht an. Sag jetzt mal nichts und fahr einfach los. ... Hygieneartikel. Hoffentlich weiß der, was das ist, und hat so was im Haus.«

***

Der Kollege Drechsler aus dem Drogendezernat konnte es nicht lassen. Völlig hemmungslos und fernab jeglichen Benehmens, das im entferntesten Sinne als »gut« bezeichnet werden konnte, begrüßte er Karin auf dem Parkplatz der Kreispolizeibehörde. Die Hauptkommissarin war vorbereitet, trotzdem wünschte sie, die Erde würde sich vor ihren Füßen auftun, um in einem Loch untertauchen zu können. Vom Eingang zur Wache aus hörte sie ihn schon.

»Karin, der schnuckeligste aller Bullenkäfer, ich komme. Lass dich an meine breite Brust drücken. Mein Gott, du wirst von Jahr zu Jahr attraktiver!«

Neben ihm trottete ohne Leine ein zotteliges vierbeiniges Etwas, das auf Wort und Zeichen seines Herrchens reagierte. Den Befehl »Woodstock, geh, begrüß die Frau« nahm das Tier sofort auf, rannte auf Karin zu und, bevor die Hauptkommissarin reagieren konnte, war er einmal kurz an ihr hochgesprungen, hatte sie kaum mit den Pfoten berührt und ihr trotzdem im Bruchteil von Sekunden mit der Zunge einmal durch das Gesicht gewischt. Es schauderte Karin.

»Bah, was hast du dir wieder Perverses ausgedacht! Lässt du dich jetzt durch einen Hund vertreten?«

Drechsler stand vor ihr, die Sonnenbrille ins ungekämmte Haar gesteckt, mit braun gebrannten muskulösen Oberarmen und einem Ausschnitt, der bei Frauen in Dienststuben für Abmahnungen gesorgt hätte. »Ich lass mir doch eine persönliche Begrüßung nicht nehmen.«

Schon drückte er sie an sich, hob sie von den Füßen und wirbelte sie einmal um sich selbst, bevor er seinen Hund mit kurzen Befehlen neben sich platzierte.

»Woodstock ist ein außergewöhnliches Talent in Bezug auf Drogensuche. Man munkelt, er sei selber Junkie und könne deshalb auf Anhieb alles finden, was ein Mensch versteckt hat. Manchmal verschwindet er, dann finde ich ihn im Keller. Da bewacht er in seiner Freizeit mit Vorliebe die Asservatenkammer, in der wir den Stoff lagern, bevor er zur Verbrennungsanlage gebracht wird. Ansonsten ein treuer Schluff vom Stamme der Bouviers.«

Drechsler steuerte seinen Wagen an, ließ seinen Schlüssel mit einem Fuchsschwanzimitat lässig um den Zeigefinger wirbeln.

»Nach Rheinberg müssen wir? Komm, wir nehmen mein Auto, du hast ja deinen Zweisitzer gegen eine Familienkutsche ausgetauscht. Ich habe meinen tiefgelegten alten Honda CRX immer noch, und Woodstock liebt den Fahrtwind vom Notsitz aus. Auf dem Weg erzählst du mir was zum Fall.«

»Der von Aha wollte dir alles schicken, hast du deine Daten nicht gecheckt?«

»Doch, aber ich hör so gern eine angenehme Stimme neben mir. Sonst sitzt der Hund auf dem Beifahrersitz und schweigt.« Während der Fahrt legte sich der lang behaarte Kopf auf Karins Schulter, und in Höhe des Salzwerks der Esco in Borth wollte er an ihrem Ohr knabbern, was ihr gar nicht behagte. Die ganze Fahrt über erklärte Drechsler ihr die aktuelle Welt der Drogen, die permanente Veränderung, es müsse immer noch schneller »knallen« und krasser wirken, und die Spätfolgen seien bei den heutigen Konsumenten unabsehbar. Besonders die synthetisch hergestellten Pillen seien ein Sauzeug. »Der schnelle Kick, künstlich erzeugte gute Laune und Energie. Die Konsumenten tanzen ekstatisch, arbeiten wie die Tiere, und am Ende drehen sie durch.« Die Beschaffung der Inhaltsstoffe sei meist nicht einmal illegal und eine Drogenküche mit relativ wenig Aufwand zu bauen, könne dementsprechend schnell auch wieder verlassen werden, wenn die Lage brenzlig werde.

Und immer wieder die liebevollen Attacken des grauhaarigen Hundes von der Rückbank aus. Drechsler reagierte amüsiert. »Woodstock ist wie ich, völlig frauenfixiert. Wir beide lieben weibliche Gesellschaft, nur muss ich ihn zu Hause ab einem gewissen Punkt aussperren, weil er mir die Show stiehlt.«

In Rheinberg angekommen hatte Karin das Gefühl, nach Hund zu riechen, ordnete die Frisur und bereute fast die gemeinsame Fahrt, als sie ihre Finger an einem Papiertaschentuch trocken rieb. Sie schaute sich den Notsitz an, vielleicht könnte sie sich auf der Rückfahrt nach hinten setzen. Würde passen, nur sah es dort aus wie in einem gut ausgestatteten Hundekorb, für animalische Bedürfnisse ausreichend und offensichtlich seit Langem nicht mehr grundgesäubert.

Zumindest benahm sich das Tier vorbildlich, als sie bei Familie Grüttner ankamen. Eltern und Großeltern saßen am Esstisch, die Kinder kamen aus den Zimmern, man hatte sie von der Schule befreit, und beide hingen an dem Hund, der sich umgehend mit dem hauseigenen Golden Retriever angefreundet hatte. Ein Gewusel aus Kindern und Hunden tollte durch den Garten, als Karin so behutsam wie möglich den Eltern die Sachlage erläuterte.

52

»Unsere Zoe und Drogen? Nie und nimmer.«

»Wir haben den Nachweis. Ohne das Zeug wäre sie vermutlich nicht auf den Baum gestiegen und abgestürzt. Und jetzt würden wir gerne sichergehen, dass nichts mehr im Haus ist. Stellen Sie sich vor, die anderen beiden finden die Pillen. Sie sehen vermutlich harmlos aus und könnten zum Probieren verführen. Wenn wir die Verpackung haben, sind vielleicht noch Spuren des Herstellers oder des Dealers daran zu finden.«

Drechsler ergänzte mit Nachdruck.

»Viele haben ihr eigenes Symbol eingepresst, ein Muster, das in der Szene wie ein Herkunftsnachweis gilt. Bei Crystal Meth gibt die Zusammensetzung Auskunft über das Labor.«

Mit hochrotem Kopf erhob sich der Großvater von der Eckbank. »Drogen bei meiner Enkelin? Und Sie wagen es, hier einfach solche Behauptungen in die Welt zu setzen! Ich werde mich über Sie beschweren. Haben Sie irgendeine Legitimation, die Ihnen erlaubt, hier herumzuschnüffeln? Das ist ein Skandal!«

Seine Frau und Zoes Mutter versuchten, ihn zu beruhigen, während Herr Grüttner die Beamten in die Diele lotste und die Tür hinter sich schloss.

»Hier liegen bei allen die Nerven blank. Er meint das nicht so. Ich habe in den letzten Wochen immer wieder gesagt, sie ist so dünn und schläft kaum noch. Eine Phase, hat meine Frau gesagt, sie ist dabei, sich neu zu definieren. Hätte ich mich nur durchgesetzt mit meinen Bedenken, aber nein, hier herrscht Frauenmehrheit. Machen Sie Ihre Arbeit, ich kümmere mich um den alten Herrn.«

Drechsler gab sich betont feinfühlig. »Ich kann verstehen, dass Zoes Tod ein großer Schock für alle ist. Kein Mensch sollte so jung sterben, aber wir müssen der Realität ins Auge schauen. Wir sind behutsam, und glauben Sie mir, wir drei sind wesentlich ruhiger als die komplette Mannschaft der Spurensicherung. Mein Hund ist auf die Suche spezialisiert, keine Sorge, der macht keine Unordnung. Ich schicke ihn durch das Haus, und er stoppt und gibt Laut, wenn er auf etwas stößt. Okay?«

Grüttner nickte matt, die dunklen Ringe unter seinen Augen

gaben seinem Gesicht einen müden, traurigen Ausdruck. Leben im Stand-by-Modus.

»Dann hole ich ihn jetzt rein.« Drechsler ging zur Terrassentür. »Woodstock, komm, wir haben zu tun. Hierher, bei Fuß.« Er ging mit ihm durch das Erdgeschoss, immer den Befehl »Such« wiederholend. Hier war nichts. In der ersten Etage fand der Hund sofort Zoes Zimmer, seine Nase führte ihn zum Papierkorb, den er mit dem Kopf umstieß, um schließlich starr sitzend zweimal zu bellen.

Drechsler lobte ihn, zog sich Handschuhe über und wühlte zwischen zerknüllten Heftseiten, alten Modezeitschriften und gebrauchten Kosmetiktüchern. Schließlich hielt er zwei winzige Plastiktüten mit kantigen, zusammendrückbaren Verschlüssen in die Höhe.

»Da haben wir ja schon, wonach wir suchen. Guter Hund.«

Karin warf einen Blick auf die Tütchen, bevor Drechsler sie in größere Beutel für Fundstücke gleiten ließ.

»Da siehst du noch Pulver, das sich gelöst hat. Das ist aber ziemlich wenig, hier müsste noch mehr zu finden sein. Such!«

Woodstock stöberte weiter, bewegte sich schnell und sicher durch das elterliche Schlafzimmer, ein Kinderzimmer, fand auch im Bad nichts, was seine Nase ansprach, und blieb vor der Tür des Bruders der Toten sitzen. Drechsler drückte auf die Klinke, die Tür war verschlossen. Karin rief nach unten.

»Grisha, das Zimmer hinten links ist deins, oder?

Der Junge stimmte zögerlich zu und kam die Treppe hoch.

»Ich dachte es mir, dann hast du die Fußballfahne vor dem Fenster zur Straße?«

»Ja, und?«

»Kannst du uns deine Tür öffnen, der Hund muss überall mal durch.«

»Das ist mein Zimmer, da dürfen Sie nicht rein.«

Von unten mischte sich die Mutter ein. »Er ist da sehr eigen. Sprich du mit deinem Sohn.«

Der Vater kam ebenfalls nach oben, langsam wurde es eng in dem kleinen Flur, von unten hörte man den Großvater erregt in der Küche schimpfen, es fielen Worte wie »Polizeiwillkür« und »Dienstaufsichtsbeschwerde«.

»Jetzt sei nicht so stur, schließ dein Zimmer auf, komm. Wir stehen hier alle unter Schock. Es kann für dich doch nicht so schlimm sein, wenn eben jemand nachschaut, oder?«

Karin versuchte es mit mütterlicher Intuition. »Wir wollen ja nicht kontrollieren, ob du aufgeräumt hast. Das ist mir völlig egal, ich verrate auch deinen Eltern nichts, versprochen. Uns geht es doch nur darum sicherzustellen, dass niemand etwas in deinem Zimmer deponiert hat, was dir und deiner kleinen Schwester gefährlich werden könnte.«

Grisha stand mit verschränkten Armen vor seiner Tür und schüttelte den Kopf.

»Mein Kollege wird sein Werkzeug aus dem Wagen holen, so ein Schloss ist schnell geöffnet.«

»Dann müssen Sie mich zuallererst wegtragen. Da geht keiner rein außer mir.«

ZWEI

Seine alte Puch hatte schon zu den Zeiten, als er noch als Pförtner bei der Glasfabrik Delog in Wesel gearbeitet hatte, immer wieder für blöde Sprüche herhalten müssen. »Die lebendige Fusion zweier berühmter Namen: Kreidler und Puch«, hatte sein Kollege immer gefrotzelt, »wie wäre es denn, allmählich zu expandieren, zum Beispiel zu Kreidler und Opel oder so?« Luis Kreidler hatte nie ein anderes Fahrzeug gewollt.

Er war und blieb ein einfacher Arbeiter, zuverlässig, pünktlich, loyal, und sein Lohn reichte für ein anständiges Leben – wozu ein teures Auto anschaffen? Inzwischen hatte er im Keller ein ganzes Lager mit Ersatzteilen für sein Moped, damit es ihm bis zu seinem Lebensende treue Dienste leisten konnte. Bei Wind und Wetter fuhr er damit durch den immer dichter werdenden Straßenverkehr der Stadt, hatte den Bau der neuen Rheinbrücke verfolgt und fühlte sich nun stets wie der König vom Weseler Stern, wenn er über den glatten Asphalt zum Fluss hinunterspähend ans andere Ufer fuhr. Er solle bloß vorsichtig unterwegs sein, gab ihm seine Frau stets mit auf den Weg, und Luis Kreidler bemühte sich.

Den Weg nach Xanten kannte er im Schlaf, war jahrelang in Birten links abgebogen, um dann am kleinen Amphitheater vorbei den Fürstenberg hinaufzufahren. Die höchste Erhebung, Zeuge der Gesteinsverschiebung in der Eiszeit, bot einen besonderen Blick, zunächst auf gut bestellte Felder, teilweise gesäumt von alten Eichen. Wenn er auf der Anhöhe nach rechts schaute, konnte er bis nach Hause gucken, denn bei klaren Sichtverhältnissen war das höchste Gebäude des Weseler Sterns in der Ferne zu erkennen.

Weiter ging die Fahrt, immer noch bergan durch die »Schlucht«, wie die Einheimischen den seit Jahrhunderten genutzten und von steilen Hängen begrenzten Weg nannten. Kurz vor der Kuppe bog er nach rechts, dann ein letzter Schwenk nach links, vorbei an der malerischen Kapelle und dem Kreuz mit dem Herrn Jesus in Holz geschnitzt, und schon war er auf Rosenhof angekommen, dem Schlösschen auf dem Fürstenberg. Meist fuhr er an der vornehmen Einfahrt vorbei, bevorzugte den Eingang für das Personal, und seit die Stadt die Durchfahrt über den Berg mit Pöllern abgeriegelt hatte, kam er sowieso von Xanten aus auf die Anhöhe und bedauerte oft, diesen malerischen Weg nicht mehr genießen zu können.

Er war hier der Gärtner, wurde als solcher angesehen und geschätzt. Seine Meinung zu allem, was Wurzeln, Blätter und Blüten hatte, war von höchster Wichtigkeit. Für große Vorhaben und schwere Arbeiten wurden zusätzliche Kräfte angeworben, während der Erntemonate auch gern schon mal aus der Schar der Helfer aus Südosteuropa. Die meisten waren geschickt und voller Ehrfurcht vor der Schönheit des Gartens.

Rosenhof lag zum Nordosten hin am anderen Ende des Berges und bot einen unvergleichlichen Blick auf die Rheinebene, unterhalb rauschte in der Ferne der Verkehr der B 58 entlang. Der rückwärtige Teil des Anwesens ließ jedoch nicht viel an Bepflanzung zu, da die hohen alten Buchen für reichlich Schatten sorgten. Farne, Funkien, Leberblümchen und Schaumblüte boten dort saftiges Grün zwischen den Stämmen, einzelne Rhododendren satte Farben im Frühjahr.

Dafür hatte Luis Kreidler gemeinsam mit den Herrschaften des Hauses die Fläche an der Vorderseite sowie das zum Süden hin gelegene Gelände in einen anerkannten Garten verwandelt. Mehrmals im Jahr öffneten die Castillans ihn zur Aktion »Offene Gartenpforte« und luden damit Fachleute und interessierte Hobbygärtner ein, die verzückt lächelten und sich von der Dame des Hauses, die auf der vorderen Terrasse Tee und Sandwiches anbot, die jahreszeitliche Blütenfolge beschreiben ließen. Alle flanierten still und staunend, das gefiel Luis Kreidler, der dann in tadelloser Arbeitskleidung und mit seinem Strohhut, dem man die Jahre ansah, so manche botanische Frage beantwortete.

Im Juni, zur Rosenblüte, kamen andere Gäste, denen mehr an der gebotenen Musik als an der Gartenpracht lag. Wenn die

Kammerkonzerte auf Schloss Rosenhof vorbei waren, musste Luis Kreidler tagelang einzelne Servietten, Zigarettenstummel und so manche Flasche aus den Beeten links und rechts neben der Auffahrt fischen. Auch gab es Frauen im Publikum, die rücksichtslos Rosenköpfe abknickten, um wahlweise sich selbst die duftende Pracht ins Haar zu stecken oder ihrer Begleitung ans Jackett zu heften. Ein unverzeihlicher Frevel.

Heute galt es, die Spaliere zu überprüfen, an denen die neuen englischen Landrosen im dritten Jahr blühten. Die gefüllte Lady Emma Hamilton und die Golden Celebration brauchten eine Stütze, da sich unter dem Gewicht der üppigen Knospen die Stämme bereits nach unten neigten. Die intensiv duftende karmesinrote Munstead Wood faszinierte ihn am meisten. Luis Kreidler begrüßte sie stets, indem er sich zu dem breiten Busch stellte und genussvoll an den Blüten schnupperte. Anders als bei ihm zu Hause lief hier um dieses Haus herum alles geordnet und nach Plan.

Ein gewisses Terrain auf diesem Anwesen allerdings machte ihm zu schaffen. Dort gedieh keine Pflanze gescheit, nur Wildkräuter, die Brachflächen bevorzugten, machten ihm sein Handwerk schwer. Knappe zehn Quadratmeter neben den Kamelien ließen sich durch nichts, was ihm bekannt war, in ein sprießendes Blumenbeet verwandeln.

Er wandte sich seufzend ab und schloss die Tür zu seinem Reich auf, dem wohlgeordneten Geräteschuppen. Luis Kreidler band sich die frisch gewaschene, gestärkte Schürze um, die er regelmäßig in seinem Gartenhäuschen vorfand, und blickte mit einer Spur von Stolz über sein Reich.

»Ab ins Paradies, Luis, gib dein Bestes.«

***

Mit Mühe gelang es Karin Krafft, den Kollegen Drechsler davon abzuhalten, die Tür hinter Grisha Grüttner mit einem kräftigen Schulterstoß einzurammen. Sie schickte alle nach unten, Drechsler ging unter Protest, nur den Hund ließ er neben Grisha sitzen.

»Kannst du darüber reden?«

Grisha schüttelte den Kopf.

»Hat es mit Zoe zu tun?«

Tränen kullerten über seine Wangen, er deutete ein Nicken an.

»Du hast Dinge von ihr aufbewahrt, richtig?«

Er konnte Karin nicht anschauen, fühlte sich beobachtet in seiner Trauer, wirkte wie ertappt beim Verrat eines Geheimnisses.

»Sie kommt nicht mehr zurück, Grisha, egal, welche Vereinbarung ihr getroffen habt oder was du ihr versprochen hast, es ist aufgehoben.«

Es dauerte einige lange, schweigsame Minuten, bis er sich schließlich mit dem Handrücken die Tränen von den Wangen wischte und in seiner engen Jeanstasche nach einem Schlüssel fingerte. Er öffnete die Tür, sie wartete, um ihn nicht erneut in die Enge zu treiben. Der Junge entriegelte seinen Schrank, nahm eine Reisetasche aus dem obersten Fach und holte aus einem Stiftständer auf seinem Schreibtisch einen Schlüssel für ein kleines Hängeschloss, mit dem die gegenläufigen Reißverschlusszipper gesichert waren.

»Grisha, ist das Zoes Tasche?«

»Ja.«

»Sei so gut und lass uns nachsehen. Es geht um Spuren, die gesichert werden müssen. Alles, was für uns ohne Belang ist, bekommst du so schnell es geht zurück, okay? Geh zu deinen Eltern, ihr müsst euch gegenseitig trösten und stützen.«

Karin rief Drechsler, der gab seinem Hund den Befehl. Sofort schoss er los, beschnupperte die Tasche, setzte sich und bellte. Drei Mal, mehr nicht, verharrte still, bis sein Herrchen ihn lobte und rausschickte.

Drechsler fingerte erneut in seiner Hosentasche nach Einweghandschuhen, dann öffnete er die Tasche. Sportzeug kam zum Vorschein, Schuhe, T-Shirt und kurze Hose, ein Kosmetikbeutel. Drechsler hielt ihn triumphierend in die Höhe. »Schauen wir doch mal nach.«

Zum Vorschein kamen rund ein Dutzend der kleinen Plastikbeutel mit Kantenverschluss, in jedem eine kleine Menge unförmiger, nahezu durchsichtiger Splitter.

»Da schau her, ein beachtlicher Vorrat an Crystal Meth. Da hatten der niedliche Bullenkäfer und mein Hund den richtigen Riecher. Das stammt aus einer Lieferung, die aus den Niederlanden zu uns kam, vor ungefähr ein, zwei Monaten. Wir haben die in diversen Diskotheken am Niederrhein gefunden und bislang den Weg nicht konkret ermitteln können. Es ist so unglaublich viel Dreck unterwegs.«

»Was sagt uns die Sporttasche als Versteck? Ob es da beim Sport einen Kontakt gibt?«

»Nicht schlecht, die Idee. Bleibst du am Ball?«

»Du bist der vom Drogendezernat.«

»Aber du bist wesentlich sensibler im Umgang mit Pubertierenden, da bin ich die hammermäßige Niete. Ich wette, es laufen Kontakte über den Sportverein oder die Turnstunde in der Schule, da bist du besser als ich, glaub mir. Wir nennen das dezernatsübergreifende Kooperation, das wird die van den Berg stark beeindrucken. Und jetzt lass uns gehen, es liegt eine bleierne Schwere auf diesem Haus, ich ertrag so was nicht.«

Er griff nach der Tasche, Karin hielt seinen Arm. »Es reicht doch, wenn wir den Kosmetikbeutel mitnehmen. Der Junge klammert sich an die Sachen seiner Schwester.«

»Mann, immer denkst du ein Stück weiter, so hast du mich schon damals beeindruckt, als du neu bei uns warst. Das ist eine ganz Fähige, dachte ich mir und wollte mit dir im selben Team arbeiten. Und dann bist du zum K1 gewechselt und hast diesen Idioten geheiratet.«

»Du hast mich anscheinend gründlich beobachtet.«

»Hab ich, nur wolltest du keinen ungekämmten Outlaw und hast mich völlig ignoriert.«

»Steh ich immer noch nicht drauf. Dem Idioten verdanke ich einen wunderbaren Sohn, und danach habe ich ihn in die Wüste geschickt.«

Er seufzte laut und theatralisch. »Ich weiß. Ich habe dich auch mit deinem Neuen in Xanten in der Eisdiele gesehen. Ihr wart so richtig eng. Spätestens da war mir klar, dass du und ich niemals zusammenkommen.«

Karin gab sich erstaunt über diese freimütigen Geständnisse.

»Drechsler, du bist mein Lieblingskollege aus deinem Dezernat, keine Frage, ich schätze dich und deine Arbeit. Ich hoffe, du teilst jetzt nicht die Aufgaben zwischen uns auf, weil du dir immer noch Hoffnungen machst?«

»Nee, nee, ich meine es ernst, du kannst besser mit Kindern, ich bin da viel zu direkt.«

»Gut. Noch einmal im Klartext: Das wird nie was mit uns, ist die Botschaft angekommen?«

Er richtete sich auf und brummte eine Zustimmung.

Die Eltern gaben sich entsetzt über den Drogenfund und wollten sofort mit ihrem Sohn darüber sprechen. Sie habe ihm nicht gesagt, was in der Tasche ist, er habe an eine Geburtstagsüberraschung oder so gedacht, erklärte Grisha. Erst als die Polizei in ihrem Zimmer etwas entdeckt hatte, wäre ihm in den Sinn gekommen, dass die Tasche auch ein schlechtes Geheimnis hüten könnte. Er habe den Ruf der Schwester retten wollen, indem er verhinderte, dass jemand sein Zimmer durchsuchte. Nein, er hatte wirklich keine Ahnung, und Zoe habe auch nie mit ihm darüber gesprochen.

Karin lobte ihn vor den Eltern und Großeltern, sie sollten seine Haltung zu schätzen wissen. »Sie haben Ihren Kindern mitgegeben, was es heißt, Geschwister zu haben, das ist sehr gut so, sie achten aufeinander und vertrauen einander. Eine Information brauche ich noch. Wo übte Zoe welchen Sport aus?«

Wieder übernahm der Vater die Antwort. »Zoe läuft. Lief. Langstrecke. Sie trainierte eher unregelmäßig im Verein, sie lief eben. Für Strecken, die sie auf eigenen Beinen zurücklegen konnte, ließ sie ihr Rad stehen.«

»Wo ist dieser Sportverein?«

»Drüben am Annaberg.«

Auf der Rückfahrt setzte der Kollege noch einmal nach. »Aber ich darf doch weiterhin besinnungslos an dich denken, wenn mir danach ist, oder?«

»Solange du deine Finger bei dir lässt und mir nicht nachstellst, ist das in Ordnung.«

»Gut. Damit kann ich leben. Werde ich eben meinen Hund heute Abend interviewen, um zu erfahren, wie es ist, an deinem Ohr zu knabbern.«

»Aber erst fährst du mich zu dem Stadion am Annaberg. Guck nicht so, du wolltest Kooperation, jetzt hast du sie. Kannst ja im Wagen warten oder den Hund ausführen. Im Übrigen erteile ich ihm hiermit Auskunftsverbot über mein Ohr.«

***

Burmeester hatte gewusst, dass sein Versuch, die alten, mit gestreiftem Segeltuch in verblassten Farben bezogenen Liegestühle lässig und gekonnt aufzustellen, einfach nur danebengehen konnte.

Seine Vermieterin hatte ihn und Yasmin entdeckt, als sie mit Decken und Proviant bepackt zum Rheinufer schlendern wollten. Sie habe da in der Garage, konkreter auf dem dortigen Spitzboden, noch Liegestühle, die alten aus ganz leichtem Holz, ob die nicht bequemer wären als die Steine am Ufer. Yasmin hatte geblinzelt, wie in einem Song des Jahres trefflich besungen: »Deine Augen machen bling-bling, und alles ist vergessen«. Wenn sie diesen ganz gewissen Blick auflegte, konnte er ihr keinen Wunsch abschlagen.

Er war todesmutig durch einen Vorhang aus verstaubten Spinnweben die schmale, mit dem Mehl mehrerer Generationen von Holzwürmern bepuderte Stiege hinaufgeklettert und hatte die sehr lange nicht mehr genutzten Holzstühle nach unten gereicht, wo Yasmin und Johanna Krafft sofort zur Tat schritten und die betagten Gartenmöbel entstaubten. Die Frauen waren sich einig, wie immer, wenn sie aufeinandertrafen, einfach romantisch und, fügte Yasmin noch schwärmerisch hinzu, völlig im Trend, da retro.

Am Ufer angekommen, nachdem Burmeester innerlich schon die Idee verflucht hatte, war dann der missglückte Versuch gefolgt, sie aufzustellen. Er war davon überzeugt, dass man spätestens am Abend bei Youtube ein Slapstickvideo finden konnte, bei dem ein Idiot am Rheinufer sich in einen Liegestuhl verkantet, um anschließend darüber zu stolpern und sich im Abgang noch tüchtig die Finger der rechten Hand zu klemmen.

»Ach, mein Armer, hast du dich verletzt? Ich werde dir eine eiskalte Dose Cola aus der Kühltasche holen. Halt die Finger gut dagegen, das hilft bestimmt.«

Fast hätte er darum gebeten, dass sie pustet, dieses Heile-Heile-Gänschen-Pusten, und alles ist wieder gut. Dann fiel ihm ein, dass er die Dinger auch wieder zuklappen und heimtragen musste, und er ließ sich widerstandslos von mitfühlenden Händen ein Handtuch um Dose und Finger wickeln. Auch seine Augen machten bling-bling, und sie verwöhnte den schwer verletzten Mann, der sich nichts sehnlicher wünschte, als mit Sonnenbrille, Buch und Cola am Rheinufer das Gesicht in die Sonne zu halten.

Er müsse mit der Haut vorsichtig sein, ob sie ihn nicht besser mit der Sonnencreme, Lichtschutzfaktor dreißig, einreiben solle. Alle zehn Minuten wurde die Dose gegen eine neue getauscht, und Yasmin schlang ihm ein Tuch um den Kopf, die Gefahr eines Hitzschlags sei einfach zu groß.

Spätestens als sie ihm in ihrer fürsorglichen Art einen Weinbergpfirsich in mundgerechte Stückchen schnitt, um ihn damit zu füttern, und sie, bevor das letzte Stück auf seiner Zunge lag, von »Ikea«, »einkaufen« und »Deko-Abteilung« zu sprechen begann, wünschte er sich einen Einsatz, Notstand im K1, Personalengpass, drei Mann an Sommergrippe erkrankt.

Burmeester ertastete sein Handy in der Tasche seiner abgelegten Hose und checkte kurz die Eingänge. Nichts. Nicht einmal eine kleine Gewitterwolke am Horizont. Schluss mit verständnisvollem Bling-bling, er schloss die Augen und fühlte sich eher plemplem.

★★★

Sie würden viel schaffen an diesem Tag ohne ihren dritten Mitstreiter, die Männer der O.P.A.-Initiative. Beim Betreten der

Wohnung ihres Mitstreiters Gesthuysen waren lang verdrängte alte Gefühle bei Alfons Mackedei hochgekommen. Er würde hier nichts anfassen, alles schien ihm schlimmer kontaminiert als in der rüsseligsten Bude, die er im Rahmen der ehrenamtlichen Tätigkeit jemals betreten hatte. Staubmilben, Mikroben und Bakterien aller Arten schienen hier gemeinsam mit Walter Gesthuysen ein beschauliches und artgerechtes Leben zu führen. Ein Blick ins Bad aus sicherer Entfernung bestätigte die schlimmsten seiner Phantasien. Selbst Trüttgen verzog angewidert das Gesicht.

»Wie der Herr, so's Gescherr.«

»Aber er besitzt eine Zahnbürste, immerhin.«

»Du meinst dieses weiß verkrustete Ding mit den Borsten, die sich nach allen Seiten hin biegen?«

»Ja, dort auf dem Waschbeckenrand neben der Zigarettenkippe liegt sie, man kann hier eigentlich nur noch abbauen und entsorgen. Das Bad hat seit Jahren kein Scheuerpulver mehr gesehen, und du kannst die Haare zählen, die ihm in der Zeit ausgegangen sind.«

Trüttgen wandte sich angewidert ab. »Kriegste nicht mehr sauber, wenn du mich fragst.«

Fluchtartig hatten sie die Wohnung verlassen, und im Voerder Einkaufszentrum fanden sie bei dm, Takko und im Edeka alles, um ihn mit dem Nötigsten einzudecken. Mackedei zahlte. Seine gute Tat des Tages.

Gesthuysen war noch im OP, als sie ins Krankenhaus zurückfuhren, und so hatten sie einer Schwester den Einkauf übergeben mit dem Hinweis, er würde bestimmt protestieren und so tun, als gehörten ihm die Sachen nicht. Es sei alles seins, mit besten Grüßen.

Schweigend waren sie zum Weseler Stern gefahren, die Arbeit ging ihnen gut von der Hand. Drei Wagenladungen hatten sie bereits zum Wertstoffhof gekarrt, eine weitere Ladung war größtenteils verstaut. Mit frisch gewaschenen Händen und zwei Flaschen Mineralwasser gönnten sie sich auf dem Balkon eine Pause in der Nachmittagssonne.

Trüttgen schüttelte den Kopf. »Ich komm ja nicht darüber weg, wie kann man bei klarem Verstand so leben wie der Kerl? Die alte Frau hier hatte selbst unter den Schränken alles picobello, und wenn du mich fragst, die hat sogar versucht, soweit et ging, hinter den Schränken den Staub zu erwischen.«

»Ja, und die schützenden Zeitungsbogen auf den hohen Schränken, hast du die bemerkt? Alle waren von diesem Frühjahr und fein säuberlich mit Heftzwecken befestigt. Alte Schule.«

Mackedei stand kurz auf, streckte sich und schaute über die Brüstung. Jemand schlich um den Bulli herum. »Du, da interessiert sich einer für den alten Kram, der scharwenzelt um unser Fahrzeug herum.«

Trüttgen gesellte sich neben Mackedei, gemeinsam stierten sie in die Tiefe. Die Person wandte sich lauernd um, hob den Blick die Fassade empor, schien die beiden Männer zu bemerken und verzog sich blitzschnell in Richtung Eingang.

»Was war das denn? Hast du gesehen, wie flott der weg war? Der gehörte auch zum Stamme Nimm, glaub mir.«

Mackedei wiegelte ab, Trüttgen solle jetzt nicht überall das Böse und Verkommene entdecken. »Eine neugierige Nase, die sich beim Spähen ertappt fühlte. Ich würde auch in so einen Wagen schauen, wenn ich hier leben würde.«

Schweigend schauten sie in die Tiefe, über die Anlage mit dem unwillkürlichen Muster aus unterschiedlich frischen Maulwurfshügeln, den Parkplatz mit der nicht geringen Anzahl an abgemeldeten, ausgesetzten Fahrzeugen und dem eingezäunten Eck für Sperrmüll, in dem es immer aussah, als wäre gerade eine Bombe explodiert.

Trotzdem, dachte Trüttgen, der hat sich merkwürdig benommen.

* * *

Jerry Patalon stand ratlos im Besprechungsraum, es war keine Spur von seinem Kollegen von Aha zu sehen. So blieb nur Tom Weber, mit dem er sich besprechen konnte. Er fand ihn bequem in seinen Bürostuhl zurückgelehnt an seinem PC, offensichtlich lief die Statistik der Kreispolizeibehörde über den Bildschirm. »Wie ich sehe, bist du am Ball. Und? Gibt es eine nachweisliche Erhöhung von Todesfällen nach Einnahme von Amphetaminen?« »Das lässt sich nur schwer beurteilen. Wenn jemand wegen ständiger Ausbeutung des Körpers an einem Herzinfarkt stirbt, sucht niemand sofort nach Drogen. Die meisten Jugendlichen, die an den Wochenenden in der Notaufnahme landen, überleben und werden mit dem Hinweis auf die Drogenberatung an ihre Erziehungsberechtigen übergeben. Das war's dann. Bei Zoe ist doch fraglich, ob unsere Ermittlungen irgendwo hinführen. Ich sag dir, das ist ein Teufelszeug.«

Patalon druckste herum, wollte sein Anliegen unbedingt besprechen. »Hör mal, ich befinde mich gerade auf einer ganz anderen Fährte.« Er zog einen Stuhl neben seinen Kollegen und öffnete eine dünne Akte, auf der die Ablage bereits auf dem Deckel vermerkt war.

»Fängst du jetzt an, alte Fälle auszugraben, bei denen auch Drogen im Spiel sein könnten? Da kriegen wir aber eine Menge Arbeit, wenn die van den Berg das gutheißt«, meinte Weber.

»Nein, keine Sorge. Aus reinem Interesse, nenn es ›das Näschen‹, habe ich mir den angeblichen Unfalltod der alten Dame, Friederike Wallenboom, im Weseler Stern angeschaut. Gestern berichtete Burmeester am Rande darüber, dass die Männer der O.P.A.-Initiative dabei sind, ihre Wohnung aufzulösen. Wo die auftauchen, verwandelt sich ein gutbürgerliches Umfeld in einen meuchelnden Abgrund. Das hatten wir ja schon mal bei einem früheren Fall. Da liegt ein Verbrechen in der Luft, dachte ich mir, und siehe da, es gibt ein paar Details, die mich in der Tat stutzig machen.«

Weber grinste und blickte in das angespannte Gesicht seines Kollegen. »Hörst du da etwa Flöhe husten? Die Männer sind doch rührig in ihrem Altersaktionismus.«

Unbeirrt wies Jerry Patalon auf eine Reihe von Fotos, mit denen die Auffindesituation der Toten dokumentiert war. »Ich wusste nichts von dem Fall und war einfach nur neugierig. Ich war zu der Zeit mit meinem Hilfsprojekt in Haiti. Da, schau genau hin. Fällt dir was auf?«

Weber nahm ein Bild nach dem anderen zur Hand, schaute, runzelte die Stirn, zögerte, ließ seine Augen erneut schweifen, schüttelte schließlich den Kopf.

Jerry Patalon ließ nicht locker. »Achte auf ihre Hände, schau dir die rechte an.«

Tom Weber lenkte seine Aufmerksamkeit erneut auf die Fotos. Er setzte sich auf, kramte in seiner Schublade und holte ein altmodisches Vergrößerungsglas hervor, das er aus einer ledernen Hülle zog. Patalon lächelte wissend, als sein Kollege zwei bestimmte Aufnahmen im wahrsten Sinne des Wortes unter die Lupe nahm. Dort war die rechte Hand der Toten besonders gut zu erkennen.

»Die hält etwas in der Hand, ich kann aber nicht erkennen, was es sein könnte. Etwas Quietschig-Orangefarbenes lugt zwischen ihren Fingern hervor.«

Hastig nickte Jerry Patalon, fühlte sich auf dem richtigen Weg. »Genau. Und kannst du irgendetwas in annähernd der gleichen Farbe auf einem der anderen Fotos erkennen?«

Wiederum konzentrierte sich Weber auf eine Reihe von Farbbildern. »Nein, nichts.«

»Ich habe das Foto eingescannt und vergrößert, soweit es ging. Zwar ist es nun sehr grob gepixelt, aber man erkennt eindeutig, dass dieses orangefarbene Etwas ausgefranst ist.«

Weber nickte anerkennend. »Vermutlich hat sie sich an etwas oder jemandem festgehalten, bevor sie gefallen ist.«

»Entweder bevor sie fiel oder um sich mit aller Kraft in verletztem Zustand wieder aufzurichten. Die Reflexe bei einem Sturz lassen keine geschlossenen Fäuste zu. Du spreizt die Finger im Fall, die geöffneten Hände sollen den Sturz abfangen.«

»Dann müsste sie ja bereits unten in diesem Treppenschacht gelegen haben, als ...«

»... jemand sich zu ihr hinunterbeugte und sie sich in ihrer Not mit aller Kraft an dessen Kleidung festkrallte ...«

»... und dieser uns nicht bekannte Mensch sie mit dem Kopf so hart gegen die Stufe stieß ...«

»… dass erst diese bewusst durchgeführte Handlung unweigerlich zu ihrem Tod führte.«

Beide schwiegen einen Moment lang, Patalon sonnte sich in seiner Theorie, während Weber sich den nicht vorhandenen Bart kraulte, wie er es immer tat, wenn er sich seinen Gedanken überließ.

Schließlich deutete er auf die Akte. »Alte Männer in Aktion oder nicht, da hat einer von uns gepennt, da hätten wir schon längst ermitteln sollen.«

»Wer hatte in diesem Fall die Zuständigkeit?«

Patalon schaute auf die Reihe von Unterschriften in Kurzform, die die jeweilige Kenntnisnahme dokumentierten. »Das Kürzel kenne ich nicht, keine Ahnung. Wahrscheinlich ist keiner von unserem Dezernat dort gewesen, wenn es aus der Leitstelle hieß, es sei eindeutig ein Unfalltod.«

»Das wird ja immer mysteriöser. Da hat jemand wirklich einen offensichtlich nicht aufgeklärten Fall als Unfalltod zu den Akten gelegt, ich fass es nicht.«

»Und jetzt?«

»Jetzt warten wir auf Karin.«

***

Mürrisch stieg die Hauptkommissarin in den kleinen roten Sportwagen, in dem Kollege Drechsler auf sie wartete. Er nahm die Sonnenbrille ab und wollte informiert werden, sie schüttelte den Kopf.

»Beim Lauftreff hat sie manchmal teilgenommen, jedoch eher sporadisch, weil man wusste, dass sie in Form war. Zoe Grüttner war stadtbekannt für ihre Lauferei. Der Treff beginnt erst gegen neunzehn Uhr am Abend, zweimal in der Woche. Ich werde also nach dem Abendessen noch einmal herkommen, aber selbst dann ist die Chance gering, ihre Bekannten anzutreffen, da nicht regelmäßig alle da sind. Es sind nicht einmal alle registriert, weil oft Interessierte, Freunde, Bekannte mitlaufen. Hier ist alles möglich, und wenn du mich fragst, wirkt das hier wie ein alternativer Club, der glücklich über jeden Fuß ist, der sich zu Fitnesszwecken in die Nähe des Vereinshauses wagt. Fahr los.«

Drechsler ordnete sich rasant in den Verkehr der Dreißigerzone ein, an der der Sportplatz lag, und rauschte in Richtung B 58 davon. »Draußen auf dem Parkplatz war es wahrscheinlich interessanter als drinnen.«

»Wie meinst du das?«

»Während ich meine neue Sonnenbrille im Rückspiegel betrachtete, übrigens eine echte Ray Ban, hab ich einen alten Bekannten bemerkt, der zunächst abstoppte, sich in der letzten Sekunde dann entschied weiterzufahren. Es kann sein, dass er Woodstock erkannt hat oder zumindest vermutet hat, dass es sich um den Drogenspürhund handelt. Vielleicht müssen wir gar nicht erst im Verein ermitteln, denn ich denke, es spielt sich einiges hier auf dem Parkplatz ab.« Die Ampel an der B 57 stand auf Rot, Drechsler spielte ungeduldig mit dem Gaspedal.

»Ich bleibe dran, wir werden dort observieren, wenn das nach dieser ungeplanten Begegnung noch möglich ist. Die wechseln die Übergabeorte sehr schnell, wenn ihnen etwas verdächtig erscheint. Heute sind alle gut vernetzt, SMS, WhatsApp, Facebook, verschlüsselte Botschaften werden von Prepaidhandykarten aus gesendet, und regelmäßig werden die Nummern ausgetauscht. Wenn wir sie geortet haben, ist die SIM-Karte bereits ersetzt und zerstört.«

»Da werden dank neuer Technik an allen Ecken Geschäfte an uns vorbeigelotst«, bemerkte die Hauptkommissarin.

Drechsler war in seinem Element. »Und zwar mit simplen Methoden. Erst klaust du ein Handy, dann kaufst du irgendwo auf einem grauen Markt eine namenlose SIM-Karte, und schon können wir mit ein bisschen Glück zwar beides orten, wissen aber lange noch nicht, wer es benutzt. Und wenn wir es herausgefunden haben, geht alles von vorne los. Trotzdem, ich bleibe an diesem Parkplatz dran. Wäre doch gelacht, wenn sich da nichts finden ließe. Und? Halten wir noch auf einen schnellen Kaffee im Supermarkt in Borth? Liegt quasi auf dem Weg, da gibt es auch prima Puddingbrezeln.«

Karin war weder nach Kaffee noch nach klebrigem, zucker-strotzendem Kleingebäck zumute. »Danke, nein, bring mich zurück, ich habe im Büro zu tun. Du informierst uns über die Analyse des Stoffs?«

»Sobald die Ergebnisse da sind.«

***

Der farbige Kriminalkommissar Jerry Patalon wurde aus mehreren Fenstern des gegenüberliegenden Gebäudes neugierig beäugt, als er den Eingang zum Keller des größten Hochhauses des Weseler Sterns begutachtete. Er schaute sich auf der obersten Stufe um, stieg hinab zur Tür, die offen stand und mit einem dicken Stein daran gehindert wurde, wieder ins Schloss zu fallen. Ein muffig fauliger Geruch schlug ihm entgegen. Der Bereich hier unten war nicht direkt einsehbar. Wenn der Täter oder die Täterin hier gewartet hatte, ja selbst wenn die alte Dame mit einem beherzten Stoß die Treppe hinuntergestoßen worden war, musste es für einen Außenstehenden nicht unbedingt so gewirkt haben. Einfach wieder nach oben gehen oder gleich durch den Keller im Gebäude verschwinden konnte man unerkannt. Die Fensterreihe direkt über dem Schacht gehörte zu den Badezimmern, milchiges Glas, kleine Rahmen, dort würde auch niemand rausgeschaut haben. Trotzdem, er würde diese Wohnungen der Reihe nach aufsuchen und fragen. Vielleicht gab es jemanden, der sich erinnerte.

Auf dem Weg zum Haupteingang fielen ihm die beiden Männer auf, die blaue Müllbeutel in einen alten Bulli luden. Eindeutig, das war die Altherrentruppe. Er wollte unerkannt vorbeigehen, hatte aber wieder einmal naiv unterschätzt, dass ein Haitianer in Anzug, Hemd und Krawatte in Wesel nicht zum üblichen Straßenbild gehörte.

Alfons Mackedei schaute ihm freundlich entgegen. »Sind Sie nicht der Kollege von Frau Krafft? Ich erinnere mich. Jetzt häufen sich aber Ihre Einsätze hier, oder? Gestern war schon Ihr Kollege Burmeester hier. Worum geht es dieses Mal?«

»Darf ich Ihnen doch nicht sagen. Nur so viel, nichts Aktuelles.«

»Sie kamen mir sofort bekannt vor, aber Ihr Name ist mir entfallen. Ich heiße Mackedei.«

»Jeremias Patalon.«

Mackedei signalisierte ein gesteigertes Interesse daran, mit ihm zu sprechen. »Richtig, Herr Patalon, jetzt fällt es mir wieder ein. Es gibt doch dieses nette Wortspiel bei Ihnen und Ihrem Kollegen. Sie sind Tom und Jerry. Wenn Sie mich fragen, hier wohnen einige zwielichtige Leute. Das ist kein leichtes Arbeiten, immer muss einer beim Wagen bleiben, oder wir müssen alle Türen verriegeln, wenn wir eine neue Fuhre von oben holen, weil jemand ein Auge auf die alten Klamotten der Frau werfen will.«

Trüttgen wies aufgeregt zum Fahrzeug und blickte gleichzeitig hoch zur Fassade. »Da jucken bestimmt dem einen oder anderen die Finger, um in all dem Zeug nach Brauchbarem zu wühlen. Erst vorhin ist einer um den Bulli herumgewieselt.«

Mackedei wiegelte erneut ab. »Das war nur ein Glotzer, glaub mir.«

»Und wat is mit Gesthuysen?«, fragte Trüttgen bedeutungsvoll.

Es entstand eine kurze Pause, die das Interesse des Kommissars wecken sollte. Er gab nach. »Das ist Ihr dritter Mann, oder? Was ist denn mit ihm?«

»Der liegt im Krankenhaus, weil er sich das Bein in seiner Laube gebrochen hat, als er angeblich zwei schwere Terrakottatöpfe gleichzeitig tragen wollte und dabei stolperte. Komisch ist nur, dass er sich bei dem Sturz einen Knochenbruch zuzog, die Töpfe zerdepperte und sich gleichzeitig selber ein Veilchen schlug. Mehr sagt er nicht dazu.«

Trüttgen stellte sich seitlich neben Patalon, ließ die Augen an der Fassade entlanggleiten und flüsterte fast. »Und jetzt beobachtet man uns.« Er wies hinauf zu den unzähligen Fenstern. »Da steht bestimmt jemand und sieht uns zu, wie wir hier reden.«

Mackedei lächelte und stellte den letzten blauen Sack mit Bedacht zu den anderen Dingen in dem guten alten Gefährt. »Heinz-Hermann, du siehst Gespenster. Es wird Zeit, dass wir hier fertig werden, dieser Ort ist nicht gut fürs Gemüt.«

Jerry Patalon blickte sich um, hier waren einige Augenpaare offen und bestimmt auch verdeckt auf sie gerichtet, jedoch in diesem Heuhaufen eine Nadel zu finden, bedurfte im Ernstfall einer Hundertschaft. Warum hatte er nur diese abgelegte Akte wieder hervorgeholt?

Er schüttelte den Kopf. »Ich glaube nicht, dass Sie hier irgendwas zu befürchten haben. Sie räumen eine Wohnung aus, richtig?«

»Ja.«

»Da kann man Sachen abstauben, ist doch klar, das ist besser als Sperrmüll, und zum Trödelmarkt werden viele aus dem Stern hingehen, glauben Sie mir. Wenn Ihr Kollege uns etwas zu sagen hat, dann soll er sich melden, okay? Ich müsste dann mal weiter.«

»Ja, ich denke, wir machen Schluss für heute. Das Zeug bringen wir morgen als Erstes zum Wertstoffhof, für heute reicht es.«

Jerry Patalon war es ganz recht, sich verabschieden zu können, doch ihm fiel eine letzte Frage ein. »Sagen Sie, ist Ihnen etwas in der Wohnung merkwürdig vorgekommen?«

Trüttgen wies nach oben. »Die Verwandten hatten alles durchwühlt und unordentlich hinterlassen. Dabei war das eine ganz einfache alte Frau, die im Übrigen sehr ordentlich gewesen sein muss.«

»Sauber, aber durchwühlt, anders kann ich es auch nicht beschreiben. Morgen noch ein, zwei Fuhren, dann haben wir unseren Auftrag erfüllt.«

»Sollte Ihnen doch noch irgendetwas auffallen, manchmal sind es die Kleinigkeiten, die man erst auf den zweiten Blick wahrnimmt, dann rufen Sie mich einfach an.«

Patalon reichte Mackedei seine Karte, verabschiedete sich und verschwand im Haus. Sauber und durchwühlt war die Wohnung, soso. Das passte genauso gut zusammen wie verunglückt und ermordet.

★★★

Daheim freute sich Alfons Mackedei, nach einer ausgiebigen Dusche in einem blitzsauberen Badezimmer, auf das gemeinsame Abendessen mit seiner Gattin. Spargel hatte sie zubereitet, dazu ein kleines Lachsfilet und Petersilienkartoffeln. Als Nachtisch standen Schälchen mit frisch geputzten Erdbeeren auf der Anrichte. Er ließ sich an der stilvoll gedeckten Tafel nieder und entfaltete die Stoffserviette. Irene trug auf, zögerte kurz, bevor sie die delikaten weißen Stangen auf seinem Teller anordnete.

»Willst du nicht erst den Anrufbeantworter abhören, da ist eine Nachricht für dich gespeichert.«

Der Duft allein ließ bei Alfons das Wasser im Mund zusammenlaufen. »Die wird nach dem Essen auch noch dort sein. Du weißt sehr wohl, einen Mann nach des Tages Mühen zu verwöhnen, meine Liebe. Es war besonders schwer heute, glaub mir.«

Er berichtete von den Ereignissen, seine Irene hörte mit gesteigertem Interesse zu.

»Alfons, ihr seid nicht gerade dabei, euch wieder rein zufällig in kriminelle Machenschaften verwickeln zu lassen?«

»Nein, nein, ganz bestimmt nicht, alles hat seine Richtigkeit. Der Gesthuysen hat etwas erlebt, das er uns nicht mitteilen möchte, das ist ganz allein seine Sache. Mach dir bitte keine Sorgen.«

Sie schenkte Weißburgunder nach, tupfte sich die Lippen an der Serviette ab.

»Ich bin gerade dabei, eine groß angelegte Werbekampagne für den hiesigen Kinderschutzbund zu organisieren. Wir werden in den nächsten Wochen mit Informationsständen auf dem Wochenmarkt und in der Fußgängerzone über die Arbeit in der Stadt berichten und neue Mitglieder werben. Da kann ich es nicht gebrauchen, wenn unser Name in zweifelhaften Zusammenhängen in der Presse erscheint. Dass du aber auch immer noch nicht die Nase voll hast von deiner Tätigkeit bei O.P.A.«

»Du bist ebenfalls ständig unterwegs, um Gutes zu tun.«

»Ich habe aber keineswegs solche Individuen wie euren Kollegen aus Voerde an meiner Seite, bei uns engagieren sich ordentliche Menschen für das Wohl von Kindern.«

»Irene, beruhige dich, alles ist in bester Ordnung. Wir werden den Auftrag morgen beenden, ohne Gesthuysen, der vermutlich eine ganze Weile ausfallen wird. Hast du noch ein wenig Spargel für mich?«

Sie legte nach. Alfons ließ sich ihre Kampagne näher erläutern, sie ging voll und ganz in ihrer jeweiligen Aufgabe auf, das hatte ihm schon immer imponiert. Die Erdbeeren waren ein himmlischer Genuss.

Später, kurz vor dem Schlafengehen, fiel ihm der Anrufbeantworter wieder ein, und er betätigte die Wiederholungstaste. »Hier ist der Kreidler Luis. Ich habe mir Ihre Telefonnummer von dem VW-Bus abgeschrieben, ich wohne Op de Hei, da steht Ihr Bus in letzter Zeit häufiger. Ich habe ein Anliegen und könnte Unterstützung gebrauchen. Nicht hier im Weseler Stern. Ich hoffe, dass Sie auch in Xanten arbeiten, denn dort müssten Sie hinkommen.«

Mackedei notierte sich die Nummer, die Kreidler für den Rückruf durchgegeben hatte, und legte sich die Notiz auf den sauberen, gebügelten Stapel Berufskleidung für den nächsten Morgen. Mal nachhorchen, was er von ihnen wollte.

In der Nacht wachte er auf, weil seine Gattin ihn heftig rüttelte.

»Alfons, da draußen ist jemand. Schau mal zu den Rollläden, das Licht in der Einfahrt geht ständig wieder an, als wenn jemand sich dort herumtreibt und die Außenleuchte aktiviert.«

Mackedei blinzelte verschlafen in Richtung Fenster, tatsächlich, gerade erloschen, leuchtete es erneut durch die einzelnen Ritzen. »Bestimmt wieder eine Katze, die es sich auf der Fußmatte bequem macht.«

»Bitte steh auf und guck nach. Wir haben doch den Bewegungsmelder so einstellen lassen, dass er nur noch auf größere Objekte reagiert.«

Er pellte sich mit schweren Knochen und knackenden Gelenken aus dem Bett, zog sich schlaftrunken den Morgenmantel über und rieb sich die Augen, bevor er die Treppe hinab in Richtung Diele ging. Durch die Strukturscheiben in der Haustür konnte er schemenhaft eine Figur erkennen, die um den Bulli herumlief. Also doch, seine aufmerksame Frau hatte recht, jemand machte sich in der Einfahrt an seinem Fahrzeug zu schaffen.

Was tun? Die Polizei anrufen? Erst einmal Licht einschalten, bevor er selbst noch stolperte. Er öffnete die Haustür, nichts war zu erkennen, keine Bewegung, alles ruhig. Die plötzliche Helligkeit im Haus hatte den Schatten verscheucht. In Pantoffeln umkreiste er seinen heiß geliebten alten Bulli, nichts zu sehen, keine Einbruchsspuren, kein Kratzer, wirklich nichts.

Zurück im Haus stellte er fest, dass Irene bereits wieder tief und fest schlief. Er tigerte durch das Erdgeschoss, gönnte sich einen kleinen Gin und den Gedanken, dass doch etwas daran sein könnte, dass sich jemand für ihre Aufräumarbeiten im Hochhaus interessierte. Nicht wie der Kreidler, offiziell und mit guter Absicht, nein, insgeheim und verdeckt.

Vielleicht war Gesthuysen nur das erste von drei Opfern zielgerichteter Gewalt. Aber aus welchem Grund? Ihm fiel nichts Logisches dazu ein, selbst ein zweiter Gin half ihm nicht weiter. Und das gefiel ihm überhaupt nicht.

Am Morgen würde er Kreidler anrufen und nachhorchen, was der wollte. Gesthuysen sollten sie besuchen, er lag schließlich in erreichbarer Nähe. Er persönlich würde ihn an seinem OP-Hemdchen aus dem Bett zerren, wenn er nicht langsam mit der wahren Geschichte herausrückte. Und irgendwo hatte er die Karte des freundlichen farbigen Kommissars gelassen. Er ging ins Badezimmer und kramte seinen Overall aus der Wäschetruhe. In die Brusttasche hatte er sie geschoben.

Jeremias Patalon, den würde er auch anrufen. Vorsichtshalber.

★★★

Läuft doch alles aus dem Ruder hier. Das stinkt nach Ärger, wenn ich nicht bald alles komplett abrechnen kann. Ich komme nicht an den verdammten Bulli. Wenn ich es in der Nacht noch einmal versuche, werden sie die Polizei holen, garantiert. Also werde ich morgen früh am Wertstoffhof herumlungern, bis dieses hässliche Ungetüm auftaucht und die Alten abladen. Ich kann echt nur hoffen, dass sich der Rest im Sperrmüll befindet, sonst weiß ich keinen Rat mehr.

Den größten Teil des Stoffs hab ich zurück, und jetzt fehlt mir das Fußvolk. Ja soll ich vielleicht selber durch die Gegend gurken und an den Verteilerpunkten stehen? Die Alten sind einfach nicht mehr das, was sie mal waren. Der Stern ist doch optimal für meine Geschäfte, hohe Fluktuation der Mieter, immer wieder sozialer Zündstoff wegen der vielen unterschiedlichen Nationalitäten und völlig bekloppte Nationalisten. Alle Augen richten sich auf die, die sich prügeln und Parolen brüllen, da lässt sich im Schatten des Wahnsinns gutes Geld verdienen.

Jahrelang habe ich an einem funktionierenden System gearbeitet, und plötzlich bricht alles zusammen. Sie ziehen sich zurück, jetzt, wo ihre sanfte, aber strenge Chefin nicht mehr lebt. Vierzig Jahre jünger, und ich hätte sie vernascht, die war bestimmt eine ganz heiße Nummer. Genau richtig war die Alte, wusste, was sie wollte, und handelte immer korrekt.

Den anderen brachte sie bei, was es heißt, zum Trupp zu gehören, still und unauffällig. Und dann das. Schlechtes Gewissen, Genörgel wegen der Menge, die unter das Volk gebracht werden musste. Sie sammelte Vorbehalte, zu viel, zu schnell, die neue Kundschaft zu jung. Sie kann doch nicht die Kinder in die Abhängigkeit schicken. Bei Zigaretten und Alkohol guckt man auch nur in den Läden, draußen kontrolliert keiner, aber sie wollte nicht mehr.

Mir ist noch niemand einfach so ausgestiegen. Schon gar nicht mit der Drohung, zur Polizei zu gehen. Ich lass mir von keinem sagen, aus welchem Block ich mich zurückziehen soll. Gerade noch rechtzeitig, dass ich dazwischengegangen bin. Wobei, selber mach ich mir doch die Finger nicht schmutzig. Wenn da nicht die Anfragen nach dem Verbleib des Geldes wären, könnte ich in aller Ruhe eine neue Schar von Kurieren rekrutieren. So baut sich in meinem Nacken Druck auf. Das ist nicht gut. Gar nicht gut.

Sollen die doch selber die Drecksarbeit übernehmen, dann würden sie erkennen, dass sich nichts einfach so regelt. Ich kann schließlich keinen Aushang ans Schwarze Brett im Supermarkt hängen. »Suche agile Rentner für lukrative Nebentätigkeit bei freier Zeiteinteilung«! Und unten an dem Zettel hängt meine Handynummer auf kleinen Schnipseln zum Mitnehmen. Klaro, dann kann ich ja gleich meinen Personalausweis kopieren und danebenhängen.

Denk nach, du Hirni. Der Supermarkt ist der Treffpunkt, da sind sie alle, früher oder später. Meist später; wenn andere schon kochen, müssen sie noch die richtigen Kartoffeln aussuchen.

Moment mal, stand da nicht was von einem Gesprächskreis im Quartiercafé oder so? Eine Veranstaltung, die entweder ein Sozialfuzzi mit Vollbart und wildem Haarwuchs oder ein blasser, unscheinbarer Engel aus der Kirchengemeinde organisiert hat. Wenn da mal nicht jemand vor der Tür warten wird, um die agilsten Geister anzusprechen.

Morgen werde ich einkaufen gehen. Wenn ich vom Wertstoffhof zurück bin.

⋆⋆⋆

Karin Krafft blickte auf den digitalen Bilderrahmen auf ihrem Schreibtisch. In ständigem Wechsel gab es dort die aktuellen Fotos ihrer Tochter und Szenen aus dem fernen Myanmar zu sehen, die Moritz, wenn er auf einen funktionstüchtigen PC traf, regelmäßig übers Internet in einer Cloud ablegte, aus der sie sich immer neue Märchenbilder herunterladen konnte. Was für ein faszinierendes Land, dachte sie, als von Aha sie in ihrer Betrachtung unterbrach.

»He, du guckst dir gerade den Himmel auf Erden an, oder? So siehst du jedenfalls aus.«

Sie bat ihn, um den Tisch rumzukommen, und zu zweit schauten sie auf goldene Pagoden, das über eine breite Fläche fließende

Wasser des Irrawaddy, Menschen in traditioneller Kleidung, die mit Gleichmut durch den Regen gingen, fröhliche Kinder, die unter riesigen Bäumen in den Himmel schauten, Mönche, die mit Opferschalen ihre tägliche Mahlzeit sammelten. Menschen mit freundlichem Lächeln schienen mit sich und der Welt zufrieden zu sein.

»Klasse, das sind Impressionen aus einer ganz anderen Welt.« Begeistert klopfte von Aha auf den kleinen Bildschirm, stieß ihn fast um, sprach laut und euphorisch. »Und schau da, da unter der Buddhastatue stehen unzählige Vasen voll mit meinen Lieblingsblumen. Irre.«

Jerry Patalon erschien im Türrahmen. »Gibt es Probleme? Dich hört man bis unten.«

Karin lachte. »Nein, er hat nur gerade festgestellt, dass es im fernen Asien auch Rosen gibt.«

Neugierig gesellte sich Patalon zu den beiden, geriet bereits nach zwei Fotos aus der riesigen Shwedagon-Pagode in der Hauptstadt Yangon ebenfalls in den Bann. »Das wirkt echt friedvoll.«

Es klopfte zaghaft an Karins Bürotür, gleichzeitig klingelte ihr Telefon. Sie sah im Display, wer anrief, und meldete sich. »Ja? ... Ja. Okay.«

Es klopfte erneut, sie stieß Patalon an. »Vor der Tür wartet eine Überraschung für dich.«

Noch bevor er hinter dem Schreibtisch hervorgetreten war, betrat Alfons Mackedei selbstbewusst den Raum, hinter ihm duckte sich Heinz-Hermann Trüttgen durch den Rahmen.

»Herr Patalon, Sie haben gesagt, wir könnten uns im Fall des Falles an Sie wenden. Wir brauchen Ihre Hilfe. Es ist unglaublich, was wir gerade von unserem Mitarbeiter aus Voerde erfahren haben.«

»Na, dann kommen Sie mal mit.«

Jerry Patalon winkte sie in sein Büro. Die Männer schienen außer sich, Trüttgen wischte sich ständig den Schweiß von der Stirn, Mackedei wirkte blass und aufgeregt. Patalon bot ihnen Wasser an, dankbar nahm Alfons einen großen Schluck. Noch nicht in der Lage zu sprechen, schüttelte er ungläubig den Kopf.

Patalon schaute von einem zum anderen. »Sie müssen schon reden, Sie wissen ja, nur sprechenden Menschen kann geholfen werden.«

Mackedei atmete tief durch. »In der vergangenen Nacht sind meine Frau und ich wach geworden, weil jemand durch die Einfahrt schlich. Der Bewegungsmelder, wissen Sie, wir haben ihn so einstellen lassen, dass er nicht auf kleine Tiere reagiert, sondern auf große Wesen wie Menschen. Es war jemand draußen und scharwenzelte um den Bulli herum, gerade so wie am Nachmittag bei den Hochhäusern. Als ich die Treppe herunterkam und das Licht einschaltete, konnte ich eine schemenhafte Gestalt erkennen, die im Dunkeln verschwand. Da erinnerte ich mich an Sie und Ihr Angebot, uns zu helfen.«

»Ist denn eingebrochen worden?«

Mackedei verneinte.

»Ist etwas beschädigt worden, gibt es bedrohliche Schmierereien?«

»Nein, aber es geht noch weiter. Wir sind heute Morgen ganz früh beim Wertstoffhof der ASG gewesen, um den Bulli zu leeren, und beim Rausfahren sahen wir im Rückspiegel, wie sich ein Mann genau die Sachen angeschaut hat, die wir entsorgt haben. Ich hielt an, Heinz-Hermann stieg aus, da gab er Fersengeld.«

Jerry Patalon schaute fragend. »Was gab er?«

»Fersengeld. Ach, Verzeihung, ein uralter Begriff. Der lief davon, und zwar mit reichlich Tempo.«

Patalon überlegte, was er mit der Information anfangen sollte, da ergriff Trüttgen das Wort. »Und ich hab et schon immer gewusst, wir müssen ein Auge auf Gesthuysen haben.«

»Das ist Ihr Kollege, der so merkwürdige Verletzungen nach einem Sturz davontrug? Der kann's ja nicht gewesen sein, der liegt doch im Krankenhaus, oder?«

»Genau. Und nachdem wir den Kerl auf der Kippe nicht mehr gefunden haben, sind wir zu Gesthuysen ins Marienhospital gefahren und haben ihn, sagen wir mal, etwas eingehender befragt.«

Mackedei entging Patalons kritischer Blick nicht. »Herr

Patalon, wir haben uns gesittet und friedlich aufgeführt, keine Sorge, aber es ist einfach unglaublich, was dieser Mann uns erzählt hat.«

Der gepflegte grauhaarige Mann rückte seinen Stuhl näher an Patalons Schreibtisch, druckste herum. Es schien ihm äußerst unangenehm zu berichten, was er erfahren hatte. Noch gelegentlich den Kopf schüttelnd nahm er den Faden nahezu flüsternd wieder auf.

»Erst blieb der Walter bei seiner Geschichte, bis Heinz-Hermann ihm in seiner direkten Art androhte, ihn aus seinem bequemen, sauberen Bett zu zerren, OP-Hemd hin oder her, um ihn über den Flur zum Balkon zu schleifen. Über die Brüstung hängend würde er schon reden. War nicht fein, ich weiß, aber wirkungsvoll.«

Trüttgen konnte sich kaum auf seinem Stuhl halten. »Der hat et gewusst, von Anfang an hat der gewusst, wat et mit den Töppen auf sich hat.«

Mackedei beruhigte ihn, er würde der Reihe nach berichten. »Wir haben die Wohnung der alten Dame ausgeräumt.«

Jerry Patalon wurde hellhörig. »Sie meinen Friederike Wallenboom?«

»Genau, sie ist Ihnen bekannt?«

»Nur als Todesfall ohne Fremdeinwirkung.« Patalon wusste in diesem Augenblick, dass er den richtigen Riecher gehabt hatte. Irgendetwas stimmte nicht mit dem Tod der Frau. Und die O.P.A.-Rentner mittendrin im Fall. Na, prima. »Fahren Sie fort.«

»Gewundert haben wir uns über die Gegensätzlichkeiten. Einerseits war alles durchwühlt und aus den Schrankfächern gezerrt, andererseits waren die Schränke obendrauf mit sauberem Zeitungspapier ausgelegt, sie muss also eine sehr ordentliche Frau gewesen sein. Das waren bestimmt die Verwandten, dachten wir, auf der Suche nach dem letzten Euro, den eine alte Dame versteckt hat.«

»Da war kein Stäubchen, aber die Trockentücher lagen auf den Schlüppern und der Zucker auf dem Küchenfußboden.«

»Dann musste Gesthuysen den Balkon entrümpeln, dabei hat er sich in die großen Terrakottatöpfe verguckt und wollte sie für seinen Garten haben.«

»Dieser Verbrecher, ich könnt ihm an die Gurgel!«

Jerry Patalon schmunzelte über die unverhohlenen Kommentare von Trüttgen. Mackedei fuhr nach einem strengen Seitenblick fort.

»Er hat alles darangesetzt, dass er sie alleine zu sich nach Hause nach Voerde transportieren konnte. Seinen Anhänger für das Mofa hat er mitgebracht. Wir durften ihm auch nicht helfen, dieser spindeldürre Kerl ist fast unter dem Gewicht der bepflanzten Töpfe zusammengebrochen, aber nein, er wollte alles allein erledigen. Da habe ich mir nichts bei gedacht.«

Patalon wurde zunehmend unruhig. »Herr Mackedei, kommen Sie zum Punkt.«

»Vorhin hat er uns gestanden, dass er versucht hatte, die Bepflanzung herauszureißen, weil ihm Topf und Pflanze zusammen zu schwer waren. Dabei sei in jedem Topf eine Frischhaltebox zum Vorschein gekommen. Und jetzt halten Sie sich fest.«

Mackedei lag fast auf dem Schreibtisch und senkte die Stimme erneut.

»Er sagt, er habe eine der Dosen geöffnet, es habe sich um einen unglaublichen Berg an Tütchen mit splittrigen Kristallen gehandelt.«

Trüttgen wurde dafür umso lauter. »Drogen seien das gewesen! Und die wollte er bestimmt verticken, der hatte doch bei allem die Dollarzeichen in den Augen, witterte immer et große Geschäft. Unser Kompagnon als elender Dealer, man stelle sich das vor!«

Jerry sprang auf. »Moment, ich hole eben meine Chefin, das muss sie sich anhören.«

Er rief Karin Krafft hinzu. Sie ließ sich auf den Stand bringen.

»Die beiden Herren berichten gerade, in der Wohnung von Friederike Wallenboom im Weseler Stern – du erinnerst dich an den Todesfall ohne Fremdeinwirkung vor ungefähr vier Wochen – hätten sie einen beachtlichen Berg an Drogen gefunden.«

»Nein, nein, nein, nicht wir haben das Zeug aufgestöbert, unser Mitarbeiter Walter Gesthuysen hat per Zufall die Dosen entdeckt und wollte vielleicht persönlich daraus Profit schlagen.« Karin unterbrach die Männer. »Langsam bitte, um welche Drogen handelt es sich?«

»Kleine Kunststofftütchen mit irgendwelchen Kristallen, den Namen hat Gesthuysen uns nicht genannt.«

»So kleine Krümel, die aussehen wie Glassplitter?«

»Ich weiß es nicht konkret zu sagen, ich habe davon nichts gesehen.«

Wo ist das Zeug jetzt?«

»Das ist es ja, Frau Krafft. Als sei die ganze Sache nicht schon peinlich genug, hat uns der Mann heute Morgen gestanden, dass er in seiner Laube bei der Begutachtung seines Fundes überfallen wurde. Man hat ihn überwältigt und niedergeschlagen und die Dosen mit den beschriebenen Tütchen geklaut. Das erklärt im Übrigen auch sein Veilchen und diverse andere blaue Flecken.«

»Gesthuysen heißt der Mann, sagen Sie?«

»Ja, Walter Gesthuysen, und er liegt im Marienhospital, angeleint an einen Tropf und einen Beutel für Wundsekret, der haut bestimmt nicht ab.«

»Das ist doch eine dämliche Memme, der zittert jetzt noch, weil wir ihn in der Mangel hatten. Und Schiss hat der obendrein.«

»Ich werde ihn nachher aufsuchen. Wenn das stimmt, was ich gerade vermute, dann sind wir einer größeren Sache auf der Spur.«

Jerry Patalon tippte die Spitze seines Kugelschreibers rhythmisch auf die Schreibtischplatte. »Du meinst also auch, eins passt zum anderen?«

»Genau.« Karin sah die beiden so unterschiedlichen Männer durchdringend an. »Mehr gibt es nicht zu berichten?«

»Nein. Ich glaube nur, dass uns seit Tagen jemand gefolgt ist. Wohl in der irrigen Annahme, wir hätten etwas zu verbergen.«

»Sie geben uns Bescheid, wenn Sie sich weiterhin beobachtet oder verfolgt fühlen.«

»Das ist ja ein dolles Ding. Sie erleben aber auch immer Geschichten, Herr Mackedei«, bemerkte Patalon.

»Ich muss Ihnen widersprechen. In den letzten fünf Jahren, seit dem Fall mit dem verschwundenen Spitzweg-Gemälde, bei dem wir Sie kennenlernten, ist uns nichts Kriminelles über den Weg gelaufen. Und glauben Sie mir, in diese Geschichte hier hätte ich viel lieber keinen Einblick genommen.«

»Gut, der Kollege schreibt eben ein Protokoll, warten Sie auf dem Flur, ich rufe Sie dann zur Unterschrift herein.«

»Eigentlich müssen wir schon auf dem Weg nach Xanten sein, wir haben versprochen, dort einem Hobbygärtner unter die Arme zu greifen.«

»Die paar Minuten müssten Sie schon noch aufbringen«, sagte Karin. »Sie kennen doch bestimmt dieses alte Lied von Reinhard Mey: Der Mörder war wieder der Gärtner, und er plant schon den nächsten Coup.«

»Weit gefehlt, wir werden auf Rosenhof erwartet, das ist eine Adresse mit ausgezeichnetem Ruf.«

Karin Krafft wollte Genaueres zu ihrer Mission in Xanten erfahren. Die Männer von O.P.A. würden sich in gefährlicher Nähe zu ihrer Wohnadresse in Lüttingen aufhalten. Sie hatte keine Lust auf Einsätze im Heimatort. Der Fall an der Xantener Südsee, wo eine Walkerin in den Tod gehetzt worden war, hatte genug Wellen geschlagen. Sie beschloss, ihr Wissen um das Schlösschen preiszugeben. »Rosenhof liegt oben auf dem Fürstenberg, richtig? Offener Garten, Sommermatinee der Nachwuchskünstler, die haben bald wieder kulturelle Veranstaltungen dort, wie ich in den ›Niederrhein Nachrichten‹ gelesen habe. Was führt Sie dorthin?«

»Der Gärtner hat uns im Weseler Stern entdeckt und braucht unsere Hilfe bei schwerer Arbeit im Gelände.«

»Gut. Da sind Sie vor krimineller Energie sicher.«

Jerry Patalon hackte bereits mit flotten Fingern auf seine Tastatur ein. »Warten Sie draußen, ich beeile mich.«

***

Schon die Anfahrt durch das Ruhrgebiet mit seinen dahinrostenden Industriedenkmälern kostete Nikolas Burmeester Überwindung. Er konnte den Überbleibseln einer einst blühenden Region, die mit feuchten Augen und großem Staunen viel besucht wurden, nichts abgewinnen.

Gut, die weiße Tonne im Gasometer von Oberhausen, diese überdimensionale Innenraumverpackung von Christo, war schon beeindruckend. Auch so manches Konzert beim Traumzeitfestival im Landschaftspark Nord in Duisburg war nicht zu verachten, aber insgesamt waren ihm alte Schlösser, Burgen, Steinruinen lieber als Brachflächen mit Sommerflieder und rostendem Stahl. Doch an derlei Relikten vorbei führte der Weg zum ultimativen Einkaufstempel seiner geliebten Yasmin.

Ikea. Das Wort, kaum ausgesprochen, hatte sich wie ein böser Virus bohrend in seinen Eingeweiden bewegt. Die ganze Fahrt über plagte ihn eine latente Übelkeit. Kein Ausweg. Seine verletzte Hand vom Vortag war fahrtauglich, und er konnte dank ihrer Fürsorge weder über Sonnenbrand noch Sonnenstich klagen. Nun bog er auf den weiträumigen Parkplatz ein, und Yasmin, in Vorfreude auf die vielen bunten Ideen, lotste ihn in eine freie Lücke in Nähe des Ausgangs.

Sie hatte viel vor. Ein neues Regal für sein Apartment, Billy oder Kurt, vielleicht auch Harald, er hatte nicht hingehört, als sie am gestrigen Abend mit Zollstock und Papier, dem neuesten Katalog und leuchtenden Augen durch sein gemütliches Zuhause gefegt war. Und farbige Tapeten mit großem Dekor, für die Fensterbank das eine oder andere Teelicht und eine Palme für die unbelebte Ecke neben der Tür. Neue Bettwäsche und einen Vorleger fürs Bad, außerdem ein paar Kleiderbügel für den Schrank. Keine Chance auf Gegenwehr, Yasmin duldete keinen Widerspruch.

So lange hatten sie auf diese Gelegenheit, den gemeinsamen Urlaub, gewartet. Besser gesagt, sie hatte darauf gelauert wie eine Katze auf die Maus und ihn einfach überrumpelt. Vorsorglich zog er sein Handy hervor, kein Anruf. Wesel kam ohne ihn zurecht.

Jetzt drückte sie ihm ein Papiermaßband, einen Minibleistift und Notizzettel in die Hand, und er schleppte sich die Stufen zur Möbelausstellung hoch, während ein Pulk von Menschen nebenan in die Cafeteria strömte, als gebe es dort etwas umsonst.

»Wo laufen die hin?«

»Hier gibt es ab halb zehn ein äußerst schmackhaftes Frühstück. Du, das können wir auch mal machen, das lohnt sich echt.«

In den Ruhrpott zum Frühstück bei Ikea! Wer war die Frau an seiner Seite? Kannte er dieses Wesen?

Zum Glück erwiesen sich die angepeilten Regale als zu sperrig für seine Dachwohnung, sie würden heute keine Möbel kaufen.

Burmeester fühlte sich völlig von fremden Reizen überflutet und war dankbar, nach dem kilometerweiten Gang durch unzählige Kojen mit Einrichtungsvorschlägen der Schweden vor einem Becher Kaffee zu sitzen, der ihm, bei aller Skepsis, sehr gut schmeckte.

Die großen floralen Lampen in der Cafeteria gefielen ihm, was sich seine Freundin sofort gedanklich notierte. Genüsslich speisende Menschen saßen in kleinen Gruppen um ihn herum, Herr Ikea hatte sogar eine Vorrichtung auf Rädern für das Einsammeln leiblicher Genüsse konstruiert, ganze Frühstücksbüfetts rollten neben ihm an die Tische. Was so alles in einen Menschen hineinpasst, sinnierte er mit Panoramablick auf einen sich stetig füllenden Parkplatz und den Verkehr auf der A 59. Wer war er, und was machte er an diesem Ort? Und warum nur? Selbst sein Handy war gegen ihn, eingehende Anrufe: null.

Es kam noch schlimmer. Allein schon die Galatreppe, die hinabführte in das Reich der geschätzten drei Millionen Kleinteile, bereitete ihm Unbehagen. Gekonnt zog Yasmin einen Einkaufswagen der Superlative aus der Schlange, Ohs und Ahs und diverse Stopps führten durch ein Meer aus Porzellan und Glas. Spätestens jetzt setzte ein kaum zu unterdrückender Fluchtreflex bei Burmeester ein, er hielt sich krampfhaft am Griff des Zehntonners fest, den er hinter Yasmin hersteuerte. Der Verzweiflung nahe zückte er sein mobiles Telefon. Kein Anruf von der Dienststelle. Diese Verräter schafften alles ohne ihn. Verdammt.

Wozu brauchte Yasmin diese praktischen Vorratsgläser mit Schraubverschluss im Dreierpack? Nein, er fand sein Badezimmer bunt genug, er brauchte keine Sammelboxen für Kleinkram in Holzoptik. Gut, die einfarbigen Handtücher in XL waren okay. Bei den Lampen war er sich nicht schlüssig, ob die aus vielen Kunststoffblüten zusammengesetzte Kugel nicht zu groß für seine Dachwohnung wäre. Und das war noch nicht der Super-GAU. Warum hatten die hier einen ganzen Wintergarten voller Zimmerpflanzen? Damit seine Yasmin einen verzückten Ausruf nach dem anderen von sich geben und beherzt einladen konnte.

»Die Yucca noch, die ist so toll gewachsen. Und die weißen Orchideen, die haben Stil.«

Mit eingeschränktem Blickfeld rollte er den vollgepackten Lkw an den Rand des Gangs und ließ sich zu einer Pause mit frischen Crêpes überreden. Yasmin musste mal. Er nutzte die Gelegenheit und hielt, sobald sich die Tür des Damen-WCs wieder von innen öffnete, sein Handy unübersehbar ans Ohr und telefonierte mit abgewandtem Blick.

»Och nee, das kannst du nicht ernst meinen. Wieso? ... Tom hat sich ein Bein gebrochen? Und Jerry hat die Sommergrippe? Ich kann's langsam nachvollziehen. ... Ja, Karin, ich verstehe, der Gero und du alleine im Dienst, das geht auf Dauer nicht gut. Ja, am Nachmittag bin ich da. Bestimmt. ... Klar, Yasmin wird nicht begeistert sein. Genau, den Urlaub holen wir sobald es geht nach, logo. ... Ja, Karin, ich sehe es ein, das ist ein Notfall. Ich werde es ihr schonend beibringen. Bis gleich.«

Unschuldig legte er das Telefon neben sich auf den Tisch, schaute mit traurigem Gesichtsausdruck seine Freundin an, die sich gerade wieder setzte. »Ach, Schatz, da bist du ja. Ich habe betrübliche Nachrichten.«

Sie sah ihn mit einer Mischung aus Mitgefühl und Enttäuschung an. »Ein bisschen habe ich noch mitgekriegt. Deine Dienststelle?«

Burmeester nickte mit betretener Miene. »Leider. Wir müssen los, so schnell es geht. Die haben Personalnotstand wegen

Krankheitsausfällen, sonst hätte Karin sich nicht gemeldet. Hast du deinen Kaffee schon ausgetrunken?«

»Ist es arg dringlich?«

Ein bedauernder Augenaufschlag. Besser als Johnny Depp.

»So ein Mist. Ich hatte mich so sehr auf die gemeinsame Zeit gefreut. Und gleich kommen noch die Kerzen und die Vasen, wir wollten doch –«

»Vielleicht fährst du in den nächsten Tagen noch einmal mit deiner Schwester her, nehmt euch Zeit, eventuell schon zum Frühstück. Wie wäre das?«

Das einzige Hindernis auf dem Weg zum Auto bildeten die Schlangen an den wenigen geöffneten Kassen. Für einen Moment überlegte er, ob sein Dienstausweis hilfreich sein könnte oder er sich der undurchschaubaren Technik der Selbstbedienungskasse aussetzen sollte. Dann fiel ihm ein, dass der Ausweis in der Schublade neben der Garderobe in seinem kleinen Flur lag. Auch von Ikea.

✳✳✳

Die große Lagebesprechung des Tages war auf vierzehn Uhr vorverlegt worden, da die Behördenchefin persönlich vom K1 auf den aktuellen Stand der Ermittlungen gebracht werden wollte. Der Zusammenhang zwischen den Drogen, die bei Zoe Grüttner in Rheinberg gefunden wurden, und dem Zeug, das bei der Wohnungsauflösung der alten Dame im Weseler Stern zutage befördert wurde und auf mysteriöse Weise wieder verschwand, lag auf der Hand. Karin Krafft übernahm die Berichterstattung.

Sie hatte selbst mit dem völlig eingeschüchterten Gesthuysen im Krankenhaus gesprochen. Zunächst hatte das Pflegepersonal versucht, ihn abzuschirmen, da der Auftritt seiner Kollegen am frühen Morgen für tumultartige Szenen auf der Station gesorgt hatte. Es war der Hauptkommissarin gelungen, zehn Minuten mit Gesthuysen zu sprechen, aus dem die Einzelheiten nur so heraussprudelten.

Er habe aus Fernsehberichten ein Bild von den Drogen vor

Augen gehabt, und er wollte sich und seine Kumpel vor dem Verdacht retten, dass sie Drogen mit sich herumkutschierten. Im Garten habe er die Ladung verbrennen wollen, er ganz allein, der Held aus Voerde als geheimer Vernichter von Sucht und Untergang. Karin hatte ihm diese Version nur halb abgenommen. Wie dem auch sei, er hatte selbst keine Gelegenheit gehabt, Unheil unter die Menschen zu bringen.

Kurz nach seiner Ankunft in der Laube im Hinterland von Spellen habe er zunächst merkwürdige Geräusche in der Hecke gehört und dann, als er die Dose mit den Tütchen aus dem ersten Topf ausgebuddelt hatte, sei ein Mann auf ihn losgegangen, habe ihn geschlagen und geschrien, er solle das Zeug hergeben, er habe kein Recht, sich in seine Geschäfte einzumischen. Erst da, als er schon das äußerst schmerzhafte Veilchen abgekriegt hatte, sei ihm bewusst geworden, was für ein Wert sich auf seinem Grund und Boden befand. Da habe der Irre schon den zweiten Topf zerschlagen, und als Gesthuysen sich wieder aufrichten wollte, ihm den anderen Blumentopf derartig vor die Brust geworfen, dass er zu Boden ging, dabei unglücklich den Fuß verdrehte, bis es knackte, und er das Bewusstsein verlor. Seine Kollegen hätten ihn am Morgen gefunden und den Krankentransport organisiert.

Zunächst hatte Karin diese Geschichte so stehen lassen wollen, nicht weiter nachbohren, dann überkamen sie Zweifel, und genau zu dem Zeitpunkt, als sie ihm ihre Zweifel mitteilen wollte, sagte Gesthuysen, er würde den Mann auf jeden Fall wiedererkennen. Irgendwo wäre er diesem Gesicht schon mal begegnet. Daraufhin hatte sie den Phantomzeichner der Kreispolizeibehörde zu ihm geschickt und hielt jetzt um vierzehn Uhr fünfzehn seine Zeichnung in Händen. Ein derbes Männergesicht, zwischen Mitte dreißig und Anfang vierzig Jahre alt, eng stehende Augen, streng zurückgekämmtes Haar. Da allerdings war er sich unsicher gewesen, ob der Mann wirklich eng anliegendes Haar oder eine dieser neumodischen Häkelmützen getragen hatte.

»Das ist der Mann, der mit aller Wahrscheinlichkeit im Besitz einer unbekannten Menge Crystal Meth ist. Er wird die Wohnung von Friederike Wallenboom ausgespäht und durchwühlt haben. Er wird um den Bulli der Männer von der Rentnerinitiative herumscharwenzelt sein in der Hoffnung, noch mehr zu finden.«

Behördenleiterin van den Berg unterbrach Karins Ausführungen.

»Moment, mir kommt der Name Gesthuysen irgendwie bekannt vor. Sie wollen mir nicht erzählen, dass die alten Herren dieser denkwürdigen Arbeitsinitiative – wie hieß sie noch gleich? – uns nach Jahren wieder mit unerwünschter Kooperation beehren wollen? Die wird man schlecht wieder los, lassen Sie denen keinen Spielraum. Drohen Sie mit Inhaftierung bei Zuwiderhandlung, meinen Segen haben Sie. Vierundzwanzig Stunden Arrestzelle wegen des Verdachts auf Vereitelung einer Straftat kriegen wir zur Abschreckung hin.«

»Ohne die Männer hätten wir den Zusammenhang zwischen Rheinberg und Wesel nicht entdeckt und im zweiten Schritt nicht herausgefunden, dass die Rentnerin Wallenboom, die vor vier Wochen an der Außentreppe zum Fahrradkeller tot aufgefunden wurde, keineswegs an Herzversagen nach einem Sturz, sondern mit höchster Wahrscheinlichkeit aufgrund von Gewalteinwirkung gestorben ist.«

»Ach, den Fall haben Sie wieder ausgegraben. Die Information an mich wollten Sie wohl nachreichen. Wer hatte die Akte abgelegt?«

»Die Kollegen von der Drogenfahndung hatten damals Bereitschaft, da bei uns Krankenstand und Urlaub für Notstand sorgten.«

»Was haben die übersehen?«

»Auf den Fotos hat die Tote einen orangefarbenen Stofffetzen in einer Hand, der nicht von ihrer Kleidung stammen kann und auch nicht aus der unmittelbaren Umgebung. Es lässt sich allerdings im Nachhinein nichts mehr ermitteln. Die Leiche wurde freigegeben, und die Verwandten haben einem Bestatter den Auftrag zur Urnenbeisetzung erteilt. Die Wohnung ist heute

Morgen besenrein übergeben worden, der gesamte Hausrat hat auf dem Wertstoffhof der hiesigen Entsorgungsgesellschaft in unterschiedlichen Containern verteilt den Weg des Vergänglichen angetreten. Die Existenz von Friederike Wallenboom ist gänzlich ausgelöscht.«

»Was wissen die Drogenfahnder über den Stoff?«

»Der Fund aus Rheinberg wird gerade von ihnen überprüft, es besteht der Verdacht, dass er zu einer Charge gehört, die über die niederländische Grenze zu uns gelangte. Mehr wissen wir noch nicht.«

»Lassen sich in der Laube in Spellen noch Spuren finden?«

»Der Kollege Heierbeck ist vor Ort, die Reste der Tontöpfe geben nichts her, es gibt Reifenspuren eines rasanten Starts, sie versuchen zu sichern, was der trockene Randstreifen hergibt. Mit Fingerabdrücken ist auf der rauen Oberfläche der Scherben nicht zu rechnen, sie sichern aber DNA-Proben. Genaueres später.«

»Zeugen?«

»Die Suche wäre sinnlos, dort im Hinterland zwischen Feldern und Büschen sagen sich Fuchs und Wildgans Gute Nacht. Keine nächtlichen Gassigänger, keine weiteren Anlieger, keine frequentierte Durchgangsstraße.«

»Und die Jugendliche in Rheinberg ist tatsächlich ohne Fremdverschulden vom Baum gefallen?«

»Sie stand unter Drogen, gehört genau genommen in die Statistik der Drogenopfer des Jahres.«

»Dann sage ich die Pressekonferenz ab, man braucht sich nicht mit diesem Wust an Theorien und Anfangsvermutungen auseinanderzusetzen.«

»Allerdings bleibt da noch das Phantombild.«

»Das werden wir zunächst in Voerde und im Weseler Stern herumzeigen. Erst wenn wir dort nichts erreichen, werden wir es an die Presse weiterleiten. Wir wollen doch nicht unnötig die Pferde scheu machen, oder?«

Die Männer des K1 hatten sich die ganze Zeit über zurückgehalten, bemerkten die Unzufriedenheit der Behördenchefin, und von Aha gab nun den *charming boy*.

»Darf ich Ihnen einen Kaffee anbieten? Italienische Qualität, wie immer.«

»Gern. Wie haben Sie die weitere Aufgabenverteilung geplant, Frau Krafft?«

»Normalerweise wurde dies immer intern geregelt. Karin fühlte sich unwohl, reagierte spontan und bestimmt. »Die Kollegen Patalon und Weber werden sich mit dem Phantombild in Voerde und in der Hochhaussiedlung umhorchen, Kollege von Aha übernimmt die Aktenlage, ich selbst kümmere mich um den Verbleib der sterblichen Überreste von Friederike Wallenboom und halte Kontakt zur Drogenfahndung.«

Für Frau van den Berg hatte von Aha in Anbetracht ihrer zunehmend trachtenorientierten Kleidung einen Gmündener Kaffeebecher mit springendem Hirsch ausgewählt. Sie bedankte sich knapp und heftete ihre Augen auf das Dekor, hakte ohne Unterbrechung weiter nach.

»Wo ist Herr Burmeester?«

»Im Urlaub.«

»Besteht Bedarf, ihn zurückzuholen?«

»Nein, wir schaffen das ganz wunderbar.«

»Falls nicht, geben Sie mir Bescheid, ich veranlasse sonst eine dienstliche Anweisung. Drogen und ein ungeklärter Todesfall – ich werde mich gleich mal mit dem Dezernat für Drogendelikte auseinandersetzen. So eine Fehleinschätzung darf nicht passieren.«

Den Becher leerte sie mit genießerischen Zügen, reichte ihn zurück an von Aha. »Achten Sie gut darauf, die sind nicht preiswert, ich kenne das Design. Österreichische Traditionskeramik.«

Kurz vor dem Verlassen des Besprechungsraums wandte sie sich noch einmal an das Team. »Es bleibt bei zweifach ausgedruckter Berichterstattung an mein Büro, auch wenn in den Ausführungen zur Zertifizierung etwas anderes steht.«

Das Team verharrte einen Moment in nachdenklicher Stille, als sie die Tür hinter sich geschlossen hatte. Von Aha stellte den Becher zurück auf das Tablett und wirkte nachdenklich.

»Die ist einfach unglaublich. Da soll sich die komplette Behörde an einheitliche Arbeitsrichtlinien halten, und für sich selbst fordert sie frech die Ausnahme ein, da packst du dir doch an den Kopf. Fehlt noch Staatsanwalt von und zu Haase mit seinem Gehabe. Manchmal ist das hier ein Panoptikum der Besonderheiten.«

Tom Weber deutete zur Fensterbank, auf der inzwischen mehrere bunte kleinblütige Zimmerrosen nebeneinander in edlen weißen Übertöpfen standen. »Wenn man deinen spontanen Rosentick mit dazuzählt, macht unsere Behörde schon was her, stimmt.«

Jerry Patalon streckte von Aha die Hände entgegen. »Unser Rosenkavalier. Du packst andauernd neue Extreme aus, ich freue mich schon auf deinen nächsten Spleen.«

»Das ist kein Spleen, ich bin mit den Rosen meiner Oma aufgewachsen. Sie hat mir viel bedeutet. Für sie war ich immer gut, selbst wenn ich großen Blödsinn verzapft hatte.«

Hauptkommissarin Krafft unterbrach die Eigenanalyse des Kollegen und mahnte zur Eile, wenn nicht wichtige Restspuren und Erinnerungen der Bewohner von Op de Hei weiter verblassen sollten.

»Eine Drogen-Omi, wer hätte das gedacht«, kommentierte Patalon die neuesten Erkenntnisse.

Weber formulierte gleich die ersten Fragen, die ihm, wie immer zu neuen Sachlagen, einfielen. »Was bewegt eine Rentnerin dazu, Tütchen mit Crystal Meth auf ihrem Balkon zu verstecken? Hatte sie es in Verwahrung, oder hat sie selbst gedealt? Wusste sie überhaupt von dem Versteck unter ihren Blumen? Haben wir ein vorzeigbares Bild von der Frau, das wir nutzen können, ich meine, auf dem sie jemand erkennen könnte?«

Tom und Jerry warfen sich die Stichworte zu.

»Sie hat doch Verwandte. Irgendwer hat diesen Mackedei mit der Wohnungsauflösung beauftragt, vielleicht gibt es dort brauchbare Bilder.«

»Die nehmen wir mit und fragen die Leute im Viertel auch nach ihr. Wer weiß, welchen Ruf sie hatte. Haben die Kollegen vom Drogendezernat nichts dergleichen unternommen? Ich versteh das nicht. Natürliche Todesursache und abgehakt?«

Karin sah auf die Uhr. »Fehler können passieren, wir sind bestimmt auch nicht immer die perfekten Ermittler. Macht euch ans Werk, die Idee mit dem Foto der Wallenboom ist nicht schlecht. Und du, Gero, schaust mal, ob das Phantombild in deinen Programmen zur Gesichtserkennung irgendwelche Resultate bringt. Vielleicht haben wir ja Glück.«

»Ja, mach ich.« Von Aha beobachtete Karin, die beim Hinausgehen die Lippen übereinanderschob, um den zarten Lippenstift, den sie vor Kurzem für sich entdeckt hatte, ein wenig zu verteilen.

»Du gehst wieder rüber zu diesem schleimigen Drechsler, der so aussieht wie sein drogenschnüffelnder Hund, richtig? Warum hast du den in deinem Bericht vorhin nicht erwähnt?«

»Ich hätte die Kooperation vorher absegnen lassen müssen. Vergessen. Wir arbeiten uns unter der Hand zu, das ist doch okay. Ich werde Drechsler vorwarnen, denn die van den Berg ist geladen und wird gleich dort auflaufen.«

***

Das Programm zur Erkennung markanter Gesichtszüge förderte weder bei den internen Daten noch in den frei zugänglichen Netzwerken Erfolgreiches zutage. Gero von Aha lehnte sich mit über dem Kopf verschränkten Armen auf seinem Stuhl zurück. Wo könnte er noch nachforschen?

Ihm fielen die beiden Männer von der Rentnerinitiative ein. Es konnte durchaus möglich sein, dass sie dem Kerl schon begegnet waren. Er googelte »O.P.A.«.

Die Männer schienen einiges auf die Beine zu stellen. Entrümpelungen, kleine Reparaturen, Dienstleistungen für Senioren, einfache Gartenarbeit, die waren bestimmt gut beschäftigt. Und sie hatten das Phantomgesicht vielleicht schon gesehen. Er sollte sie aufsuchen. Sie schienen ihm – in Unkenntnis der Vorkommnisse, mit denen sie in der Vergangenheit das K1 beschäftigt hatten – eine durchaus vernünftige Truppe zu sein. Was hatte Karin gesagt, wo sie am Nachmittag sein würden? Zum Glück nicht in Wesel, aber bedenklich nah an ihrem Zuhause. Genau, in dem Schlösschen auf dem Fürstenberg wären sie als Nächstes beschäftigt.

Rosenhof. Allein schon der Name sprach ihn persönlich an. Wieder bemühte er die Suchmaschine, fand Informationen auf einer Homepage. Für Gero von Aha eine Offenbarung: Da leuchteten prachtvolle Rosen verschiedenster Gattungen neben der Beschreibung des Anwesens. Offene Gartenpforte, Konzerte mit jungen Musikern, Kunstausstellungen in der ehemaligen Remise, die zum Veranstaltungsort umgestaltet worden war. Er würde sich dort nach Feierabend umsehen. Hoffentlich waren die Männer der Initiative dann noch am Werk.

Ohne anzuklopfen und mit fast gehetztem Gesichtsausdruck betrat Nikolas Burmeester den Besprechungsraum und schaute dem verblüfften Kollegen entgegen. »Ist Karin da?«

»Was ist passiert? Deine Hand ist verbunden, du bist ganz blass im Gesicht. Häusliche Gewalt, hat sie dich verprügelt? Und wenn ja, hast du es verdient?«

»Sie will mit mir einkaufen.«

»Das tut deinem Kleiderschrank immer ganz gut.«

»Heute haben wir Teil eins absolviert. Ich sage nur: Ikea.«

Gero von Aha musste laut lachen. »Das ist die Höchststrafe. Was hast du ihr getan?«

»Im Ernst, ich pack das nicht. Lasst mich hierbleiben, bis die drei Wochen um sind. Dann ist Yasmin wieder arbeiten, und ich kann mich entspannen.«

»Das musst du mit Karin besprechen, aber die ist gerade rüber ins Haupthaus. Zu diesem Dreckskerl Drechsler vom Drogendezernat.«

»Warum kannst du ihn eigentlich nicht leiden?«

»Weiß ich auch nicht. Ich glaube, der macht einfach alles, über das ich dreimal nachdenke, nur um es anschließend zu verwerfen. Wie der die Chefin unverhohlen anglotzt. Und dann fährt der immer gleich seine Griffel aus. Wenn nichts mehr hilft, sitzt dieser zottelige Hund neben ihm und sammelt Punkte.«

Burmeester grinste, sein Kollege wirkte wie ein eifersüchtiger Ehemann. »Glaub mir, der hat bei Karin keine Chance. Die steht nicht auf diese Art Mann. Die Chefin hat den schon abblitzen lassen, da gab es dich und mich hier noch nicht.«

»Echt? Woher weißt du das?«

»Flurfunk, Tratsch bei Buletten, weiß ich nicht mehr.« Von Aha blickte auf den Bildschirm mit den Rosenköpfen, die sich ihm entgegenneigten. Genau, für heute hatte er ein klares Ziel vor Augen. Das konnte nicht warten. Flott brachte er Burmeester auf den letzten Stand.

»Weißt du was? Du kannst dich gleich nützlich machen. Du übernimmst die Stallwache und sprichst mit Karin, wenn sie zurück ist. Ich drucke mir das Phantombild aus und fahre damit zu den beiden anderen Männern der Initiative, die sind ab heute in Xanten tätig.«

»Okay. Mann, bin ich erleichtert, dass du mich verstehst. Karin werde ich meine spontane Urlaubsverschiebung auch noch plausibel erklären.«

Er selbst schien nicht ganz davon überzeugt zu sein, dass ihm dies auch gelingen würde. Sein Handy vibrierte, eine Nachricht auf WhatsApp war eingetroffen. Er nahm das Gerät zur Hand.

Yasmin schrieb: »Mein armer Schatz, damit dir dein Urlaubsabbruch nicht zu schwerfällt, habe ich uns am Abend einen Tisch im Fährhaus reserviert. Mit Blick auf den Sonnenuntergang. Küsschen, Y«, dahinter zwei rote Herzen und ein Smiley.

Um Haaresbreite hätte ihn sein schlechtes Gewissen erwischt. Es blieb zum Glück draußen auf dem Flur.

***

Der Kaffee hier in der Bäckerei ist nicht die Offenbarung. Ein paar Tische in einer gammeligen Ecke, darauf ein verstaubtes Plastikgesteck, eine kleine Getränkekarte, die schon durch tausend Hände gegangen ist und auch so aussieht. Und kein Mensch jenseits der sechzig in Sicht. Ich denke, die sitzen hier immer vor der Bild-Zeitung, um über die Welt, Kanzlerin Merkel und die Maulwürfe in der Anlage zu diskutieren. Blödsinnige Idee, im Supermarkt neue Kuriere für die magischen Kristalle aufzureißen. Vielleicht sollte ich besser in der Kleiderkammer oder im Wäschekeller sitzen, stundenlang um die Abfallcontainer herumspazieren.

Ich muss zugeben, die Alte hatte hier alles auf dem Schirm, die wusste, wen man ansprechen konnte und wer ohne neugierige Fragen zu stellen ein paar Euro dazuverdienen wollte. Die hatte ein Faible für verschlüsselte Sprache, hat nie Crystal Meth oder Drogen erwähnt. Die sprach immer über Rosenlieferungen, genau, Rosen verteilen. Kann ich wieder Rosen in Holland abholen? Einmal erzählte sie, früher hätten sie und ihr Mann Butter und Kaffee über die Grenze gebracht, für die halbe Nachbarschaft. Nie seien sie erwischt worden. Ein Naturtalent, ganz schön raffiniert. Und cool.

Hier bin ich völlig falsch. Vielleicht ist doch das Schwarze Brett meine Chance. Ich muss ja nicht meine Handynummer angeben. Was bietet sich als Alternative? Da hängt so viel Schrott an der Pinnwand, tausche, verkaufe, suche, biete, verschenke, fleckige Sofas, Inliner mit abgefahrenen Rollen. Offensichtlich landet hier, was auf den Märkten im Internet nicht punkten konnte. Ich werde eine Botschaft hinterlassen. »Rentner gesucht für kleinen, lukrativen Nebenjob. Kontakt im Stadtteilcafé, immer um elf Uhr. Tisch neben der Tür.«

Kann mir irgendwer einen Strick draus drehen? Nein. Zu auffällig? Nein. Zu hintergründig? Scheiß was drauf, wie soll ich sonst an die Leute rankommen? Wenn jemand verdächtig aussieht, kann ich aufstehen und verschwinden. Die Zeit sitzt mir im Nacken. Ich werde wohl den Boss informieren müssen, sonst gibt es bloß wieder Ärger. Stress muss man sich in dem Geschäft sparen, sonst ist man ganz schnell weg vom Fenster. Es mangelt an Organisationsstruktur, im Moment läuft nichts.

Vielleicht sollte ich es anders formulieren, besser wäre: »Warte in der nächsten Woche am Mittwoch im Stadtteilcafé auf unternehmungslustige Rentner und Rentnerinnen mit Sinn für gesicherten Nebenverdienst. Um elf Uhr am Tisch neben der Tür.«

Dann muss ich nicht täglich in dieser Muffbude sitzen. Ich

will was von denen, aber die wollen das Wichtigste von mir, nämlich die Kohle. Wenn der Staat die Alten auch nach einem langen Erwerbsleben mit so wenig Geld in Rente schickt, muss sich niemand darüber wundern, dass sie sich mit allen Tricks was dazuverdienen, bevor sie im Park leere Pfandflaschen suchen gehen.

Die Alte war doch nicht alleine hier beschäftigt, es gab mehrere Verteiler, die für sie den Job erledigt haben, nachdem sie von ihren Ausflügen nach Arnheim zurück war. Wie finde ich die bloß?

Na prima, statt einem fitten Rentner pflanzt sich eine dicke Mutti mit schreiendem Blag an den Nebentisch. Mensch, die jungen Frauen kennen heutzutage kein Pardon, wenn es darum geht, ihre überschüssigen Pfunde zu präsentieren. Warum Leggins und ein hautenges Longshirt darüber? Und das Kind – ganz die Mama. Fehlt mir gerade noch, ich brauche Ruhe zum Denken, und ich muss weg, schließlich habe ich auch noch anderes zu tun.

Die Alte hat sich hier garantiert auch mit verschlüsselten Botschaften verständigt. Wie hätte sie den Eintrag am Brett formuliert?

»Rosen aus Holland, Helfer für den Transport gesucht, idealer Nebenjob für Rentner. Bewerbung am Dienstag zwischen neun und zehn Uhr im Stadtteilcafé.«

Genial.

∗∗∗

Alfons Mackedei fühlte sich seit Langem zum ersten Mal wieder an einem Arbeitsplatz seines Geschmacks angekommen. Rosenhof bot ein passendes Ambiente für sein feinsinniges Gemüt. Er und Trüttgen betraten hinter einer kleinen Gruppe von Menschen das Anwesen, die, offenbar von dem Hinweisschild »Offene Gartenpforte« angelockt, die üppige Bepflanzung betrachten wollten. Er stellte sich vor, wie sie mit Bewunderung vor einzelnen Beeten verharrten und ihre Kameras zückten.

In der Nähe des Eingangs erkannte Mackedei unter einem feudalen Sonnenschirm eine Frau im Rollstuhl, die Besucher begrüßte und ihnen einen Plan der Gartenanlage übergab. Offenbar die Hausherrin.

Eine Angestellte mit adretter weißer Schürze und ebensolchem Häubchen brachte ihr auf einem Tablett eine Tasse Tee und eine kleine Etagere mit winzigen Gebäckstückchen. Ja, so sah das Leben in gehobenen Kreisen aus. Er strebte auf die Frau unter dem Schirm zu und stellte sich vor.

»Mackedei und Trüttgen, schönen guten Tag, gnädige Frau.«

Sie blickte freundlich lächelnd von der Tasse auf, die sie mit zittriger Bewegung zum Mund geführt hatte, stellte sie langsam und sacht wieder auf den Unterteller. Echt Meißner Porzellan, dachte Mackedei.

»Mein Name ist Castillan. Darf ich Ihnen den Plan unseres Parks mitgeben? Wenn Sie Fragen haben, dürfen Sie sich gern an mich wenden.«

»Vielen Dank, es ist wirklich ein sehr imposantes Anwesen. Ich bin auf der Suche nach Herrn Kreidler.«

»Ach, die gute Gärtnerseele, Sie finden ihn garantiert bei den Rosen, schauen Sie.«

Sie drehte mit sichtlicher Mühe ihren Rollstuhl ein wenig nach links, wies an der Front des Hauses entlang. »Dort hinter dem Bauerngarten biegen Sie links um das Haus herum, vorbei an der Teichanlage geht es dann nach rechts, und hinter den Taxuskugeln finden Sie ihn bestimmt.«

»Vielen Dank.«

Nach nur wenigen Schritten in die Richtung rief sie mit zaghafter Stimme hinter Mackedei her. »Verzeihung, darf ich fragen, mit welchem Anliegen Sie ihn aufsuchen möchten?«

»Er bat uns um Rat bei einem kleinen Problem.«

»Sie sind ebenfalls Landschaftsgestalter?«

Mackedei zögerte einen Moment mit der Antwort. »Wir sind da, um Probleme zu lösen, egal ob im Haus oder im Garten.«

»Er hat mir gar nicht erzählt, dass er vor unlösbaren Aufgaben steht.«

»Vielleicht wollte er Sie nicht mit seinen Fragen behelligen, gnädige Frau.«

Sie nickte und wandte sich den nächsten beiden Besuchern zu, die sich den Plan erläutern ließen.

Trüttgen stieß Mackedei an. »Das ist aber mal eine Feine. Und du hast et richtiggehend drauf, gnädige Frau und so, Donnerwetter.«

»Ja, Stil erkennt man auf den ersten Blick. Ich frage mich gerade, warum mir dieser gediegene Ort bislang verborgen geblieben ist.«

»Ich bin hier mein Lebtag noch nie gewesen, obwohl ich ja unten in de Beek wohne. Meine Frau hängt mir immer in den Ohren, wir müssten mal herkommen, den Garten angucken.«

Er ließ seinen Blick schweifen. »Besser, se kommt nicht her, anschließend liegt se mir wieder mit tausend Veränderungswünschen in den Ohren, nee, nee. Wenn ich der erzähle, dass ich heute hier war, die dreht glatt durch.«

Sie entdeckten Luis Kreidler tatsächlich hinter opulent bepflanzten, farblich aufeinander abgestimmten Rosenbeeten, mit Buchsbaum eingefasst und mit Lavendelstauden durchsetzt. Er stand da und hielt sich mit abgewinkeltem Ellbogen eins dieser altmodischen großen Handys ans Ohr. Von Weitem konnten sie ihn verstehen.

»Jaja, auf jeden Fall. ... Nein, ich weiß, darüber werde ich nicht sprechen, ja, garantiert mit niemandem. ... Das ist wirklich nicht nötig, ich halte immer mein Wort. ... Man kann sich stets auf mich verlassen. ... Ich weiß, zu niemandem.«

Mackedei und Trüttgen schauten sich fragend an. Kreidler hielt das graue Relikt der Jahrtausendwende weit von seinen Augen entfernt, um die Taste zum Beenden des Gesprächs zu finden, und ließ es unter einer altmodischen ordentlichen Gärtnerschürze in seine Hosentasche gleiten. Erst jetzt drehte er sich zur Seite, und sein Blick fiel auf die beiden Männer.

»Ach, schön, dass Sie den Weg gefunden haben. Willkommen in meinem Garten.«

»Das ist ein himmelweiter Unterschied zu der Anlage des Weseler Sterns.«

Kreidler lachte freundlich und ließ den Blick mit gewissem Stolz über die Blütenpracht schweifen. »Sie glauben gar nicht, wie glücklich ich jedes Mal bin, wenn ich hier arbeiten darf. Ein Paradies, nicht wahr? Kommen Sie, ich zeige Ihnen meine Problemzone, wir müssen an die Nordseite.«

Sie folgten ihm, Mackedei lächelte in sich hinein. Für seine Frau lagen Problemzonen immer in der Mitte.

Vorbei an einer schattigen Terrasse erkannte er durch lichte alte Buchenkronen, die an einem abfallenden Hang standen, den Rhein, der sich durch die niederrheinische Ebene schlängelte. »Wunderbar, diese Aussicht«, schwärmte er.

Auf der anderen Seite des Hauses, durch eine mannshohe Taxushecke vom Rest des Gartens abgetrennt, tat sich eine Art Brachfläche von der Größe einer stattlichen Doppelgarage auf. Mit verschränkten Armen blieb Luis Kreidler davor stehen.

»Hier, genau das ist es.« Brennnesseln und mickrige Farnwedel, kriechender Knöterich wucherten ineinander, mittig breitete sich eine Stechapfelpflanze mit ihren weißen Blütenkelchen aus. »Oh, die muss ich nachher sofort entsorgen. Wenn die sich aussät, habe ich das Zeug überall stehen.«

Ratlos standen Mackedei und Trüttgen vor der Fläche, Kreidler schritt unaufhörlich die volle Breitseite auf und ab.

»Ich habe alles versucht, habe hier umgegraben, zentnerweise Kompost verteilt, habe probiert, mit Düngepflanzen den Boden zu verbessern, nichts hat geholfen. Aus lauter Verzweiflung habe ich den Taxus gepflanzt, damit man diesen Schandfleck nicht mehr sieht.«

Mackedei erkannte Sorgenfalten auf Kreidlers Stirn, seine Haltung sprach von Ehrgeiz und Trotz. Das waren ihm die liebsten Angestellten in seiner Firma gewesen, die mit dem Willen, ein Problem zu lösen. »Es gibt Flächen, auf denen nichts gedeiht, die Natur setzt uns Grenzen.«

Kreidler schien in seiner Gärtnerehre getroffen. »Aber nicht hier. Über Jahre habe ich eine langweilige golfplatzähnliche Einöde in eine blühende Kostbarkeit verwandelt, und glauben Sie mir, es hat mich an so mancher Ecke viel Geduld gekostet. Das hier ist die härteste Herausforderung, und ich habe auch schon eine Idee, was die Ursache sein könnte.«

Trüttgen ging in die Hocke, blickte auf das wuchernde Kraut, stellte sich wieder auf. Kreidler fuhr fort.

»Entweder haben die hier in früherer Zeit eine hauseigene Müllhalde gehabt und der Boden ist verseucht, oder es liegt ein gemauertes Fundament in der Tiefe, das einen Bewuchs nicht zulässt.«

»Haben Sie versucht, tiefer zu graben?«

Kreidler stellte sich in die Nähe der Männer. »Das ist es ja. Der Hausherr war mit all meinen Veränderungen einverstanden, nur hier soll ich nichts unternehmen. Ich hätte schon genug geleistet.« Er wies mit geöffneten Armen auf die Fläche. »Stellen Sie sich vor, das soll so bleiben. Das geht doch nicht. Hier ist ein optimaler Ort für Funkien, ein frühlingshaftes Meer von Leberblümchen vor hellblauem Lerchensporn und zart wuchernder Schaumblüte.«

»Was ist Ihr Auftrag an uns?«

»Helfen Sie mir herauszufinden, warum dies hier ein brach-liegender Teil des Gartens ist.«

Trüttgen kratzte sich am Hinterkopf, Mackedei wusste, was das zu bedeuten hatte: Er hatte bereits eine Idee. »In deinem Kopf rotiert es. Was meinst du?«

»Kriegen wir hin. Fahr mich mal ebkes runter in die Beek, ich brauche Gerät und Werkzeug aus meinem Schuppen. Wir werden herausfinden, was hier los ist.«

Kreidler lächelte plötzlich siegesgewiss. »Als ich Sie in Wesel arbeiten sah, wie Sie planvoll und durchdacht Ihren Bulli beluden, dicht an dicht, damit die kleinste Lücke ausgefüllt war, da dachte ich mir, wenn mir jemand helfen kann, dann Sie.«

Er wies die beiden an, ihm zu folgen. »Ich zeige Ihnen die hintere Zufahrt zum Gelände, dann müssen Sie nachher nicht mit allem an Frau Castillan vorbei. Das würde nur unnötige Fragen aufwerfen.«

★★★

Karin Krafft traute ihren Augen nicht, als sie im Besprechungs-raum statt Gero von Aha Nikolas Burmeester vor dem PC hocken sah.

»Das glaube ich jetzt nicht, ich wollte dich hier drei Wochen lang nicht sehen. Was um alles in der Welt machst du hier?«

Er berichtete in kurzen Zügen von seinem persönlichen Dilemma, Karin musste innerlich grinsen. Nicht alle Männer waren wie ihr Maarten Ikea-geeignet, hatten Freude an einem Bummel durch die Fußgängerzone oder erahnten Wunsch und bevorzugten Stil der Frau, die sie begleiteten. Burmeester schien vor einem echten Problem zu stehen.

»Und wie stellst du dir das vor? Du hast noch so viele Urlaubs-tage, wann willst du die nehmen?«

»Wenn Yasmin wieder arbeiten muss. Glaub mir, das ist ein-deutig besser für unsere Beziehung.«

Karin sah ihn skeptisch an. Manchen Menschen gelang es einfach nicht, im Alltag mit anderen klarzukommen. Zu viel Nähe konnte beängstigend wirken. Für Burmeester war es schon immer schwierig gewesen, sich auf eine Beziehung einzulassen.

»Dann regle deine Dienstaufnahme offiziell. Hat Gero dich auf den Stand gebracht? Wo ist der überhaupt?«

Burmeester nickte eifrig und erzählte von dessen Fahrt nach Xanten. Da von Aha bekennender Radfahrer war, hatte er einen Dienstwagen von der Hauptstelle nehmen müssen.

»Gero will also den anderen Männern von O.P.A. das Phan-tombild zeigen, weil Gesthuysen meint, den Mann schon ir-gendwo anders außer in seiner Laube gesehen zu haben. Gut. Und du kümmerst dich um die Angehörigen von Friederike Wallenboom, schau ins Register vom Einwohnermeldeamt, finde den Bestatter, der wird eine Liste von Freunden und Bekannten haben, die benachrichtigt worden sind.«

»Okay. Es gibt einen Sohn, das hat mir Mackedei beim Weseler Stern gesagt. Du erinnerst dich an den gefühlt fünfhundertsten falschen Alarm? Das war, als du nach Rheinberg gerufen wurdest.«

»Dann finde ihn. Hat er Familie? Gibt es noch entfernte Ver-wandte?«

»Eigentlich kam mir bei Durchsicht der Akte eine andere Idee.«

»Lass hören.«

»Wie wäre es, wenn ich zum Lauftreff in Rheinberg fahre und dort den einen oder anderen Abend mitlaufe? Drogen in der Sporttasche weisen auf einen Zusammenhang hin. Was meinst du dazu? Schließlich hast du dir selber schon ein Bild von dem Verein gemacht.«

Karin überlegte nicht lange, der Gedanke war gut. »Mach das, ich glaube, am kommenden Wochenende haben die zu unterschiedlichen Zeiten Langstreckentraining geplant, und jeder kann mitmachen. Bist du fit?«

»Ich fahre doch viel Rad, das wird schon hinhauen, ich muss ja nicht gleich für den Halbmarathon trainieren.«

»Okay, dann schick mir bitte die Ergebnisse zum Fall Wallenboom. Ich werde rausfahren, und du kümmerst dich um den Sportverein der Zoe Grüttner. Mensch, zwei Fälle, in denen ähnliche oder gleiche Drogen eine Rolle spielen, und in beiden sind wir aktiv. Genau genommen müsste Drechsler übernehmen. Wenn das mal gut geht.«

»Warum gibst du nicht beides ab?«

»Die sind hoffnungslos überlastet. Nein, ich will gute Arbeit.«

»Höre ich da Kritik an den Kollegen?«

»Kritik am System und an den Kollegen, die haben momentan nur das große Ganze im Visier, wollen die Hintermänner, Drogenküchen finden und die Wege der Geldwäsche verfolgen. Mach das mal, tagelang observieren mit so wenig Personal.«

Burmeester nahm einen Schluck Mineralwasser aus der Flasche. »Ach, übrigens ist von Aha nicht gut zu sprechen auf Drechsler«, teilte er Karin mit.

»So?«

»Ich glaube, da treffen zwei Alphamännchen aufeinander, und du stehst dazwischen.«

»Aber ich will doch von keinem der beiden irgendwas außer professionellem Einsatz.«

»Ja, aber der Drechsler darf dich zur Begrüßung schon mal

spontan umarmen und treibt damit den Gero zur Weißglut. Du hast die Wahl, treib es auf die Spitze oder sei vorsichtig. Männer sind ganz sensible Zeitgenossen.«

»Jaja.« Bei Karins Nicken fehlte nur noch das Vögelchen, das sie Burmeester eigentlich zeigen wollte.

Er rief ihr hinterher. »Einer meiner vielen Pflegeväter sagte immer: Ein doppeltes Ja als Antwort heißt so viel wie leck mich ...«

Schnell stand sie wieder im Türrahmen und reagierte mit ungewöhnlicher Vehemenz. »Burmeester, jetzt reicht's. Wenn die Kerle hier meinen, sie müssten eifersüchtig reagieren, dann bitte schön. Das ist nicht mein Problem. Mach deinen Job, ich will heute noch los und die Verwandten sprechen.«

DREI

Von Aha staunte, was alles an der kurzen Straße lag, die vom Xantener Augustusring hinauf zum Fürstenberg führte und ebenso hieß. Neben einzelnen Privathäusern gab es einen Tennisplatz und einen Rastplatz für Wohnmobile. Die Zufahrt zum Fußballplatz wirkte schon älter, und die im Hintergrund gelegene Restauration Schützenhaus schien aus der Zeit der sonntäglichen Familienausflüge ins Grüne zu stammen. Damit nicht genug, passierte er am Rand des Waldes, der sich auf der linken Seite den Hang der Endmoräne entlangzog, einen Schießstand aus neuester Zeit.

Er lenkte den Wagen die Allee entlang, dichte Baumkronen schlossen sich über ihm zu einem grünen Dach, Felder und Waldstücke lagen zu beiden Seiten. Die leichte, für den Niederrhein ungewöhnliche Steigung nahm er im Schleichtempo, sie führte auf eine weiß gestrichene, an der Weggabelung gelegene Pension zu, idyllisch anzuschauen zwischen hohen alten Bäumen und zu großen Kugeln geschnittenen Sträuchern.

Die Beschilderung wies ihn nach links zum Rosenhof, ein Wagen kam ihm in waghalsigem Tempo entgegen. Für einen Moment glaubte er, ein bekanntes Gesicht am Steuer zu sehen, doch ein Fasan, der die Seite wechselte, fesselte plötzlich seine Aufmerksamkeit und verhinderte einen Blick in den Rückspiegel, um Autokennzeichen oder Marke zu erkennen. Schon war das Fahrzeug hinter der Kurve von den mächtigen Stämmen der Allee verdeckt.

An zwei Bauernhöfen kam er vorbei, dann lag die Einfahrt auf der linken Seite. Sie führte ihn durch ein malerisches riesiges Eisentor, dessen gemauerte Pfeiler mit wildem Wein bewachsen und kaum noch zu erkennen waren. Ein Klappschild wies zur »Offenen Gartenpforte«. Vor einem mächtigen Mammutbaum standen unterschiedliche Fahrzeuge, darunter auch ein türkisfarbener Bulli mit dem Logo von O.P.A. auf der Seite. Die

Männer waren also noch hier. Gero von Aha parkte den Opel im Schatten.

Mit einem Blick konnte er erkennen, dass Rosenhof seinem Namen alle Ehre machte. Die Front des gelb gestrichenen Herrenhauses war zu beiden Seiten des Eingangs mit beeindruckenden roten Kletterrosen bewachsen, das bienenumschwirrte dichte Gewächs auf der rechten Seite reichte fast bis zur Dachtraufe hinauf. Vor den Stufen unter einem sonnendichten Gartenschirm saß eine Frau hinter einem Tisch, dessen feines Tuch sacht im Wind flatterte. Darauf sah er liebevoll angeordnetes Informationsmaterial. Im Näherkommen erkannte er Gartenbücher, Flyer von Rosenhof für unterschiedliche Veranstaltungen und einen Stapel mit Lageplänen. Zuoberst ruhte eine kleine Keramikkatze, um das Fortwehen der Blätter zu verhindern.

Bevor er sich der Lektüre zuwandte, begrüßte er mit höflich geneigtem Kopf die geschmackvoll gekleidete Frau in den besten Jahren, die diese Geste mit einem Lächeln erwiderte. Es drängte ihn, den Duft Tausender kleiner Blüten aufzunehmen, er schloss die Augen. Atemberaubend. Hier musste dieses Wort entstanden sein. Er sah seine Oma vor sich, deren faltiges Gesicht sich stets entspannt hatte, wenn sie in langen Atemzügen den Duft ihrer Lieblingsblumen genoss. Es hätte ihr gefallen, hier und jetzt neben ihm zu stehen.

»Wunderbar. Das ist der beste Ort, an dem ich seit Langem gestanden habe.«

»Geatmet.«

Irritiert öffnete er die Augen.

»Sie wollten sagen, an dem Sie seit Langem geatmet haben.«

Erst im Näherkommen erkannte er den Rollstuhl, in dem die Frau saß.

»Ich lasse mir zur Rosenblüte den Tisch immer hier aufbauen, damit ich den ganzen Tag lang diesen Duft inhalieren kann. Und glauben Sie mir, es entspannt und befriedet mich. Ab dem späten Vormittag, wenn die Sonne in den Süden zieht und die Front des Hauses erreicht, ist das hier der beste Platz der Welt. Mein Name ist Rebecca Castillan, mit wem habe ich die Ehre?«

Für einen kurzen Moment wollten von Ahas Finger in seiner Jackentasche nach dem Dienstausweis fingern. Einer inneren Eingebung folgend, ließ er davon ab. »Gero von Aha.«

»Darf ich Ihnen einen Plan unserer Anlage reichen, Herr von Aha?«

»Ja, gerne, sie ist sicher weitläufiger, als man von hier aus vermutet.«

Zwei ältere Männer in Overalls gingen zielstrebig an ihm vorbei, das mussten sie sein, die agilen Rentner. Er wollte sich ihnen gerade zuwenden, da sprach Rebecca Castillan weiter. »Wissen Sie, dieser Garten hält mich am Leben. Zu jeder Jahreszeit entstehen hier andere Bilder, ich fotografiere viel. Das heißt, jetzt geht es nicht mehr, meine Hände verweigern solch zarten Aufgaben den Dienst.«

Wie zum Beweis hob sie zittrig die Hände über die Tischkante. Sie wies mit leicht gebeugten Fingern der Rechten auf ein großformatiges Buch. »Dies ist mein neuer Bildband über die alten englischen Rosensorten, die hier prächtig gedeihen. Gaby, eine Fotografin aus Xanten, die mir während der Arbeit zur Freundin wurde, hat mich unterstützt.«

Von Aha horchte auf, englische Rosen gab es hier auch. In dem Moment entschwand der Bulli mit pötterndem Motorgeräusch aus der Einfahrt. Nun gut, er konnte die Männer auch später noch befragen.

»Sie finden sie hinter dem Bauerngarten, immer am Haus lang und dann links.« Ihre Augen glänzten.

Gero von Aha reagierte ganz spontan. »Vielleicht mögen Sie mir Ihre Kostbarkeiten selbst zeigen. Haben Sie eine Vertretung für den Stand? Ich schiebe Sie durch den Park, es wäre mir ein Vergnügen, und Sie zeigen mir alles.«

Jetzt glänzte ihr ganzes Gesicht freudig. »Ja, gerne. Wenn Sie Zeit mitgebracht haben?«

Zeit? Hatte er. Für alte Erinnerungen an Oma, den betörenden, intensiven Duft und eine kultivierte Lady an seiner Seite würde er sich unendlich viel Zeit nehmen. »Ich stehe zu Ihren Diensten.«

Sie strahlte, rief nach einer Marietta, die umgehend durch eines der großen geöffneten Fenster schaute. Von Aha traute seinen Augen nicht, eine Hausangestellte mit weißem Häubchen blickte hinaus.

»Sie wünschen, Frau Castillan?«

Ihrem Dialekt nach kam die Frau aus Osteuropa.

»Übernehmen Sie den Informationsstand für eine Weile, ich zeige Herrn von Aha unseren Garten.«

»Ich komme sofort.«

Frau Castillan schob sich mühselig seitlich an ihrem Tisch vorbei, stoppte und schaute zu Gero von Aha auf. Etwas Kokettes umschmeichelte ihre Gesichtszüge. »Es wird nicht einfach sein, mich durch mein Paradies zu rollen.«

»Mache ich den Eindruck, vor irgendetwas weglaufen zu wollen? Ich freue mich auf Ihre sachkundige Begleitung.«

Schon hatte er die Griffe des Rollstuhls fest in der Hand.

***

Patalon und Weber hatten sich die Etagen aufgeteilt und befragten zunächst die Nachbarn von Friederike Wallenboom in dem Haus, in dem sie in der zehnten Etage gelebt hatte. Nach einer endlos und hoffnungslos scheinenden Stunde trafen sie sich wieder vor dem Gebäude. Niemand hatte das Gesicht auf dem Phantombild erkannt. Patalon war zudem auf offene Ablehnung aufgrund seiner Hautfarbe gestoßen.

»Ich werde den Staatsschutz herschicken, in einer Wohnung in der Achten waren im Flur deutlich Fahnen mit Hakenkreuzen und Plakate mit dem Hitlergruß zu erkennen. Wäre ich ein harmloser Vertreter gewesen statt Kripobeamter, ich weiß nicht, was mir passiert wäre. Die haben mich zu dritt umzingelt und wollten mich einschüchtern. Erst nach dem Hinweis, dass die Kollegen nur einen Flur weiter sind, und einem Blick auf Holster und Waffe sind sie wieder hinter der Tür verschwunden.«

»Ich bin Leuten begegnet, die ihre eigene Großmutter nicht erkannt hätten, weil ich von der Polizei bin. Das ist typisch,

Anonymität und Gleichgültigkeit wie in allen großen Kästen. Niemand sieht hier irgendwas.«

»Und zwei Häuser haben wir noch vor uns.«

»Wir sollten auf die Wohnungen achten, deren Fenster zur Rückseite des großen Blocks hinaus liegen, die befragen wir gleich noch einmal in Bezug auf den Todesfall an der Kellertreppe.«

»Gut, welches Haus nimmst du dir vor?«

»Nichts da, Kollege Patalon, nach deiner Erfahrung von vorhin gehen wir gemeinsam. Ich habe keine Lust, dich aus dem Müllschlucker zu ziehen. Da drüben im Supermarkt gibt es bestimmt einen Kaffee. Komm, wir gönnen uns eine Pause.«

Während Tom Weber von der verdutzten Bedienung zwei Kaffee »Togo« einforderte, sah Jerry Patalon sich am Schwarzen Brett um. Weber konnte es nicht lassen, aber diese Bedienung hatte leider keinen Humor und knallte ihm sein Wechselgeld auf die Theke.

»Du bist unverbesserlich. Bald hast du ganz Wesel mit dem Gag durch. Kein Wunder, dass die das nicht witzig findet.«

»Ist mir egal, dann sollen sie doch wieder auf einsprachig umschalten und Kaffee zum Mitnehmen verkaufen.«

Patalon wies auf das Schwarze Brett und zog sein Smartphone aus der Jackentasche. »Schau dir das an, hier gibt es gleich zwei Anbieter von rechtem Propagandamaterial, ganz öffentlich. Und in diesem Supermarkt interessiert das niemanden. Ich mache ein paar Fotos, die maile ich gleich mit dieser Anschrift hier weiter. Da sollen sich andere drum kümmern.«

Wieder draußen, lehnten sie eine Weile schweigend an der Mauer und tranken den Kaffee ohne Genuss. Patalon schüttete den Rest ins Gebüsch.

»Hier passt eins zum anderen. Schlechtes Karma liegt hier über allem, fest, flüssig, Mensch, Haus, selbst die Maulwürfe werden schlechte Laune haben.«

»Woher kommt diese Weisheit?«

»Schau dich um. Hier wurde eine alte Frau umgebracht, hier lagern Drogen, alles wirkt angeschlagen, verblasst, Gardinenfetzen hinter ungeputzten Fensterscheiben und mittendrin rechtsorientierter Mob. Glaub mir, eins ergibt das andere.«

»Komm wieder auf den Teppich, ich habe hier auch in ordentliche Dielen mit schön gestrichenen Wänden geschaut.« Sie warfen die Becher in einen Container. Patalon war nicht zu bremsen.»Das Sein bestimmt das Bewusstsein.«

»Dann verwandle dich schnell wieder in den sachlich denkenden Beamten, der mit mir durch die Häuser zieht, um Erkundigungen einzuholen.«

Patalon murrte noch, als sie eines der kleineren vorgelagerten Häuser betraten. Das Ereignis hatte ihn stärker beeindruckt, als er zugeben wollte. Es wurde zunehmend kalt, selbst hier in Wesel, wenn man mit der falschen Hautfarbe herumlief.

***

Karin Krafft hatte eine Telefonnummer des Sohnes der Toten von Op de Hei gefunden und versuchte nun, den Mann zu erreichen. Gerhard Wallenboom lebte in Hamminkeln. Da sich nach mehreren Versuchen niemand meldete, ließ sie sich die Adresse Ringenberger Straße bestätigen und machte sich auf den Weg.

»Burmeester, ich fahre zu Wallenbooms Sohn. Hast du noch jemanden aus der Sippe ausfindig gemacht?«

»Es gibt nur noch einen Sohn ihrer verstorbenen Schwester namens Kurt Dahmen. Der hat ein bewegtes Leben geführt und lebt jetzt mitten in Goch.«

»Das liegt in entgegengesetzter Richtung.«

»Ich könnte …«

»Nein, du kannst deine Angelegenheiten hier regeln, und ab morgen können wir uns darüber unterhalten, wo du neben Aktenführung und Lauftreff noch einsteigst. Schick mir die Adresse aufs Smartphone.«

»Kommst du heute noch einmal rein?«

Karin nickte, winkte zum Abschied und war schon auf der Treppe. Sie wunderte sich über Nikolas Burmeester. Sie selbst würde nur ungern auf Urlaubstage mit Mann und Kind verzichten. Diese gemeinsame Zeit war so wichtig für ihr seelisches Gleichgewicht. In vierzehn Tagen Ferienzeit kamen sie sich jedes Mal näher als in monatelangem Alltag. Und Burmeester verzichtete darauf, nur weil es nicht lief, wie er es sich vorstellte.

Im Wagen klemmte sie ihr Handy in die Freisprechanlage und rief Maarten an.

»Na, mein Lieber, alles in Ordnung in unserer Burg?«

»Natürlich. Das Burgfräulein füttert ihren Stofftierzoo, und dein Ritter bereitet das erlegte Wild für den Grill vor. Machst du pünktlich Schluss?«

»Ich kann es dir noch nicht sagen, bin gerade auf dem Weg nach Hamminkeln.«

Sie erzählte ihm von Burmeester, von O.P.A. und von der aufgebrachten, kontrollbesessenen Behördenchefin. »Und jetzt teilen wir alles anders ein als angekündigt, ich freue mich schon auf ihre Nachfrage.«

»Sag, und Gero von Aha ist unterwegs nach Rosenhof?«

»Ja.«

»Am Anfang meiner archäologischen Tätigkeit in Xanten hatten wir mal dort zu tun. Ist schon lang her. Sie bauten eine Garage, weil die alte Remise umfunktioniert wurde. Du weißt ja, auf solchem Terrain kommen erst wir Altertumsforscher in eine Grube, dann alle anderen Handwerker. Damals war das herrschaftliche Haus noch von einer endlosen Rasenfläche umgeben. Inzwischen soll das einer der schönsten Gärten am Niederrhein sein. Dein großstadterfahrener Kollege wird einen Landkoller kriegen, glaub mir, oder er wird sich die Nase vom Kopf niesen bei so vielen frei fliegenden Blütenpollen, dieser Schreibtischhocker.«

»Er steht auf Rosen.«

»Der? Das ist so, als würde ich plötzlich silberne Fingerhüte sammeln.«

Karin lachte, bremste gerade noch vor dem Starenkasten auf der B 473 kurz vor dem Bistro Alex Country. »Puh, gut gegangen, keine Post vom Landrat. Ich beeile mich am Abend, edler Ritter, ich liebe erlegtes Wild, das über offenem Feuer gegart wird. Hauptsache, du hast auch an Salat gedacht.«

»Habe ich gepflückt, Eure Hoheit, und für das Dessert frische Beeren gesammelt.«

»Perfekt.«

»Erst, wenn du da bist.«

Beschwingt bog sie links in die Blumenkamper Straße ab, die an der Kreuzung beim Rathaus in die Ringenberger Straße überging. Unter der angegebenen Hausnummer fand sie ein schlichtes Mehrfamilienhaus aus den Sechzigern, die Rollläden im Erdgeschoss waren heruntergelassen, oben hingen in schmucklosen Fenstern altmodische Gardinen in ordentlichen Falten. Karin erinnerte sich an durchsichtige Kunststoffnadeln, mit denen ihre Mutter früher jede Falte fixiert hatte, und Bleiband im Saum für knitterfreien Fall.

Gerhard Wallenboom lebte anscheinend oben, hinter dem antiquierten Fensterbehang, doch niemand öffnete. Sie klingelte bei den Nachbarn im Erdgeschoss. Die Haustür schnellte nach leichtem Druck auf und gab den Blick in einen gefliesten Hausflur mit einem Anstrich aus Ölfarbe längs der unteren Wandhälften frei, alles in gedeckten Farben. Eine junge Frau, die ein Baby auf ihrer Hüfte hielt, öffnete ihre Wohnungstür. Die Hauptkommissarin wies sich aus und fragte nach Wallenboom. Die Frau reagierte entgeistert.

»Oh Gott, da ist hoffentlich nicht schon wieder jemand aus seiner Familie verunglückt. Als das letzte Mal die Polizei vor der Tür stand und nach ihm fragte, ging es um seine Mutter.«

»Nein, nein, keine Sorge, wir haben nur ein paar abschließende Fragen, mehr nicht. Können Sie mir sagen, wann ich ihn am besten erreiche?«

»Er ist zwar Frührentner, aber dauernd unterwegs. Ich glaube, der trägt morgens Zeitungen aus. Eine Zeit lang hat er mittags bei der Tafel ausgeholfen, ich meine aber, das macht er nicht mehr. Dort gibt es viele gebrauchte Kleidungsstücke, und er leidet unter Hausstauballergie. Das bescherte ihm manchmal Asthmaanfälle, mit denen er uns nachts hier unten geweckt hat.«

Das Baby auf ihrem Arm lächelte Karin an, während es sich einen Schnuller in den Mund schob.

»Wissen Sie etwas über seine aktuellen Tätigkeiten außer Haus?«

»Wenn ich mich nicht irre, fährt er mehrmals pro Woche einen Bürgerbus. Aber fragen Sie mich nicht, auf welcher Strecke oder zu welchen Zeiten, ich kontrolliere doch nicht die Nachbarschaft.«

Sie nahm das Baby mit beiden Armen und streckte es hoch, Mutter und Kind strahlten sich an. »Ich kümmere mich viel lieber um meine kleine Maus als um den alten Brummbär von oben, nicht wahr, meine Süße?«

»Was ist mit den Nachbarn im Dach, kennen die ihn vielleicht näher?«

Ihr Blick wurde ernst. »Die kennen nicht einmal ihre eigenen Mütter, das sind eigentümliche junge Leute.«

Sie hielt sich das fröhliche Kind nun vor den Bauch und neigte sich zu Karin, senkte ihre Lautstärke. »Richtige Grottenolme sind das, blasse Höhlenbewohner, kaum in der Lage, in ganzen Sätzen zu kommunizieren, nahezu unfähig zu sozialen Kontakten, immer ein Smartphone in der Hand und Stöpsel im Ohr. Wenn Sie mich fragen, die hängen bestimmt Tag und Nacht vor Bildschirmen und sind mittlerweile so strahlenverseucht, dass die nichts anderes mehr im Kopf haben. Jedenfalls haben sie, seit sie hier leben, noch nie die Treppe geputzt.«

»Und seit wann wohnen die hier?«

»Seit letztem August.«

Karin entschloss sich, dort nicht vorzusprechen. Die beiden gehörten garantiert nicht zu den Mitmenschen, die viel von der Außenwelt wahrnahmen. Sie verabschiedete sich und warf ihre Karte mit der Bitte um Kontaktaufnahme in Wallenbooms Briefkasten. Was für eine zusammengewürfelte Hausgemeinschaft, dachte sie auf dem Weg zu ihrem Wagen, als die junge Mutter hinter ihr hergelaufen kam.

»Warten Sie, mein Mann sagte gerade, freitags hilft unser Nachbar immer in der Stadtbücherei aus. Wissen Sie, wo die ist?«

Sie erklärte Karin den Weg zum Schulzentrum an der Diersfordter Straße, dort sei die Bücherei in den Räumen der Realschule untergebracht. Alles sei beschildert.

Sightseeing in Hamminkeln, dachte Karin, als sie eine weitere Schleife durch den Ort fuhr.

***

Die Wangen von Heinz-Hermann Trüttgen glühten vor Aufregung. Mit der Linken presste er sich eine Muschel seiner riesigen Kopfhörer ans Ohr. Seine rechte Hand führte die Stange mit dem tellerförmigen Metalldetektor mit ebenmäßigen, schwingenden Bewegungen durch das Wildkraut nahe über dem Boden. Anspannung lag auf den Gesichtern der beiden Männer, die am Rand der Brachfläche ausharrten.

Alfons Mackedei war skeptisch gewesen, als Trüttgen mit seinem Equipment aus den Tiefen seines Gartenschuppens erschienen war. Mittlerweile, nach knapp fünfminütigem Einsatz, hatte sein Kollege bereits drei alte Zimmermannsnägel, eine Krampe und einen Kronkorken gefunden. Jedes Mal hatte das Gerät mit einem nervtötenden Piepton seinen Fund gemeldet, Trüttgen das Fundstück erst eingekreist und dann mit einer winzigen Schaufel zutage gefördert. Luis Kreidler schaute auf die rostigen Metallstücke in seiner Hand und verfolgte die langsamen Schritte des Mannes, auf dessen Gesicht sich eine Art kindlicher Entdeckergeist breitmachte.

Sie schwiegen, die Männer, um keine störenden Geräusche zu verursachen, als das Gerät in den versierten Händen seines Besitzers in einen bislang nicht bekannten Dauerton verfiel. Trüttgen ging einen Schritt zurück, noch einen, das Geräusch verstummte. Er beschritt das vor ihm liegende Areal erneut, der schrille Ton setzte wieder ein. Er riss sich die Kopfhörer herunter und zeigte auf den Teller.»Da is wat. Da liegt wat Großes, könnt ihr mir glauben.«

Mackedeis Gesicht nahm Züge an, als würde er einem Finanzfachmann nicht glauben wollen, dass der Dax von einem Tag auf den anderen um tausend Punkte gestiegen sei.»Vielleicht spinnt das Gerät, es ist ja nicht gerade das neueste Modell.«

»Is doch egal, und ich hab meine Spielzeuge immer betriebsbereit, kannste mir glauben. Nee, nee, da is doch wat, pass auf, ich kreis et ebkes ordentlich ein.«

Luis Kreidler bekam einen Schreck, als Trüttgens Metallsucher nach einem Meter noch immer tönte. »Nicht dass hier eine Bombe aus dem Zweiten Weltkrieg liegt. Das kommt in den Städten längs des Rheins doch immer wieder vor. Und ich habe ständig mit dem Spaten dort herumgegraben. Mein Gott, darauf bin ich noch nicht gekommen.«

Mackedei verfolgte mit den Augen die Schritte seines Kollegen und schüttelte den Kopf. »Glauben Sie mir, wenn das Gerät wirklich in Ordnung ist, dann befindet sich hier unter der Erde etwas, das wesentlich größer als eine Fliegerbombe ist.«

Trüttgen machte zur Sicherheit noch eine Runde und gesellte sich anschließend zu den anderen Männern. »Ungefähr vier Meter in der Länge und zwei Meter in der Breite. Da liegt ganz viel Metall unter der Erde, nicht sehr tief, dennoch gut verborgen. Oder ist schon jemand drauf gestoßen?«

Kreidler verneinte. Er habe bislang vielleicht zwei Spaten tief gegraben, nichts habe er entdeckt.

Trüttgen prakesierte; der echte Niederrheiner zog alles in Erwägung und ließ die Männer teilhaben an dem, was sich in seinem Kopf abspulte.

»Vielleicht en altes Blechdach oder ausgetauschte Leitungen? Et gab bestimmt auch Bleiverkleidungen an den Dachgauben. Oder wir müssen noch viel weiter zurück in der Geschichte. Hier können entweder die Römer oder spätere Krieger ein Versteck für Rüstungen und Waffen gehabt haben. Auf Xantener Gebiet gab et ja schon viele Funde, und hier befinden wir uns auf der einzigen Anhöhe weit und breit, die den Blick auf den Flusslauf ermöglicht. Et gibt keine Pausen bei den Tönchen, mein kleinet Schatzsucherchen, durchgehend piept et, ihr habt et doch selber gehört.«

Während sie dastanden und auf das niedergetretene Wildkraut starrten, näherte sich eine helle Stimme dem Taxus. Kreidler horchte auf. »Das ist Frau Castillan, vielleicht sollten wir ...«

Schon schob eine Hand Taxuszweige an die Seite, oben spähte

ein Männerkopf mit viel Ähnlichkeit zu einem Uhu durch das Immergrün, etwas tiefer erschien ein lächelnder Frauenkopf.

»Und das, Herr von Aha, ist mein treuer Gärtner, Herr Kreidler, mit seinen frisch hinzugerufenen Helfern Mackedei und Trüttgen.« Sie schaute die O.P.A.-Herren an. »Ich habe mir Ihre Namen hoffentlich richtig gemerkt?«

»Genau, gnädige Frau, wir stellen gerade Überlegungen zur Kultivierung dieser Brache an.«

Rebecca Castillan wandte den Kopf zu Gero von Aha. »Ich sagte Ihnen doch, er ist unermüdlich, der Herr Kreidler. Und dies hier ist die letzte Fläche, die er noch nicht verwandelt hat.«

Gero von Aha schien nachzudenken, er sah die Männer, den Metalldetektor neben Trüttgen, seine Kopfhörer, die er um den Hals gelegt hatte. »Sie suchen hier nach Metall? Wir hörten von Weitem das Piepsen. Frau Castillan dachte an Eindringlinge, die illegal nach alten Römerschätzen suchen.«

Trüttgen sah sich zu einer Erklärung genötigt. »Hier liegt was im Boden und hat die Erdbeschaffenheit so verändert, dass sie unfruchtbar ist, so viel ist klar. Hier liegt auch Metall, wo et nicht liegen sollte. Et piept ohne Ende.«

Mackedei übernahm. »Ob es sich allerdings um altertümliche oder neuzeitliche Reste handelt, ist unklar. Wie auch immer, wir werden uns gemeinsam mit Herrn Kreidler um die Grabung und Entsorgung kümmern. Die Aufgabe ist zu umfangreich für einen Mann alleine.«

Energische Schritte näherten sich der Gruppe neben und hinter dem Taxus.

»Da bist du. Rebecca, ich habe dich gesucht. Du sollst doch dein Handy immer bei dir haben, damit ich dich erreichen kann. Sonst mache ich mir Sorgen.«

»Verzeih. Ich darf Sie miteinander bekannt machen. Mein Gatte, Hubertus Castillan.«

Der Reihe nach stellte sie die männliche Gesellschaft vor. »Herr von Aha bot spontan an, mich durch den Park zu schieben, da habe ich nicht mehr an das Telefon gedacht.«

Durch die Taxuszweige lugte ein grauhaariger Kopf mit einem

kleinen Oberlippenbart, der an den Enden hochgezwirbelt war, im drahtigen Gesicht. »Was tun Sie hier? Herr Kreidler, haben wir nicht oft genug und ausführlich über diese Fläche gesprochen?«

»Ja, aber …«

»Kein Aber, meine Anordnung bleibt bestehen. Sie belassen hier alles, wie es ist. Wir haben genug bepflanzte Parkfläche, die instand gehalten werden muss. Sie werden nicht jünger, wir auch nicht, und alles muss im finanzierbaren und arbeitstechnisch leistbaren Rahmen bleiben.«

Er verschwand wieder hinter sattem Grün, die Männer konnten ihn hören. »Und ich werde keine zusätzlichen Kräfte bezahlen, wenn ich sie nicht persönlich beauftragt habe.«

Sie hörten seine Schritte, die sich eilig entfernten. Aus der Ferne rief er von Aha zu: »Es freut mich, dass Sie sich um meine Frau kümmern, sie schätzt niveauvolle Gesellschaft.«

Rebecca Castillan seufzte und schaute die verdutzten Männer an, die nebeneinander auf dem zertrampelten Wildkraut standen. »Sie haben gehört, was er gesagt hat. Und, Herr von Aha, wollen wir uns auf den Rückweg machen?«

»Ganz wie Sie möchten.«

Beide zogen sich zurück, die Reifen des Rollstuhls quietschten leicht, von Aha hatte die Kurve sehr eng genommen. Auch Rebecca Castillan rief noch etwas, als sie bereits einige Meter von der Hecke entfernt war.

»Wenn Sie mich darum bitten, Herr Kreidler, werde ich Ihnen gerne sagen, was mein Mann von Ihrer Idee hält. Aber wollen Sie das wirklich wissen?«

Mackedei, Trüttgen und Kreidler schauten sich an. Kreidler lächelte. Trüttgen nickte, und Mackedei wusste, was jetzt kam.

Trüttgen kratzte sich am Kopf. »Ich hätte da eine Idee …«

***

Die Stadtbücherei in Hamminkeln befand sich in den Kellerräumen der Schule, alles wirkte großzügig und hell, schon aufgrund der großen Fenster, vor denen eine bepflanzte Schräge den Weg frei machte für viel natürliches Licht. Einige Leser warteten mit ihren Büchern am vorderen Tisch, um sie registrieren zu lassen, Körbe mit Rückgaben standen parat, um wieder in die Regale einsortiert zu werden.

Alles geschah so leise, wie Karin Krafft es von einer öffentlichen Bücherei in Erinnerung hatte. Sogar der Geruch nach Büchern, die durch viele Hände gegangen sind, lag ihr in der Nase. Wie lange hatte sie schon keine Literatur mehr ausgeliehen? Maarten holte manchmal Bilderbücher für Hannah, da sie einen hohen Bedarf hatte, liebte es jedoch genau wie sie selbst, gelesene Bücher daheim im Regal zu haben.

Die Hauptkommissarin fragte die emsige Angestellte nach Wallenboom, und sie wies auf das Ende der ersten Regalreihe. »Er sortiert gerade die Krimis ein.«

Da ist er ja richtig, dachte Karin und ging auf ihn zu, einen grauhaarigen, leicht übergewichtigen Mann, der auf einem niedrigen Hocker saß und die unteren Regalreihen gewissenhaft zu ordnen schien.

»Herr Gerhard Wallenboom?«

Er blickte über den Rand seiner Lesebrille. Graue Augen, die matt glänzend von Bluthochdruck, falschen Cholesterinwerten und Leid sprachen, blickten ihr entgegen. »Ja. Und wer sind Sie?«

Sie wies sich aus, sie müsse ihm noch ein paar Fragen zu seiner Mutter stellen, ob er kurz Zeit hätte.

Wallenboom wies mit dem Kopf zu einem zweiten Hocker. »Holen Sie den her, ich muss das hier fertig kriegen und kann nicht dauernd in die Höhe gucken.«

Karin rückte in seine Nähe, während er sich erneut der Bücherreihe zwischen den Buchstaben J und L widmete.

»Fragen Sie, ich höre.«

Zwischen Hunderten von Toten in fiktiven Geschichten jemanden zum Tod der eigenen Mutter zu befragen, fand Karin befremdlich. Sie räusperte sich.

»Der Tod Ihrer Mutter war möglicherweise kein Unfall. Wir gehen inzwischen davon aus, dass sie nach dem Sturz noch lebte und erst unten vor der Tür zum Fahrradkeller durch Gewalteinwirkung starb.«

Wallenboom hielt inne, schaute sie erneut über die Brille hinweg an und schüttelte den Kopf. »Was machen Sie da eigentlich in Ihrer riesigen Behörde? Mit der Erkenntnis haben Sie sich viel Zeit gelassen – am letzten Montag habe ich die Urne mit ihren Überresten beerdigen lassen. Wie wollen Sie das jetzt untermauern?«

»Im Moment sind meine Kollegen in der Siedlung unterwegs, um eventuelle Zeugen zu finden.«

»Da vergisst jeder, was er vor fünf Minuten gesehen hat, wie soll sich jemand an ein Ereignis vor fünf Wochen erinnern? Ich habe immer gesagt, zieh da weg. Aber nein, Internist, Apotheke, Supermarkt, alles mit dem Aufzug zu erreichen, mehr Ansprüche hatte sie nicht.«

»Die Wohnung ist aufgelöst worden. Dem beauftragten Unternehmen ist aufgefallen, dass Ihre Mutter ihre Dinge sauber geordnet hatte, allerdings hatte jemand die Zimmer auf den Kopf gestellt und durchsucht.«

»Ja? Das ist mir neu.«

»Haben Sie in den Sachen Ihrer Mutter nach Papieren oder Wertgegenständen gesucht?«

»Das habe ich, ja. Glauben Sie mir, es ist mir nicht leichtgefallen. Das waren Einblicke in das Leben meiner Mutter, die ich zu ihren Lebzeiten nie hatte. Ich meine, schauen Sie bei Ihrer Mutter in den Wäscheschrank und tasten nach verstecktem Geld?«

Karin verneinte vehement.

»Sehen Sie, es wäre Ihnen unangenehm. Und das war es mir nach ihrem Tod auch. Ich hatte immer das Gefühl, sie beobachtet mich, und habe deshalb alles so hinterlassen, wie es ihr recht gewesen ist. Verstehen Sie, ich habe mir zwei, drei Erinnerungsstücke mitgenommen und die kleine Schatulle mit den aufgeklebten Muscheln, die ich ihr als Kind von einem Kuraufenthalt auf Norderney mitgebracht hatte. Drin lag ihr bisschen Schmuck, der Ehering meines Vaters, ein Armband mit emaillierten Stadtwappen, ein Bernsteinanhänger, das war alles. Und Papiere habe ich eingesteckt, von der Sterbekasse, der Rentenversicherung, den Mietvertrag.«

Seine Finger nahmen Bücher an der einen Stelle heraus und reihten sie anderswo ein, sortierten aus einem Korb dicke Bände hinzu. Karin glaubte ihm.

»Die Wohnung ist durchsucht worden.«

»Sage ich doch, es lebt viel Pack in den Kästen.«

»Da ist noch etwas.«

Wieder blickten die matten grauen Augen sie an.

»Ihre Mutter hatte offensichtlich eine größere Menge Drogen auf dem Balkon in den Blumentöpfen versteckt.«

Er hielt inne. »Meine Mutter und Drogen? Was kommt als Nächstes, hat sie die Kiffer im Block versorgt?«

»Nein, es handelte sich nicht um Gras. Haben Sie jemals bemerkt, dass sich in ihrem Leben etwas veränderte, dass Ihre Mutter plötzlich mehr Geld als üblich zur Verfügung hatte?«

Er sortierte kopfschüttelnd weiter, wurde eine Spur lauter. »Sie wollen meine gute alte Mutter, Gott hab sie selig, zu einer Dealerin machen? Nicht genug, dass Sie erst jetzt zu der Erkenntnis kommen, dass sie durch fremde Hände aus dem Leben schied! Haben Sie vor nichts Respekt?«

Er wurde sich seiner Lautstärke bewusst und schaute sich um, flüsterte weiter. »Ich bin entsetzt über Ihre Fragen, das können Sie mir glauben. Nein, sie hatte eine kleine Rente, mehr nicht. Manchmal haben wir zusammen gekocht, weil es dann billiger ist, und sind zum Rentnertarif bei kulturellen Veranstaltungen gewesen. Das war es schon. Lassen Sie mich jetzt hier weitermachen, ich habe nichts hinzuzufügen.«

Karin stand auf und schob den Hocker zurück.

Wallenboom kam ihr nach, als sie bereits in Richtung Treppenhaus ging. »Warten Sie.«

Schwer atmend erreichte er sie. Ein stattlicher Mann ohne Muskeln, dachte Karin.

»Früher, da hat sie keine Skrupel gehabt, alles Mögliche über die Grenze zu schaffen. Wir sind oft in Holland gewesen, und auf dem Rückweg hat sie mich angewiesen, an der Grenze ein ganz liebes Gesicht zu machen. Eine Familie wurde nicht so häufig kontrolliert wie Einzelreisende oder junge Paare. Das muss in den Fünfzigern und Sechzigern gewesen sein. Butter und dazu Kaffee, Zigaretten. Wenn sie gefragt wurde, ob sie etwas zu verzollen hätte, lächelte sie nett und sagte Nein, nur die üblichen Mengen, auf dem Rücksitz, neben dem Gold. ›Gold‹, fragte dann der Zöllner? Sie lächelte und wies auf mich, ich sei doch ihr Goldstück. Mit den Jahren wurden mir diese Ausflüge immer peinlicher, und irgendwann durfte ich dann zu Hause bleiben.«

»Warum erzählen Sie mir das?«

»Sie hatte ein mutiges Schmugglerherz. Vielleicht schlug es bis ins hohe Alter weiter, und sie hat einfach nicht drüber geredet. Rosen hat sie manchmal in Arnheim gekauft, dann stand ein dicker Strauß auf dem Wohnzimmertisch.«

Wallenboom hatte seine Lesebrille an der Kordel über seinem Bauch hängen, er blickte Karin an, es schien in seinem Kopf zu rumoren.

Karin half nach. »Rosen. Aus Arnheim. Regelmäßig?«

»Mehrmals im Jahr, mehr weiß ich nicht.«

»Wie ist sie dort hingekommen?«

»Mit dem Ausflugsschiff ›River Lady‹, auf Sondertour per Reisebus bei Kaffeefahrten, die für Senioren organisiert werden? Was weiß ich.« Er starrte mit versteinertem Gesicht an ihr vorbei. »Das waren bestimmt harmlose Vergnügungsfahrten einer alten Dame.«

»Oder auch nicht.«

»Sie meinen also …«

»… dass es bei uns in der Region genauso schöne Rosen gibt wie hinter der Grenze. Man kann sich die Fahrtkosten sparen.«

***

Auf dem Fürstenberg, kurz vor der Kurve bei der Pension, die im hinteren Bereich mehrere Anbauten mit Ferienwohnungen aufwies, kam der türkisfarbene Bulli aus einem Seitenweg und bog vor dem Opel von Gero von Aha auf die Straße ab. Es gab also noch einen Seiteneingang, und es bot sich hier und jetzt die Gelegenheit, sich den Herren vorzustellen, um sein Anliegen an den »Opa« zu bringen.

Rechter Hand, in Richtung Xantener Innenstadt, lag der Schießstand, die Straße hatte ab diesem Punkt normale Fahrbahnbreite, und von Aha überholte mit Schwung, wies dann die Männer durch die herabgelassene Scheibe mit der roten Kelle winkend an, am Straßenrand zu stoppen. Der Bulli kam auf dem Parkplatz des Schützenhauses zum Stehen.

»Wir kennen uns doch, Sie heißen Aha oder so, richtig?«

Mackedei stieg aus und stellte sich neben Gero von Aha.

Trüttgen blieb bockig sitzen. »Frag den Kerl, wat er will, wir müssen los.«

Von Aha zog seinen Ausweis aus der Tasche, Mackedei kombinierte. »Das ist bestimmt kein Zufall. Sie sind ein Kollege des jungen Herrn Burmeester, und Herrn Patalon kennen Sie bestimmt auch?«

»Alle beim K1 in Wesel, genau.«

»Der Gnädigsten haben Sie sich aber nicht vorgestellt, oder? Das wirkte so entspannt zwischen Ihnen.«

»Auch richtig, Sie sind ein guter Beobachter, Herr ...«

»Mackedei.«

»Ich habe eine Gelegenheit gesucht, um Ihnen ein Phantombild zu zeigen, es schien mir unpassend, dies zwischen Taxus und Rosen zu tun. Schließlich wollte ich Frau Castillan nicht mit Geschichten über Diebstahl und Drogen beunruhigen. Meine Chefin hat mit Walter Gesthuysen gesprochen, der hat ein gutes Personengedächtnis. Unser Zeichner hat dies hier nach seinen Angaben angefertigt. Das ist der Mann, der ihn überfallen hat. Kommt der Ihnen bekannt vor?«

Mackedei schaute lange auf das Schwarz-Weiß-Bild und verneinte. »Heinz-Hermann, schau dir das mal an, vielleicht ist er dir aufgefallen.«

Trüttgen beugte sich über die durchgehende Sitzbank zur Fahrerseite und nahm das Bild entgegen. Ohne zu zögern gab er es zurück. »Natürlich.«

»Wie, natürlich?«

»Klar sind wir der Visage schon begegnet.«

»Wie, echt? Wo denn?«

Niederrheinischer Dialog, dachte von Aha, begegnet einem überall in der Region. Er ließ die Männer prakesieren, wie man hier sagte.

»Ja, vorhin.«

»Du machst Witze, wo denn?«

»Na, hier auf Rosenhof.«

»Nein, das kann nicht sein, das hätte ich doch in Erinnerung.«

»Nee, ehrlich, als du dich vorgestellt hast, gnädige Frau und so, da hat der Mann auf dem Foto, also dieser gemalte Mann hier, mit dem Gatten der Frau geredet.«

»Wo denn? Ich habe nichts gemerkt.«

»Du warst ja auch beschäftigt, weil sie dir den Weg zu Luis Kreidler beschrieben hat. Da kam der Mann hinter der Remise hervor, gefolgt von Herrn Castillan. Der Kerl drehte sich um, deshalb hab ich ihn genau gesehen. Der hat eine drohende Bewegung in Richtung Hausherr gemacht, mit dem Zeigefinger immer wieder auf ihn gedeutet und auf ihn eingeredet. Et schien ernste Komplikationen zwischen den beiden zu geben.«

»Wie, ernst?«

»So ernst, dass der Hausherr wohl nicht mit ihm zusammen gesehen werden wollte, der schob den Mann schnell in die Remise.«

»Und dann?«

Trüttgen deutete auf das Bild. »Dann kam der da mit flotten Schritten wieder raus und lief zu seinem Wagen. Der brauste förmlich davon, als wir um die Ecke auf den Bauerngarten zusteuerten.«

Von Aha dachte an den Wagen, der zu schnell an ihm vorbeigefahren war, als er Rosenhof fast erreicht hatte. Er wusste nichts über das Fahrzeug. »Welche Farbe hatte der Wagen?«

»So silbermetallic, fast wie Ihrer, auch ein Opel, aber ich weiß nicht genau, was für einer.«

»Haben Sie das Kennzeichen?«

»Nee, ich merk mir doch nicht wildfremde Kennzeichen, wenn ich jemanden wegfahren sehe. Aber wenn Sie mich fragen, das sah nicht freundlich aus, wie die miteinander gesprochen haben. Und wat macht so en Lump, der nachts wackelige Laubenbesitzer überfällt, bei so einer Adresse ...«

Mackedei blendete sich wieder ein. »Das wüsste ich allerdings auch gerne.«

Von Aha nahm das Papier mit dem Konterfei des Unbekannten zurück. »Und ich erst.«

»Na, dann fragen Se doch den Mann von Rosenhof, der musset schließlich wissen.«

Gero von Aha überlegte einen Moment lang. Was, wenn Castillan diesen Unbekannten tatsächlich kannte? Wenn dieser Mann hier eine große Menge an Crystal Meth gestohlen hatte, was hatte er mit Rosenhof zu schaffen, wo war die Verbindung? Würde Castillan ohne Weiteres zugeben, diesen Mann zu kennen, oder würde er versuchen, ihn zu warnen? Dann ginge er dem K1 durch die Lappen. Vielleicht war es günstiger, sich eine Zeit lang inkognito auf Rosenhof umzusehen. Karin würde das garantiert genauso sehen. Oder etwa nicht?

Er wandte sich an die beiden Männer. »Sie sprechen bitte mit niemandem darüber, verstanden? Ich will keine Pferde scheu machen. Vielleicht sind die Zusammenhänge anders, als es nach außen hin scheint. Ist Ihnen sonst noch was aufgefallen?«

»Nein. Es gibt diese Ecke im Park, in der wir nicht aktiv werden sollen, und der Gärtner hat ein mysteriöses Telefonat geführt, als wir ihn trafen, aber sonst scheint es dort oben wirklich gesittet und nett zuzugehen.«

»Was für ein Telefonat?«

Trüttgen prahlte mit seinem guten Gedächtnis. »Et klang, als wenn er wat verheimlicht. Er würde nix sagen, bestimmt nicht. Richtiggehend ertappt wirkte er, als er uns sah. Danach war alles gut, wir Männer mit Handwerk im Blut verstehen uns.«

Von Aha schien das alles zu merkwürdig, er wollte aber auf keinen Fall ohne stichhaltige Gründe mit dem K1 hier anrücken und seine Rolle als ziemlich bester Helfer der so vertrauensseligen Hausherrin aufgeben. Er musste sich unbemerkt weiter auf Rosenhof umsehen, so viel stand fest.

Ein offizieller Einsatz ohne handfeste Begründung würde in diesen Kreisen garantiert wie ein Skandal breitgetreten. Polizeiwillkür verärgert Gutmenschen. Van den Bergs Zorneswolke würde sich in der Etage des K1 ausbreiten, klassische Ermittlungstätigkeit mit scharfem, objektivem Blick würde auf die berühmten Samtvorhänge der besseren Kreise stoßen und sich darin verlieren. Gero von Aha traf eine Entscheidung. Er würde sich Rosenhof von allen Seiten anschauen. Er hatte den persönlichen Kontakt aufgebaut und konnte sich keinen besseren Ort für verdeckte Ermittlungen vorstellen als diese blühende Oase. Eine Hürde stand noch wie ein Doppeloxer mit Wassergraben vor ihm. Mit taktischem Feingefühl musste er seine Vorgesetzte von der Notwendigkeit des Einsatzes vor Ort überzeugen.

»Falls wir uns noch einmal dort oben begegnen sollten, wissen Sie nicht, wo ich herkomme, verstanden?«

Mackedei stimmte sofort zu. Trüttgen horchte auf.

»Kein Wort über Polizei und Kripo, okay?«

»Moment mal, geht dat wieder mal los mit Geheimtuerei und so? Ich dachte, dat hätten wir all durch. Wenn ich wieder mit de Polizei zu tun krieg, dann hängt bei mir der Haussegen schief, dat könnse glauben.«

»Niemand verlangt von Ihnen irgendeine Kooperation. Sie sollen nicht spionieren, im Gegenteil, helfen Sie dem armen Gärtner bei seinem Problem. Sie haben doch gehört, dass Frau Castillan sich völlig aus der Aktion heraushält. Ich erwarte nur von Ihnen, dass Sie niemandem erzählen, wer ich bin. Kriegen Sie das gebacken?«

Völlig klar. Mackedei funkelte Trüttgen an, der gerade wieder seinen typischen Wenns und Abers freien Lauf lassen wollte.

★★★

Burmeester hielt sein Gesicht in die Abendsonne. Yasmin hatte die Geschichte seines verschobenen Urlaubs mit Fassung getragen, für sie standen dienstliche Belange in der Rangliste der möglichen Störungen des Privatlebens ganz oben, gleich hinter Eltern und Geschwistern, die Hilfe benötigten. Im Herbst gäbe es bestimmt auch noch schöne Tage, und sie würde vielleicht noch eine Woche zu Onkel und Tante nach Bursa fliegen. Burmeester riet ihr von Herzen, diese Gelegenheit zu nutzen.

Gemütlich war es auf der stilvoll möblierten Terrasse vom »Fährhaus« in Bislich. Yasmin hatte sich aufregend sommerlich gekleidet, und er musste unweigerlich lächeln. Als seine schöne Freundin nach dem Grund für seine Heiterkeit fragte, antwortete er, über manche Erinnerungen an seine Mutter könne er mittlerweile schmunzeln.

»Ich habe mir gerade vorgestellt, wie deine Mutter dich zur Seite nimmt und den Gesamtumfang deiner minimalen Körperbedeckung, die ich übrigens sehr sexy finde, moniert. Dann fiel mir meine Mutter ein, die an heißen Sommertagen immer barfuß durch die Städte lief, in wehenden indischen Kleidern. Wenn jemand sie ansprach, tat sie erstaunt, sie habe die Sandalen einfach vergessen. Es gipfelte darin, dass sie sich an einem Brunnen, das muss in irgendeiner Stadt im stockkonservativen Münsterland gewesen sein, völlig nackt auszog, um sich im Wasser abzukühlen. Im Nu standen lauter Menschen rundherum, manche riefen, sie solle sich schämen, und das vor dem Kind und so weiter. Mir war das superpeinlich. Obwohl ich zuvor viele nackte Erwachsene gesehen hatte, schien mir ihr öffentliches Bad in einem historischen Brunnen doch fehl am Platz. Als die Polizei vorfuhr, habe ich mich in den Hintergrund gestellt. Ich wollte nichts mit dieser Frau zu tun haben. Heute würden Handys auf sie gerichtet sein und ein Video bei Youtube erscheinen. Damals gab es eine Anzeige wegen Erregung öffentlichen Ärgernisses.«

Yasmin lächelte. »Meine Mutter hätte sich am Brunnen die Hände befeuchtet und Tropfen auf die Stirn getupft. Dein Herz ist voll von merkwürdigen Erinnerungen, das verhindert den liebenden Blick des Sohnes auf die Mutter. Wir sind übrigens morgen bei meinen Eltern zum Essen eingeladen, sie kocht für alle.«

»Oh, morgen? Das geht leider nicht, ich habe Dienst.«

»Am Samstagabend?«

»Ja, Sondereinsatz, tut mir leid.«

»Etwas Spannendes?«

»Eher nicht, ich werde in Rheinberg beim Lauftreff mitmachen. Es kann sein, dass der für Drogengeschäfte genutzt wird.«

»Und du läufst mit? Alle Achtung.«

»Ja, wir arbeiten mit allen Mitteln, da ist persönlicher Einsatz gefragt. Die ganze Ermittlungsarbeit des heutigen Tages hat tatsächlich keine nennenswerten Ergebnisse gebracht. Gero wird ebenfalls einen Sondereinsatz machen.«

»Mit richtigem Körpereinsatz, wie du?«

»Wir haben besprochen, dass er sich auf Rosenhof in Xanten genauer umsieht, nur eben verdeckt, als Privatmann.«

»Fängt er dort als Gärtner an?«

»Nein, er hat die Frau des Hauses kennengelernt. Sie sitzt im Rollstuhl. Nach einem gemeinsamen Nachmittag zwischen englischen Rosen und Lavendel hat sie ihn am Sonntag zum Tee eingeladen. Er wird sich um sie bemühen und gleichzeitig die Augen offen halten, weil bei ihrem Ehemann offenbar eine zwielichtige Figur ein und aus geht, die mit Drogen in Verbindung steht.«

»Wie erklärt er ihr, dass er so viel Zeit mit ihr verbringen kann? Er spielt doch nicht mit ihren Gefühlen, oder?«

»Nein, die Frau ist um die sechzig, sie passt nicht in sein Beuteschema. Erinnerst du dich an diesen französischen Kinofilm ›Ziemlich beste Freunde‹? Er stellt sich vor, ein Stück weit in die Rolle eines Gesellschafters zu schlüpfen, wie der Hauptdarsteller in dem Streifen, und sich dabei ein wenig umzuschauen.«

»Das ist ein witziger, bewegender Film. Aber auch intim und emotional. Der junge Mann in dem Stück ist seinem Auftraggeber gegenüber offen, frech, temperamentvoll, denkt und handelt einfach, aber wirkungsvoll. Kriegt dein Kollege diesen Spagat hin?«

»Werden wir sehen. Er hat sich schon Handschuhe gekauft, um den Rollstuhl besser schieben zu können.«

»Und was hast du zur Vorbereitung unternommen, bist du einmal ums Dorf gelaufen?«
»Ich hab mir neue Laufschuhe gekauft. Meine übrige alte Sportkleidung müsste noch reichen.«
Yasmin verdrehte die Augen. »Du willst ernsthaft in deinen zusammengewürfelten, verwaschenen Klamotten aus dem letzten Jahrzehnt in der Öffentlichkeit auf die Trainingsstrecke gehen? Das nenne ich peinlich. Wenn du nichts dagegen hast, werde ich dich am Montag neu ausstatten.«
Er wusste, kein Weg würde daran vorbeigehen.
»Vielleicht kannst du am Abend nach deinem Dienst zu meinen Eltern kommen, es wird bestimmt lustig. Unsere Verwandten von der türkischen Schwarzmeerküste sind zu Besuch, die sind nett.«
Burmeester verbarg einen skeptischen Blick hinter seiner Sonnenbrille. Nett waren ihre Verwandten bestimmt, aber zurück blieb bei ihm nach den Begegnungen immer das Gefühl, fünftes Rad am Wagen zu sein, da er nichts von ihren Geschichten und Späßen verstand. Yasmin konnte schlecht mitlachen und gleichzeitig simultan übersetzen.
»Ich werde sehen, wie es läuft. Anschließende Auswertung, Protokoll schreiben ...«
Yasmins Enttäuschung entlud sich in einem einzigen Laut. »Oh.«
Ihm musste jetzt ganz schnell etwas Versöhnliches einfallen, sonst war dieser Abend gelaufen. »Das war eine gute Idee von dir, hier zu reservieren. Das Essen war lecker, wir sollten öfter herkommen.«
»Es ist wunderbar, auf den Fluss zu schauen. Wasser hat entspannende Wirkung. Wir bauen jetzt in der Klinik im hinteren Park einen Wasserlauf, der über Staustufen plätschert. Ich freue mich schon auf die Mittagspause am Bächlein, schwirrende Libellen im Sonnenlicht.«
»Wollen wir noch einen Nachtisch? Ich könnte etwas Eis vertragen.«
»Hm, gerne. Schau, da vorn fliegen Kormorane ganz tief über dem Wasser.«

Er drückte ihr einen Kuss auf die Wange. »Was für ein Abend. Zum Abschluss trinken wir einen Hugo oder zwei, bis die Sonne im Fluss versinkt.«

***

Luis Kreidler wollte es wissen. Noch nie hatte der Hausherr so klare Worte gesprochen, um sich gegen eines seiner Vorhaben zu stellen. Warum machte Hubertus Castillan so einen Zirkus um dieses Stückchen Ödland? Die Instandhaltungskosten des Parks würden sich sogar reduzieren, wenn er endlich die Ursache für die Brache beseitigen könnte. Alle Stauden, die er sich dort als Pflanzung vorstellte, gab es bereits, er würde Ableger machen, Gewächse teilen, im Nu könnte sich der Schandfleck in eine Augenweide verwandeln.

Es dämmerte langsam, er war schon überfällig, holte sein mobiles Telefon hervor und wählte, schwierig ohne Lesebrille, seine eigene Festnetznummer. Er stellte sich vor, wie seine liebe Frau sich vom Sofa erhob, Rock und Bluse glatt strich, nach wenigen Schritten vor dem Telefon stand und es noch einmal klingeln ließ, bevor sie es aufnahm.

»Kreidler hier.«

»Ja, hier auch.«

»Du bist aber spät dran heute. Ist alles in Ordnung?«

»Ja, mach dir keine Sorgen, es muss doch für das kommende Wochenende alles besonders schön werden. Ich werde wohl bis in die Dunkelheit hierbleiben, dann kann ich sehen, ob die Beleuchtung so funktioniert wie geplant.«

»Und dein Essen?«

»Stell es in den Backofen, wie früher. Wenn du schon schläfst, werde ich dich nicht wecken.«

»Ich bleibe auf, ich kann bestimmt nicht schlafen. Es ist lange her, dass du so spät nach Hause gekommen bist. Fahr vorsichtig, und du ziehst doch die Warnweste im Dunkeln an?«

Sie verpackte Anordnungen immer in Fragen, sodass er eine selbstständige Entscheidung treffen konnte, die natürlich keine

Abweichung von ihrer Vorstellung zuließ. »Natürlich, ich will heil ankommen. Bis nachher.«

Das Telefon wieder auszustellen, wurde von Mal zu Mal schwieriger. Seit Jahren schon vergaß er immer wieder seine Brille und sträubte sich gegen die Anschaffung eines Senioren-Handys. Luis Kreidler scheute Ziffern und Tasten so groß wie Briefmarken.

Mit Spaten, Schubkarre und einer alten Campinglampe schlich er von seinem Schuppen in Richtung Taxushecke, schaute zwischendurch zum Haus, nichts war zu sehen. Aus dem ersten Stock, in dem sich die Herrschaften für gewöhnlich abends aufhielten, führte kein Fenster in Richtung der heimlichen Grabung.

Er würde nachforschen, was es mit dem Metall auf sich hatte, das dort unter der Erde verborgen sein sollte. Die Männer von O.P.A. hatten ihm einen richtigen Floh ins Ohr gesetzt. Vielleicht würde er nicht nur den Garten vollenden, sondern Größeres bewirken können. Wenn er wirklich auf wertvolle römische Gegenstände stieße, könnten er und diese Anlage berühmt werden. Noch mehr Gäste im Park, Frau Castillan könnte ein kleines Eintrittsgeld kassieren, und von dem Erlös würde sich die Instandhaltung der Anlage über längere Zeit finanzieren lassen. Argument gekippt, Herr Castillan, keine zusätzlichen Kosten. Im Gegenteil, lukrative Einnahmen waren in Aussicht.

Hinter der Hecke entzündete Luis Kreidler die Campinglampe. Die Gaskartusche war neu und würde stundenlang für gedämpftes Licht sorgen. Die feindliche Stechapfelpflanze hatte er bereits ausgerupft, mitten auf dem Terrain würde er jetzt mal richtig graben. So tief er konnte.

Das Gelände verschluckte das spärliche Licht der kleinen Lampe, seine Augen waren nicht mehr die besten, es war allein sein großer Wille, der ihm den Spaten in der Hand festhielt. Luis Kreidler graute es bereits vor der Rückfahrt auf seiner alten Puch bei Nacht. Aber es gab kein Zurück. Er hatte bis in die Dunkelheit ausgeharrt, jetzt musste er seinem Plan folgen, noch einmal würde er das nicht in Angriff nehmen. Fünf Spaten breit, fünf Reihen, das würde ein ordentliches Loch ergeben, er würde alles auf die schwarze dicke Folie schüppen, die er ausgelegt hatte. Am Morgen würde hier niemand mehr eine größere Aktivität bemerken können, er hatte sich gut vorbereitet. Mit seinem Gartenschuh schob er den Spaten in die Erde, so tief es ging. Mit jedem Hub ließ er so viel Erde, wie auf das Spatenblatt passte, zur Seite auf die Folie kippen. Zum Glück flackerte das Licht nicht so doll, wie er vermutet hatte, sein Werk ging ihm erstaunlich gut von der Hand.

Die beiden Männer hatten ihm versprochen, Anfang der Woche mit großer Ausrüstung wieder herzukommen. Was er sich darunter vorzustellen hatte, wusste er nicht genau, traute den beiden aber eine Menge zu. Die konnten denken, anpacken und hatten das Material, wie zum Beispiel diesen endlos piepsenden Metalldetektor. Er vertraute ihnen.

Seine eigene Neugierde und diese sture Ansage von Castillan hatten heute verhindert, dass er pünktlich Feierabend machte. Es hatte ihn schon als Kind gereizt, genau das zu machen, was verboten war. Nur waren damals seine Knochen und Gelenke jünger und beweglicher gewesen. Er war gerade im Begriff, seine Energiereserven für die ganzen nächsten Tage zu verpulvern, ohne eine Ahnung zu haben, ob der Aufwand zu irgendetwas führte.

Eine halbe Stunde später musste er einsehen, dass das bisher gegrabene Karree vergrößert werden musste, damit er hineinklettern konnte. Sein Kreuz streikte bereits bei der zweiten Lage Erde, die er aushob. Gerade steckte er die zukünftige Größe seines Claims ab, als es im Taxus raschelte. Der Strahl einer hochmodernen Taschenlampe traf ihn wie ein Blitz, nahm ihm kurzzeitig die Sicht.

»Herr Kreidler, war meine Anordnung am Nachmittag nicht deutlich genug?«

Geblendet hielt sich Luis Kreidler die freie Hand vors Gesicht. »Ich dachte ... Ich hatte einen Plan ...«

»Und ich will Sie in dieser Ecke nicht mehr sehen, haben Sie mich verstanden? Sollten wir uns noch einmal hier begegnen, wird Ihre Zeit bei uns unweigerlich beendet sein. Es gibt genügend andere Rentner, die es schätzen würden, hier zu arbeiten. Ist das deutlich genug?«

Luis Kreidler konnte dem nichts entgegensetzen. Stumm stand er im Scheinwerferlicht und nickte.

»Und nun packen Sie Ihr Zeugs zusammen, in zehn Minuten will ich Ihr Moped davonfahren hören.«

»Geben Sie mir fünfzehn Minuten, ich muss doch die Erde wieder in das Loch schaufeln.«

»Meinetwegen, in einer Viertelstunde sind Sie verschwunden, und ich will Sie erst am Montag zur üblichen Zeit hier wiedersehen.«

»Ist gut.«

Während er die Grube im dämmrigen Lichtschein der kleinen Lampe wieder zuschaufelte, bäumte er sich innerlich auf vor ungezügelter Neugierde, gepaart mit trotzigem Widerstand. Es musste einen plausiblen Grund für die Reaktionen des Hausherrn geben. Er will etwas verbergen, ich komme irgendeinem Geheimnis bedenklich nahe, dachte Luis Kreidler, während er sein mühselig gegrabenes Loch Schüppe für Schüppe wieder füllte.

Als er in völliger Dunkelheit Arbeitskleidung und Gerät ordentlich im Schuppen verstaut hatte und sich auf den Weg zu seinem Moped machte, rief ein Käuzchen aus der benachbarten Obstwiese. Luis Kreidler erschrak. Abergläubischen Seelen verkündete dieser Ruf in der Nacht eine Begegnung mit dem Tod. Versteckte Hubertus Castillan etwa eine gut verpackte Leiche unter der Brache? Warum sonst betrieb er diesen widersinnigen Aufwand? Die gelassene Gärtnerseele verwandelte sich für Sekunden in ein Hasenherz, das ängstlich pochte.

Jetzt erst recht. Nur mit wesentlich mehr Bedacht würde er vorgehen.

★★★

Maarten de Kleurtje bog sich fast vor Lachen. »Gero von Aha als der ziemlich beste Fahnder, Hauptdarsteller im niederrheinischen Remake eines packenden, charmanten Erfolgsfilms aus

Frankreich. Die verdeckte ›Mission Rosenhof‹. Ist der jetzt völlig durchgedreht?«

Karin konnte ihre Finger nicht von den Erdbeeren lassen, die er zu später Stunde zum Nachtisch gewaschen und geputzt hatte. Die erste Portion hatte Hannah fast allein gemümmelt. Ihre Vorliebe für Erdbeeren war bekannt, wie die Mutter, so die Tochter, und so gab es stets zwei Schüsseln, damit ihre Eltern auch in den Genuss kamen.

»Das klingt witzig, scheint aber ganz logisch, sonst hätte ich nicht zugestimmt. Wenn er sein Anliegen auf dem Fürstenberg dienstlich korrekt offengelegt hätte, wäre Hubertus Castillan schnell auf die Idee gekommen, den Unbekannten zu warnen, verstehst du? In der Szene, die von den beiden Zeugen beschrieben wurde, hat der Hausherr den Mann nicht einfach abgewiesen wie einen lästigen, zufällig dahergelaufenen Vertreter. Der Beschreibung nach befand Castillan sich mit dem Mann in einem Konflikt. Er kennt ihn und konnte oder wollte ihn nicht einfach rausschmeißen.«

Noch eine Erdbeere.

Marten nippte am Rotwein, weiterhin amüsiert. »So schleicht sich von Aha bei der Dame des Hauses ein und hält die Augen offen.«

»Spätestens am nächsten Wochenende, wenn dort bei der Matinee des Klassiknachwuchses die ländliche Prominenz auf die großstädtische aus Düsseldorf trifft, wird er sich ein Bild davon machen können, wer auf Rosenhof ein und aus geht. Die Drogen, um die es geht, machen vor keiner Gesellschaftsschicht halt. Vielleicht gelingt uns dort ein ganz großes Ding.«

Die Wärme der verglühenden Holzkohle tat gut, ein letzter Fleischspieß brutzelte auf dem Rost vor sich hin, Karins Augen konzentrierten sich auf das sanfte Flackern einer Gartenfackel, die niedriggebrannt am Weg zum Gartentor in der Erde steckte.

»Ich habe keine Ahnung, wie ich der van den Berg das erklären soll. Spätestens bei dem Verdacht, dass ein Dealer zu Castillans Bekannten gehört, müsste das Drogendezernat in Aktion treten.«

»Was spricht dagegen?«

»Es ist aussichtslos, dass sie da effektiv eingreifen. Die sind mit vier Observationen gleichzeitig einem international tätigen Drogenhändler auf der Spur. Eine Kollegin sitzt nur noch an der Handyortung, eine andere kreuzt regelmäßig an mutmaßlichen Umschlagplätzen auf, mit immer anderer Kleidung und anderen Autos. Alleine, gegen die Regeln, ansonsten schaffen die das nicht.«

»Hoffnungslos überlastet also.«

»Da hat die Landesbehörde in Düsseldorf nicht zukunftsorientiert gehandelt, das ist eine hausgemachte Krise. Die Dienststellen sind überaltert, es gehen immer mehr alte Kollegen in den Ruhestand, und zeitnah fehlt der Nachwuchs. Mal eben Verstärkung anfordern geht nicht, alle Kommissariate und Dezernate arbeiten am Limit. Bei sehr arbeitsintensiven Fällen werden Sonderkommissionen aus unterschiedlichen Regionen zusammengesetzt. Wie bei dem Mord an dem kleinen Jungen, du erinnerst dich?«

Maarten hängte die riesige Hängematte zwischen die beiden Obstbäume und lud Karin lächelnd ein, ihm Gesellschaft zu leisten. Sie ließ sich hineinsinken.

»Irgendwann sind die Kommissariate nur noch mit unerfahrenen Neulingen besetzt, und das wird chaotisch, glaub mir. Man kann einfach nicht alles rein theoretisch auf der Fachhochschule vermitteln. Die Kollegen im K1 werden, rein rechnerisch, relativ kurz hintereinander gehen. Dann bleibt nur noch Burmeester, mit Mitte fünfzig, um die Neuen einzuarbeiten.«

»Das dauert alles zum Glück noch eine ganze Weile. Und jetzt muss Kollege Gero eben den Rosenkavalier mimen, um euch ans Ziel zu bringen. Subtil, falls der Egomane das kann«, meinte Maarten. »Komm, Feierabend, keine Geschichten mehr von Mord, Drogen und Opas und Omas bei der Polizei. Ich liebe es, mit vollem Bauch neben dir unter den Bäumen zu schaukeln.«

»Mir fällt zu diesem schwebenden verborgenen Ort noch mehr ein.«

Sie kuschelten sich eng aneinander.

»Was macht deine Hand dort? Und was werden die Glühwürmchen denken, wenn das so weitergeht?«

»Siehst du welche?«

»Nein, die haben sich dezent zurückgezogen.«

»Die wissen, was sich gehört.«

Zwischen den Ästen schimmerte die Mondsichel über dem Paar, das, nur mit sich beschäftigt, wohlige Laute von sich gab.

***

Hubertus Castillan hatte sich davon überzeugt, dass seine Frau in ihrem Zimmer fest schlief. Er war barfuß die Marmortreppe hinuntergeschlichen und holte im Arbeitszimmer das kleine Handy aus der Schublade des riesigen alten Schreibtisches. Zum Einlegen der winzigen SIM-Karte, die er aus seinem Vorrat in einem kleinen Fach des aufwendig geschnitzten Aufbaus gefingert hatte, setzte er seine Lesebrille auf.

Was war nur los in der letzten Zeit? Erst tauchte dieser Kerl ungebeten auf, ohne Vorwarnung, mitten am Tag, und dann interessierte sich plötzlich eine Horde alter Männer für das abseitsgelegene Stückchen Erde, das jahrelang niemandem bedeutsam erschienen war. Er öffnete die großen Flügel der Terrassentür und schlüpfte in die Nacht hinaus, erkannte in den Mondlichtfetzen, die durch das Geäst der alten Buchen drangen, den kleinen Pavillon am Ende des gepflasterten Weges.

Alles, was sich auf seinem Grund und Boden abspielte, konnte er mit Leichtigkeit kontrollieren. Bedrohungen von außen mussten allerdings sofort unterbunden werden. Gewisse geschäftliche Meetings hatten auf seinem sauberen Anwesen nichts verloren. Er betrat das zierliche weiß gestrichene Gartenhäuschen und tippte eine Nummer ins Handy, die er in seinem Kopf abgespeichert hatte. Hubertus Castillan verfügte über ein exzellentes Gedächtnis für Zahlen und Namen, das ersparte ihm das Führen von Adressbüchern und Telefonlisten. Er musste es mehrmals durchläuten lassen, bis sich sein Gesprächspartner verschlafen meldete, und kam gleich zur Sache.

»So geht das nicht weiter, es war nie die Rede davon, dass die Geschäfte hier vor Ort abgewickelt werden. Ich kann es mir nicht leisten, mit dir hier öffentlich über den Vorplatz zu gehen und dabei gesehen zu werden. Hier gibt es Publikum und Hausangestellte, verstehst du? Du fällst hier unangenehm auf.«

»Dafür rufst du jetzt an, für so einen Bohei um nichts? Meine Güte, ich bin einmal auf Rosenhof gewesen, na und? Ein einziges Mal und schon klingelst du mich mitten in der Nacht aus dem Bett und blaffst mich an.«

Castillan war nicht zu bremsen. »Ich mache da nicht mehr mit, verstehst du? Das hier habe ich mir mühsam aufgebaut. Ich habe mir einen gewissen Rang in der Gesellschaft erarbeitet, den lasse ich mir nicht durch deine unbedachten Handlungen zerstören.«

»Ist ja schon gut. Mir gefällt dein Leben auch, keine Frage, das ist die perfekte Tarnung. Jetzt habe ich dich besucht, na und? Ich konnte dich tagelang nicht erreichen, und die Lage hat sich verändert. Bevor du mir vorwirfst, ich sei im Verzug, tauche ich lieber auf und stelle die Dinge gerade. Hat doch keiner gemerkt.«

»Dieses Mal vielleicht nicht.«

»Beim nächsten Mal wird sich auch niemand nach mir umdrehen.«

Castillan atmete hörbar ins Telefon, zischte seine nächsten Worte in das kleine Gerät. »Es wird kein nächstes Mal geben, hast du mich verstanden? Ich kann nicht mehr, ich mache da nicht mehr mit.«

Er hörte ungläubig, wie sein Gesprächspartner am anderen Ende der Leitung laut lachte.

»Was gibt es da zu lachen?«

»Du wirst schön im Geschäft bleiben, es wird keinen Ausweg für dich geben.«

»Und ob.«

»Dann werde ich leider zu Plan B greifen müssen.«

»Was soll das heißen, willst du mir etwa drohen?«

Castillan hörte, wie am anderen Ende eine Zigarette angezündet wurde. Der Mann nahm einen tiefen Zug und atmete geräuschvoll wieder aus.

»Wenn du nicht willst, dass die Bildzeitung deinen Besitz stürmt und mit einem Minibagger bei dir nach verborgenen

Geheimnissen gräbt, dann wirst du auch in Zukunft schön weiter mit mir kooperieren.«

Castillan war geschockt.

»Du sagst ja gar nichts mehr, hat es dir die Sprache verschlagen? Denk nach, ganz gründlich. Ich muss wieder ins Bett. Ich melde mich bei dir, morgen, übermorgen, in den nächsten Tagen.«

Castillan horchte in das kleine primitive Gerät, das er ausschließlich für solche Gelegenheiten nutzte; das Gespräch war beendet. Unerhört. Für gewöhnlich war das sein Part. Vor Resignation ließ er seine Arme kraftlos sinken. Der Mann wusste Bescheid. Er kannte sein altes, gut gehütetes dunkles Geheimnis und nutzte es nun, um ihn unter Druck zu setzen.

Erst jetzt bemerkte er, dass seine Füße völlig ausgekühlt waren, und er machte sich auf den Weg zurück ins Haus.

Worauf hatte er sich eingelassen? Seine Mutter hätte sofort gesagt: »Das hast du nun davon. Und? Was für eine Konsequenz ziehst du daraus?«

Diese Worte hatte er im Laufe seiner Kindheit und Jugend, sogar noch als Erwachsener, oft über sich ergehen lassen müssen. Genau wie jetzt hatte ihm dies Gänsehaut und zittrige Finger beschert. Er hatte eine Laus im Pelz. Sie saß und saugte an ihm, dort, wo er sie nicht zerquetschen konnte.

***

Burmeester fiel zunächst nicht auf, dass er wie ein Spatz unter Exoten wirkte. Im Normalfall war es umgekehrt. Er musste Yasmin recht geben und bedauerte sogar, dass sie erst am Montag Zeit für den Kauf einer neuen Ausstattung haben würde. Sein Sportzeug taugte nicht einmal mehr für den Altkleidercontainer.

Wenn er sich umschaute, registrierte er eine altersgemischte Gruppe, gekleidet in atmungsaktive Fasern und aktuellem Sportdesign, selbst die Socken trugen Namen und konnten bestimmt viel mehr, als nur praktisch sein und modisch wirken. Hier, vom Sportverein Annaberg aus, lief man vermutlich nicht einfach des Laufens wegen, hier wollte man gesehen werden. Smartphones klemmten in Halterungen an den Oberarmen und zeichneten Ergebnisse wie Herz- und Atemfrequenz, Schrittzahlen und Geschwindigkeit auf, gaben über die kleinen Kopfhörer die Zwischenergebnisse durch, Trinkflaschen im Miniformat baumelten in Gürtelhalterungen, Stirnbänder sollten lästige Schweißperlen zurückhalten.

Burmeester stellte sich mit den vorbildlich ausgestatteten Sportlern an den Start, fühlte sich in seiner alten Turnhose, die ihm schlabbrig vom Hintern hing, und dem T-Shirt mit dem Aufdruck »Hardrockcafé Barcelona« fehl am Platz. In letzter Minute war ihm eingefallen, dass seine Radlerkleidung, die wesentlich moderner war, nicht für Langläufe geeignet war. Er hatte sie wieder zur Seite gelegt, und jetzt stand er hier wie ein weltfremder Depp. Alles zum Zweck der verdeckten Ermittlung.

Er schaute sich um. Welchen der ungefähr zwanzig Mitläufer und -läuferinnen konnte man eisernen sportlichen Ehrgeiz unter Zuhilfenahme illegaler Mittel ansehen? Einige der Frauen schienen ihm extrem sehnig und schlank, die Muskeln von zwei jungen Männern hingegen wirkten aufgepumpt und eingeölt. Alte Angeber, dachte Burmeester und betrachtete seine blassen Durchschnittsarme.

Fünf Kilometer. Okay, würde er schaffen. Die Frage der Trainerin, ob er sich das zutraue, tat er ab, schließlich war er ständig mit dem Rad unterwegs. »Passt schon.«

An den Übungen zur Dehnung und Lockerung der Muskulatur beteiligte er sich halbherzig, hatte er nicht nötig. Los ging es in Richtung Alpsrayer Straße und dann längs der Autobahn in die Rheinberger Heide. Ein ganz schönes Tempo legte die Truppe vor, die Kerle mit den dicken Muckis tänzelten lässig an ihm vorbei, die beiden gickelnden Frauen in den Zwanzigern ließen locker ihre Handgelenke schlenkern, sahen jedoch munter und frisch aus, während ihm der Schweiß aus allen Poren lief und die Atmung von Schritt zu Schritt schwerer wurde. In Hörweite donnerte der Verkehr über die A 57.

Um ihn herum schienen alle diesen Lauf als Spaziergang zu betrachten, langsam schmerzten Burmeester die Beine.

Die jungen Ladys unterhielten sich angeregt und lachten zwischendurch, Burmeester hängte sich an ihre Fersen. Über die Bahnhofstraße ging es wieder in Richtung Innenstadt, in Höhe der Römerstraße, die sie querten, wagte er einen vorsichtigen Annäherungsversuch.

»Mensch, ihr wirkt, als wärt ihr gerade gestartet. Habt ihr einen Tipp für einen Newcomer?«

Beide musterten ihn von oben bis unten. »Alter, ey, vielleicht musst du einfach mehr trainieren.«

So war es also, jetzt wurde er schon mit »Alter« angesprochen, na gut, in diesen Klamotten kein Wunder. Yasmin würde das in Ordnung bringen.

»Allen anderen sieht man langsam an, dass es auf die fünf Kilometer zugeht, nur ihr zwei seid taufrisch. Respekt.« Zwischendurch musste er Luft holen, atmen, konnte nicht sprechen, sein Brustkorb würde bersten.

Über den Ring ging es in den Park. Plötzlich wurden sie still, die plaudernden Kichererbsen. Alle wussten Bescheid über die tragischen Vorkommnisse. Unter einem der Bäume in der Anlage standen mehrere Kerzen, lagen Blumensträuße, kleine Botschaften steckten dazwischen, »Zoe, wir vermissen dich«, Stofftiere lehnten am Baumstamm. Die Trainerin hielt die Gruppe an und suchte betroffen nach Worten.

»Hier starb unsere Mitläuferin Zoe. Lasst uns eine Schweigeminute einlegen. Sie war ein echtes Talent und hätte Großes erreichen können.«

Burmeester betrachtete die beiden jungen Frauen, die einen Moment lang unruhig die Köpfe zusammensteckten. Selbst die beiden Muskelpakete schnauften, brauchten wie Burmeester Zeit, um den Pulsschlag wieder zu beruhigen. Die Frauen nicht, im Gegenteil, sie konnten kaum stillstehen, traten von einem Bein aufs andere, während andere Teilnehmer stumm zu Boden blickten und die Hände falteten.

Weiter ging es durch die Anlage, Burmeester blieb in der Nähe der Frauen, während die Gruppe über den Innenwall und die Xantener Straße zurück in Richtung Annastraße lief. Lange bevor der Sportplatz in Sicht kam, setzte er seine letzten Energiereserven ein und lief an ihrer Seite, so lässig er konnte.

»Mann, ich will so laufen wie ihr, das geht doch nur mit kleinen Helferlein, oder? Ich bin da echt offen für alles. Ey, ich lass euch auch in Ruh, das ist keine Anmache vom neuen Lauf-Opa. Wie macht ihr das? Proteinriegel? Isotonische Getränke? Vitaminpillen?«

Eine der beiden drehte sich zu ihm um. »Du brauchst was? Komm nachher zu mir ans Auto, das ist der blaue Twingo. Und jetzt ist Endspurt.«

Sie legten los, als wären sie gerade gestartet, die Jungs mit den dicken Muskeln hinterher, der Rest der Truppe überholte ihn auch noch. Nikolas Burmeester als Schlusslicht, das hatte er sich anders vorgestellt.

Die Trainerin klopfte ihm auf die Schulter, nachdem er, die Hände auf die Knie gestützt, Minuten gebraucht hatte, um wieder zu Atem zu kommen, und die Seitenstiche langsam nachließen.

»Radfahren alleine macht noch keinen Langstreckenläufer. Das nächste Mal kommst du zur Anfängergruppe, die läuft mittwochs zur gleichen Zeit, da gibt es Intervalltraining. Ansonsten hast du dich wacker gehalten für dein Alter, echt.«

Da war er wieder, dieser Stich, den er schon empfunden hatte, als man ihn beim Badminton mit Anfang dreißig bei den Senioren einsortiert hatte.

Er sah aus dem Augenwinkel heraus die beiden Frauen in Richtung Parkplatz laufen, verabschiedete sich und lief zu seinem Polo. Gut, dass er ein Handtuch eingepackt hatte. Keins von Ikea, sondern das vom letzten Kreta-Urlaub mit dem Abdruck der Insel auf blauem Grund. Die Frauen starrten ihm entgegen, flüsterten, kicherten, er hatte bei ihnen hoffnungslos verloren. Mal sehen, was sie zu bieten hatten.

»Ich weiß, falsche Klamotten, doofes Handtuch, ich werde mich bessern, versprochen. Seid ihr nächsten Samstag wieder hier?«

»Kann sein, kann auch nicht sein, hängt davon ab, was abgeht.«

»Und? Was ist nun euer Geheimnis für Fitness, Figur und Kondition?«

Sie schauten sich um, die Schmalere von beiden griff in ihre Sporttasche und öffnete ein Kosmetiktäschchen. Hatte Karin auch bei Zoe so vorgefunden, ging es ihm durch den Kopf, scheint bei Frauen ein typischer Aufbewahrungsort zu sein. Sie zog einen kleinen Kunststoffbeutel hervor, in dem bröselige Kristalle zu sehen waren. »Die kriegste heute geschenkt, und nächstes Mal kostet es dich siebzig.«

»Was mache ich damit?«

»Rauch es, schnupf es, iss es, aber nimm wenig und pass auf, das ist tierisch guter Stoff. Und jetzt pack es weg und hau ab, ich hab keinen Bock auf neugierige Blicke oder blöde Fragen.«

»Wie kann ich dich erreichen? Ich meine, wenn du nicht weißt, ob du nächste Woche mitläufst.«

»Eine von uns ist immer da. Und tschüss.«

Er verbarg das Tütchen in seiner Hand, über die er die Ostseite von Kreta hängte, und ging zu seinem Auto. So einfach war das also. Auf jeden Fall hatten sie keinen Verdacht geschöpft. Bullen, die in ausgeleierten Klamotten Langstrecke liefen, standen nicht auf ihrer Liste verdächtiger Elemente. Sie verteilten das Zeug auf Nachfrage wie Diättipps. Er merkte sich das Kennzeichen ihres Wagens und fuhr los.

Es sollte sich rächen, dass er seine Knochen nicht gleich unter einer heißen Dusche geparkt hatte. Gut, dass auf Samstag der Sonntag folgte und er keinen Dienst hatte. Die hämischen Bemerkungen aus seinem privaten Umfeld würden schon reichen, um ihm seinen unsportlichen Zustand zu spiegeln. Alter, ey.

***

Rebecca Castillan wirkte um Jahre jünger, hatte Rouge und Lippenstift aufgelegt und saß in einem sandfarbenen Leinenkleid, das einzelne gestickte rote Rosen zierten, hinter ihrem Tisch unter dem Sonnenschirm. Für einen Moment überkamen Gero von Aha Zweifel an seiner Mission, hoffentlich verband diese Frau keine unerfüllbaren Vorstellungen mit seiner Anwesenheit. Blaue Augen strahlten ihm entgegen.

»Sie sind pünktlich, das gefällt mir. Ich habe Marietta angewiesen, den Tee im Pavillon zu servieren, alles ist vorbereitet. Da kann ich Ihnen in aller Ruhe die neuen Bücher zeigen, und wenn es Sie interessiert, dürfen Sie sich später drinnen in meiner Bibliothek umschauen.«

»Vielen Dank für die Einladung. Ich habe keine Blumen mitgebracht, es gab nichts Schönes, was Sie nicht selbst in Ihrer Anlage haben.«

»Ihre Gesellschaft wird mir Freude bereiten, kommen Sie.«

Von Aha schob den Rollstuhl am Haupteingang vorbei und erkannte von Weitem, verborgen hinter Keramiktöpfen mit Orangenbäumchen, eine Rampe, die an der Hauswand entlang zum Eingang führte. Gut, er würde den Rolli nicht rückwärts die Treppe hinaufziehen müssen.

Immer auf die Bremsen achten, darauf, dass die Füße wirklich auf den Fußrasten stehen, und niemals Hindernisse vorwärts nehmen, immer rückwärts, die Vorderräder anheben und mit den großen Reifen über das Hindernis. Das hatte er sich noch in der Nacht im Internet in einer Gebrauchsanleitung für therapeutische Hilfsmittel angeschaut, nun folgte *learning by doing*. Irgendwann würde er sie fragen, warum sie keinen Elektrorollstuhl nutzte.

Jetzt schob er sie zum rückwärtigen Anwesen, und sie plauderte munter über den Fischbesatz in ihrem Teich und das Froschkonzert, das bald einsetzen würde. »Dann schallt es über die ganze Hügelkuppe. Manchmal beschweren sich die Besitzer von Hotel und Pension, aber das hat mein Mann in den letzten Jahren immer geregelt. Teich und Ferienappartements liegen weit genug voneinander entfernt, da kann uns keiner was. Die Gäste sind bestimmt froh über ein Stück unverfälschter Natur.«

Die Terrasse hinter dem Haus blieb für die Öffentlichkeit unzugänglich, alles war gepflastert, ebenerdig, gepflegt. »Wie geleckt«, hätte Gero von Ahas Großmutter gesagt.

»Donnerwetter, hier kehrt jemand täglich zusammen, was von den Bäumen fällt, oder?«

»Auf diesen angelegten Wegen kann ich mich an guten Tagen ohne fremde Hilfe fortbewegen, daher muss alles ordentlich sein.

Mein Mann hat dafür gesorgt, dass zweimal am Tag jemand kommt und hier nach dem Rechten schaut. Dort ist der Eingang zu meinem Refugium. Wir sperren am besten die Fenster auf, dann hat man das Gefühl, mitten in der Landschaft zu sitzen.« Von Aha öffnete die Riegel und schob die Flügel nach außen. »Schauen Sie, da unten, der Rhein hat normalen Wasserstand. Das erkennt man auch an der Form der Aue. Bei Hochwasser ist das eine unendliche Fläche, in der sich die Morgensonne spiegelt.«

Gero von Aha musste zugeben, dass die Aussicht sehr beeindruckend war. Er, der passionierte Kaffeetrinker, ließ sich auf schwarzen Tee ein, knabberte Gebäck und achtete aufmerksam darauf, die Tassen im rechten Moment neu zu füllen. Ihm entgingen nicht die kraftzehrenden Versuche der Frau, ihre Tasse vorsichtig und ihren zittrigen Fingern zum Trotz geräuschlos auf der Untertasse abzustellen. Beeindruckt bestaunte er die Gartenbücher aus namhaften Verlagen, für die sie selbst die Fotos gemacht hatte.

Stolz berichtete Rebecca Castillan über ihre Arbeiten, einen Hauch von Wehmut entdeckte er in ihrem Gesichtsausdruck, wenn ihre ungelenken Finger ihr nicht gehorchten.

Das neueste Buch, das unter anderem auf essbare Blüten einging, sprach ihn besonders an. Rosenblätter für Marmelade, Salbeiblüten zu Fischgerichten, Kapuzinerkresse zu Salaten. Angereichert mit leckeren Rezepten, war das Buch eine Augenweide und weckte Vorfreude auf kulinarische Genüsse.

»Davon müssen Sie mir eins verkaufen, mit persönlicher Widmung. Die Rezepte lesen sich schon so lecker, dass mir das Wasser im Munde zusammenläuft.«

Sie lachte hell auf. »Natürlich werde ich Ihnen ein Exemplar schenken. Denken Sie mit daran, wenn wir gleich ins Haus gehen. Dieses hier kann ich Ihnen nicht mitgeben, es ist abgegriffen, und ich habe ein paar Zeichen an Stellen gesetzt, die ich beim nächsten Druck verbessert haben möchte.«

»Darf ich Ihnen eine ganz persönliche Frage stellen?«

»Fragen Sie nur, Herr von Aha.«

»Wie kam es zu Ihrem körperlichen Gebrechen?«

Ihr Gesicht behielt sein Strahlen, das Lächeln. Doch von Aha entging nicht, dass ihre Augen verunsichert reagierten.

»Oh, Verzeihung, da bin ich Ihnen zu nahe getreten, das war nicht meine Absicht.«

Sie schüttelte den Kopf und lehnte sich zurück. »Nein, es ist in Ordnung. Sie sind ein einfühlsamer Mensch, und ich bevorzuge Direktheit. Ich weiß es bis heute nicht genau, man hat die Ursache nie gefunden. Wir waren gerade jung verheiratet – überlegen Sie mal, wie die Zeit vergeht, in drei Jahren feiern wir Goldhochzeit –, da spürte ich eines Morgens einen Schmerz im Bereich der Brustwirbel. Ich habe mir nichts dabei gedacht, auch nicht, als es in meinen Armen und Händen anfing zu kribbeln. In meiner Familie vertraut man auf Naturmedizin. Ich nahm Globuli und ließ mich einrenken, massieren. Es schien sich zu bessern. Dass es schlimmer wurde, traf mich wie aus heiterem Himmel. Eines Tages stieg ich aus dem Bett, und meine Beine gaben nach. Seither bin ich auf dieses Hilfsmittel angewiesen.«

Von Aha hatte aufmerksam zugehört und setzte zu einer weiteren Frage an, sie kam ihm zuvor.

»Und bevor Sie mich auch noch fragen, warum ich keinen E-Rolli habe: Ich möchte so lange es geht von der Steckdose unabhängig bleiben. Das schränkt zwar meinen Radius ein, andererseits säßen wir heute nicht hier bei einer Tasse Tee, wenn Sie nicht so nett gewesen wären, mich durch den Garten zu rollen. Hubertus meint auch, es wäre an der Zeit, aber ich scheue mich davor. Es bedeutet, dass ich im Alltag meine Hände und Arme nicht mehr einsetze. Was nicht genutzt wird, verkümmert. Können Sie das verstehen?«

Er dachte für einen Moment an seine eigene Hilflosigkeit, als sein Arm für mehrere Wochen stillgelegt werden musste. Damals hatte ihm bei der Suche nach einem mutmaßlichen Mörder ein Wahnsinniger mit einer Axt die Hand fast abgetrennt. Sich nicht bewegen zu können wie gewohnt, hatte sein Leben eingeschränkt. Selbst im Rollstuhl zu sitzen mochte er sich nicht vorstellen. »Ich kann gut nachvollziehen, dass man so viel wie möglich alleine regeln will.«

Sie nickte. »Ich wusste, dass wir einer Meinung sind. Kommen Sie, ich zeige Ihnen meine Büchersammlung.«

»Kommen Sie« hieß bei dieser Frau: »Schieben Sie meinen Rollstuhl«, so viel hatte von Aha begriffen, und er fragte sich, ob ihre angestrebte Selbstständigkeit erst im Haus begann.

»Wir benutzen die Terrassentür, der Eingang ist barrierefrei.«

»Gibt es längs des Weges noch etwas zu bestaunen?«

»Nein, hier ist die Anlage übersichtlich, die hohen Bäume werfen wunderbaren Schatten. Ich kann mich nicht lange in der Sonne aufhalten, ich backe sonst an diesem Stuhl fest.«

Gero von Aha öffnete die Flügeltür, ein großer Raum mit Stuckverzierungen an der Decke tat sich auf, an der Wand gegenüber der Tür hing ein großformatiges Stillleben über einem imposanten Kamin. An den Wänden zur linken und zur rechten Seite standen, jeweils unterbrochen von hohen Türen, Bücherregale, die bis unter die Decke zugestellt waren. Auf den ersten Blick erkannte er das System. In Griffhöhe der Frau im Rollstuhl befanden sich rundum Bildbände, Kunst, Reisen, Gärten. Darüber sah er, für sie ebenfalls noch erreichbar, Lyrik und Belletristik, und in den oberen Regalen schienen die Klassiker ihren Platz zu haben, in Leder gebundene mehrbändige Werke.

»Das nenne ich ein Bücherzimmer, haben Sie die alle gelesen?«

»Ich muss gestehen, dass mich die alten Schinken in den oberen Reihen nicht interessieren, alles andere hatte ich schon in Händen, ja.«

Er ging näher an die Regale heran, wodurch sich ihm nach ein paar Schritten Einblick in einen der Nebenräume bot. Dort saß Hubertus Castillan an einem herrschaftlichen Eichenschreibtisch und bearbeitete tief in Gedanken einen Stapel loser Papiere.

»Ach, ich wollte nicht stören, Herr Castillan, soll ich die Tür schließen?«

Wie aufgeschreckt schob er die DIN-A4-Bogen hastig zusammen. »Nein, lassen Sie nur. Wenn meine Frau im Haus ist, kann ich sowieso nur bedingt konzentriert arbeiten. Ich erfülle ihr gerne ihre Wünsche, wissen Sie.«

Rebecca Castillan meldete sich von ihrer Position in der Nähe der Terrassentür aus, die sie noch keinen Deut verändert hatte. »Er feilt an der Organisation für das nächste Wochenende, alles muss perfekt werden. Sie kommen doch auch zu unserer Matinee? Das müssen Sie erleben, diese begabten jungen Musiker spielen sich in alle Herzen.«

Ihr Mann meldete sich aus dem Nebenraum. »Du kannst doch Herrn von Aha nicht so vereinnahmen, Rebecca, er hat sicherlich noch anderes zu tun.«

Gero von Aha schaute in ihre Augen, sie erwiderte den Blick und ließ nicht locker. »Er kommt gerne, wenn er Zeit hat. Nicht wahr?«

»Wenn's recht ist, nehme ich die Einladung an. Ich befinde mich momentan in einem arbeitsfreien Sabbatjahr, noch ganze drei Monate lang kann ich tun und lassen, was ich will.«

Sie strahlte ihn an. »Dann dürfen Sie mich besuchen, wann Sie möchten. Ich genieße die Unterhaltung mit Ihnen. Helfen Sie mir zu dem Regal rechts? Dort unten stehen meine neuen Bücher.«

»Gerne doch.«

Er schob sie zu einem Fach, aus dem sie einen Fotoband nahm und sich auf den Schoß legte. Sie lässt sich auch hier im Haus lieber fahren, als dass sie es selbst macht, dachte er. Weibliche Koketterie oder Kalkül? Er würde es herausfinden.

»Schreiben Sie ›Für Gero‹, das wäre nett.«

Aus ihrer Handtasche, die neben ihr auf dem Sitz klemmte, holte sie einen silbernen Kugelschreiber, atmete tief durch und setzte dann jeden einzelnen Buchstaben mit Bedacht. Es war, als male sie die Widmung in das Buch.

Während sie beschäftigt war, warf von Aha verstohlene Blicke hinüber zu Castillan vor seinem Schreibtisch. Er schien sich beobachtet zu fühlen, rief auf seinem PC die Homepage von Rosenhof auf, wie von Aha mit einem Blick über seine Schulter feststellte, während der Papierstoß unter seiner Linken ruhte.

Der Mann hat Sorgen, dachte von Aha, das ist keine konzentrierte Arbeit. Der sitzt da, täuscht Beschäftigung vor und wirkt dabei, als stünde ihm das Wasser bis zum Hals. Ob er zu ihm auch Kontakt aufnehmen sollte?

146

Zunächst holte die Stimme von Rebecca Castillan ihn aus seinen Gedanken. »Sie dürfen das aber erst lesen, wenn Sie wieder zu Hause sind, versprochen? Und nun kommen Sie, ich zeige Ihnen das Haus.«

Gero von Aha verstand, und schon schlossen sich seine Finger wieder um die Griffe des Rollstuhls, während sie ihm plaudernd das Erdgeschoss vorführte. Ihre Freude berührte ihn, allein schon die Tatsache, dass sich jemand stundenlang nur um sie kümmerte, schien ihr zu gefallen. Am nächsten Tag würde er wieder herkommen, sie verabredeten sich zum Rosenschneiden.

»Ich wünsche mir ein dichtes Bukett aus eigenen Beständen für das Entree.«

Ihr Wunsch war ihm Befehl.

Zurück in Wesel legte er das Buch »Bunte Leckereien aus dem Garten« auf seinen Esstisch, machte sich einen Kaffee. Das war doch etwas anderes als braunes Wasser mit einem Schuss Milch. Er schlug den Buchdeckel auf.

»Für Gero, dessen Gesellschaft mir Freude und Inspiration ist. Wie eine Sternschnuppe in dunkler Nacht sind Sie auf Rosenhof gelandet. Herzlichen Dank, Ihre Rebecca Castillan.«

Ups.

VIER

Die Ausgeglichenheit, die sich nach einem dienstfreien Wochenende bei Karin Krafft eingestellt hatte, war nach der kleinen Lage
am Vormittag verflogen.

Die Behördenchefin war einer Kehrmaschine gleich durch
die Berichterstattung und die neue Verteilung der Aufgabenbe-
reiche gefegt. Sie hatte in nur einer Viertelstunde für nichts als
schlechte Laune und Verunsicherung im Kommissariat gesorgt,
gab sich gereizt, ungeduldig und sah aus, als habe sie drei Tage
durchgezecht. Von Ahas Sondereinsatz war gestrichen. In Sachen Weseler
Stern hätte der Staatsschutz von ihr beauftragt werden sollen,
keine Extra-Baustellen, bitte. Und da die Leiche von Friederike
Wallenboom bereits kremiert war, solle sich das K1 um die Fälle
kümmern, die sie für aktuell und wichtiger hielt. Es hatte die
Hauptkommissarin viel Überzeugungskraft gekostet, zumindest
die Ermittlungen zu den Hintergründen von Zoe Grüttners Tod
im Fluss zu halten. Van den Berg negierte mögliche Zusammenhänge zu einem Unbekannten, der auf einem Phantombild in
Xanten erkannt worden war.

Karin musste unbedingt in Erfahrung bringen, was dieser neue
Führungsstil zu bedeuten hatte. Das war keine Kritik mehr, das
fiel entweder in die Kategorie Bevormundung oder eine bevor-
stehende radikale Umstrukturierung. Warum ging die Behördenchefin so rigoros mit dem K1 um?

Sie musste Gero von Aha über die neuen Entwicklungen informieren. Er meldete sich nach mehreren vergeblichen Versuchen
zurück.

»Gero, wo bist du?«

»Ich habe es nicht bis nach Düsseldorf geschafft.«

»Red keinen Blödsinn, was machst du gerade?«

»Nein, ich werde es auch morgen nicht schaffen, zu Ihnen zu
kommen, tut mir leid.«

Im Hintergrund hörte Karin eine Frauenstimme, die ihn zu dirigieren schien: »Nein, die nicht, die Zweite von links, ja, genau die, bitte so lang wie möglich. Gut.«

»Gero, bist du auf Rosenhof?«

»Ja.«

Sie zögerte einen Augenblick, hörte seine Originalstimme, jedoch ohne O-Ton.

»Du kannst im Moment nicht sprechen?«

»Genau.«

»Du musst den Einsatz abbrechen, die van den Berg spielt verrückt.«

»Soll sie doch, was interessiert es mich?«

Karin glaubte kaum, was sie hörte. »Sie ist deine höchste Vorgesetzte und kann direkten Einfluss auf unsere Tätigkeit nehmen. Das zieht sie im Moment mit aller Konsequenz durch. Der Dienstbefehl lautet also: zurück in die Kaserne.«

»Meine Antwort lautet ganz entschieden: nein. Ich bin hier sehr beschäftigt und werde meine Tätigkeit keineswegs unterbrechen. Ich bin schließlich im Sabbatjahr.«

»Was bist du? Bist du noch ganz gescheit!«

»Das hat meine Führungsebene so genehmigt, das steht in einem Zusatzvertrag, und niemand hebt den auf.«

Karin musste nachdenken. Was meinte er damit? Offenbar wollte er sich dort nicht zu erkennen geben, das konnte sie gut nachvollziehen. Sabbatjahr, der sollte ihr in die Finger geraten. Aber nein – einer plötzlichen Eingebung folgend fragte sie: »Du beantragst gerade Urlaub, richtig?«

»Genau, der andere Kollege ist ja zurück, der hat die Projekte übernommen.«

»Für wie lange?«

»Es sind noch drei Monate.«

»Nicht dein Ernst, du meinst bestimmt drei Wochen, oder?«

»Richtig.«

»Willst du die dienstlichen Belange trotzdem wahrnehmen?«

»Natürlich.«

»Ich weiß aber nicht, wie wir das später verrechnen sollen.«

Wieder unterbrach die Frauenstimme ihr Gespräch, dieses Mal in unmittelbarer Nähe.

»Diese hier passt ganz außerordentlich dazu«, sagte von Aha.

»Welche meinen Sie?«

»Die gefüllte mit den weißen Stippen auf rotem Grund.« Karin hörte die Frau begeistert zustimmen, einen kurzen Dialog voll des Lobes für die Vielfalt in den Beeten. Zwecklos, es war kein sinnvoller Dialog mit dem Mann möglich.

»Du musst den Urlaubsantrag auf heute datieren und am Abend hier einwerfen, ich werde ihn dir per E-Mail schicken.«

»Gut.«

»Kommst du vorwärts?«

»Ja, die Auszeit tut mir sehr gut, ich mache lauter Dinge, die mir Freude bereiten, und bin genau am richtigen Ort.«

»Ruf mich an, wenn du reden kannst, so macht das wenig Sinn. Irgendeine Pause wirst du finden.«

»Gewiss, und wenn sich die Gelegenheit ergibt, werde ich mir die Bilder in der Düsseldorfer Galerie anschauen.«

Jetzt lachte Karin, er hatte eine blühende Phantasie. Unter welcher Berufsbezeichnung er sich wohl dort vorgestellt hatte?

»Gut, ich vertraue dir. Du brichst ab, wenn es aussichtslos erscheint, okay?«

»Ja, aber am Wochenende könnten Sie auch herkommen. Nach Xanten zu einem Konzert mit talentierten Nachwuchsmusikern. Es werden namhafte Gäste aus Politik und Kultur erwartet, manche kennen Sie bestimmt auf Anhieb. Andere werden Ihnen bekannt vorkommen, aus der Presse, aus dem Internet. Auf Rosenhof, Sie wissen schon. Und danach schauen wir weiter. Ein wenig Beratung am Telefon ist nicht tragisch, nur lassen Sie mich mit beruflichem Dauerbeschuss in Ruhe, der wird mich früh genug wieder durchsieben. Gut, bis dann.«

»Mach's gut und lass Dienstausweis und Dienstwaffe lieber daheim, beim Rosenpflücken könntest du eins von beiden verlieren.«

»Versprochen, ich werde mein Laptop nicht anrühren. Auf Wiedersehen.«

Karin legte auf. Es wäre doch gelacht, wenn dies nicht hieße, dass auch der Mann vom Phantombild am Wochenende dort erwartet würde. Ob Maarten Lust auf klassische Musik hatte? Es war eine Frage wert.

Zunächst aber musste sie sich um den Neffen von Friederike Wallenboom kümmern, ach ja, schalt sich Karin, für das Protokoll ging es ja um einen Verdächtigen mit dem Namen Kurt Dahmen. Der Name Wallenboom würde bei ihrer Vorgesetzten nicht gut ankommen. Sie würde Dahmen in Goch aufsuchen. Und Burmeester würde noch eine ganze Weile von Ahas Aufgaben übernehmen müssen.

Karin fand ihn im Besprechungsraum, den kunterbunten Herrn der Technik, dessen Bewegungsabläufen es heute an gewohnter Geschmeidigkeit fehlte. »Hast du noch Informationen zu Kurt Dahmen gefunden?«

»Dem Neffen der Wallenboom? Aber wir sollen doch nicht –«

Karin legte beschwörend einen Zeigefinger auf die Lippen und nickte, während sie fortfuhr. »Ich meine den Verdächtigen, den wir ermittelt haben.«

»Ach ja, ich verstehe. Ich werde das gleich umschreiben, dann kann uns niemand was. Ja, der hat ein Vorstrafenregister, das liest sich wie ein halber Roman. Betrug, Betrug, räuberische Erpressung, Ladendiebstahl, noch einmal Betrug. Alles Delikte im kleinen Rahmen, nach seiner letzten Haftentlassung hat er die Rheinseite gewechselt und lebt jetzt in Goch. Seit mehr als fünf Jahren ist er anscheinend straffrei.«

»Dann wollen wir uns den Knaben mal vornehmen. Wo sind Tom und Jerry?«

»Zu dem Kollegen vom Staatsschutz, wegen der Aussage.«

»Die sollen sich mit Drechsler in Verbindung setzen, wenn sie zurück sind, vielleicht kann er schon was zu den Kristallen sagen, die du am Samstag mitgebracht hast.«

»Das kann ich auch übernehmen.«

»Gut, mach das.«

»Weißt du eigentlich, was mit der van den Berg los ist?«

Karin schüttelte den Kopf. »Keine Ahnung. Entweder will

die aus uns eine Vorzeigebehörde im Bundesvergleich machen, oder die ...«

»Na, was? Sprich's schon aus.«

»... ist schlicht und einfach nervlich am Ende. Diese ständigen Zertifizierungen bringen einen Wust an neuen Vorgängen mit sich. Überall hält sie den Kopf hin, trägt dafür Sorge, dass es funktioniert.«

Burmeester lehnte sich zurück und hielt Karin abwehrend die Hände entgegen. »Und wenn es mal anders läuft, kriegen die Kommissariatsleiter den Senf ab.«

»Du hast recht, das trifft mich jedes Mal ganz direkt. Jetzt werde ich erst einmal nach Goch fahren. Das dauert ein wenig, ist ja nicht um die Ecke.«

»Ich halte hier die Stellung.«

***

Alfons Mackedei mühte sich mit der alten Zeltplane ab, die nicht nur wesentlich schwerer war als neuzeitliche Stoffe, sondern zudem auch noch einen muffigen Geruch verströmte, der ihm anhaftete wie billiges Aftershave.

»Wir werden diesen Gestank nie wieder aus dem Bulli kriegen, das ist grauenhaft.«

Heinz-Hermann Trüttgen stellte einen alten Gurkeneimer mit verrosteten Heringen dazu. »Du hast gehört, wat der Chef vom Gärtner gesagt hat. Keine Buddelei auf seinem Grund und Boden. Da bleibt nur geeignete Tarnung.«

»Was macht dich so sicher, dass wir dort nicht auf alten Hausmüll stoßen?«

»Et hört sich anders an unter dem Metalldetektor. Da liegt wat Bedeutendes, ich habbet im Urin.«

»Was? Blasenentzündung?«

Trüttgen schüttelte den Kopf. »Ich hab so eine Ahnung. Wirst sehen, das klappt mit dem Zelt. Ich habbet vor Jahrzehnten etlichen Nachbarn von der Norbertstraße geliehen, früher, als die Archäologen noch nicht überall geguckt haben.«

»Das musst du mir erklären.«

»Die ganze Gegend war voll mit Schätzen aus der Römerzeit, und jeder hat in seinem eigenen Garten mal unter die Erde geguckt, ob et wat zu finden gab. So wanderte mein Zelt von Grundstück zu Grundstück. Und dem aufmerksamen Beobachter entging nicht, dass et Nacht für Nacht weiterrückte. Als ich et zurückkriegte, waren alle Gärten gut umgegraben, und in so manchem Schrank stand eine Amphore.«

»Deshalb sind die Fenster zugeklebt, ist es blickdicht?«

»Genau, wenn man et richtig aufbaut, dringt kein Lichtstrahl nach außen, und et dämpft auch noch die Geräusche von drinnen. Dat is gute alte Bundeswehrqualität.«

»Wie bitte?«

»Ach, in den Sechzigern und Siebzigern haben die Soldaten bei ihren Manövern eine Menge Material verloren ...«

Mackedei schaute ihn ungläubig an.

»Lass gut sein, dat is en andere Geschichte. Jetzt dient der Staat unserem Anliegen.«

»Du bist genial. Aus den unerschöpflichen Materialien, die sich in deinem Gartenschuppen verbergen, bastelst du zuverlässig Lösungen. Wie gehen wir vor?«

Sie hockten sich auf die Bank in Trüttgens Einfahrt und blickten auf ein bunt bemaltes altes Fahrrad, das eine Künstlerin auf der anderen Straßenseite an den Stamm einer Linde gekettet hatte, um auf ihr Atelier aufmerksam zu machen.

»So wat kannste aus 'ner ahlen Fiets machen. Die Hedy hat echt en Händchen dafür. Is eine Nette, auch wenn se manchmal Sachen malt, die keiner erkennen kann.«

Mackedei wischte sich seine Finger vergebens an einem frischen Taschentuch ab, der Geruch des Zeltes blieb penetrant.

»Du gehst in Ausstellungen und schaust dir Bilder an?«

»Nee, aber wenn Hedy zum offenen Atelier einlädt, kannste als Nachbar nicht Nein sagen. Und so viele Leut kommen zu ihr, die ganze Straße ist zugeparkt.«

Der Geruch hatte sich in Mackedeis Nase festgesetzt, da half nur zu duschen. Später. »Komm, erklär mir noch mal deinen Plan.«

»Nach Einbruch der Dunkelheit fahren wir zum Hintereingang. Wir müssen das Material vorsichtig außen am Geländezaun vorbei bis in Höhe der Brache schleppen. Dort werden wir ein Element des Gitterzauns für die Aktion abmontieren. Dahinter wartet Luis Kreidler unter einem Umhang in Tarnfarben. Der ist vorher mit seinem Moped laut knatternd von Rosenhof weggefahren, damit der Castillan meint, er wäre schon fort. Kein Licht und helle Kleidung ist verboten. Uns bleibt nur der Schutz der Dunkelheit zum Buddeln. Ein Problem wird die ausgekofferte Erde sein, die müssen wir durch die Zaunlücke bringen und hinter zwei dichte Stechpalmenbüsche schütten. Anders geht et nicht. Drinnen graben, draußen schleppen und schütten. Wir werden uns abwechseln. Im Morgengrauen müssen wir fertig sein.«

»Und wenn die Zeit nicht ausreicht?«

»Hab ich auch schon dran gedacht. Dafür hab ich die Holzbohlen, die sind ganz hinten im Bulli verstaut. Wenn die Zeit nicht reicht, verkeilen wir die Hölzer, bilden damit tragende Balken und spannen eine Folie über die komplette Brache. Zur Tarnung werfen wir Erde und Unkraut drüber. Hab ich alles mit Kreidler besprochen, der hat vorgesorgt. Und dann würden wir in der folgenden Nacht noch einmal zurückkommen.«

»Und du meinst, es funktioniert?«

»Garantiert. Wir müssen uns nur auf Nachtschicht einstellen. Also, ab in die Kiste und ordentlich vorschlafen.«

»Da spricht der Fachmann. Wann hole ich dich ab?«

»Sei mal so gegen zweiundzwanzig Uhr hier. Uhrenvergleich, ich hab et jetzt fünf nach halb zwölf.«

»Stimmt. Dann werde ich mal nach Hause fahren.«

Mackedei erhob sich, eine letzte Frage fiel ihm ein, ließ ihn zurück auf die Bank sinken. »Was hast du deiner Frau über unsere Aktion erzählt?«

Heinz-Hermann Trüttgen verschränkte seine Arme und beugte sich breit grinsend zu ihm, antwortete leise und verschwörerisch. »Nachtangeln.«

»Nachtangeln?«

Er nickte. »Am Rhein. War schon immer gut, wenn man mal

rausmusste. Manchmal fängt man viel und in manchen Nächten gar nichts.«

Mackedei lachte auf. Sein Kollege war ein gerissener Kerl, er hatte passende Lösungen im Kopf, egal ob für klemmende Schranktüren, geheime Aktionen oder das natürliche Maß an Neugierde langjähriger Ehefrauen.

»Ich verstehe. Petri Heil.«

»Petri Dank.«

★★★

Seine Stimme drang donnernd an Burmeesters Ohr. »Drogendezernat, Drechsler.«

»Burmeester, K1. Wie sieht es aus? Entspricht meine Probe vom Samstag den Spuren aus Zoe Grüttners Kulturbeutel?«

»Burmeester? Bist du der junge Kerl, der immer in selbst gezimmerten Patchworkklamotten rumläuft?«

»Drechsler? Bist du nicht der Alte, der so aussieht wie sein Hund und im schlimmsten Fall auch so riecht?«

Am anderen Ende der Leitung wurde es still, Burmeester zog eine Faust nach unten. Strike, dachte er, du triffst mich nicht.

»Die Ergebnisse? Ja, Moment, ich schau eben nach. Da haben wir's. Ja, gleiche Zusammensetzung wie bei Zoe. Wenn nicht aus derselben Lieferung, dann auf jeden Fall aus derselben Küche. Schick ich gleich rüber zu euch.«

»Das lässt sich so genau bestimmen?«

»Es gibt spezifische Merkmale, die dafür sprechen. Jede Küche mischt ein wenig anders, es geht immer darum, größtmögliche Wirkung zu erzielen. Das hält die User bei der Stange.«

»Macht das Zeug wirklich so schnell abhängig?«

»Glaub mir, dieses eine Gramm, das du eingereicht hast, würde genügen. Du fühlst dich frei und unbezwingbar, wie zum letzten Mal mit fünf, als du heimlich mit deinem Roller zum nächsten Kiosk gefahren bist, um für dreißig Pfennig eine gemischte Tüte Süßes zu kaufen und anschließend alles alleine zu essen.«

»Wie hoch ist die Gewinnspanne bei Crystal Meth?«

»Die Kosten der Zutaten belaufen sich auf ungefähr sechstausend Euro pro Kilo, du zahlst als Endabnehmer zwischen sechzig und sogar einhundert Euro pro Gramm. Erinnere dich an die Menge, die wir bei der Sportlerin sichergestellt haben, daraus kannst du problemlos dreißig oder vierzig Portionen machen. Was wollen die Ladys in Rheinberg?«

»Siebzig.«

»Jetzt rechne dir aus, wie viel du mit einem Kilo verdienen kannst. Die Hersteller sind gut organisiert, die meisten sitzen in Tschechien. Früher haben diese Kreise an der Herstellung zweitklassiger Plagiate von Nobelmarken verdient, heute sind es Drogen. Die Kollegen haben dort im letzten Jahr allein zweihundertsechzig Labore gefunden. Du machst eins dicht, und nebenan entsteht ein neues. So ist das.«

»Und der Stoff, der hier am Niederrhein im Umlauf ist, stammt auch von dort?«

»Teils, teils. Es gibt Wege, die von Tschechien über die Niederlande zu uns führen, und gleichzeitig entsteht hier bei uns seit ein paar Jahren Konkurrenz, ein eigenständiger Geschäftskreis. Dafür spricht der Fund eines Labors in der Nähe von Kaldenkirchen. Wir behalten auf jeden Fall landesweit den Absatz bestimmter Medikamente im Auge, deren Inhaltsstoffe als Grundlage dienen. Da ist das LKA dran, wir sind eng vernetzt.«

»Moment, das will ich verstehen. Die Droge wird aus legal zu erwerbenden Medikamenten hergestellt?«

Drechsler schien für einen Moment abgelenkt, schimpfte mit jemandem. »Du wirst nie lernen, wie man sich ordentlich benimmt! Was soll das schon wieder? Hau ab. ... Burmeester, zu deiner Frage kann ich nur sagen, dass ein Bestandteil genutzt wird, der häufig in Hustensaft zu finden ist. Man extrahiert das Ephedrin und mischt es mit Apaan. Das Ganze mixt man unter anderem mit Haushaltsreinigern, allem Scheiß, der den körperlichen und geistigen Verfall der Konsumenten noch beschleunigt.«

»Es gibt tatsächlich eine Szene am Niederrhein?«

»Davon gehen wir aus, ohne das Ausmaß mit letzter Sicherheit beziffern zu können. Wenn dem so ist, werden wir in Zukunft auch noch mit einem Krieg der Hersteller zu rechnen haben. Die lassen sich nicht in die Suppe spucken, da läuft ein Milliardending.«

»Ich habe mir die internen Statistiken angeschaut, bislang erscheint Crystal Meth nur am Rande. Das verstehe ich nicht, da das Zeug als hochgefährlich eingestuft wird. Schnell einsetzende zerstörerische Kraft —«

»Aus! Woodstock, lass das. Mann, geh dich entspannen.« Burmeester hörte, wie sein Gesprächspartner eine Tür öffnete und wieder schloss. »Sorry, der geht mir auf den Wecker, wenn er nicht ausgelastet ist.«

»Du hast den Hund vor die Tür gesetzt?«

»Ja, der durchsucht jetzt die Behörde.«

»Ist nicht dein Ernst.«

»Doch, da kenn ich keinen Spaß. Wenn der Langeweile hat, schleckt der mir die Schuhe ab, das kann ich nicht leiden. Jeder hier kennt Woodstock, und wenn irgendwo einer mit einem Pack Drogen in der Hosentasche sitzt, dann stellt er ihn, wenn er gute Laune hat. Ist echt schon vorgekommen. Im Normalfall finde ich die Spürnase unten vor der Asservatenkammer, in der wir die Funde bis zur Vernichtung aufbewahren. Er liebt den Flur. Die Kollegen im Keller wollten ihm schon einen Korb spendieren.« Drechsler lachte schadenfroh, kam dann wieder zum Thema zurück.

»Du fragst nach der offiziellen Einstufung? Bis bei uns etwas in den Statistiken auftaucht, hat es schon genug Unheil angerichtet, und bei dem Zeug ist die Dunkelziffer sehr hoch. Crystal Meth ist mittlerweile so salonfähig wie in den Siebzigern das Kokain, und zwar nicht in dunklen Ecken, versteckten Übergaben, toten Briefkästen, du hast selber erlebt, wie leicht man drankommt. Sehen die Ladys noch gut aus?«

»Wie meinst du das?«

»Abhängige sehen nach kurzer Zeit dünn und ausgemergelt aus, im Spätstadium fallen ihnen die Zähne aus, sie vernachlässigen die Körperhygiene, Organe versagen, und Nervenzellen im Gehirn werden irreparabel zerstört. Sie altern äußerlich um Jahrzehnte.«

»Nö, die sind gut gebaut und wirken eher durchschnittlich, bis auf die Tatsache, dass sie eine wahnsinnige Kondition haben.«

»Könnte ein Zeichen sein, kann aber auch heißen, dass es gute Sportlerinnen sind. Vielleicht verticken die das nur. Das passt zu dem Autokennzeichen, das mir in Nähe des Sportplatzes auffiel, das ist ein Stammkunde der Kreispolizeibehörde, der es nicht sein lassen kann. Wir sind dabei, ihn per Handy zu überwachen. Ey, und du läufst da echt mit?«

»Tja, die einen protzen mit ihrem Kuschelhund, die anderen mit körperlichem Einsatz, so hat jeder sein Aushängeschild. Danke für die Infos, ich gebe sie gleich ein.«

»Du sitzt an der Technik von diesem Eulenmann?«

»Ja, der ist undercover unterwegs.«

»Verstehe, hat Ausgang.«

»Wir haben ein Phantombild von einem Mann, der über Drogen in Op de Hei Bescheid wusste. Den Vorgang hat dir Karin geschickt, oder?«

Burmeester hörte, wie Drechsler seinen Schreibtisch absuchte, er rückte Kaffeetassen, Mehrzahl!, zur Seite, Papier knisterte, das Geräusch eines Pizzakartons, der in einem Papierkorb landet, drang durch den Hörer.

»Da habe ich es, ja. Aber das Gesicht sagt mir nichts. Ist eine tote Spur, glaub mir. Und dafür schickt ihr jemanden undercover? Ihr müsst ja über ganze Mannschaften von Kollegen verfügen, während wir hier aus dem letzten Loch pfeifen.«

Burmeester bemerkte seinen Fauxpas und versuchte sich in Schadensbegrenzung. »Der ist mehr oder weniger privat da reingerutscht und unterstützt uns. Übrigens halten wir den Mann für äußerst interessant.«

»Privat, sagst du? Dann hat er Urlaub? Sag mal, wie kriegt euer niedlicher Bullenkäfer das immer wieder hin? Ich habe Karin letztens schon gefragt, ob sie ein Verhältnis mit der van den Berg hat. Ihr seid top besetzt, und ich weiß nicht, welche Aufgabe ich zuerst delegieren soll. Ich glaub, ich muss die alte Perle aus der Chefetage mal auf einen Kaffee einladen.«

Burmeester lächelte. »Bei deinem Flirttalent kommst du

bestimmt gut an. Nimm den Hund mit, sie liebt Tiere, und Woodstock lässt Frauenherzen schmelzen.« Van den Berg war eine leidenschaftliche Katzenhalterin.

»Danke für den Tipp, ich hatte bislang nicht viel mit ihr zu schaffen.«

»Gerne doch, man hilft sich unter Kollegen, wo man kann.« Ein breites Grinsen lag auf Burmeesters Gesicht, nachdem er aufgelegt hatte.

***

»Nach dreihundert Metern rechts abbiegen.«

Karin lobte innerlich die Anschaffung ihres Navigationsgeräts, eine gleichbleibend freundliche, entspannte Frauenstimme führte sie zuverlässig zu den Zielen ihrer Wahl.

Die Innenstadt von Goch bestand aus einem Geflecht aus Einbahnstraßen, hinter dem Bahnhof bog sie auf den Nordring ab und kam über die Feldstraße zum Petersbüschchen. Eine kleine Straße mit doppelstöckigen Häusern – Kurt Dahmen bewohnte hier eine Souterrainwohnung, die über einen Innenhof erreichbar war.

Karin hörte eine alte schrille Schelle, schlurfende Schritte, die auf die Tür zukamen, im Hintergrund zwitscherte ein Wellensittich. Ein Mann mit Dreitagebart, einem ernsten Gesicht, dem man Jahre hinter Gittern ansah, öffnete die Tür in einer ausgeleierten Jogginghose und einem T-Shirt, das über seinem Bauch spannte.

»Hauptkommissarin Krafft. Ich habe ein paar Fragen an Sie …« Weiter kam sie nicht, Dahmen wollte ihr die Tür vor der Nase zuschlagen, Karins Fuß schnellte in den Spalt.

»Ich will nichts mehr mit euch zu tun haben, hauen Sie ab, ich habe mir nichts vorzuwerfen.«

»Dann kann ich Ihnen ja ein paar Fragen zu Friederike Wallenboom stellen, ganz friedlich, und wenn mir Ihre Antworten gefallen, bin ich ganz schnell wieder verschwunden.«

Der Druck auf das Türblatt ließ nach. »Tante Rieke? Ist was mit ihr?«

»Sie wissen nichts, oder?«

Er schüttelte den Kopf und wies sie mit einer Kopfbewegung an, ihm zu folgen. Eine karge Zweiraumwohnung, Linoleum auf dem Boden, schmale Fenster in Brusthöhe, ein Klappsofa, ein Sessel, eine Voliere mit Wellensittichen und Zebrafinken, ein relativ großer Bildschirm, auf dem tonlos eine Kochsendung lief. Alles wirkte auf den ersten Blick ordentlicher als der Mann, der sich breitbeinig mitten auf das Sofa hockte. Karin setzte sich ihm gegenüber in den Sessel.

»Sie ist vor mehr als vier Wochen gestorben.«

»Gestorben? Aber doch nicht einfach so, sonst würde die Polizei mich nicht beehren. Was ist passiert?«

»Das wissen wir nicht ganz genau. Es kann sein, dass sie umgebracht wurde.«

Er beugte sich vor, lauschte ungläubig. »Das kann ich mir nicht vorstellen, die war ein guter Mensch. So jemand wird alt.«

»Wann haben Sie sie zuletzt gesehen?«

»Was spielt das für eine Rolle?«

»Beantworten Sie einfach meine Frage.«

Er schien zu überlegen, rieb sich geräuschvoll die Bartstoppeln. »Vor einen Jahr, vielleicht auch eineinhalb. Wir haben keinen engen Kontakt gepflegt, wie das so ist.«

»War das schon immer so?«

»Sie war meine Patentante und hat sich gekümmert, bis ich achtzehn war. Danach haben wir uns aus den Augen verloren, so war das.«

»Verstehe. Was war der Anlass Ihres letzten Besuchs?«

Die Frage schien ihm unangenehm, er stand auf, nahm den Futterspender aus der Volierenwand und füllte ihn auf.

»Ich war knapp bei Kasse. Ich lebe vom Jobcenter, wissen Sie, schwer vermittelbar. Ich hatte eine Nebenkostennachzahlung, die ich nicht begleichen konnte. Dieses Loch hier ist im Winter ein Eiskeller, die kalten Tage nahmen kein Ende. Ich wollte sie anpumpen.«

»Und?«

»Wie, und?«

»Konnte sie Ihnen helfen?«

Er hängte den Spender wieder ein und nickte. »Zwar nicht mit dem gesamten Betrag, aber sie drückte mir vierhundert Euro in die Hand und sagte, alles sei gut, ich müsse es nicht zurückzahlen.«

»Aber sie hatte doch selber kaum genug zum Leben.«

Er zog die Schultern hoch. Karin Krafft hakte nach. »Hatte sie einen Job, bei dem sie etwas dazuverdiente?«

»Weiß ich nicht, wir haben nicht viel miteinander gesprochen. Ich wollte wieder weg aus diesem Bunker. In solchen Häusern fühle ich mich nicht wohl, bin schnell wieder in Richtung Bahnhof. Das ist eine Himmelfahrt von Wesel nach Goch, man braucht Stunden.«

Er strich sich die Haare zurück, augenblicklich fiel Karin eine gewisse Ähnlichkeit zu dem Phantombild auf, das sich in ihrem Rucksack befand. Mit einem Ächzen setzte er sich zurück auf sein Sofa. »Sie hat mir das Geld gegeben. Ohne Bedingungen.«

Karin entfaltete das Phantombild und hielt es Kurt Dahmen entgegen. »Kennen Sie diesen Mann?«

Da war sie, diese Zehntelsekunde Verzögerung, und zu spät folgte ein Nein als Antwort. Er wusste, um wen es sich handelte.

»Sind Sie sicher, dass Sie ihn nicht kennen?«

»Ganz sicher.«

Die Hauptkommissarin legte ihm eine Visitenkarte auf den Tisch, neben die Tabakdose und die zurechtgelegten Hülsen, eine Tagesration. »Wenn Ihnen noch etwas einfällt, rufen Sie mich an, ja?«

Er nickte und blieb sitzen, während sie durch den schmalen Flur zur Tür ging. Ihr Blick fiel auf seine Garderobe, drei Haken und eine Ablage an der Wand. Auf der Ablage lugte eine Häkelmütze in der braungrau melierten Farbe seiner Haare über den Rand. Sie würde auf Kurt Dahmen zurückkommen. Mit Woodstock und seinen speziellen Fähigkeiten.

»Auf Wiedersehen.«

★★★

Von Aha bestaunte die Vielfalt der Rosenköpfe, die sich in den Armen von Rebecca Castillan sammelte.

»Sie strahlen wie Ihre Rosen.«

»Du, lass uns Du zueinander sagen, ja?«

»Gerne.«

Er schob den Rollstuhl in Richtung Haupteingang, als ihm der Gärtner auffiel, der aufgeregt gestikulierte, während er ein Handy an sein Ohr hielt.

»Ach, Rebecca, ich komme sofort, ich habe noch ein lachsfarbenes Exemplar am hinteren Ende des Bauerngartens in Erinnerung, ich hole es flott, okay?«

Ohne ihre Antwort abzuwarten, sprintete er mit der Rosenschere davon.

Luis Kreidler befand sich auf Höhe der Sommerstauden, von Aha verbarg sich hinter einer hohen Alantpflanze und konnte ihn gut verstehen. Kreidler telefonierte in einer Lautstärke, als wäre er allein auf der Welt.

»Aber nein, ich habe niemandem etwas gesagt. ... Ich weiß doch, dass es um sehr viel geht. Auf den letzten Metern werde ich meinen Triumph nicht aufs Spiel setzen. ... Sie können mir vertrauen, wirklich. ... Ich werde pünktlich liefern. Nur beste Ware, ganz frisch und garantiert unvergleichlich. ... Ja, am Wochenende. ... Sie können sie mitnehmen, natürlich. Bis dann.«

Der Mann schien Schwierigkeiten mit dem mobilen Telefon zu haben, bemühte sich, die richtige Taste zu finden, indem er es weit von seinem Gesicht entfernt hielt. Er schaute sich um, ging einen Schritt vorwärts, änderte die Richtung und lief energisch am Alant vorbei. Von Aha erhob sich und lief zurück zu Rebecca, die selbstverloren an ihren Rosen schnupperte.

»Entschuldige, aber keine Blüte war es wirklich wert, in diesen Strauß gesteckt zu werden.«

»Von Weitem wirken sie manchmal perfekt, und aus der Nähe sieht man ihnen an, dass Regen und Sonne ihre Spuren hinterlassen haben.«

»Oder einfach nur die Zeit.«

»Genau, du hast recht, die Zeit lässt sie vergehen.«

Er schob sie in Richtung Haupteingang. »Sag einmal, wo habt ihr diesen genialen Gärtner aufgelesen?«

»Unseren Herrn Kreidler? Eines Tages tauchte er hier auf und fragte, ob er Hand anlegen könnte. Er wollte erst gar keine Bezahlung, sondern einfach nur hier arbeiten, als hätte er sein ganzes Leben lang darauf gewartet, in so einer Anlage tätig zu werden. Was er macht, macht er mit Passion, mit Herzblut, verstehst du?«

»Ja, ich sehe es. Ihr habt ihm einfach so vertraut?«

»Natürlich hat mein Mann mit seinem ehemaligen Chef gesprochen und eine Beurteilung eingeholt. Er ist kein ausgebildeter Gärtner, aber Herr Kreidler hat einen untadeligen Leumund, das war uns wichtig. Und dass er Talent und einen grünen Daumen hat, bewies er schon in der ersten Woche. Er hat die Kletterrosen an der Fassade gerettet, weißt du, kurz bevor ein Landschaftsgärtner sie ausgraben und gegen wilden Wein ersetzen sollte. Das werde ich ihm nie vergessen.«

»Seit wann ist er auf Rosenhof?«

»Ach, bestimmt schon zehn Jahre, eine gefühlte Ewigkeit. Und ich hoffe, dass er noch sehr lange fit bleibt.«

»Darf ich dir eine Frage stellen?«

Sie lachte hell auf. »Aber Gero, das machst du ja schon die ganze Zeit, nur zu.«

»Wie finanziert ihr dieses Paradies? Ich meine, das Haus, die Angestellten, der Garten, eure Veranstaltungen, ich kann mir vorstellen, dass die Fixkosten groß sind.«

Er merkte, wie ihr Körper sich straffte, ihre Schultern zogen sich hoch.

»Oh, war ich indiskret?«

»Nein, ich kann dir nur keine Antwort darauf geben. Hubertus führt die Geschäfte mit strenger Hand, er sorgt für unseren Unterhalt. Es hat nie an irgendetwas gemangelt, wir können dankbar für unseren Lebensstil sein.«

»Du weißt nicht, womit er Geld verdient?«

»Es hat mich nie interessiert, und er spricht nicht darüber. Diese Abmachung haben wir kurz nach meiner Erkrankung getroffen. Er wollte mich nicht mit lapidaren Alltäglichkeiten langweilen, während ich das Haus nicht verlassen konnte. Seit Jahren führt er die Geschäfte von hier aus, der technischen Revolution sei Dank, der Computer macht die Vernetzung mit der Welt möglich.«

Der Computer, ja, den würde er sich in den nächsten Tagen vornehmen. Von Aha mühte sich, Rebecca die Schräge hinaufzuschieben. Marietta, die immer zu wissen schien, was ihre Majestät gerade vorhatte, stand schon im Türrahmen und nahm ihr die Rosenpracht ab.

»Die Bleikristallvase wie immer?«

»Ja, bitte, auf den Mahagonitisch, und vergessen Sie nicht die geklöppelte Decke.«

Marietta verschwand mit einem Lächeln.

»Komm, schieb mich ins Haus, sie hat im Esszimmer eine Kleinigkeit vorbereitet.«

Undurchsichtige Geschäfte und merkwürdige Telefonate eines Gärtners. Ich bin hier richtig, dachte er, bevor er das Esszimmer betrat. Edles Glas und Porzellan blinkten ihm von einer für zwei Personen vollendet gedeckten Tafel entgegen.

»Donnerwetter, das hat Stil.«

Vor Rebeccas Platz stand kein Stuhl, Gero rollte sie an den Tisch und zog die Bremsen an.

»Ich erlebe alle Schönheiten der Welt an Ort und Stelle. Bitte nimm Platz.«

»Dein Mann isst nicht mit?«

»Er musste fort und wird erst zum Abend zurück sein.« Sie tätschelte seine Hand. »Wir haben heute viel Zeit. Bevor wir anfangen, müsste ich ins Bad, schiebst du mich hin?«

Dem taffen Kripomann stiegen Hitzewallungen in sein frisches Hemd. Was, wenn sie beim Toilettengang Assistenz brauchte? Darauf war er nicht eingerichtet.

Sie sah ihm seine Besorgnis an. »Keine Sorge, hinter der Tür komme ich allein klar.«

Die großen Holztüren in der Diele verbargen zum einen eine geräumige Garderobe, zum anderen eine Gästetoilette, in der Rebecca Castillan verschwand. Von Aha hörte Marietta in der Küche hantieren, er schlich um den Mahagonitisch mit der Rosenpracht herum ins angrenzende Arbeitszimmer des Hausherrn und warf einen Blick auf den Schreibtisch. Nichts, der Mann hatte alle Papiere fortgeräumt, der PC war ausgeschaltet, die Schubfächer waren verschlossen.

Er öffnete eine kleine Lade nach der anderen an dem Aufsatz des Möbels und entdeckte, säuberlich sortiert, Radiergummis, Büroklammern, Visitenkarten, auf denen Hubertus Castillan sich als Privatier bezeichnete, und, im letzten kleinen Fach, eine Reihe von SIM-Karten, wie sie in Mobiltelefone eingelegt werden. Jede einzelne war auf einem Stück Pappe befestigt, auf der Rückseite standen PIN- und Telefonnummer. Hastig notierte er sich eine der Nummern.

Er würde in der Dienststelle überprüfen lassen, ob sie registriert war. Was machte ein ehrwürdiger Privatier mit so vielen unterschiedlichen – fünfzehn an der Zahl – Telefonnummern? Von Aha hörte die große Holztür, verdammt, zu spät, um unbemerkt in die Diele zu gelangen. Er schlüpfte durch die zweite Tür in die Bibliothek.

»Gero?«

»Ja, ich komme. Verzeih, ich musste noch einmal einen Blick auf deinen Bildband über die englischen Rosen werfen.«

Während er die Frau wieder an den Tisch rollte, bemerkte er, dass sie gähnte. Bestimmt würde Gnädigste eine kleine Mittagspause einlegen. »Du wirkst geschwächt. Sollen wir uns nach dem Essen eine kleine Pause gönnen?«

Sie stimmte ihm ohne Widerstand zu.

Ein plötzlicher Einfall ließ ihn euphorisch werden, er musste ihn unbedingt aussprechen. »Fährst du manchmal aus? Ich meine, verlässt du dein Paradies zeitweise?«

Zögerlich antwortete sie, während Marietta eine klare Rinderbrühe mit Markklößchen auftrug. »Wie meinst du das? Zu meinem Homöopathen fahre ich regelmäßig, und ab und zu werde ich zu Ausstellungen eingeladen, aber sonst bin ich gerne hier.«

»Wie wäre es, wenn wir gemeinsam den Niederrhein erkunden? Ich lebe noch nicht so lange hier, und dich interessiert vielleicht, was sich verändert hat. Nenn mir ganz spontan ein Lieblingsziel.«

Sie schaute lächelnd auf. »Ich würde gern zum Tee nach Rees fahren, diese kleine Stadt hinter der alten Befestigungsmauer hat mir früher sehr gefallen.«

»Gut. Machen wir am Nachmittag. Du ruhst dich aus, und ich schaue, dass ich einen passenden Wagen besorge.«

Die Suppe schmeckte würzig, die Klöße waren hausgemacht. »Wir haben einen VW Caddy in der Garage stehen, der behindertengerecht ausgestattet ist, den können wir nehmen.«

Gero von Aha lächelte. »Lass mich nur machen.«

Er würde Zeit haben, um mit seiner Dienststelle zu telefonieren. Ob die Gebühren für einen Leihwagen der gehobenen Kategorie als Spesen abrechenbar waren? Ihm schwebte ein Lamborghini vor oder ein Maserati, besser ein Maserati, der lag nicht ganz so tief. Das wäre statusgerecht.

In Wesel bei einem Autohändler auf der Rudolf-Diesel-Straße hatte er letztens einen in einer Halle voller Edelkarossen stehen sehen, als er sich auf der anderen Straßenseite, bescheiden und mit seinem realen Kontostand im Kopf, nach einem gebrauchten Mittelklassewagen umgesehen hatte. Magische Kräfte hatten ihn zu der Ausstellung gelockt, die Nase hatte er sich an der Scheibe platt gedrückt, ganz Mann, angezogen von schnittigen Formen, edler Innenausstattung und hoher Geschwindigkeit. Fünf der schnellen Rösser hatten als Leihwagen in Reih und Glied gestanden.

Egal ob die Kosten nun ersetzt wurden oder nicht, er würde sich einen richtig heißen Schlitten leihen. Den Quattroporte SQ4. Im Gegensatz zu dem Granturismo hatte dieses extravagante Spielzeug vier Türen, der Rollstuhl würde zusammengeklappt besser auf den Rücksitz passen als in den Kofferraum. Er hatte ihn in einem gediegenen dunklen Blau in Erinnerung. Vierhundertzehn PS, Höchstgeschwindigkeit zweihundertdreiundachtzig km/h, keine sechs Sekunden von null auf hundert. Okay, auf der Strecke von Xanten nach Rees würde er diesen Rausch nicht erleben können.

Die verwöhnte Rebecca Castillan würde diesen automobilen Luxus genießen. Und er selbst auch. Wann käme er solch einem bekloppten Traum jemals näher?

★★★

Drechsler schien überrascht, als Karin Krafft in seinem Büro auftauchte. Sofort stand er auf und begrüßte sie überschwänglich und intensiv, bevor er wieder auf seinen Stuhl plumpste.

»Dass du hierherkommst, muss ich rot im Kalender markieren. Setz dich doch.«

Karin blickte sich suchend um. Schon beim Betreten des Gebäudes hatte sie den Impuls gespürt, sich umzudrehen und lieber telefonisch zu dem Kollegen Kontakt aufzunehmen, statt ihn aufzusuchen. Nun war ihr klar, warum.

Es herrschte das blanke Chaos, selbst die Reinigungskräfte schienen diesen Raum zu meiden. Jedenfalls quoll der Papierkorb über, markant lugte eine fettdurchsetzte alte Pizzaverpackung zwischen leeren Getränkedosen und zerknülltem Papier hervor. An den Wänden hingen Poster mit vollbusigen Damen, die sich mit wenig Bekleidung und Langhaarfrisuren auf blanken Motorhauben räkelten. Auf dem Aktenschrank stapelten sich Pappkartons und Beutel mit Hundefutter, neben dem Möbel lehnte eine Schranktür an der Wand, offensichtlich war das Scharnier herausgebrochen. Auf dem Boden darunter lagen die Decke für Woodstock, zwei dicke Stoffknoten als Spielzeug, daneben seine Näpfe, überall ballten sich jede Menge Haare des tierischen Kollegen zu unübersehbaren luftigen Knäueln. Vom Hund selbst keine Spur.

Karin gelang es, ihren Blick wieder etwas höher durch dieses Universum gleiten zu lassen. Die Oberfläche von Drechslers Schreibtisch hatte sich erfolgreich versteckt, für Außenstehende waren nur noch Tastatur und Telefon deutlich erkennbar. Es roch streng nach Männerschweiß und nassem Hund, was Drechsler durch diverse bunte Duftbäumchen zu kaschieren versuchte, die munter von seiner Deckenleuchte baumelten und dem Raumklima die Note der Parfümabteilung eines Kaufhauses verliehen, durch die eine Horde experimentierfreudiger Teenager gerast war.

Karin warf eine verknautschte Jacke vom Besucherstuhl und setzte sich auf die Kante, da die Bespannung des Sitzes von Flecken übersät war. »Wo hast du deinen Hund gelassen? Den brauche ich für die Durchsuchung einer Wohnung in Goch.«

Drechsler lehnte sich breitbeinig in seinem Chefsessel zurück. »Woodstock ist auf Streife. Deine so nett vorgetragene Anfrage meinst du nicht ernst! Was glaubst du, was die Kollegen aus Goch mir erzählen, wenn ich meinen Schnüffler durch ihr Revier schicke? Karin, das liegt nicht in unserem Zuständigkeitsbereich.«

Sie lächelte ihn sekundenlang schweigend an. »Ich weiß. Du scherst dich sonst auch nie um Dienstwege und Zuständigkeiten, ich dachte mir ...«

»Ach, du meinst, weil wir gerade so schön zusammenarbeiten, können wir unser Einsatzgebiet noch etwas ausweiten?«

Wieder lächelte die Hauptkommissarin, dieses Mal nickte sie. »Jemand muss dich aus diesem Loch entführen, damit du den Kontakt zur Realität nicht verlierst. Wie schaffst du es, deinen Arbeitsstil mit Müll und Mief an allen Standards vorbei aufrechtzuerhalten?«

»Das ist wohldosiert. So, dass es niemand lange aushält, das verkürzt manchmal die Verhöre und hält lästige Kollegen von spontanen Besuchen ab. Mir gefällt es, und wenn ich erst meine alten Rock-CDs auflege, ist der halbe Flur leer. Fury in the Slaughterhouse, H-Block, Element of Crime, die haben Texte, da wollten mich meine Büronachbarn schon einliefern lassen, als sie in den Hörgenuss kamen.«

Karin stand auf und ging zur Tür. »Du hältst dir mit System die Menschen vom Hals. Ich habe schon immer gewusst, dass du eine Macke hast. Den künstlichen Gestank deiner Bäumchensammlung hält kein Schwein aus. Kommst du nun mit oder nicht?«

Drechsler nahm seine Jacke. »So geil, wie du aussiehst, so hartnäckig kannst du sein. Wer kann solchen Augen widerstehen? Ich muss erst den Hund aus dem Keller holen.«

Karin sah ihn fragend an. »Den treibt es immer zur Asservatenkammer, wenn er unausgelastet ist. Er setzt sich vor die Tür und lässt niemanden rein oder raus. Die Kollegen rufen mich an, wenn sie sich wieder frei bewegen wollen. Wie du schon sagtest, jeder von uns hat eine Macke, du schlaues Köpfchen.«

»Ich warte vor dem Haupteingang auf euch.«

»Und auf der Fahrt nach Goch plauderst du ein wenig aus dem Nähkästchen, damit ich deine Macke kennenlerne.«

Für einen Moment wünschte sich Karin raus aus der Nummer. Das würde heftigen Ärger geben, wenn rauskäme, dass zwei Dienststellen gleichzeitig über die Kreisgrenze hinaus operierten.

***

Rebecca Castillan saß mit rosigen Wangen aufrecht in ihrem Rollstuhl, straffte ihre Schultern und, von Aha hätte es kaum für möglich gehalten, lächelte, strahlte förmlich mit dem ganzen Körper angesichts der PS-starken formvollendeten Schönheit in der markeneigenen Farbe »Blu Passione«, mit der ihr Begleiter rasant vorgefahren war.

»Gero, ich bin begeistert.«

»Ich habe, ehrlich gesagt, mit deiner Freude gerechnet. Es musste dieses Auto sein. Wie in dem Film ›Ziemlich beste Freunde‹.«

Rebeccas Augen fixierten ihn, und für einen Moment wusste er nicht, ob sie ihn angiften oder anlächeln wollte. »Du meinst diesen Film, in dem ein Farbiger aus einer Pariser Vorstadt einen reichen gelähmten Mann auf sehr unkonventionelle Weise die Freude am Leben lehrt?«

»Ja, genau. Freude statt mitleidiger Vernunft war seine Devise. Ein unvernünftigeres Auto konnte ich auf die Schnelle nicht finden, ich verspreche dir jedoch, nicht mit Schallgeschwindigkeit durch die Stadt rasen. Ich werde nur mit einer attraktiven Frau quer durch den Niederrhein cruisen.«

»Wie soll ich in dieses wundervolle Fahrzeug einsteigen?«

»Keine Sorge, ich helfe dir. Er ist ein Traum, nicht wahr?«

Von Aha öffnete die Tür, schob den Rollstuhl ganz in die Nähe, klinkte die linke Armstütze aus, griff der Frau unter die hochgereckten Arme, hob sie an, sodass sie auf den Fußspitzen stand, und wunderte sich, wie leicht das ging, bevor sie in den edlen Ledersitz glitt. Als ob sie nie in einem anderen Wagen gesessen hätte.

»Das ist was anderes als dein Behindertentransporter, gell? Steht dir gut.«

Von Aha schob den zusammengeklappten Rollstuhl auf den Rücksitz, stieg ein, startete den sonor aufheulenden Motor und tauschte seine Brille gegen eine Sonnenbrille mit eingeschliffenen Gläsern. Mit laszivem Gesichtsausdruck wandte er sich an seine Beifahrerin.

»Lady, ich fahre Sie bis ans Ende der Welt. Aber erst morgen, für heute reicht Rees. Ich habe für den Nachmittag extra den ganzen Ort gemietet, um mit Ihnen in aller Ruhe einen Tee mit Rheinblick zu genießen.«

Sie lachte herzhaft. »Du witziger Kerl.«

Den ganzen Weg von Wesel bis nach Xanten hatte er geübt, das Gaspedal nur sensibel anzutippen, um nicht mit der Kraft der vielen PS am nächsten Laternenpfahl zu landen wie der Mittfünfziger, der sich für seine deutlich jüngere Freundin einen Ferrari bei einem Freund in Büderich geliehen hatte und den Wagen gleich hinter dem Ortsausgangsschild gegen einen Baum gesetzt hatte. Nein, er würde sich als vorbildlicher Fahrer präsentieren, schließlich wollte er einen Vertrauensstatus erlangen, der ihm Tür und Tor öffnete.

Auf der B 57 bemerkte er, dass seine Begleiterin wie ein neugieriges Kind versuchte, alle Eindrücke aufzunehmen, die sich ihr boten.

»Alles hat sich so verändert. Er fährt mich sonst bis nach Sonsbeck und zurück, dort ist mein Naturheiler ansässig, und wenn wir spät zu irgendwelchen Ausstellungseröffnungen unterwegs sind, ist es meist dunkel. Allein schon, dass hier die Straße nun um den archäologischen Park herumführt, wusste ich bislang nur aus der Zeitung. Gut, das Ärztehaus am Dombogen kenne ich, dort hat mein Internist seine Praxis, aber den Hafen habe ich noch nie gesehen. Und die Aussicht auf diesen See ist einfach herrlich, so direkt vor meiner Haustür.«

»Sie nennen diesen ehemaligen Baggersee Südsee.«

»Ich weiß, bitte fahr über Wardt und Vynen nach Rees, da kommen wir an dem zweiten See vorbei, der sinnigerweise Nordsee heißt. Ich möchte über das weite Land schauen.«

Gero von Aha schwieg und ließ die italienische Eleganz gleiten, selbst lächelnd, genoss die Lederbespannung des Lenkrades, die Fahrfreude, das leise Surren des Motors. Seine nervige Mutter hätte kritisierend und schnatternd neben ihm sitzen können, seine Gesichtszüge hätten das Lächeln des Fahrers eines Einhunderttausend-Euro-Autos nicht verloren.

Rebecca Castillans Finger deuteten hinaus in die Landschaft. »Dahinten, die Windräder, die kenne ich auch nur aus Fernsehberichten. Du meine Güte, wie hoch die sind. Und die Reeser Rheinbrücke war mal blau. Ja, die hatte ein sattes Blau. Das hier ist ein schlecht getarntes Grün, furchtbar. Aber die Silhouette von Rees ist so, wie ich sie in Erinnerung habe. Eine Stadt eingerahmt von einer Mauer, die sie vor den Fluten des Rheins schützt. Gero, ich freue mich so sehr über diesen Ausflug, gestatte, dass ich nachher die Rechnung übernehme. Ich dulde keinen Widerspruch, versuche es erst gar nicht.«

Von Aha konzentrierte sich darauf, die Geschwindigkeitsbegrenzung nicht zu überschreiten. Es wäre so schön, die Kapazitäten des Motors mal zu testen. Er zwang seinen Verstand dazu, sich seines Auftrags zu besinnen, und schlüpfte zurück in die Rolle des Wohltäters.

Er fuhr nicht, nein, er schwebte durch die Einkaufsstraße, mit Tempo zwanzig km/h, nahezu vorbildlich, jeder Blick, der auf den Wagen fiel, ließ ihn noch lässiger hinter dem Steuer sitzen. Ein freier Parkplatz in der Nähe der Kirche war seiner, direkt vor dem Café Rösen, er war am Ziel.

Alles lief nach Plan, er eroberte einen Tisch auf der Terrasse für sie beide, zwischen Best Agern in Radlertrikots, Rentnern in Beige und schweigenden Paaren beobachteten sie die vorbeigleitenden Frachtschiffe. Er trank den berühmten Draußen-nur-Kännchen-Kaffee, sie einen Darjeeling, und beide aßen Käsekuchen. Die Menschen um sie herum ließen sich über die Schönheiten des Niederrheins und den faulen Ehemann der Cousine aus, und Rebecca Castillan blühte so auf, dass Gero von Aha Sorgen hatte, ob ihre Aura bei der Rückfahrt noch in den Wagen passen würde.

Dass sie ihrer edlen Handtasche ein gerolltes Geldbündel, durch ein Gummiband gehalten, entnahm, um geschickt einen Hunderter herauszuziehen, mit dem sie bezahlte, verwunderte ihn. Das passte nicht zu ihrem Stil und Auftreten. Auch empfand er es als äußerst peinlich, dass sie es nicht für nötig hielt, der überaus netten Bedienung ein Trinkgeld zu geben. Das Wechselgeld verschwand komplett in einem Nebenfach der Tasche, bevor sie sich wieder zu dem Wagen schieben ließ.

Im Rückspiegel sah er die Kellnerin mit einer Kollegin an der Ecke des Restaurants stehen, sie rauchten und starrten dem Wagen nach. Von Aha fiel der Name einer Modemarke ein, die ihm vor Kurzem begegnet war, »Rich and Royal«. Das hier war »reich und geizig«. Er konnte sich die Kommentare der beiden Frauen über »die Alte«, »das fette Auto« und »den jungen Kerl« lebhaft vorstellen.

Rebecca Castillans Stimme holte ihn aus seinen Gedanken. »Gero, das war ein sehr schöner Ausflug. Mit diesem Wagen, in deiner Gesellschaft. Ich danke dir.«

Sollte er sie auf ihre eigenwillige Art, Geld aufzubewahren, ansprechen? Nein. Merken würde er sich, dass sie zahlte wie ein Zuhälter. »Gerne.«

An der Ampel am Ortsende legte sie ihre Hand auf seinen Oberschenkel. Komisch, dachte er, sie zittert überhaupt nicht.

»Gero, ich habe noch einen Wunsch.«

Ihm wurde heiß. Was, wenn sie ihm jetzt an die Wäsche wollte? »Ja?«

»Können wir morgen Mittag gemeinsam zum Essen fahren?«

Sein Innerstes schrie Zustimmung – er durfte sich dieses Gefährt noch einen Tag lang ausleihen! »Was schwebt dir vor?«

»Ich würde gern im Lippeschlösschen in Wesel dinieren, wenn es das noch gibt.«

Gero von Aha erinnerte sich an das zurückgesetzt gelegene Restaurant an der B 8 in Richtung Dinslaken, direkt an der Lippebrücke. Hier dehnte sich seit Neuestem die künstlich geschaffene Flussaue aus, die durch Kiesabgrabungen entstanden war. »Ja, das gibt es noch. Wann soll ich dich abholen?«

»Ach, wenn es dir nichts ausmacht, dann komm ruhig schon am Vormittag. Ich habe bis zehn Uhr zu tun, meine Physiotherapeutin kommt, und ich muss den Caterer für Samstag instruieren. Hubertus wird nach Düsseldorf fahren. Die Geschäfte, du weißt.«

Wenn ich das nur wüsste, dachte er und freute sich auf einen weiteren Tag hinter diesem gediegenen Lenkrad. Seine Aufgabe gefiel ihm von Minute zu Minute besser. Man konnte sich an ein Leben neben einer zahlenden Frau gewöhnen.

***

»Das war ja die totale Pleite.«

Karin Krafft ärgerte sich. Über ihren Verdacht, ihren Vorstoß, in Goch nach Drogen zu suchen, über die erneute Fahrt neben dem aufdringlichen Kollegen mit dem anhänglichen Hund, der ihr schon wieder vom Rücksitz aus in den Nacken atmete. Woodstock war nicht in der Lage, geruchsfrei zu hecheln. Zusätzlich tropfte es dabei aus dem Maul.

Drechsler nahm den erfolglosen Einsatz gelassen. »Komm, bleib locker. Du kannst echt nerven, wenn du nicht recht hast, Frau Hauptkommissarin. Wenn in der Wohnung irgendwo auch nur ein Krümel gelagert wäre, hätte Woodstock ihn gefunden.«

»Aber du musst doch zugeben, dass der Mann, wenn er eine Häkelmütze trägt, eine gewisse Ähnlichkeit mit unserem Phantombild hat.«

»Ja, aber ungefähr zehn Prozent der männlichen Bevölkerung mit Häkelmütze sieht dem Bild ähnlich. Vielleicht hat dein Zeuge noch an den Nachwirkungen der Narkose gelitten, als unser

173

Zeichner bei ihm war.«Drechsler mimte den Durchgeknallten mit rollenden Augen und hängender Zunge.

Karin blieb ernst. »Nein, und ich war mir so sicher.«

»Mensch, du kannst nicht immer gewinnen, so ist das Leben. Guck mich an, ich müsste dauerfrustriert mit hängenden Schultern durch die Welt schleichen.«

»Wieso?«

»Ich baggere seit Jahren an dir herum. Und? Nichts.«

Karin atmete genervt aus. »Wenn du jetzt wieder mit deiner abgelutschten Anmache anfangen willst, setz mich an der nächsten Haltestelle raus. Ich nehme lieber irgendeinen Bus nach Nirgendwo, als mir diesen Sermon wieder anzuhören.«

»Schon gut, ich lass es ja.«

Sie fuhren über die A 57, die ehemals wenig befahrene Autobahn im deutsch-niederländischen Grenzland, die mittlerweile hochfrequentiert war. Beide schwiegen, Woodstock legte seine feuchten Barthaare auf Karins Schulter ab. Unwirsch wies sie ihn zurück.

»Du bist dir sicher, dass dein Hund nicht an Wahrnehmungsstörungen leidet?«

»Der ist der Zuverlässigere von uns beiden, glaub mir.«

Eine Wanderbaustelle kündigte sich an und stoppte sofort den Verkehr, es ging im Schleichtempo an der Ausfahrt Weeze vorbei, Karin seufzte.

Drechsler mimte den Beleidigten. »Ist es so schlimm, mit mir im Auto zu sitzen?«

»Nein, ich verstehe bloß nicht, wieso wir hier erfolglos durch die Landschaft gondeln, ich irre mich selten. Ich kann mich auf meine Intuition verlassen, und jetzt fahren wir ohne Ergebnis zurück.«

»Mensch, du bist wirklich gnadenlos. Komm wieder runter, wir haben den Mann überprüft, und der ist sauber. Punkt.«

Während Drechsler im Schritttempo den Grünschnitt auf dem Mittelstreifen passierte, klingelte sein Handy. Statt einer Freisprechanlage nutzte er sein linkes Ohr und hielt das Handy durch die Handfläche verdeckt.

»Ja? ... Jetzt nicht. Am Abend. ... Ja. Gut.«

Es blitzte. Automatisch schaute Drechsler auf den Tacho und schob sein Handy zurück in die Hemdtasche. »Glück gehabt, die können mir nichts, bin völlig im Limit.«

»Ein telefonierender Kollege macht sich auch gut auf einem Foto.«

Ungläubig schaute Drechsler seine grinsende Beifahrerin an. ›Mist, da hab ich gar nicht dran gedacht. Aber was mache ich nicht alles für den Bullenkäfer, den ich nicht anbaggern darf, obwohl nichts so gut gegen Frust hilft wie ungestümer Sex auf einem Autobahnparkplatz?«

»Drechsler!«

***

Alfons Mackedei saß bei dämmriger Beleuchtung in der Arbeitslaube von Heinz-Hermann Trüttgen und betrachtete seine geschundenen Hände. »Die Graberei hat mich geschafft, mir schmerzen heute noch die Knöchel, da hat auch dein Tipp mit dem Melkfett nicht geholfen. Ich bin einfach nichts gewohnt.«

Trüttgen strich sich über die Lendenwirbel. »ABC-Pflaster, ich habbet im Kreuz. Aber et hat doch gut geklappt, und heute Nacht, da schaffen wir das. Schade, dass et hell wurde, als wir zum ersten Mal auf Metall gestoßen sind. Hast du das Geräusch noch im Ohr?«

Er hielt Daumen und Zeigefinger im Abstand eines Underberg-Fläschchens. »Mensch, Alfons, wir sind ganz nah dran, ich weiß et genau. Hoffentlich hat die Tarnplane den Tag überstanden.«

Mackedei massierte seine Handgelenke. »Ich dachte schon, das Unternehmen ist zum Scheitern verurteilt, als uns der passende Schraubenschlüssel fehlte, um das Zaunelement auszubauen. Gut, dass du immer Werkzeug für kleine Reparaturen im Bulli hast.«

»Dafür hast du echt gut den Ablauf organisiert. Wer schüppt, wer schleppt, wie die Erde am besten hinter den Strauch kommt, damit wir sie im Ernstfall schnell wieder zurückschleppen können. Da hast du wat von weg, Herr Direktor.«

»Soll ich mal ganz ehrlich sein? Mir hat es einen Riesenspaß gemacht, in der Erde zu wühlen, und ich habe mich über jeden Krümel gefreut, den ich mit meiner eigenen Kraft bewegt habe. Ganz archaisch, verstehst du? In meinem eigenen Garten wühlen abwechselnd meine Frau oder der Gärtner, mir sind immer nur der Aufsitzmäher und der Platz auf einer Sonnenliege geblieben. Jetzt weiß ich, was ich verpasst habe.«

Trüttgen warf Mackedei zwei schwarze Bänder mit Klettverschlüssen zu, er fing sie mit einem kleinen Schmerzseufzer auf.

»Was ist das?«

»Das sind Schoner für die Handgelenke, die kannst du dir umschlingen und auf Größe festkletten. Die musst du heut Nacht tragen, sonst kannst du morgen nicht mal mehr deinen Schnippi zum Pieseln festhalten.«

»Entschuldige mal, ich setze mich immer.«

»Jaja, ich auch, aber nur zu Hause. Da herrscht ein strenges Regiment über Küche und Klo. Aber so wie nachts da draußen, da ist man drauf angewiesen, die Dinge im Griff zu haben.«

Alfons Mackedei lachte. So eine Konversation wie mit Heinz-Hermann würde im Segelclub zu Irritationen führen. Der Mann trug sein Herz auf der Zunge, hätte seine Mutter die freizügigen Bemerkungen kommentiert.

»Hast du den Wasserkasten gekauft?«, fragte Trüttgen.

»Ja, steht hinten im Wagen. Und deine Frau hat uns wieder Butterbrote geschmiert?«

»Eine große Tüte mit Stullen, sie meint, wir bräuchten was zu beißen, damit et heut mit dem Fischfang klappt.«

»Meine Irene hat mich für verrückt erklärt. Wir müssen heute weiterkommen, viele Nächte kann ich mir nicht mehr um die Ohren schlagen, ohne dass die misstrauisch wird.«

Trüttgen senkte seine Stimme. »Meiner Holden kann ich auch nichts mehr vormachen, aber keine Sorge, et gibt nix, wofür et keine Lösung gibt. Morgen früh steht drüben im Korb von Hedys Fahrrad ein Eimer mit frisch gefangenen Rheinfischen, davon kannst du welche abhaben. Vielleicht gibbet morgen Abend bei euch lecker Zander.«

»Du bist genial. Was meinst du, was wir finden werden?«

»Vielleicht einen abgestürzten Bomber oder einen kleinen Kampfpanzer. Jedenfalls isset groß und aus Metall.«

Mackedei spreizte seine Finger in rhythmischen Abständen.

»Ein Überraschungsei für Erwachsene.«

»Komm, wir starten. Et is dunkel, und Luis wird schon ungeduldig warten.«

Man hätte die beiden für zwei Rentner auf dem Weg zum Rehasport halten können, als sie sich ungelenk und ächzend in den Bulli setzten. Mackedei fuhr auf die Ampelkreuzung der B 57 zu, und unvermittelt kicherte Trüttgen.

»Ich stell mir gerade den Gesthuysen an der Schüppe vor. Das Arbeiterdenkmal.«

Mackedei bog in die Allee zum Fürstenberg ein, beide lachten. Ein Wagen kam ihnen rasant entgegen, fuhr flott an ihnen vorbei. Alfons Mackedei traute seinen Augen nicht.

»Hast du das gesehen? Ein Maserati. Ein teures Auto, um nicht zu sagen, ein sehr, sehr teures Geschoss. Hat seine Hoheit wieder Besuch gehabt?«

»Keine Ahnung, der kann auch vom Parkplatz des Hotels kommen. Aber pass lieber auf, da ist die Abzweigung, et is sehr dunkel.«

Mackedei schlich die Auffahrt zur hinteren Einfahrt hinauf und schüttelte den Kopf. »Ein Quattroporte SQ4, kaum zu fassen.«

»Ein was?«

»Ein Auto im Wert einer Eigentumswohnung.«

***

In der morgendlichen kleinen Lage wirkte Karin immer noch verärgert über den Einsatz in Goch, der völlig sinnlos gewesen zu sein schien.

»Der Hund lief unmotiviert durch Kurt Dahmens Kellerwohnung, kein Stopp, keine Irritation, gar nichts.«

Burmeester konnte ihre Enttäuschung nicht nachvollziehen.

»Vielleicht ist der Mann einfach nur gut resozialisiert und füttert lieber bescheiden Wellensittiche, statt auf das große Geld zu setzen.«

Karin fingerte ihr Handy aus dem Rucksack und wischte mehrmals über das Display. »Da ist es. Schau, ich habe ein Foto von Kurt Dahmen gemacht. Wenn sich die Gelegenheit bietet, werde ich Walter Gesthuysen im Marienhospital aufsuchen und ihn damit konfrontieren. Wollen wir doch mal sehen, wer recht hat, dieser schlappe Suchhund oder ich.«

Sie wandte sich an Tom Weber und Jerry Patalon, fragte nach ihrer Begegnung mit den Kollegen vom Staatsschutz. Weber gab sich beeindruckt.

»Die hatten vor, heute hierherzukommen und die Leute in Op de Hei zu befragen. Der Supermarkt wird sich eine Anzeige einfangen, denn die verpflichten sich mit der Installation einer öffentlichen Pinnwand zur regelmäßigen Überprüfung der Aushänge, um so etwas wie politische Agitation zu verhindern.«

Patalon erkundigte sich nach Gero von Aha. »Wie geht es ihm auf dem Fürstenberg mit Rosenresli?«

»Er ist davon überzeugt, dass es auf dem Hof nicht mit rechten Dingen zugeht. Ich lasse gerade eine von vielen SIM-Karten auf ihre Herkunft hin überprüfen. Anscheinend hat der Chef dort einen ganzen Vorrat in einem herrschaftlichen Schreibtisch versteckt. Und es gibt tatsächlich eine Verbindung zu Op de Hei.«

Jerry Patalon gab sich erstaunt. »Was verbindet die noble Adresse und die Hochhaussiedlung?«

»Der Gärtner. Abgesehen davon ist Gero der Ansicht, dass es dort nicht mit rechten Dingen zugeht. Die Dame des Hauses weiß nicht, womit der Gemahl sein Geld verdient, schleppt aber im Handtäschchen eine Rolle Hunderter mit sich herum. Nicht zum ersten Mal würde eine noble Adresse für dunkle Geschäfte herhalten.«

Burmeester, Weber und Patalon lächelten und schwiegen.

»Was ist? Er hat Urlaub genommen, um sich nicht vor der Chefin rechtfertigen zu müssen.«

»Ach, und zufällig hält er vor Ort die Augen offen?«

»Genau.«

Burmeester konnte nicht anders, er frotzelte. »Und ganz nebenbei hat er ausgedehnte Schäferstündchen mit der Fürstin.«

Jerry Patalon stimmte ein. »Ja, sie pflücken gemeinsam Rosen und trinken Tee, und wenn ihr Gatte fort ist ...«

»... beginnt das Leben zwischen Buchs und Büx.«

Sie gickelten wie Teenager. Weber schwang sich zu einer besonderen Vorstellung auf und hob an, ein altes Volkslied zu singen. »Sah ein Knab ein Röslein steh'n, Röslein auf der Heiden ...«

Mitten in schallendes Gelächter hinein tönte ein lautes »Stopp«. Alle schauten in Jerry Patalons Richtung, er lachte nicht.

»Röslein auf der Heiden, op de Hei...«, sagte er nur und bat Burmeester, die Fotos von der Pinnwand im Supermarkt aufzurufen. Nur Sekunden später warf der Beamer ein Hakenkreuz auf die Projektionsfläche.

»Und? Was soll das jetzt? Ich denke, der Staatsschutz kümmert sich darum.«

Patalon wies auf eine Pinnkarte links oberhalb des rechtsorientierten Drecks. »Das meine ich. Ich habe die ganze Zeit überlegt, was ich noch gesehen habe. Und jetzt erzählt mir nicht, das sei völlig harmlos. Für mich setzen sich zwei und zwei zusammen und ergeben vier.«

Karin näherte sich der Projektion und las laut vor: »Rosen aus Holland, Helfer für den Transport gesucht, idealer Nebenjob für Rentner. Bewerbung am Dienstag zwischen neun und zehn im Stadtteilcafé.«

Burmeester sprang auf. »Das ist es! Da werden Rentner rekrutiert, versteht ihr? Alte Menschen, die völlig unverdächtig sind und mit illegalen Transporten ihr schmales Einkommen aufbessern. Das ist perfide, da fühlt sich jemand völlig sicher in seinem Revier und sucht in aller Öffentlichkeit Kuriere. Jetzt weiß ich, wie die Drogen in die Blumentöpfe von Friederike Wallenboom gelangt sind. Die hat auch Rosen im Nachbarland abgeholt. Rosentransporte, was für ein Quatsch, das läuft doch alles über den Großhandel in Straelen.«

Karin nahm ihre Dienstwaffe aus dem Sicherheitsfach und legte sich den Holstergurt über die Schulter. »Wie spät ist es?«

»Halb zehn.«

Die Hauptkommissarin hatte bereits ihre Jacke in der Hand. »Nikolas, wir brauchen eine Streife, Jerry, du kommst mit. Und Tom, ich will alles über die Herrschaften Castillan auf dem Xantener Fürstenberg wissen. Alles, nicht nur das Schöne und Reiche.«

»Wieso sind die auf einmal im Visier?«

Vom Flur aus rief sie ihm zu: »Gero ist mir sehr ähnlich, nur nicht so prinzipientreu und vorsichtig, der setzt sich mit seinen Ideen durch, weil er seiner Intuition folgt. Bei den Castillans stimmt was nicht. Und überprüf den Gärtner gleich mit, der Name steht in Geros letztem Bericht. Der wohnt in einem der Hochhäuser.«

★★★

Gero von Aha hatte den Sonnenaufgang auf der A 3 in Richtung Frankfurt erlebt, das Hochgeschwindigkeitsgefühl auf der zur Nachtzeit wenig befahrenen Strecke ausgekostet. Gegen sechs Uhr war er auf dem Rückweg erneut an dem prächtigen Stadtpanorama von Limburg an der Lahn vorbeigefahren. Er erinnerte sich an den Skandal um den vom Niederrhein stammenden Bischof, der sich goldene Wasserhähne für seine Burg geleistet hatte, bevor er seinen Posten räumen musste. War Eitelkeit nicht eine der Todsünden? Er gönnte sich keine Pause, den Fuß stramm auf dem Gas, wurde aber zwischen Koblenz und Köln durch viele Geschwindigkeitsbegrenzungen ausgebremst.

Was wohl die Herren von der O.P.A.-Initiative gestern so spät noch auf dem Fürstenberg vorhatten? Merkwürdige Zeit, um einem Gärtner zu helfen. Nachtschattengewächse sortieren? Haha. Gero von Aha raufte sich die Haare. So ein wunderbares Fahrerlebnis und jetzt diese verzwickte Frage, die ihn zurück in die Realität holte. Was wollten die alten Männer im Dunkeln auf Rosenhof?

Der Kölner Ring kostete ihn Zeit und Geduld, hier gab es immer Staus und stockenden Verkehr, er flirtete ungeniert mit den Frauen in den Autos neben ihm. Schnelle Autos wurden mit erfolgreichen Männern assoziiert und wirkten sexy, ja, das konnte er jetzt bestätigen. Bis auf eine Frau in einem alten Renault Rapid mit Atomkraft-nein-danke-Aufklebern, die ihm unverhohlen einen Vogel zeigte, kam sein smartes Lächeln bei der Damenwelt im schleichenden Konvoi gut an, während die Männer sich beim Seitenblick auf die Karosserie konzentrierten. Die meisten jedenfalls.

Natürlich! Er schlug sich die Fingerspitzen mehrfach an die Stirn, was sein derzeitiger Nachbar auf der Nebenspur anders deutete und mit einem ausgestreckten Mittelfinger erwiderte. Klar, nichts wirkte so motivierend wie ein ausgesprochenes Verbot. Mit großer Wahrscheinlichkeit untersuchten die Senioren das Terrain hinter der Taxushecke. Er hatte ja selbst miterlebt, wie der Hausherr dem Gärtner in Begleitung des agilen Männerduos ausdrücklich untersagt hatte, den Grund für die unbestellbare Erde näher zu untersuchen.

Er lächelte und nickte, er würde einen verstohlenen Blick hinter die Hecke werfen, sobald sich die Gelegenheit dazu bot. Er schaute auf die Uhr, Mensch, schon halb zehn durch, der Kölner Ring zog sich, dabei wollte er überpünktlich auf Rosenhof sein, die Zeit nutzen, die Rebecca Castillan für die letzten kontrollierenden Blicke in den Spiegel brauchte, bevor sie sich ihm präsentierte. Er wollte währenddessen einen Blick in die Remise werfen.

Wenn Hubertus Castillan schon sein Arbeitszimmer im Haus fein säuberlich aufräumte, vielleicht war er in seinem Büro am hinteren Ende der ehemaligen Fahrzeughalle nicht ganz so penibel. Und wenn die Zeit reichte, würde er danach lässig durch die Anlage streifen und hinter den Taxus lünkern.

Die Frau mit den langen blonden Haaren in dem kleinen Alfa auf der Fahrspur nebenan legte es tatsächlich auf ein Rendezvous an und hielt ihm ein Pappschild mit ihrer E-Mail-Adresse vor die Scheibe. »Moni-mag-schnelle-Fahrer@sieben.de« stand da in ungleichmäßigen Buchstaben. Sie senkte das Schild, entblößte ihre braune Schulter und ließ ihre Zunge sinnlich über ihre roten Lippen gleiten.

Den Lkw vor sich sah Gero von Aha im letzten Moment. Er stieg in die Eisen, die Bremsen kreischten, er hatte Mühe, den Wagen in der Spur zu halten, die Stoßstange des Blumenlasters kam näher und näher, bis er mit keinem halben Meter Distanz zum niederländischen Nummernschild endlich stand. Angstschweiß perlte von seiner Stirn, das war verdammt knapp gewesen.

Er nahm sich vor, den Verkehr im Auge zu behalten, den Straßenverkehr jedenfalls, während neben ihm eine hübsche Brünette hoffnungsvoll aus dem offenen Fenster ihres kleinen Cabrios winkte.

Ganz schön gefährlich, so ein Edelschlitten.

***

Karin Krafft wartete ungeduldig, Burmeester saß wohl nicht neben dem Telefon, es dauerte, bis er das Gespräch annahm.

»Mann, du hast Bereitschaft, wo warst du?«

»Eben auf dem Klo, spricht was dagegen?«

»Ich ärgere mich nur, es ging hier anscheinend um Minuten. Schick mir bitte das Foto mit dem Text von der Pinnwand aufs Handy, ich will den hier herumzeigen.«

»Ihr seid zu spät?«

»Im Stadtteilcafé erinnert sich niemand an irgendwas Besonderes, schon gar nicht an Rentner, die sich der Reihe nach an einem der Tische trafen. Es saß wohl die Müttergemeinschaft mit zwanzig Frauen an einer langen Tafel zum Geburtstagskaffee, die Lautstärke nach drei Runden Eierlikör war unerträglich. Niemand erinnert sich an eine fremde Person, die sich mit anderen traf.«

»Vielleicht war die Person ja nicht fremd. Was ist, wenn es ein Heimspiel war?«

Karin schaute sich um, Jerry Patalon stand an der Tür und nahm die Personalien der Frauen auf, die gehen wollten, fünf muntere Damen leerten ein weiteres Gläschen. Eierlikör um zehn Uhr morgens, es schauderte Karin. In der Küche wirkte ein beleibter Mann, hinter der Theke eine kleine, ältere Frau mit dem beliebten, völlig praktischen grauen Kurzhaarschnitt, auf deren Schürze sich offensichtlich die Buttercreme von vorgestern verewigt hatte. Beide hatten in der ersten Befragung angegeben, niemanden gesehen zu haben.

Die Frau schaute immer wieder zu Karin herüber, schien verunsichert und wischte die Spüle zum x-ten Male trocken, obwohl auf der Kaffeetafel genügend Nachschub auf den Abwasch wartete. Da stimmt doch was nicht, ging es der Hauptkommissarin durch den Kopf.

Karins Smartphone meldete den Empfang einer Mail mit Anhang – das Foto mit dem Werbetext für den grenzübergreifenden Minijob. Sie leitete es an Patalon weiter, so konnten sie zu zweit die noch anwesenden Personen mit den Fakten konfrontieren. Es musste noch jemand hier gewesen sein.

Während seine Chefin schwieg, hatte Burmeester am anderen Ende der Leitung gelauscht. »Die sind ganz schön laut im Hintergrund. Kann es sein, dass die am frühen Morgen schon betrunken sind und sich deshalb nicht erinnern können?«

»Was? Ja, eine muntere Geburtstagsfeier. Es gibt noch zwei Bedienstete, die garantiert nüchtern sind, und wenn ich mir die Reaktionen der Frau an der Theke so betrachte, denke ich mehr und mehr, dass sie mir etwas verschweigt. Ich werde sie noch fünf Minuten fixieren, dann wird sie zittern und schwitzen, und kurz bevor sie kollabiert, werde ich sie in die Mangel nehmen.«

Karin ließ sich vom Koch die Nebenräume zeigen, und Patalon setzte sich zu dem beschwipsten Damenkreis.

»Da kommt ja zum Nachtisch unser Schokotörtchen.«

»Ob man bei der Hautfarbe sieht, wenn er errötet?«

»Herr Kommissar, nehmen Sie mich fest, aber ganz fest.«

Jerry Patalon nutzte die Gelegenheit, zu Wort zu kommen. »Weshalb sollte ich das tun?«

»Ich hatte in den letzten fünf Minuten so viele schmutzige Gedanken wie schon seit Jahren nicht mehr.«

Die Damenriege prustete los. Patalon ließ ihr ein paar Sekunden, bevor er sie in die Realität zurückholte. »Und ich dachte schon, Ihnen wäre eingefallen, wen Sie heute Morgen hier so alles gesehen haben.«

Die Laune schien für einen Moment zu sinken, bis die Wortführerin die Runde wieder in die Spur holte. »Natürlich war noch jemand da, da sind Elsi hinter der Theke und der dicke Herbert in der Küche. Das hier ist eine geschlossene Gesellschaft. Das kapiert hier im Viertel jeder, da braucht es kein Schild an der Tür. Jetzt dürfen Sie mir zu meinem siebzigsten Geburtstag gratulieren, und danach möchte ich das Frühstück mit meinen Freundinnen gerne ausklingen lassen.«

»Sie sind sich ganz sicher? Sie wissen, dass Ihnen bei einer falschen Aussage Konsequenzen drohen?«

Die Damen waren nicht mehr in der Lage, ihn ernst zu nehmen.

»Oh, jetzt droht uns der nette Kommissar mit Handschellen. Mädels, habt ihr es schon mal mit gefesselten Händen getrieben? Darauf noch ein Likörchen.«

Sie hoben demonstrativ die nachgefüllten Gläser und blickten ihn an, fünf Frauen, ein Trinkspruch: »Prostata!«

Patalon erhob sich. »Meine Damen, Ihre Personalien habe ich ja …«

»Dann kannst du auswählen, wen du zuerst besuchst.«

»Aber bring ein Fläschchen mit, ja?«

»… wir sehen uns auf dem Revier wieder, wenn Sie nüchtern sind.«

Wieder kicherten alle los wie Kinder, das Timbre ihrer Stimmen und der Inhalt der Gespräche deuteten auf ihr wahres Alter.

»Huch, du nimmst es mit uns fünfen gleichzeitig auf?«

»Und das mit Handschellen, auf dem Revier, der traut sich was.«

»Jung genug ist er.«

»So ein Schicker mit Jackett und Krawatte, ganz anders als Schimanski.«

»Stimmt, und er steht bestimmt genauso gut im Saft wie einst der Schmuddelkommissar aus Duisburg.«

Karin erlöste Jerry Patalon aus dieser Situation. »Komm, ich zeig dir was.«

Sie gingen durch die Küche, hörten die aufgedrehten Frauen

im Hintergrund. »So macht man das, habt ihr das gesehen? Sie ZEIGT ihm was!« Die Runde schien außer Rand und Band.

Hinter der Küche befand sich eine Art Mehrzweckraum, Stühle, Tische, Putzzeug, der fensterlose Verschlag war zugestellt bis auf einen schmalen, verwinkelten Weg zu einer weiteren Tür. Karin zwängte sich an alten Blumenkübeln und Garderobenständern vorbei, Jerry Patalon folgte ihr. Sie stoppte ungefähr einen Meter vor der Tür. »Wir holen Heierbeck, der soll die Fingerabdrücke von der Türklinke nehmen, hier hat sich jemand aus dem Staub gemacht, garantiert. Sie ist unverschlossen, und siehst du den zusammengeschobenen Staub?«

Patalon sah, was sie meinte. Im Bereich der Tür lag eine Staubschicht, als hätte sich Schleifstaub seinen Weg unter das Türblatt hindurch gesucht. Die Schicht verteilte sich aber nicht im gesamten Raum.

»Der Boden steigt im Raum an. Die Tür hat einen relativ großen Spalt, weil sie sich sonst gar nicht öffnen ließe, und da, wo die Tür fast an den Boden stößt, ist der Staub zusammengeschoben.«

Schon trat Patalon den Rückzug an. »Ich werde von der Rückseite her schauen, wohin die Tür führt, vielleicht befinden sich dort staubige Abdrücke, die ich sichern kann.«

»Gut, ich informiere Heierbeck. Sag den Kollegen im Streifenwagen, dass sie sich zurückziehen können.«

***

Entwarnung. Die Streife verschwindet. Das war verdammt knapp. Gut, dass es die Hintertür gibt, ich wäre den beiden glatt in die Arme gelaufen. Keine Ahnung, wie die herausgefunden haben, dass hier und heute Casting für angehende Honorarkräfte sein würde. Vom Freibalkon in der achten Etage kann ich verfolgen, wann sie wieder abfahren. In aller Ruhe, die werden nicht nach oben schauen, die rechnen damit, dass ich schon weit weg bin.

Gut, dass Elsi ein Näschen hat, ohne ihre Warnung wäre alles aufgeflogen. Der Eierlikör war auch ihre Idee. »Die alten Weiber werden willenlos, wenn du dem Geburtstagskind ein Fläschchen mitbringst. Die sind geil auf Abenteuer, und glaub mir, da sitzen tausend Geheimnisse am Tisch, die keine von der anderen kennt. Die haben sich gegenseitig die Männer ausgespannt und den Postboten geteilt. Die Wäsche haben sie sich von der Leine geklaut und anschließend gemeinsam den Schuldigen gesucht, jede hat Dreck am Stecken, und einen kleinen Zuverdienst können wir alle gebrauchen«, hatte sie gesagt, und dann sollte ich sie auch mit auf meine Liste schreiben.

Na gut, bei so viel Entgegenkommen blieb mir nichts anderes übrig, aber das Risiko ist mir zu hoch. Elsi hat ein Vorstrafenregister, davon zeugen nicht nur die drei Punkte, die sie auf den Spann zwischen Daumen und Zeigefinger tätowiert hat. Aber die anderen machen mit, ich glaube, das hier wird eine sehr erfolgreiche Mission. Ich kann sie als Gruppe losschicken. Wenn die angesäuselt sind, hält jeder Abstand, die benehmen sich daneben wie Engländerinnen auf Malle, wehe, wenn sie losgelassen werden. Die wird niemand freiwillig kontrollieren.

Ich werde das System hier neu aufbauen. Man wird mit mir zufrieden sein. Erst hab ich die verlorene Charge zurückgeholt und jetzt auch noch das perfekte Kurierteam rekrutiert, knapp bevor die Kripo auftaucht. Man nenne mich fortan nur noch den Genius.

Was ist das? Das Tatortfahrzeug. Die haben die Spurensicherung geholt. Habe ich die Türklinke abgewischt? Keine Ahnung. *Fuck!* Ich Idiot, solche Fehler dürfen mir einfach nicht passieren. Elsi hat gleich reagiert und meine Tasse gespült, danach die Tischplatte gewischt, wo ich saß. Die Weiber sind sofort aufgerückt, alles lief wie am Schnürchen, als die beiden auf das Café zuliefen. Und dann so etwas.

Wie kann ich nur so blöd sein! Vielleicht gibt es nur eine verwischte Spur, schließlich bin ich flott davongestürmt. Aber hinter der Tür wird ein Fußabdruck sein, an der Klinke DNA.

Ich bin geliefert.

***

Marietta widmete sich intensiv dem geschnitzten Aufbau des antiken Schreibtisches; mit einem Wedel aus Straußenfedern, einem mittelharten Pinsel und Mikrofasertüchern, die jedes Staubkorn absorbierten, bearbeitete sie hingebungsvoll das alte Eichenholz. Gero von Aha schaute verärgert von der Bibliothek aus in das Arbeitszimmer und erkannte, dass er keine Gelegenheit haben würde, dort zu stöbern. Alles lief anders als geplant. Die Remise wurde gerade bestuhlt, dort konnte er ebenfalls nichts ausrichten. Auf zu Plan B.

Er grüßte die Hausfee höflich. »Bestellen Sie Frau Castillan, ich sei im Garten, die stark duftenden englischen Rosen haben sich geöffnet, ich nutze die Gelegenheit und schnappe eine Nase voll.«

»Sehr wohl. Die gnädige Frau wird bestimmt noch etwas Zeit brauchen. Die Physiotherapeutin ist gerade gegangen. Sie verlässt das Haus nicht so oft, und wenn, muss alles perfekt sein.«

Gero von Aha verließ das Gebäude auf der Rückseite, wandte sich jedoch nicht nach rechts zu den Rosenbeeten, sondern nach links und beschleunigte seinen Schritt. Der Hausherr war schon auf dem Weg nach Düsseldorf, Marietta war beschäftigt, und hier draußen konnte ihm allenfalls der Gärtner begegnen. Noch eine Abzweigung, dann kam die Taxushecke in Sicht. Langweiliges, völlig dichtes Grün. Er schaute sich um, niemand war zu sehen.

Zielstrebig hechtete er zwischen zwei Sträuchern durch das dünne, sanft benadelte Geäst, bemerkte, dass er zu viel Schwung für den geringen Widerstand hatte, landete strauchelnd auf der anderen Seite und sackte mit seinem linken Fuß in die Erde der Brachfläche. Einen Moment lang wunderte er sich über den weichen Boden, hielt mit dem rechten Fuß und rudernden Armen gerade eben sein Gleichgewicht und zog den Linken wieder hervor. Völlig sauber kam sein Fuß zum Vorschein und hinterließ eine trichterförmige Delle im Boden.

Erst jetzt fiel ihm auf, dass die kargen Pflanzen vertrocknet auf dem Untergrund lagen. Bei genauem Hinschauen entdeckte er, dass der gesamte Bereich mit einer braunen Plane bedeckt war, auf der zur Tarnung eine hauchdünne Erdschicht mit getrocknetem Unkraut lag. Er bückte sich und berührte den kunstvoll gespannten Untergrund, den er um ein Haar zum Einsturz gebracht hätte. »Donnerwetter, diese alten Tunnelbauer leisten hier Nachtschichten«, murmelte er.

Er brach über den Zaun hinweg einen Ast aus einem Strauch, umrandete die bedeckte Grube, wollte einen Blick unter die Abdeckung werfen und suchte einen Zugang, der nicht alles einstürzen ließ. Er stach auf dem krümeligen Boden herum, die Plane knisterte kaum hörbar, war nachgiebig, zwischendurch traf sein Stöckchen auf harten Untergrund, vielleicht zehn Zentimeter lang, dann wieder auf lockere Folie. Die haben Querbalken ausgelegt, damit das Konstrukt nicht einsinkt. Diese Schlauberger haben an alles gedacht. Warum? Wofür?, grübelte er

Am hinteren Ende fand er eine Art Einstieg, die erdfarbene Plane ließ sich unter getrockneten Ästen hervorziehen und gab ein Loch frei, durch das ein erwachsener Mann hineinschlüpfen konnte. Von Aha zückte sein Smartphone, er hatte eine Taschenlampen-App. Sein Handy brachte Licht ins Dunkel.

Ein abgestandener Geruch kam ihm entgegen, eine Mischung aus feuchter Erde, Rost und einem Hauch Altöl. Tief war die Grube nicht, im Gegenteil, er müsste schon hineinkriechen. Das ging nicht, er wollte gediegen zu Mittag essen, da war saubere Kleidung angesagt. Er zog an der Plane, der Rand zu seinen Füßen kam unter lockerer Erde zum Vorschein. Sollte er riskieren, diese Tarnung zu beschädigen?

Je mehr er freilegte, desto größere Erdmengen sammelten sich zwischen den tragenden Balken in herabhängenden Taschen. Nein, hier wurde heimlich gebuddelt, das war nicht seine Baustelle.

Ein erneuter Blick in die Grube erweckte seine Neugier in einem Maß, das sämtliche Bedenken in den Wind schlug. Da unten lag etwas aus verrostetem Metall, eine große Fläche mit dunkelgrünen Lackresten, einer ovalen Öffnung, darunter eine Fläche mit Rillen. Die Form des Ganzen kam ihm bekannt vor, nur so irreal, denn das konnte es doch gar nicht sein, was er aus den Tiefen seines Gedächtnisses hervorholte.

Alles musste von vielleicht einem Meter Mutterboden bedeckt gewesen sein. Und nun tat sich vor ihm ein erdbedecktes, völlig verrostetes Autowrack auf. Erdbeulen hatten sich an der Karosserie festgefressen, die Fläche mit den Rillen entpuppte sich als stark gebogene Motorhaube mit Luftschlitzen. Das Auto war alt, sehr alt, und ihm fiel das Nummernschild auf, das ebenfalls die Farbe verloren hatte. Die alten Schilder bestanden aus dickerem Metall als die heutigen, die Buchstaben erhoben sich vom Untergrund, jemand hatte versucht, es so sauber wie möglich freizulegen.

MO – HC 100. »Gutes altes Blech, verrätst mir mehr, als ich gedacht habe.«

Er bückte sich so tief es ging, leuchtete weiter zum anderen Ende des Gefährts, das die Alten hier heimlich ausgruben. Jetzt war er sich sicher, um was für ein Fahrzeug es sich handelte. Die Form der Scheiben, die meisten gesplittert oder blind, die kugelige Form, hinten flach, vorn sanft gewölbt. Er hatte recht mit seiner ersten Vermutung, konnte den Blick nicht von seiner Entdeckung nehmen. Welcher Idiot hatte hier oben auf dem Berg ein ganzes Auto vergraben? Und vor allen Dingen, warum?

Der Antwort auf die letzte Frage kam er anscheinend mit jedem Schritt und jedem Strahl seiner elektronischen Taschenlampe näher. Die linke Vorderseite des Wagens hatte offensichtlich vor seinem Verschwinden Schaden genommen, das Blech stand hoch, der Kotflügel war tüchtig eingedellt. Unfallspuren! War das der Grund gewesen, das alte Vehikel so aufwendig im Untergrund verschwinden zu lassen? Welche Geschichte wohl dahintersteckte?

Gero von Aha schoss eine Reihe von Fotos, eins von der Vorderseite, von der verbeulten Fahrerseite, der Rückseite, mehrere Versuche galten dem Nummernschild. Er schaltete die Taschenlampe aus, das nur spärlich einfließende Tageslicht verwandelte die Grube wieder in ein dunkles Loch. Er schickte alle Fotos auf Karins Handy, die innerhalb weniger Minuten bei ihm anrief.

»Was ist das?«

»Ich sende alles auf deinen PC, dann kannst du die Bilder vergrößern. Wonach sieht es deiner Meinung nach aus?«

»Ich kann es nicht genau erkennen, die Form erinnert schwach an ein Auto?«

»Nicht irgendein Auto, Karin. Die Männer von der Initiative aus Wesel haben auf dem Grundstück der Castillans einen uralten VW Käfer fast freigelegt.«

»Wer vergräbt denn einen Oldtimer? Das ist ja krass. Wollten die sich die Gebühren für das Verschrotten sparen? Das ist ein Umweltdelikt, darüber hinaus kann man demjenigen, der die Pferdchen in die Grube sperrte, nichts anhaben. Wahrscheinlich ist das auch noch verjährt. Was hat das K1 damit zu schaffen?«

Gero von Aha horchte auf. Nein, nichts, er war doch noch allein in diesem verborgenen Gartenstück. »So harmlos ist es nicht. Da gibt es eindeutige Unfallspuren. Wenn du mich fragst, musste der Käfer verschwinden, um etwas zu verheimlichen.«

»Ein vertuschter Unfall? Wenn jemand eine Mauer umfährt, ein Reh, einen Baum, dann lässt sich vieles auch unter der Hand reparieren, da muss man kein großes, tiefes Loch ausheben, um sein Missgeschick zu verheimlichen.«

Sie schwiegen einen Augenblick, während von Aha versuchte, die Abdeckplane wieder in Form zu bringen.

Karin sprach aus, was ihm vorschwebte. »Da wurde ein Unfall vertuscht, bei dem jemand zu Schaden oder zu Tode gekommen ist.«

»Das denke ich auch. Kannst du das Kennzeichen vergrößern?«

»Ja, ich hab's. Ich werde mich darum kümmern. Sie haben den Käfer damals bestimmt als gestohlen gemeldet. Hast du eine Vermutung, wie lange der schon unter der Erde liegt?«

»Das ist schwer zu sagen, ich glaube, diese Form wurde in den sechziger Jahren gebaut, sehr kugelig mit aufgesetzten Blinkern auf den vorderen Kotflügeln.«

»Der kann also bereits in den Sechzigern verschwunden sein?«

»Ab diesem Zeitraum, ja. Zeig doch Heierbeck die Bilder, der kann vielleicht mehr dazu sagen.«

»Das ist ein altes Moerser Kennzeichen. Xanten und Wesel fuhren bis zur Gebietsreform 1975 mit MO durch die Gegend,

Leute hat man die Wahl zwischen WES und MO und DIN. Gab es damals schon Wunschkennzeichen?«

Gero von Aha warf trockene Erde und Kraut auf den dunklen Untergrund und dachte nach. »HC könnte für Hubertus Castillan stehen, das vermutest du doch, oder? Man konnte sich nicht aussuchen, was auf den Schildern stehen sollte, aber mit Geld ließ sich vielleicht so was regeln.«

Aus der Ferne rief eine dünne Frauenstimme. »Gero, wo bist du?« Vermutlich stand sie an der Terrassentür und suchte ihn.

Er horchte auf und säuberte sich ungelenk die Finger in seinen Hosentaschen, während er sein mobiles Telefon unter dem Kiefer einklemmte. Er flüsterte. »Ich muss aufhören. Gnädigste sucht mich.«

»Der Hausherr wollte partout verhindern, dass der Gärtner dort in der Erde wühlt, richtig?«

»Genau, er hat ein striktes Verbot ausgesprochen.«

Karin nahm seine gedämpfte Stimme auf und wurde ebenfalls leiser, als wolle auch sie nicht auf Rosenhof gehört werden. »Der weiß Bescheid, glaub mir. Sollte sich eine Straftat dahinter verbergen, wird Heierbeck sich über diesen außergewöhnlichen Fund freuen und die kleinste Spur sichern, die noch übrig geblieben ist. Nachdem wir das Beweisstück geborgen haben. Da muss schweres Gerät her.«

Die Frauenstimme wurde lauter. »Geeerrooo!«

»Jaaaaa!«, tönte es schrill zurück.

Karin hatte mit dem plötzlichen Anschwellen der Lautstärke wohl nicht gerechnet. »Mensch, brüll mir nicht so ins Ohr.«

»Sorry. Der ziemlich beste aller Fahnder muss in Deckung bleiben.«

»Ich kümmere mich um das Kennzeichen.«

»Ich muss.«

★★★

Mit hochrotem Kopf war die Behördenchefin aus dem Besprechungsraum gestürmt, nachdem sie, untypisch und für alle

Anwesenden überraschend, einen passablen Wutanfall dargeboten hatte. Das K1 sei dabei, völlig aus dem Ruder zu laufen. Erneuter Einsatz in Op de Hei ohne erkennbare Ergebnisse … Karins Einwand, die Spuren seien noch nicht ausgewertet, verpuffte in der abgestandenen Luft.

Dann der Einsatz in Goch, wieder gemeinsam mit dem überlasteten Drogendezernat. Hier fragte Karin, wie die Information zu ihr gelangt sei. Der Kollege Drechsler habe ein Gespräch aufgrund der personellen Engpässe gesucht, und dabei sei die unkonventionelle Kooperation am Rande Thema gewesen. An dieser Stelle verfluchte Karin innerlich den schlampigen Kommissar.

Es war noch weitergegangen, van den Berg hatte sich in Rage geredet. Last but not least sei es ungeheuerlich, dass von Aha als verdeckter Ermittler in Xanten tätig sei, alles ohne ihr Wissen und ohne ihre Zustimmung. Und nun die Bilder eines vergrabenen Autos an der digitalen Wand. Alles Mumpitz, irgendeine alte Geschichte ohne Bezug zum aktuellen Kriminalfall, stümperhafte Arbeit!

Bereits wieder auf dem Flur, verkündete sie, weithin hörbar, das werde ein disziplinarisches Nachspiel haben. Karin wollte sie aufhalten, kam nicht mehr zu Wort, sie rauschte mit ihrem wehenden, wallenden Kleid davon, die Tür zum Treppenhaus flog gegen den Türstopper. Die Beamten des K1 schauten sich ratlos an.

Kurz darauf drang ein polterndes Geräusch, gefolgt von einem kurzen Schrei, bis zu Nikolas Burmeester, Tom Weber und Karin Krafft. Sie liefen los, vom oberen Geländer aus erkannten sie, was geschehen war. Die stattliche Behördenchefin lag regungslos am Fuße der Treppe, ihr linker Fuß war unnatürlich verdreht, aus einer Kopfwunde blutete sie, ihre sonst perfekt sitzende Frisur lag wirr in einer Blutlache. Karin sprintete hinab, fühlte ihren Puls.

»Sie lebt. Tom, du rufst einen Rettungswagen, Nikolas, wir brauchen den Erste-Hilfe-Kasten.«

Van den Berg kam zu Bewusstsein, als Karin ihr eine Mullkompresse auf die Stirnwunde drückte und sie fixierte.

»Was ist passiert? Ich muss … die Zertifizierung, der Polizei-
präsident …« Sie versuchte sich aufzurichten, sank mit einem
Schmerzensschrei zurück, als sie ihren linken Fuß bewegen
wollte.

»Sie müssen gar nichts außer ganz ruhig auf den Notarzt warten. Sie sind die Treppe hinuntergefallen, Ihr Fuß scheint schwer
verletzt, bitte halten Sie ihn ruhig.«

Frau van den Berg war sichtlich schockiert. Karin erhob sich,
sie wollte schauen, ob sie den Fuß sicher lagern konnte.

Van den Berg griff nach ihrem Arm. »Bitte, gehen Sie nicht weg.
Meine Katzen, wer kümmert sich um meine beiden Lieblinge?«

»Kann ich jemanden informieren?«

»Nein.«

»Ihre Familie?«

Sie deutete ein Kopfschütteln an. »Meine Mutter lebt in einer
Altenresidenz. Sie erkennt mich nicht mehr. Meine Schwester
ist in der Psychiatrie, psychotischer Schub nach Drogenkonsum,
und meine Freundin ist bei ihrer Mutter in Los Angeles.«

Karin wagte einen letzten Versuch. »Nachbarn?«

Van den Berg schwieg. Da blieb nur eine Möglichkeit.

»Wo finde ich Ihre Schlüssel? Ich werde eine Bleibe für die
Katzen finden und Ihnen das Notwendigste ins Krankenhaus
bringen.«

Das Martinshorn kam näher, Blaulicht bleckte in das alte
Treppenhaus.

»Das würden Sie für mich machen?«

Sie erklärte Karin das Wichtigste, die Männer des Rettungs-
dienstes schoben die Hauptkommissarin zur Seite, der Notarzt
begann ruhig und konzentriert mit seiner Arbeit.

»Wo bringen Sie sie hin?«

»Ins Marienhospital.«

Die Kommissare sahen gemeinsam mit dem Pförtner dem
entschwindenden RTW nach. Burmeester hatte sich den Gurt
von van den Bergs Handtasche über die Schulter gehängt, aus der
er die Karte der Krankenkasse gesucht und dem Fahrer übergeben
hatte.

»Auweia, das dauert, bis sie uns wieder schikanieren kann.«
Karin nahm ihm die Tasche ab. »Sie hat uns nicht schikaniert.
Ich glaube, sie hat sich zu viel Arbeit aufbürden lassen, um zu
vergessen, dass sie völlig allein ist. Einsamkeit macht mürrisch
und depressiv.«
Nach einer Weile fingerte sie den Schlüssel aus der großen
Tasche. Es war ein komisches Gefühl, einen fremden Mikrokos-
mos ohne dienstlichen Hintergrund zu durchsuchen. Jede Frau
hatte eine andere Ordnung, wobei viele Taschen ein kollektives
Phänomen bargen: Es gab zu viele Dinge, die Frauen ständig mit
sich herumschleppten.
Karin schaute die Männer an. »Tom, du rufst bei Heierbeck
die Ergebnisse aus dem Stadtteilcafé Weseler Stern ab, und Burmeester, du kümmerst dich um das Kennzeichen. Finde heraus,
wem dieses mysteriöse Auto gehörte. Ich weiß nicht, wie lange
ich brauche, um ihre Angelegenheiten zu regeln.«
Sie sah die Blutlache, die aufgerissenen Verpackungen von
Einwegspritzen, Zugängen und Mullwickeln unten an der Treppe
und klopfte bei der Pforte an.
»Sie kümmern sich um den Flur, okay?«
»Ich habe anderes zu tun, das ist nicht mein Job.«
Karin funkelte den Mann an. »Wenn Sie sich nicht augenblicklich darum kümmern, werde ich persönlich dafür sorgen, dass Sie
zukünftig nur noch die Putzkolonne beaufsichtigen, verstanden?
Mann, mein Job ist es auch nicht, in fremden Wohnungen die
Katzen zu versorgen, da draußen ist gerade unsere Chefin ver-
unglückt, haben Sie das realisiert?«

FÜNF

Auf dem Parkplatz des Restaurants Lippeschlösschen sammelten sich neugierige Autofreaks um den Maserati, den von Aha direkt neben dem Eingang geparkt hatte. Würdevoll hatte er Rebecca Castillan zu der meterlangen Schautafel geschoben, auf der die landschaftliche Planung für den veränderten Flusslauf abgebildet war. Aus dem vormals begradigten, befestigten Flussbett würde nach Auskiesungsarbeiten ein breites Delta entstehen, das weitläufig in den Rhein mündete. Lippemündungsraum hieß das Gebiet, das zur ökologischen Nische werden sollte und heute schon viele Naturfreunde anzog. Die Renaturierungsarbeiten waren weit fortgeschritten. Rebecca Castillan staunte.

»Man kann die neue Rheinbrücke von hier aus sehen. Und diese dicken Steine im Lippewasser! Das wilde, natürliche Panorama ist nicht zu vergleichen mit früher.«

Gero von Aha machte im flachen Gewässer einen Vogel aus, der ebenso wenig in diese Welt passte wie der Maserati auf den Parkplatz für Dienstfahrzeuge der Kriminalpolizei. »Schau mal, da unten, spinn ich oder sitzt da ein Pelikan und fischt mit seinem großen Schnabel?«

Eine fremde Stimme in seinem Rücken bestätigte die Vermutung. »Mit Ihnen ist alles in Ordnung, keine Halluzination, es ist in der Tat ein Pelikan. Der ist aus einem Vogelpark in den Niederlanden ausgerissen und sucht hier seit Tagen nach Nahrung und gefiederter Gesellschaft. Ein Flamingo könnte nicht weniger für Aufsehen sorgen. Schauen Sie mal, wie viele Menschen auf der Brücke stehen.«

Mit Handys und Fotoapparaten ausgestattet, hatte sich eine Menschentraube am Geländer versammelt, einzelne Hände wiesen auf den Fluss.

Rebecca zeigte auf die Terrasse. »Ich würde ja gerne draußen sitzen, aber der Verkehr ist so laut. Früher fuhren nicht so viele Autos auf der Bundesstraße.«

»Wir finden bestimmt drinnen einen Platz am Fenster mit Blick auf die Wasserlandschaft. Wann bist du zum letzten Mal hier eingekehrt?«

Sie überlegte, während er sie durch den Eingang zum hinteren Gastraum schob. Geschmackvoll eingerichtet und gemütlich sah er aus. Die Aussicht gefiel der Dame, und Gero von Aha wollte gerade einen Stuhl zur Seite räumen, als sie ihn bat, ihr aus dem Rollstuhl zu helfen. »Ein besonderer Anlass erfordert stilvolles Sitzen.«

Er legte ihre Tasche neben sie auf die Fensterbank und schob den Rolli zur Garderobe.

Sie strahlte ihm entgegen. »Ich weiß es wieder. Vor dem Fiasko, ich meine, vor meiner Erkrankung bin ich zuletzt hierhergekommen. Hubertus tanzte so gern und ich auch. Da war ich vielleicht gerade zwanzig.«

Sie berührte gedankenversunken die Rose in der kleinen Tischvase. »Meine Mutter ist oft hierhergekommen, als ich noch ein Kind war, und hat mir vorgeschwärmt, wie wundervoll die Veranstaltungen mit den Big Bands waren. Namhafte Größen müssen hier gespielt haben, sie hatte Zeitungsausschnitte mit Werbung für Kurt Prina, Henry Valentino, Helmut Reinhardt, und ihr Liebling war Hazy Osterwald. Von dem sollte ich mir, als er wieder in Wesel gastierte, ein Autogramm geben lassen. Meine Mutter hatte uns aus dem gleichen Stoff Kleider genäht, ich bekam weiße Strümpfe, die man an ein Leibchen knöpfte, und einen Petticoat. An meine Kinderfüße passten dazu nur schwarze Lackschuhe mit einem Riemchen über dem Spann, die sie sich damals förmlich vom Mund absparte. Das muss um 1960 gewesen sein.«

Eine Kellnerin brachte zwei Speisekarten, sie entschieden sich schnell für Seeteufel an Sommersalaten, zum Dessert lockte frisches Erdbeersorbet.

»Und bitte ein Glas Sekt, ja? Ich bin so froh, hier zu sein, das müssen wir feiern.«

»Aber für mich wirklich nur eins. Dieses Auto da draußen verlangt einen nüchternen Fahrer. Erzähl weiter, hast du den großen Meister der Tanzmusik kennengelernt? Wie war er?«

Ihr Blick verlor sich in der Ferne. »Vor der Tür bin ich ausgerutscht, mein Kleid war verschmutzt, die Strümpfe hatten Löcher an den Knien und die Lackschuhe lange Kratzer. Als Zugabe bekam ich eine heftige Ohrfeige, und dann fuhren wir mit dem nächsten Taxi, das Gäste herbrachte, nach Hause. Meine Mutter hat mich wochenlang dafür verantwortlich gemacht, dass sie just an diesem Abend ihren Traummann hätte finden können. Als ich sechzehn war, fand sie einen anderen. Mein Bruder kam zur Welt, und der Kerl verließ sie, genau wie mein Vater sich aus dem Staub gemacht hatte.«

Die emsige Serviererin brachte die Getränke. Gerade als sie auf den Tag anstießen, erklang in völlig unangemessener Lautstärke ein einfacher Handyklingelton aus Rebecca Castillans Handtasche. Ohne ein Wort an von Aha zu richten, stellte sie ihr Glas ab und holte ein altes Nokia-Telefon mit winzigem Display hervor. Ungeachtet der Blicke von den Nebentischen nahm sie das Gespräch an, rücksichtslos und störend, wie von Aha fand.

»Ja? ... Jetzt nicht, ich bin aus zum Essen. ... Nein, nicht mit Hubertus. ... Das geht dich nichts an. Was weiß ich, wie du ihn erreichst, normalerweise läuft das umgekehrt. ... Verflixt, das konnte ja nicht gut gehen. Und so kurz vor der Matinee. Ich melde mich am Abend, mach dich auf was gefasst.«

Von Aha traute Ohren und Augen nicht. Die vornehme Rebecca Castillan benahm sich in diesem feinen Restaurant wie der sprichwörtliche Elefant im Porzellanladen. »Wer war das denn? Du warst sehr schroff, so kenne ich dich gar nicht.«

Sie nahmen die Gläser wieder auf. »Du kennst vieles an mir noch nicht, Gero. Prosit, auf heute.«

Als die genussvoll angerichteten Teller vor ihnen standen, gesellte sich ein Paar mit Kinderwagen an einen der mittleren Tische. Rebecca Castillan schien zu beobachten, wie liebevoll sich die Mutter um den kleinen Jungen bemühte.

»Als ich achtzehn war, du liebe Zeit, das war 1968, so lange ist das her, da durfte ich meine Mutter wieder hierherbegleiten. Sie wollte tanzen, und ich musste vorne sitzen und bei einer

Cola auf meinen kleinen Bruder aufpassen, ihr Herzbübchen im Kinderwagen hüten. Ich wäre so gern über die Tanzfläche gewirbelt. An mir gingen die Männer vorbei – so eine junge Frau und schon ein Kind.«

Der Fisch schmeckte vorzüglich, er zerging auf der Zunge.

»Du verbindest nicht gerade die besten Erinnerungen mit dem Lippeschlösschen, oder gibt es noch andere?«

»Doch, doch, schließlich stand an dem Abend Hubertus in der Tür, schick, mit weißem Hemd und Schlips. Unsere Blicke trafen sich, er kam auf mich zu und sagte irgendwas wie: Das sei doch bestimmt mein kleiner Bruder, ein nettes Kind.«

»Er hat dein Herz im Sturm erobert.«

Sie nickte lächelnd. »Es begann eine wilde, abenteuerliche Zeit, das kann ich dir sagen. Meine Mutter setzte mich vor die Tür, weil ich nicht mehr auf Thilo aufpassen wollte und mit einem Mann ›herummachte‹. Sie war eifersüchtig, sie konnte nicht mehr so viel ausgehen und begann zu trinken. Als Letztes holte ich mir von ihr die Genehmigung, heiraten zu dürfen. Die brauchte ich, weil man damals erst mit einundzwanzig volljährig war. Dann haben Hubertus und ich, allen Protesten seiner Familie zum Trotz, in aller Stille geheiratet und lebten mit seinen Eltern zusammen in dem alten Haus, das du als Rosenhof kennst. Es hat lange gedauert, bis wir uns zusammenrauften. Aber die letzten Jahre mit meinen Schwiegereltern waren versöhnlich.«

»Und Thilo?«

»Wie, und Thilo? Was meinst du?«

»Wuchs er bei eurer Mutter auf? Was ist aus deinem Bruder geworden?«

Sie ließ ihr Besteck laut auf den Teller fallen. »Wird das hier eine Fragerunde oder was? ›Und was wurde aus ihm?‹ Weiß ich nicht.«

Von Aha gab sich moderat einlenkend. »Entschuldige, du hast so freimütig erzählt. Ich hatte nicht die Absicht, dir zu nahe zu treten.«

Sie trank den restlichen Sekt in einem Zug aus und nahm

gleich noch einen Schluck Weißwein hinterher, der zum Fisch empfohlen worden war. Angewidert verzog sie das Gesicht. »Der Wein hat Kork. Bedienung!«

Nachdem sie ihre plötzliche, für Gero von Aha unerklärliche Wut an der kleinen Kellnerin ausgelassen hatte, die ihr umgehend ein neues Glas brachte, legte sie wieder ein Lächeln auf. So ist das, dachte er, wenn man immer im Schloss vom goldenen Tellerchen isst, entwickelt man keine respektvollen Manieren, und außer Haus macht man sein schlechtes Benehmen mit einem dicken Trinkgeld wieder gut. Sie muss ein sehr einsames Leben führen und mit ihrem Schicksal hadern.

Die Geschäftsführerin kam persönlich und bot Kaffee als Wiedergutmachung an. Rebecca Castillan akzeptierte und wirkte plötzlich sehr erschöpft.

»Bring mich bald zurück, ja?«

Im Auto schaute sie an ihm vorbei auf die Menschen, die den Pelikan beobachteten. »So viel Wirbel um einen blödsinnigen Vogel.«

***

Karin hatte es sich mit einem Teller Rührei mit Nordseekrabben und einem Glas Rotwein auf dem Sofa gemütlich gemacht. Maarten brachte Hannah ins Bett, sie hatten gerade zu Abend gegessen, als sie nach Hause gekommen war. Wenn ihre Tochter nicht in der Nähe war, aß sie öfter bequem auf dem roten Sitzmöbel und schaltete den Fernseher ein. Beides war in Hannahs Anwesenheit tabu.

Im WDR lief eine Dokumentation über ein Polizistenpaar, das mit zwei ausgebildeten Suchhunden lebte. Erst wollte Karin umschalten, schauen, was die anderen Sender brachten, da erreichten Schlagsätze ihre Ohren. Sie ließ ihre Gabel sinken, verfolgte gebannt den Film.

»Die Ausbildung basiert auf Grundprinzipien, die immer wieder geübt und abgerufen werden müssen. Ein Hund muss seinem Halter völlig vertrauen und ihm gehorchen. Gearbeitet wird auf Befehl mit der Aussicht auf Belohnung. Der Ablauf ist stets gleich.«

Karin dachte angestrengt nach. Hatte Drechsler seinem zotteligen Woodstock gestern in Goch irgendeinen Befehl erteilt? Ob das auch anders funktionieren konnte? Die Kollegin in dem Bericht ließ keinen Zweifel daran, dass es nur mit gleichbleibender Struktur lief. Das Paar lebte mit beiden Hunden eng zusammen, es gab in dem Haus sogar eine Art Schrein mit Foto, Halsband und den Überresten eines verstorbenen Vorgängers der Arbeitstiere in einer Urne.

Erst als Maarten sich neben sie setzte, wurde ihr bewusst, dass ihre leckere Mahlzeit völlig abgekühlt war.

»Soll ich es dir aufwärmen? Gib her, und nachher erzählst du mir, was da in deinem Kopf rotiert.«

Sie sah ihm dankbar nach, während die Hundeführer im Fernsehen den privaten Umgang mit den spezialisierten Vierbeinern demonstrierten. Die Doku war zu Ende, als Maarten mit ihrem Teller zurückkam.

»Hast du Hannah schon eine gute Nacht gewünscht?«

Nein, hatte sie nicht. Karin sprang auf und sprintete die Treppe hinauf, kehrte ebenso schnell wieder zurück.

»Du glaubst es nicht, sie schläft schon tief und fest. Somit habe ich unsere Tochter heute eine halbe Stunde lang erlebt. Maarten, wenn ich demnächst heimkomme, wenn sie noch auf ist, werde ich sie ins Bett bringen, okay? Ich habe Angst, vieles von ihr zu verpassen, kannst du das verstehen?«

Konnte er. Abgemacht. Das Rührei tat gut. Maarten schnappte sich Karins linken Fuß und begann ihn gefühlvoll zu massieren. »Und? Wie war dein Tag?«

Karin berichtete von ihrer verunglückten Chefin, die nun mit einem operierten Knöchel ganz in der Nähe von Walter Gesthuysen im Weseler Marienhospital lag.

»Ihre Katzen konnte ich in einer Tierpension unterbringen, zwei flusige Perser mit Knoten im Fell. Überall in der Wohnung liegen ihre Haare, und es herrscht dort eine Unordnung, das kannst du dir nicht vorstellen.«

»Vermüllt?«

»Das kann man so nicht sagen. Sie ist gut eingerichtet, mit Antiquitäten und noblen Markenmöbeln, aber überall liegen Kleidungsstücke, Schuhe, Handtaschen, alles von einer dicken Staubschicht belegt. Es wirkt, als habe sie schon wochenlang keine Energie mehr zum Aufräumen gehabt. Ich habe ihr leichtfertig zugesagt, mich um das Wichtigste zu kümmern, nun werde ich sie weiter versorgen. Sie schämt sich bestimmt, ich werde morgen bei ihr vorbeigehen und ihr meine Verschwiegenheit zusichern. Nicht einmal Burmeester wird erfahren, was bei ihr los ist, nur du, mein Seelendoktor.«

Sie prosteten sich zu; der Rote war fruchtig und nicht zu herb.

»Ich denke die ganze Zeit über meinen Einsatz von gestern Morgen nach. Drechsler und sein Suchhund sollten eine Wohnung kontrollieren. Ich war mir sicher, dass sich dort Drogen befinden, und der Hund lief locker durch die Räume und meldete sich überhaupt nicht.«

»Dann hast du dich vielleicht getäuscht?« Maarten nahm sich den rechten Fuß vor.

»Du weißt, dass mich meine Intuition selten im Stich lässt. Und nach dieser Doku eben bin ich mir sicher, dass noch mehr an der Situation nicht stimmte. Hunde handeln belohnungsorientiert und brauchen Befehle, damit sie wissen, was sie machen sollen.«

»Und?«

»Mir drängt sich gerade der Eindruck auf, dass Drechsler mich nur umgarnt, um mich zu blenden. Die naive Hauptkommissarin vom K1 soll glauben, es gäbe bei Kurt Dahmen keine Drogen in der Wohnung. Ein Hund, dem man nicht mitteilt, dass er etwas zu suchen hat, tut es auch nicht. Siehe Nachbars Fiffi, der inzwischen sogar nachts kläffend durch die Gegend rennt, weil ihn niemand konsequent daran erinnert, was er darf und was nicht.«

Sie sank seufzend auf das Sofa zurück. »Mann, du weißt ganz genau, an welchen Reflexzonen du mich willenlos machen kannst.«

Karin schnellte wieder in die Höhe und gab ihm einen schmatzenden Kuss. »Bitte erst in einer halben Stunde weitermachen, ich muss noch eben telefonieren.«

»Gut, ich rühre mich nicht vom Fleck. Und bring die Flasche aus der Küche mit.«

Karin blätterte im Telefonbuch, Wortfetzen drangen ins Wohnzimmer, während sie zwischen Küche und Arbeitszimmer hin- und herlief. Fragen über Fragen stellte sie, kam schließlich mit einem triumphierenden Lächeln zurück und füllte die Gläser.

»Ich habe recht gehabt.«

»Natürlich, kenne ich doch. Nur, womit dieses Mal?«

»Das war der Ausbilder von der Rettungshundestaffel Wesel. Der hat mir bestätigt, dass nichts ohne Befehl und Belohnung läuft. Das Abrufen von Erlerntem bringt Leckerchen oder Spielzeug.«

»Das bedeutet?«

»Unseren unkonventionellen Kollegen Drechsler, der keine Gelegenheit auslässt, mich anzubaggern, habe ich ab sofort dienstlich auf dem Schirm. Morgen werde ich meinen Verdacht mit dem Staatsanwalt besprechen und Amtshilfe aus Goch anfordern, damit ein anderer Kollege mit seinem Hund die Wohnung durchsuchen kann.«

Maarten drückte Karin eng an sich. »Meine schlaue Hauptkommissarin, ich bin stolz auf dich.«

Abrupt richtete er sich wieder auf und setzte sich ordentlich neben sie. Karin reagierte irritiert.

»Was ist los?«

»Oh, ich weiß nicht, ob Sex im Dienst bei euch erlaubt ist. Oder hast du endlich frei?«

Hatte sie.

**

Am nächsten Morgen fand Hauptkommissarin Karin Krafft interessante neue Daten auf ihrem Rechner und traute ihren Augen nicht, als sie die Ergebnisse der Spurensicherung aus dem Stadtteilcafé von Op de Hei durchlas.

Heierbeck hatte die gesicherten Fingerabdrücke in der Datei gefunden und schrieb, man solle doch bei Zusammenarbeit mit dem Drogendezernat den Kollegen Drechsler demnächst darauf hinweisen, Einweghandschuhe zu benutzen. Die Abdrücke stimmten mit seinen in der Vergleichsdatei, in der alle Kollegen gespeichert waren, um deren Spuren an Tatorten ausschließen zu können, überein. Karin sah ihre am Vorabend aufgekeimte Vermutung bestätigt, Wut stieg in ihr hoch.

»Der ist dort gewesen, dieser Scheißkerl!«

Erstaunt blickte Burmeester durch die Tür. »Was ist? Schlechte Nachrichten?«

»Das kannst du wohl sagen. Ich muss mich aber erst mit Haase kurzschließen, bevor ich irgendwas offiziell werden lasse. Ich habe eine Vermutung, die ist so brisant, das wird für Wirbel sorgen, das sage ich dir.«

Burmeester schloss die Tür hinter sich und setzte sich zu Karin.

»Lass mich raten, es hat mit Drechsler zu tun, richtig?«

»Wie kommst du darauf?«

»Wenn du dir das Phantombild mal ganz genau anschaust, dann wirst du auch eine gewisse Ähnlichkeit mit dem Kollegen finden. Ich weiß, du hast von Anfang an gesagt, das ist ein Allerweltskopf. Stell ihn dir vor, wenn der seinen Zopf komplett unter so einer Häkelmütze versteckt, die er bis in die Stirn zieht, dann könnte man auf die Idee kommen, Walter Gesthuysen habe diesen Mann gesehen.«

Karin rief das Foto von Kurt Dahmen auf und suchte im Intranet ein Konterfei des Kollegen; alle Kriminalbeamten waren dort mit Name, Zuständigkeitsbereich und Dienstgrad zu finden. Sie hielt die Bilder nebeneinander. Es bestand kein Zweifel daran, dass beide Männer mit einer entsprechenden Kopfbedeckung dem Phantombild zugeordnet werden konnten.

»Komisch, das war mir bislang noch nicht aufgefallen. Burmeester, kommst du an interne Daten? Kannst du zum Beispiel feststellen, ob Drechsler im Dienst auffällig wurde, interne Ermittlungen liefen oder ob es Einträge in seine Akte gibt?«

Burmeester sah sie an, als spräche sie plötzlich Kisuaheli. »Du

203

glaubst nicht allen Ernstes, dass ich mich ungehindert ins Innerste der Polizeibehörde einloggen kann, um einen Kollegen auszuspionieren? Da traust du mir viel zu, aber das bring ich nicht. Wenn das einer kann, dann Gero. Ich schicke ihm eine Nachricht, der kann sich hier ruhig mal wieder blicken lassen.«

»Gut, mach das. Ich werde mit Haase das weitere Vorgehen besprechen. Wenn meine Vermutung richtig ist, dann läuft das auf eine interne Ermittlung hinaus, dann sind wir draußen.«

Burmeester nickte, das Dezernat für Beamtendelikte würde sich einschalten und übernehmen. »Du würdest das gern selber hier vor Ort klären, bevor die Kollegen offiziell eingeschaltet werden, richtig?«

Karin bestätigte. Er kannte sie gut und wusste nur zu genau, dass sie sich den erfolgreichen Abschluss einer Ermittlung nur ungern aus den Händen nehmen ließ. »Wenn er Dreck am Stecken hat, dann gehört er mir. Und außer zu Gero zu niemandem ein Wort, klar?«

Schon tippte Burmeester die Nachricht für Gero von Aha ein. Seine Antwort kam umgehend, er sagte für den Vormittag zu. Der zweite Satz brachte Burmeester ins Schwitzen: »Hast du meine Rosen gut versorgt?«, stand da.

»Verdammt, hab ich total vergessen.«

»Was ist los?«

»Nebensächlich. Gero kommt am Vormittag. Sag mal, gibt es über die Castillans etwas Neues, außer dass unser Phantom dort gesehen wurde?«

Karin warf einen Blick auf ihren PC, Tom Weber hatte seinen Bericht bereits eingestellt, und sie informierte Burmeester.

»Wenn ich das hier richtig sehe, dann ist der Castillan von Beruf reicher Erbe. Die Familie besaß eine Reihe von Firmen, die Industrieanlagen bauten. Hermann Castillan, der Vater, hat am Wiederaufbau nach dem Zweiten Weltkrieg gut verdient und zum richtigen Zeitpunkt fast alles verkauft. Nach dem Tod der Eltern blieb Hubertus als Alleinerbe mit den beiden letzten Firmen zurück, die verkaufte er für gutes Geld nach China.« Sie überflog den weiteren Bericht.

»Du erinnerst dich an das abgetragene Hüttenwerk in Dortmund, das sie Stück für Stück nach China verschifften, um es dort wieder aufzubauen? Genau so muss das auch bei Castillan Engeneering gewesen sein. Das Geld schien gut angelegt, er hat jedoch vieles durch gewagte Spekulationen und Unruhen an der Börse verloren. Rosenhof lebt derzeit vom Verkauf einzelner Grundstücke, laut Grundbuchamt gibt es nur noch zwei Flächen, die jedoch uninteressant sind, weil sie nicht zu Bauland erklärt werden können.«

Burmeester hatte aufmerksam zugehört, doch jetzt wurde er ungeduldig. »Ich muss gleich rüber in den Besprechungsraum. Wenn ich das richtig deute, dann sind die Castillans bald pleite, richtig?«

»So sehe ich das auch. Und trotzdem halten sie den Garten und die Veranstaltungsreihen aufrecht und sind mit Reich und Berühmt per Du.«

»Der spielt der Welt etwas vor, was nicht mehr existiert. Ob seine Frau davon weiß? Gero meint, die wüsste nicht, wovon sie leben, die Geschäfte wären Sache ihres Mannes.«

»Die gehört zum alten Schlag. In der Generation fallen noch Sätze wie: Mein Mann ist nicht da, und ich weiß nicht Bescheid. Wetten, dass sie nicht in der Lage ist, Geld an einem Bankautomaten abzuheben? Und dann gibt es noch das im Garten verbuddelte Geheimnis.«

Karin blickte vom PC auf. »Gero hat entdeckt, dass der Gärtner und die Männer von der O.P.A.-Truppe dabei sind, trotz strikten Verbots des Hausherrn eine Fläche freizulegen, weil dort nichts wachsen will. Alles ist mit einer Plane abgedeckt, gut getarnt, und darunter verbirgt sich ein vergrabenes Auto.«

»Du machst Witze.«

»Nein, schau dir die Fotos an, die hat er gestern Mittag geschickt. Ein alter VW Käfer rostet in Castillans Gartenerde, und er will nicht, dass das Gefährt entdeckt wird. Das ist doch schräg. Was sagt uns das?«

»Hubertus Castillan weiß um dieses Auto.«

»Genau. Ich habe gestern noch den Halter überprüfen lassen.

Unter dem Kennzeichen war ein dunkelgrüner Käfer gemeldet, der zu Hermann Castillans Fahrzeugpark gehörte.«

»Ein Auto seines Vaters also, das ist ja eine wirre Geschichte. Vielleicht war der alte Mann cholerisch und hat den Wagen beerdigt, weil er die eigensinnige Heizung der alten VWs nicht in den Griff bekam und etwas gegen gegrillte Füße im Sommer hatte.«

Karin vergrößerte eines der Bilder und drehte den Bildschirm in Burmeesters Richtung. »Was sagst du dazu?«

»Das könnten Unfallspuren an der Karosserie sein, das sieht sogar massiv nach Crash aus.«

»Genau deshalb habe ich das Kennzeichen ermitteln lassen. Und noch eine Sache ist äußerst merkwürdig. Dieses Auto wurde im August 1970 von seinem Besitzer als gestohlen gemeldet. Es wurde nie gefunden, man stellte die Suche erfolglos ein. Hinter dieser schönen Fassade verbirgt sich ein Familiengeheimnis. Wer hat den Wagen gefahren? Was ist damit geschehen? Wenn ich mit Drechsler fertig bin, werde ich mich weiter dahinterklemmen, die haben nicht nur ein bisschen, die haben eine ganze Menge zu verbergen, die feinen Herrschaften vom Fürstenberg.«

Burmeester stand auf, er müsse jetzt ins andere Büro an den PC, ganz dringend, Gero würde großen Wert auf Ordnung legen. Er ging mit eiligen Schritten.

Nun stand der Kommissar im Besprechungsraum und blickte auf hängende Blütenköpfe und schlaffe Blätter auf der Fensterbank. Er nahm eine Flasche stilles Mineralwasser aus dem Kasten und setzte die Pflanzen unter Wasser. Die Erde war so ausgetrocknet, dass das Nass bis zum Grund durchschoss, die Gewächse in den Töpfen zunächst aufschwammen und sich aus den Übertöpfen nach oben schoben, dann jedoch langsam zurücksanken.

Hoffentlich erholen die sich, bis er kommt. Tiere und sensibles Grünzeug passten einfach nicht in Burmeesters Hände.

★★★

Karin Krafft hatte das Konterfei von Drechsler abfotografiert und experimentierte nun mit der einfachen Kreativtechnik ihres Smartphones, malte ihm eine Mütze, die tief in der Stirn saß. Nachdem sie Gleiches mit einem Foto von Kurt Dahmen gemacht und das Phantomporträt ebenfalls abfotografiert hatte, schnappte sie sich ihre Jacke und den Lederrucksack, die Tasche von der Behördenchefin, und informierte Burmeester darüber, dass sie zunächst im Marienhospital mit Walter Gesthuysen und van den Berg sprechen würde und danach mit Staatsanwalt Haase.

Sie machte sich zu Fuß auf den Weg, holte im türkischen Geschäft beim Willibrordidom eine Tüte mit frischem Obst und in der Bäckerei in der Trappzeile zwei belegte Brötchen. Dann ging es weiter zum Marienhospital.

An Gesthuysen wäre sie fast vorbeigelaufen, er saß mit einem Bademantel bekleidet im Raucherpavillon an der Seite der modernen Gartenanlage vor dem Haupteingang. Sie bat ihn, sich mit ihr auf eine Bank vor einem Staudenbeet zu hocken, er setzte sich ungelenk und schwach in Bewegung, schwankte mit den Gehhilfen, die er nicht ordentlich festhalten konnte.

Karin sah ihm besorgt zu. »Sind Sie sicher, dass die Gehhilfen auf Ihre Körperlänge eingestellt sind?«

Er ließ sich auf die Bank plumpsen, um gleich darauf seinen Tabak aus der Tasche zu fischen und sich wieder eine Zigarette zu drehen. Karin nahm eine der Gehhilfen und kürzte sie an dem Mechanismus der Stange, wiederholte dies mit der zweiten und zückte danach ihr Handy.

»Schauen Sie sich ganz ruhig der Reihe nach folgende Bilder an. Dann sagen Sie mir, wen Sie wiedererkennen als denjenigen, der Sie überfallen hat. Sie sind bereit?«

Er zündete seine krumme, dünne Fluppe an und nickte. Karin rief die Fotos nacheinander auf.

»Schauen Sie, Nummer eins … das ist Nummer zwei.«

Gesthuysen schien irritiert. »Wo ist denn nun der Unterschied? Ich meine, die können es beide sein. Wollen Sie mich veräppeln?«

»Nein, das liegt mir fern. Ich sehe auch eine gewisse Ähnlichkeit der beiden mit Ihrem Phantombild. Ich dachte, Sie würden einen der Männer eindeutig erkennen.«

»Nein. Oder? Zeigen Sie mir die Bilder noch einmal.«

Er wirkte ganz konzentriert, schaute beide wieder und wieder an, ein weiteres Mal, um anschließend resigniert zu verneinen. Er drückte seine Kippe in der Rabatte aus. »Ich muss wieder rein, gleich ist Visite.«

»Ich begleite Sie, ich will noch jemanden sprechen.«

Er schien sich verfolgt zu fühlen, als sie mit ihm auf der gleichen Etage aus dem Aufzug stieg, hatte auf jeden Fall mit den neu eingestellten Gehhilfen einen wesentlich sichereren Gang. »Sehen Sie, die Handgriffe müssen immer in Höhe der Handballen sein, dann klappt es.«

»Wie? Ach ja, danke.«

Karin klopfte an eine Zimmertür wenige Schritte weiter. Während Gesthuysen sich das Zimmer mit drei weiteren Männern teilte, hatte van den Berg einen Einbettraum mit Aussicht auf die Rheinbrücke. Ihr Bein lag hochgezurrt in einer Schlinge, sie wirkte ungeschminkt um Jahre gealtert und schaute ihr mit angestrengtem Lächeln entgegen.

»Ich habe Ihnen Obst mitgebracht. Und hier ist Ihre Tasche mit den Papieren, dem Portemonnaie und Ihren Hausschlüsseln. Haben Sie alles gefunden, was ich gestern vorbeigebracht habe?«

»Ja, vielen Dank, die Schwestern haben mir geholfen.«

»Ist alles dabei, was Sie brauchen?«

Sie nickte stumm und konnte Karin nicht anschauen.

»Frau van den Berg, niemand wird von mir erfahren, was bei Ihnen los ist. Das ist Ihre Privatsache. Sie müssen mir aber versprechen, dass Sie sich um eine Haushaltshilfe kümmern, wenn Sie wieder auf den Beinen sind.«

Sie nickte mit mattem Gesichtsausdruck. »Das kann dauern. Man hat mir schon angekündigt, dass ich gleich nach der Entlassung in eine Reha muss, alles wird von hier aus organisiert. In drei Wochen wird meine Freundin aus Amerika zurück sein, die hilft mir bestimmt. Diesen Fall und den nächsten und übernächsten werden Sie wohl ohne mich lösen müssen.«

»Man wird sich doch an höherer Stelle um eine Vertretung für Sie bemühen, damit Sie sich in aller Ruhe erholen können?« Van den Berg nickte und schien den Tränen nahe.

Ihr Beruf ist ihr Leben, dachte Karin, sie definiert sich ausschließlich über ihren Posten. »Ich soll Sie von den anderen grüßen. Wenn ich noch etwas für Sie erledigen kann, lassen Sie es mich wissen, ja?«

Karin hatte bereits die Finger an der Türklinke, als van den Berg sie zurückrief. »Was ist dran an der Behauptung, Sie würden Ermittlungen führen, die gar nicht in den Aufgabenbereich des K1 gehören?«

Karin überlegte einen kurzen Moment. »Das hat Ihnen der Kollege Drechsler gesteckt, oder?«

»Er hat mich zusammen mit seinem widerlichen Hund besucht, um sich bei mir zu beklagen. Sie würden Ihre Kompetenzen überschreiten, seine Arbeit torpedieren, Sie seien überkandidelt und könnten nicht loslassen.«

Karin wollte platzen vor Wut, bemerkte aber, dass van den Berg herumdruckste.

»Was noch? Sie verschweigen mir etwas, sprechen Sie es aus, schlimmer kann es nicht mehr werden.«

»Sie würden ihn belästigen, wären seit Jahren hinter ihm her und würden momentan keine Gelegenheit auslassen, mit ihm hautnah in Kontakt zu kommen.«

»Was?« Der sollte ihr in die Finger kommen, sie würde ihn zermalmen. »Das ist ungeheuerlich. Die Kollegen können bezeugen, dass er mir nachstellt und versucht, mich zu umgarnen.«

Van den Berg hob beschwichtigend eine Hand. »Ich habe ihm das nicht abgenommen. Keine Sorge, ich weiß, was ich an Ihnen habe, auch wenn Sie manchmal unkonventionelle Wege gehen. Ich habe mich nur gefragt, was er damit bezwecken will, Sie bei mir in ein schlechtes Licht zu rücken. Ich konnte mir noch keinen Reim darauf machen.«

Karin tigerte durch das Zimmer, von der Tür zum Fenster, hin und her, schüttelte den Kopf. Van den Berg erkannte ihre Wut.

»Noch einmal, Frau Krafft, ich stehe auf Ihrer Seite. Seit ich ihn kenne, agiert Hauptkommissar Drechsler als Einzelgänger. Und ich befürchte, er ist dabei, die Seiten zu wechseln. Ich sage Ihnen das im Vertrauen, weil ich ihm kein Wort geglaubt habe und eine Strategie dahinter vermute. Im Ernstfall muss das Dezernat für Beamtendelikte eine interne Ermittlung aufnehmen. Mein Appell an Sie ist: Seien Sie vorsichtig. Sie sind ihm näher, als es ihm recht ist, deshalb schmeißt er mit Schmutz.«

»Vielen Dank für Ihre Offenheit. Es gibt aus meiner Sicht wirklich Hinweise, die eine interne Ermittlung nahelegen.«

»Halten Sie mich auf dem Laufenden, ja?«

»Darf ich Sie daran erinnern, wo Sie sich befinden?«

»Ich weiß. Aber ich habe es am Fuß und nicht im Kopf. Ist mein Handy in der Tasche?«

»Ich glaube schon.«

»Gut, so bleiben wir in Kontakt. Und jetzt muss ich Sie doch noch um etwas bitten.«

So ein Gespräch hätte Karin Krafft sich nie träumen lassen – Verschwörung mit der Chefin. »Ja, nur zu.«

»Ich brauche das Ladekabel. Es liegt auf meinem Schreibtisch, meine Sekretärin wird es Ihnen aushändigen.«

»Ich bringe es nachher vorbei. Und vielen Dank auch. Mir ist mit einem Schlag vieles klarer geworden.«

Die Frauen lächelten sich an. Knipste van den Berg zum Abschied mit dem Auge?

Karin nahm die Treppe nach unten. Sie musste sich bewegen, laufen, rennen, um die Gefahr zu bannen, diesen intriganten Mistkerl nicht mit seinem Zopf zu strangulieren. Er war in all die Vorkommnisse verwickelt, garantiert.

Wie gut, dass sie nie auf seine Annäherungsversuche reingefallen war. Sie würde ihn überführen, er würde über den niedlichen Bullenkäfer stolpern und sich das Genick brechen. Zumindest ein Bein oder ein paar Rippen, vielleicht zwei Finger.

Karin Krafft war unbeschreiblich wütend.

***

Zum Glück war der Maserati erst in der nächsten Woche wieder für einen Stammkunden reserviert. Der freundliche, perfekt gekleidete Angestellte des Verleihs wies darauf hin, dass es günstiger wäre, gleich mehrere Tage zu buchen, statt täglich zu den bekannten Konditionen einen neuen Vertrag abzuschließen. Für Gero von Aha war das einerlei, er würde für diesen Fahrspaß sein Konto gehörig in die Miesen manövrieren und konnte nur hoffen, dass zumindest ein Teil seiner Kosten über die Spesenkasse abgerechnet würde.

Man gewöhnt sich den lässigen Bewegungsablauf schnell an, dachte er, um elegant und sportlich zugleich ein- und auszusteigen. Er suchte sogar morgens seine Kleidung passend zum Auto aus. So viel Stil musste sein, fand er. Gero von Aha, der keinen eigenen Wagen besaß, der sein Fahrrad schätzte, der das Understatement verkörperte und die gesellschaftlichen Kluften zwischen Arm und Reich kritisch betrachtete, machte sich Gedanken darüber, ob das blaue Hemd zur Farbe der Ledersitze passte. Das Sein bestimmte das Bewusstsein. Wer hatte noch so trefflich erkannt, dass sich das Leben auf ein anderes Niveau hob, wenn sich die Gegebenheiten entsprechend veränderten?

Das Leder verbreitete in der angenehmen Sommerwärme einen ganz besonderen Duft, er saß hinter dem Steuer und kreiste durch Wesel, nein, er cruiste, nahm die Dreißigerzone auf dem Herzogenring mit sichtlicher Freude, je langsamer, desto mehr Publikum, um dann mit aufheulendem Motor durch die Einfahrt zum Hinterhof des Kommissariats den Dienstparkplatz anzusteuern. So schallte es in der Durchfahrt eindrucksvoll kernig aus sportlichem Auspuff.

Zwischen den unauffälligen bis gediegenen Mittelklassewagen der Polizeikollegen fiel der Maserati auf wie ein Pfau unter Graugänsen. Von Aha hielt an, stieg lässig aus der edlen Karosse, ließ die Autotür mit einem satten Plopp zufallen und ging hinauf in die zweite Etage.

Seine Vorgesetzte schien außer sich, er wollte ihr zur Entspannung eine Fahrt über den Niederrhein anbieten, bemerkte aber schnell, dass es besser war, die Klappe zu halten. Nun beschrieb er den Herren Kollegen gerade den Zustand des vergrabenen Autos, als Jerry Patalon im Nebenbüro verkündete, unten im Hof stünde ein Maserati, ob jemand wüsste, wer diesen Schlitten konfisziert habe. Man müsse sich das Gefährt aus der Nähe anschauen, bevor es auf den Sammelparkplatz für beschlagnahmte Fahrzeuge gebracht werde.

Gero von Aha nahm den Schlüssel zur Hand, ging zu ihm und ließ ihn vor seinen Augen am unverkennbar markeneigenen Anhänger baumeln. »Wenn du einen Blick auf das Armaturenbrett werfen willst, bitte schön, aber lass die Finger vom Anlasser, er ist nur auf einen Fahrer zugelassen und äußerst sensibel.«

Patalon grinste über das ganze Gesicht. »Du hast ihn dir ausgeliehen, wow, wie schnell ist der auf hundert?«

Prompt ergab sich ein Fachgespräch, in dem technische Daten durch den Raum sirrten, dem sich Tom Weber mit Begeisterung anschloss. Als Karin auch noch Burmeester innig über die Stromlinienform reden hörte, schritt sie energisch in den Raum, stellte sich mit verschränkten Armen in die Runde und stoppte dieses Männergespräch.

»Haben wir hier andere Dinge zu lösen, als herauszufinden, welche Fahrweise den Kraftstoffverbrauch dieser Angeberkarre reduziert?«

Sie erntete abschätzende Blicke, die sagten, Frauen gehörten hinters Steuer und Männer kannten sich unter der Motorhaube aus.

»Passen vier Kerle in dieses Auto?«

Von Aha nickte irritiert.

Karin schaute in die Runde. »Nach Feierabend fährt er euch bestimmt einmal um den Block. Und jetzt hätte ich dich gerne in meinem Büro gesprochen, Gero.«

Er schloss die Tür hinter sich. Karin tigerte an der Fensterseite auf und ab, schüttelte immer noch den Kopf.

»Wie kannst du dir so eine Schleuder ausleihen, das kriegen wir niemals als Spesen abgerechnet. Kann das nicht deine hochrangige Beifahrerin zahlen, um sie geht es doch schließlich?«

»Stimmt. Aber das Nobelauto ist Mittel zum Zweck. Es macht

mich salonfähig in dem Kreis, in dem ich mich bewegen soll. Jetzt komm wieder auf den Boden, so eine Empörung habe ich bislang bei dir nie auslösen können, da steckt etwas anderes dahinter.«

Sie setzten sich, Karin berichtete von dem Gespräch mit van den Berg im Krankenhaus, ihrem aufkeimenden Verdacht gegenüber dem Kollegen Drechsler.

Von Aha wechselte den Gesichtsausdruck, die Falte zwischen seinen Augenbrauen gab seinem Gesicht einen besorgten Ausdruck. »Ich wollte bisher nichts sagen, aber der hat dich richtig um den Finger gewickelt.«

Karin schnaubte, ihr Körper drückte Widerstand aus, Gero von Aha beschwichtigte.

»Jetzt reg dich nicht auf. Seit ich dich kenne, bist du immer darauf bedacht, kreativ im Rahmen der Vorschriften zu handeln. Und plötzlich setzt du dich mit Drechsler ins Auto und arbeitest mit ihm zusammen, ohne dass die Chefin davon erfährt. Das wollte ich damit sagen, nicht mehr und nicht weniger. Du hast dich angreifbar gemacht, und das kostet der jetzt aus. Er rechnet nicht damit, dass die van den Berg dich einweiht und sich auf deine Seite stellt. Das wiederum bringt dich in eine überlegene Position. Frei für Ermittlungen nach deiner Art.«

Lächelnd ließ Karin den Drucker arbeiten und übergab ihm ein Papier. »Das dürfte dich ebenfalls interessieren.«

Von Aha blätterte, las kurz ins gebündelte Fazit des Berichts der Spurensicherung hinein und nickte. »Das auch noch, Drechslers Spuren an einem Treffpunkt, an dem vermutlich Drogenkuriere angeworben werden sollten.«

»Und als ich Gesthuysen Bilder von Kurt Dahmen und Drechsler mit Häkelmütze zeigte, wusste er plötzlich nicht mehr, wer von beiden seinem Phantombild ähnlicher ist.«

»Ein Fall für die interne Ermittlung?«

Karin verschränkte die Arme und schaute ihn ernst an. »Du glaubst doch nicht wirklich, dass ich Drechsler so einfach davonkommen lasse.«

»Was hast du vor?«

»Ich werde mit seinem Foto in der Hochhaussiedlung Zeugen

suchen. Irgendjemand wird sich finden, den er nicht mit leicht verdientem Geld locken konnte, der uns sagen kann, wann er mit wem gesehen wurde. Und ich werde den Herren von der O.P.A.-Initiative die verschiedenen Bilder mit den Männern mit Mütze zeigen. Mal sehen, wen die erkennen.«

Sie schaute von Aha tief in die Augen. »Und wenn sie auf Drechsler zeigen, haben wir eine Verbindung zu Castillan. Um die kümmert sich Tom. Gero, ich brauche dich. Such mir alles über Drechsler raus, was sich finden lässt. Internet, Intranet, hack dich ins LKA, überprüf ihn von allen Seiten. Wir müssen den Anknüpfungspunkt im Hintergrund finden. Machst du das für mich?«

Keine Frage, er würde das aufspüren, was im Netz zu finden war. »Klar doch, ich muss erst am Nachmittag wieder in Xanten sein. Gnädigste möchte heute in Kultur machen, ich begleite sie ins Otto-Pankok-Museum nach Drevenack.«

»Erzähl, was du herausgefunden hast. Oder ist es nur nett auf Rosenhof?«

Er berichtete von Rebecca Castillans rücksichtslosem Verhalten im Restaurant, von ihrer Eigenart, aus einer Geldrolle zu bezahlen, und dem Gefühl, dass zwischen den Eheleuten nur noch die nette Fassade existierte und sie sich ansonsten nicht viel zu sagen hatten. »Die leben in einer Scheinwelt, sie in ihrem Rosengarten, er definiert sich über die gesellschaftliche Anerkennung durch die kulturellen Veranstaltungen und öffentliches Engagement. Frag mich aber nicht, wie das finanziert wird.«

Karin konnte ihm von dem Erbe der Castillans erzählen und davon, dass er verblasste, der schöne Schein. »Und glaub mir, die Hintergründe des seit Jahrzehnten versteckten Autos grabe ich eigenhändig aus. Da steht ein schmutziges Stück Familiengeschichte unter der Plane, und zumindest Hubertus Castillan kennt es.«

Sie stand auf und nahm ihren Rucksack. Die Tüte mit den belegten Brötchen fiel ihr ins Auge. »Mir ist der Appetit vergangen. Bedien dich, wenn du magst. Kochschinken und Käse.«

»Gern, danke. Und was machst du?«

»Ich werde jetzt mit Haase besprechen, wie es mit rechtlichem Rückhalt aussieht, um Licht in dieses Dickicht zu bringen.« Auf dem Flur hörte sie seine begeisterten Rufe; Gero von Aha schien die Zwergrosen wie alte Freunde zu begrüßen. »Ich habe euch vermisst, ihr Schönen. Der Nikolas hat euch gut behandelt, das sieht man. Ich werde ihm noch beibringen, wie man die verblühten Köpfchen abknipst und die trockenen Blätter entfernt. Ich bin gleich für euch da, aber erst muss ich ein bisschen arbeiten.«

★★★

Hans-Hermann Trüttgen, Alfons Mackedei und Luis Kreidler hatten sich auf ein kühles »Elf-Ührchen«, wie der Handwerker es nannte, an der Xantener Rheinfähre verabredet. Sonnenbrillen schützten sie gegen die Reflexionen des Wassers, während sie auf der Terrasse saßen und das Treiben auf dem Fluss beobachteten. Drei Männer in Arbeitskleidung – Mackedei hatte zum Schutz gegen die Sonne orangefarbene Käppis mit dem O.P.A.-Logo spendiert – saßen schweigend nebeneinander und schauten den Frachtschiffen nach. Der Rhein war in diesem Flussabschnitt die am stärksten befahrene Wasserstraße Europas.

In aller Ruhe wollten sie das weitere Vorgehen besprechen. Sie hatten die Ursache für das mangelhafte Wachstum auf der Brachfläche gefunden. Doch nun standen sie da und wussten nicht mit dem Ergebnis ihrer Abenteuerlust umzugehen. Das hatten sie nun davon, wie die Halbwüchsigen loszugraben, angetrieben von unbändiger Neugierde, ohne Plan, was anschließend geschehen sollte. Was hatten sie bloß erwartet? Das Problem war sehr groß, unglaublich schwer, es passte nicht in eine Schubkarre, es befand sich auf verbotenem Terrain, und es brauchte zwei Bier, bis ihnen der erste konstruktive Gedanke über die Lippen kam. Luis Kreidler sah seine Felle davonschwimmen.

»Kein römischer Schatz, kein Geld für den Garten. Das Ding ist zu groß für uns. Wenn Herr Castillan das entdeckt, bin ich die Arbeit in meinem geliebten Garten los. Wir sollten alles wieder zuschütten. Besser, es wächst dort Unkraut, als dass alles andere verwildert.«

Heinz-Hermann Trüttgen schüttelte den Kopf. »Du willst aufgeben?«

»Was denn sonst? Den Wagen auseinanderschweißen und stückweise abtransportieren? Und das unbemerkt vom Hausherrn, der doch ein klares Verbot ausgesprochen hat? Weißt du, wie viel Erde wir brauchen, um dieses Loch dann aufzufüllen?«

Alfons Mackedei schaute einer Familie Graugänse nach, die flach über der Wasseroberfläche talwärts flog.

»Ich finde, wir müssen es mit Frau Castillan besprechen. Die hat uns zu verstehen gegeben, dass wir nach Gutdünken handeln sollen. Bestimmt wird sie ihren Mann überzeugen.«

Luis Kreidler schaute ihn von der Seite an. »Du meinst, er würde die Entsorgung des Käfers übernehmen? Das glaube ich nicht, der macht wegen jedem Sack Mulch ein riesiges Theater, wenn er die Rechnung sieht. Die Entsorgung wird niemand umsonst machen. Nein, der wird erst toben und mich dann feuern.«

Trüttgen nahm noch einen langen Schluck. »Und wenn wir das Ding selber entsorgen?«

Mackedei verzog das Gesicht. »Nein. Ich kann meine Knochen nicht mehr spüren von dieser ganzen Schlepperei, und du willst ein Auto aus der Erde heben, auf einen Transporter stellen und zum Schrottplatz bringen? Ich schaff das nicht, das kann ich euch sagen.«

Trüttgen grinste. »Und wenn der Schrotthändler selber kommt und auflädt?«

Kreidler betrachtete den eingewachsenen Daumennagel seiner linken Hand. »Und wie soll der auf das Grundstück kommen? Tagsüber sind die Castillans da, und wenn der nachts kommen soll und da eine ausgeleuchtete Grube vorfindet, wird er sich denken, dass da etwas nicht stimmen kann.«

Trüttgen bewegte sich minimal und ging in Verteidigungshaltung. »Es fahren so viele Schrottis durch den Ort, jeden Samstag dudeln mindestens zwei durch meine Straße, immer andere

Autos. Letztens wollten sie Hedys bemaltes Fahrrad mitnehmen, ich hab ihr dann geholfen, es dreifach zu sichern. Ich garantiere, dass wir einen finden, der die Abfuhr machen würde.«

Mackedei ließ nicht locker, nahm die Kappe ab und tupfte sich die Stirn trocken. »Erklär mir bitte, wie wir das Teil transportfähig machen sollen.«

»Schweißgerät? Flex?«

Mackedei schaute Trüttgen lange an, bevor er konterte. »Ich bin zwar kein Handwerker vor dem Herrn, und korrigiere mich bitte, wenn ich falschliege: Beide Geräte sind laut und würden nicht nur die Castillans wecken, richtig?«

Trüttgen musste zugeben, dass er recht hatte. Anscheinend gab es keine Möglichkeit, den Wagen lautlos und ungesehen verschwinden zu lassen.

Kreidler orderte mit erhobenen Fingern drei Bier. »Die gehen auf mich. Ich danke euch vielmals für eure Hilfe, ich werde euch nie vergessen, wie tatkräftig ihr mich unterstützt habt. Ehrlich gesagt sehe ich nur eine Möglichkeit. Ich muss meinen Traum vom kompletten Garten aufgeben. Wir schaufeln alles wieder zu.«

Trüttgen und Mackedei wandten sich ihm zu. »Nein!«, riefen sie beide gleichzeitig, wodurch die Bedienung leicht irritiert das Tablett wieder mitnehmen wollte.

Kreidler winkte sie heran. »Das galt nicht Ihnen. Wir denken über einen verrosteten Käfer nach, den wir gefunden haben.«

Die junge Frau schrieb die Getränke auf seinen Deckel. »Habt ihr schon dran gedacht, ihn bei Ebay zu versteigern? Sammler können alte Autos gebrauchen, entweder am Stück oder in Einzelteilen. Die holen den auch ab.« Sie blickte in die Rentnerrunde. »Mit euren Enkelkindern in der Sandkiste sitzen und buddeln ist euch zu langweilig, was?«

Drei Männer knapp jenseits der besten Jahre schauten sie durch ihre Sonnenbrillen an und nickten lächelnd.

★★★

Staatsanwalt Haase hatte der Hauptkommissarin aufmerksam zugehört. Die beunruhigende Entwicklung in der Drogenszene war ihm bekannt, auf regionaler Ebene war ein runder Tisch zu Crystal Meth in Emmerich geplant, zu dem er bereits als Vertreter der Justiz eingeladen war. Die Ermittlungen von Burmeester bei dem Lauftreff in Rheinberg reichten aus, um zumindest die beiden Frauen, die Crystal Meth dort verkauften, festzunehmen.

»Das Drogendezernat interessiert sich ebenfalls für die beiden, Sie sollten eine baldige Festnahme mit den Kollegen koordinieren.«

Einen Teufel werde ich tun, dachte sie, nie wieder mit diesem Mistkerl Drechsler kooperieren. Die Hauptkommissarin entschied sich spontan für Offenheit und berichtete zunächst von den Verdachtsmomenten, die sich durch das Gespräch mit der Behördenchefin noch verdichteten. Haase hörte aufmerksam zu.

»Da war doch dieser berühmt-berüchtigte Woodstock im Einsatz, eine richtige Schnüffel-Legende, was ja sogar bei der Staatsanwaltschaft angekommen ist. Aber es war nichts zu finden? Merkwürdig, und Sie sind dennoch sicher, dass sich in Kurt Dahmens Wohnung ebenfalls Drogen befinden?«

»Angeblich hat der Geld von seiner Tante für unbezahlte Rechnungen geschnorrt. Die lebte am Existenzminimum und hat ihm trotzdem ausgeholfen. Er lebt ganz ordentlich. So wie es bei ihm aussieht, ist er finanziell gut aufgestellt, obwohl auch er nicht arbeitet. Ich vermute also eine zusätzliche Einkommensquelle, und die kann ihm Friederike Wallenboom vermittelt haben. Bemerkenswert ist zudem die Ähnlichkeit mit dem Phantombild.«

»Gut, das sind starke Argumente, ich denke, eine erneute Begehung mit einem anderen Suchteam könnte Klarheit bringen. Sprechen Sie den Einsatz mit den Kollegen in Goch ab.«

»Und dann ist da noch der Zusammenhang mit dem Ehepaar Castillan in Xanten.«

Bei der Erwähnung des Namens straffte der Staatsanwalt seine

Schultern und blickte sie sehr ernst an. »Meinen Sie etwa die Castillans, die auf Rosenhof leben?«

»Ja, so wird ihr Haus auf der Anhöhe des Fürstenbergs genannt.«

»Das sind gut situierte, angesehene Menschen, das ist Ihnen bewusst?«

Karin Krafft ließ sich nicht beirren. »Ja, durchaus. Ich weiß aber auch, dass nichts so brüchig und vergänglich ist wie schöner Schein.«

»Berichten Sie.«

Der Besuch des unbekannten Verdächtigen, die prekäre finanzielle Situation, die dem äußeren Bild widersprach, und die Entdeckung des vergrabenen Käfers aus den Sechzigern entspannten seinen Gesichtsausdruck überhaupt nicht.

»Sie wissen, dass die Castillans schon einer ganzen Reihe talentierter Musiker zu ihrem Durchbruch verholfen haben. Ich bin ebenfalls zur Matinee am Samstag eingeladen. Klassische Musik auf höchstem Niveau – da hat Rosenhof sich einen ausgezeichneten Ruf erarbeitet. Menschen mit Rang und Namen finden sich ein, Agenten, Dirigenten, Sponsoren, im Anschluss an die Konzerte werden Verträge oder Stipendien vergeben. Das ist nicht schöner Schein, das ist echt. Und Sie meinen allen Ernstes, die Castillans haben Kontakte zur Unterwelt?«

Haase lachte auf und schien gleich darauf wieder zu schwanken. »Ich kann mir momentan nicht vorstellen, dass es in diesem Haus zu kriminellen Handlungen kommt. Andererseits glaube ich nicht, dass Sie leichtfertig Verdächtigungen aussprechen. Noch reichen Ihre Ermittlungsergebnisse nicht, um Handlungsbedarf zu rechtfertigen.«

Eine Weile saßen sie schweigend in seinem Büro, beide dachten angestrengt nach. Der Staatsanwalt wirkte bedrückt.

»Jetzt fehlt sie mir. Uns, meine ich. Die Meinung der geschätzten Frau van den Berg wäre mir an dieser Stelle sehr wichtig.«

Wer krankgeschrieben ist, wird nicht mit dienstlichen Fragen belästigt, dachte Karin. »Wir müssen leider ohne sie auskommen, es geht ihr wirklich nicht gut.«

Haase spielte gedankenversunken mit einem gläsernen Briefbeschwerer, stellte ihn lautlos auf der edlen Schreibtischplatte ab und schaute die Hauptkommissarin an. »Ich vertraue Ihrer professionellen Erfahrung und Ihrer Intuition. Leiten Sie ein, was Sie für notwendig halten. Sie erhalten jede Unterstützung von mir auf dem kleinen Dienstweg, ich werde auch am Wochenende für Sie erreichbar sein.«

Karin Krafft wusste zunächst nicht, ob sie ihren Ohren trauen sollte. So viel Anerkennung und Vertrauen in ihre Arbeit hatte sie in all den Jahren noch nicht von ihm erhalten.

»Vielen Dank«, sagte sie.

Gestärkt machte sie sich auf den Rückweg. Jetzt konnte das K 1 loslegen. Es würde in den nächsten Tagen nur so rappeln am Niederrhein.

***

Die Kollegen des Polizeireviers in Goch würden erst am nächsten Morgen mit einem Suchhund zu Kurt Dahmen fahren können, alle ausgebildeten Vierbeiner waren bei einer grenzübergreifenden Aktion im Einsatz, der die halbe Nacht dauern würde. Mensch und Tier brauchten Ruhepausen, man würde gegen zehn Uhr bei dem Verdächtigen auflaufen.

Burmeester entschied, dass die Drogenverkäuferinnen in Rheinberg in drei Tagen beim Lauftreff festgenommen werden sollten. Man könne sie auf frischer Tat ertappen, und sie hätten keine Chance, etwaige Hintermänner zu informieren oder den Stoff verschwinden zu lassen. Über das Kennzeichen des benutzten Twingo hatte er die Halteradresse einer Frau herausgefunden und war nun auf dem Weg nach Rheinberg, um aus der Ferne zu beobachten, ob sie mit einer der Händlerinnen identisch war.

Tom Weber fand heraus, dass Hubertus Castillan bereits einen Teil seines Wagenparks versilbert hatte. Eine sechsstellige Hypothek lag auf Rosenhof, und wenn man dort darüber sprach, dass der

Hausherr in Düsseldorf zu tun hätte, dann hieß das in seinem Fall, dass er in einem bekannten Auktionshaus alte Gemälde einreichte. Dort hatte er einen Gesamterlös von zweihundertzwanzigtausend Euro erwirtschaftet, dafür war unter anderem ein postkartengroßes Aquarell aus Emil Noldes Sammlung der »Ungemalten Bilder«, die er während der Naziherrschaft heimlich geschaffen hatte, versteigert worden.

Von dem Geld war nichts in die Abtragung der Hypothek geflossen; wofür es genutzt wurde, konnte Tom nicht ermitteln. Es stand fest, dass es in den letzten Jahren andauernd darum gegangen war, Rosenhof mit allen Mitteln zu retten.

Jerry Patalon begleitete Karin nach Xanten. Sie hatte mit Alfons Mackedei gesprochen, der fröhlich antwortete, er sei mit seinen Kollegen im Restaurant an der Rheinfähre versackt und könne vor dem späten Nachmittag garantiert nicht Auto fahren. Sie säßen jetzt brav bei Mineralwasser und Kaffee unter einem Sonnenschirm und würden sich ein Holzfällersteak schmecken lassen.

Der türkisfarbene Bulli stand unter der Pappel auf dem Parkplatz am Rheinufer. Die Herren lachten ausgelassen und waren nicht zu überhören. Karin bezweifelte, dass sie am Nachmittag wieder fahrtüchtig sein würden. Hauptsache, sie konnte mit ihnen reden, denn die Befragung konnte nicht warten. Mackedei stellte den Dritten am Tisch als Luis Kreidler vor. Karin erinnerte sich an den Namen.

»Sie sind der Gärtner von Rosenhof, der in der Siedlung Op de Hei wohnt, richtig?«

Jerry Patalon berührte sie leicht am Rücken. Natürlich. Man musste die drei nicht mit der Nase darauf stoßen, dass von Aha als Informant und Beobachter tätig war. Er gehörte mittlerweile zum engeren Kreis der Castillans, warum also das Augenmerk auf ihn richten? Ein wenig Zeit brauchten sie noch, und der Schlossherr sollte sich solange in Sicherheit wiegen.

»Ich habe im Ort von Ihnen gehört, Herr Kreidler, von den gärtnerischen Wundern, die Sie auf dem Fürstenberg vollbracht haben. Wenn ich jetzt kurz Herrn Trüttgen sprechen könnte.«

Der horchte auf und grinste Karin an. »Stehe zu Diensten, Frau Hauptkommissarin.«

»Kommen Sie, gehen wir ein paar Schritte rüber zum Anleger.« Trüttgen stakste über das unebene Pflaster des abschüssigen Wegs zum Wasser, schien aber noch sicher auf den Beinen zu sein. Sie lehnten sich an das Geländer des Steigers, an dem die Ausflugsschiffe anlegten, um Fahrgäste aufzunehmen. Die Plattform dümpelte tief unter ihnen im sommerlich niedrigen Wasser.

»Sie haben vor gut einer Woche einen Mann auf Rosenhof im Gespräch mit Herrn Castillan gesehen und ihn auf einem Phantombild wiedererkannt?«

»Kann man so sagen, ja.«

»Ich habe hier zwei reale Fotos und wüsste gern, ob der Mann dabei ist.«

Trüttgen fingerte nach seiner Lesebrille, fand sie in der Brusttasche seines Overalls und tauschte die Sonnenbrille gegen das alte Gestell mit den verschmierten Gläsern.

»Wollen Sie mich veräppeln? Die sehen sich ganz ähnlich, ich weiß et nich, ehrlich.«

Karin hatte eine andere Antwort erwartet. »Das ist schade. Ich lasse Ihnen den Ausdruck da, Sie schauen zwischendurch mal drauf, vielleicht begegnet Ihnen einer der beiden doch noch. Kommen Sie, gehen wir zurück.«

Trüttgen legte den Bogen auf den Tisch, Luis Kreidler schaute darauf. Karin merkte, wie er sich über den Tisch hinweg und mit seitlich geneigtem Kopf für die Fotos interessierte, nahm die Konterfeis und reichte sie ihm.

»Wenn Sie ständig auf dem Hof sind, ist Ihnen vielleicht einer der beiden schon begegnet.«

Er schaffte es ohne Lesebrille, hielt sich das Papier weit von den Augen entfernt, blickte von einem zum anderen. »Also, ich bin ja nicht immer dort oben, und wenn, dann verschwinde ich in den Beeten und kriege wenig von denen mit, die dort ein und aus gehen. Moment, ich nehme zur Sicherheit doch eben die Lesebrille.«

Er zog ein abgegriffenes Etui aus seiner Hosentasche und

tauschte die Gestelle, hielt die Fotos dieses Mal in geringerem Abstand vor sich und betrachtete sie eingehend.

Patalon beobachtete das Trio aufmerksam und entdeckte die orangefarbenen Käppis, die auf dem Tisch lagen. Drei Stück. Ob sich Kreidler inzwischen zu O.P.A. gesellt hatte? Der Mann aus Op de Hei hielt den Finger auf einen der bemützten Köpfe. »Den kenne ich.«
Karin schaute, wen er meinte. »Sind Sie sicher? Woher kennen Sie diesen Mann?«
»Also, ich kenne ihn nicht persönlich. Ich bin mir ganz sicher, dass ich den schon mal gesehen habe. Moment, gleich fällt es mir ein.«

Er legte den Ausdruck ab, wischte sich mit einer Serviette den Schweiß von der Stirn und faltete sie ordentlich zusammen, bevor er sie auf seinem Teller unter die Gabel schob. Alte Schule, dachte Karin. Stille herrschte an dem Tisch, alle blickten gebannt auf Kreidler, der in seinem Oberstübchen kramte und immer wieder auf das Papier schaute.

»Ja, ich hab's.«
Karin beugte sich vor. »Und?«
»Einen Augenblick, es ist noch so verschwommen, ich weiß genau, dass der mir begegnet ist. So, wie er da aussieht, mit der Mütze in der Stirn. Ich habe noch gedacht, Mensch, so was tragen doch die ganz jungen Männer, der ist eigentlich ein bisschen zu alt dafür. Außerdem passte das Wetter nicht zu so einer Kopfbedeckung. Es muss also sonnig und warm gewesen sein. Zumindest warm, kann ja auch bedeckt gewesen sein. Aber ich bin mir so sicher. Nur wo und wann genau, nein, ich hab's doch nicht.«

Karin schaute Patalon an, der eine Augenbraue hob. Sie hatte bereits entschieden, zurück nach Wesel zu fahren. Das hier war ein Flop, es kam nichts Konkretes zum Vorschein. Sie reichte Kreidler ihre Visitenkarte. »Nichts für ungut, vielen Dank für Ihre Zeit. Wenn Ihnen noch etwas einfällt, wissen Sie, wo Sie mich erreichen.«
Kreidler reichte ihr das Papier. Er solle es behalten, meinte

Karin, vielleicht würde einer der Männer ihnen über den Weg laufen.

»Tut mir leid. Aber ich kenne den, das weiß ich«, sagte er noch einmal.

Auf dem Weg zum Auto blickte Patalon auf das gegenüberliegende Rheinufer. »Da könnte Burmeester jetzt neben seiner Perle in der Sonne liegen, Mensch, ist der blöd.« Beim Einsteigen hörten sie den Ruf.

»Halt! Ich hab's doch. Warten Sie, Frau Hauptkommissarin.« Kreidler kam auf sie zu und wedelte mit dem Papierbogen. »Der ist öfter in dem Café bei uns in der Siedlung. Ich weiß es genau. Ich wundere mich immer, weil der nicht bei uns wohnt und auch nicht dorthin passt.«

»Wie können Sie so genau wissen, dass er nicht dort wohnt?«

»Wenn man so lange in der Siedlung lebt wie meine Frau und ich, dann lernt man die Gewohnheiten der Leute kennen. Nur ein geringer Prozentsatz der Mieter besucht das Café. Das sind immer dieselben Köpfe, und die sieht man dann im Supermarkt, auf dem Parkplatz, an der Bushaltestelle, verstehen Sie? Die tauchen auch an anderen Stellen auf. Der nicht, der ist nur manchmal im Café.«

»Sind Sie sicher?«

»Ja, ganz sicher. Meine Frau wird ihn auch erkennen, wir haben manchmal darüber gerätselt, wer das wohl sein mag.«

»Vielen Dank, Sie haben uns sehr geholfen. Ich werde Sie noch ins Kommissariat bitten, um Ihre Aussage zu protokollieren.«

»Jaja, ich komme und meine Frau auch, wenn es nötig ist. Die wird sich freuen, wenn sie Ihnen helfen kann.«

Er lief zurück zu den anderen Männern. Karin hätte fast laut gejubelt, beließ es bei einem siegesgewissen Lächeln. »Wir haben Drechsler.«

Jerry Patalon sah die Lage eher neutral. »Noch nicht ganz. Irgendwo Kaffee trinken, auch wenn es nicht gemütlich ist, das machen viele. Und garantiert wird er dir sagen, er saß dort aufgrund der laufenden Ermittlungen, wetten?«

Karin merkte, dass sie nicht voreilig handeln durfte, auch wenn ihr nichts lieber war als ein eindeutiger Beweis gegen diesen Mann. Sie erst anflirten und anschließend bei der Chefin anschwärzen, das ging gar nicht. Sie musste Geduld haben. Und saubere, eindeutige Beweise sammeln.

»Du hast recht. Aber Hoffnung darf mir die Aussage des Herrn Kreidler schon machen, oder?«

***

Gero von Aha hatte Karin alle Informationen, die er über Drechsler finden konnte, per E-Mail geschickt. Jedes Detail hatte ihn erfreut, bis hin zu einer einfachen Personenabfrage bei Google, die von diversen Bordellbesuchen, bei denen er breit in irgendwelche Kameras grinste, sprach. Es gab eine Reihe von Zeitungsartikeln, in denen der Kommissar bei Drogenfunden zitiert wurde, und eine Reportage über ihn und Woodstock, den besten Spürhund vom Niederrhein. Was sich alles unter einem Namen ungelöscht im Netz sammelt, dachte er noch und widerstand der Versuchung, seinen eigenen Namen einzugeben.

Er fuhr mittlerweile mit lässiger Eleganz auf den Parkplatz von Rosenhof. Mehrere Transporter standen auf dem Platz, der Caterer lieferte Stehtische mit weißen Hussen, junge Leute in weiß-blauer Kleidung schleppten Kisten mit Gläsern und Porzellantellern, ein Küchenpavillon wurde auf dem Rasenstück neben der Remise aufgebaut. Hubertus Castillan stand mit einem Klemmbrett seitlich neben dem Eingang und wies höchstpersönlich das geschäftige Team an. Von Aha ging auf ihn zu.

»So eine Veranstaltung zu organisieren, macht eine Menge Arbeit, nicht wahr? Ich finde das bemerkenswert, ehrlich, eine logistische Leistung.«

Castillan schickte die Warmhaltebecken für die Speisen in Richtung Pavillon.

»Das können Sie laut sagen. Von einem Jahr zum nächsten beschäftigt mich die Matinee. Man muss die Musiker auswählen, Kontakte zu den Musikhochschulen pflegen, um die richtigen jungen Leute herzulocken. Und dann kommt die Kür, denn das Ambiente, das Catering, alles muss stimmen, damit die Sponsoren sich wohlfühlen. Ich kann Ihnen die Abrechnungen der letzten Jahre zeigen, die Preissteigerungen sind horrend, jeder beruft sich auf höhere Rohstoffpreise.« Er behielt auch während des Gesprächs die Übersicht. »Nein, die Gläser bitte an die Bar, ja, hinten links, und die Weinkisten in den Kühlwagen hinter der Remise.« »Ihre Frau freut sich schon sehr. Ein großes Fest.« Castillan überprüfte das Etikett einer Sektflasche, verglich es mit seinen Notizen und wies den Weg zur Kühlung. »Für meine Frau ist dies der Höhepunkt der Gartensaison. Sie fiebert in jedem Jahr darauf hin. Wissen Sie, ich würde ja langsam etwas kürzertreten, wir sind schließlich beide nicht mehr die Jüngsten. Ich wage gar nicht, ihr offen zu sagen, was für eine Belastung das für mich ist. Sie kann sehr fordernd sein.«

Oh ja, dachte von Aha, sie lässt sich schieben, statt sich selbst zu bewegen, und alle Welt hat auf Kommando zu funktionieren. Er konnte sich vorstellen, wie der Alltag der beiden aussah, wenn niemand in der Nähe war.

Castillan rief einem Lehrling hinterher, dem eine Kiste von der Sackkarre gerutscht war. »Sie kontrollieren sofort, ob die Flaschen noch alle heil sind, ich zahle hier nicht für Bruch.«

Der junge Mann reagierte umgehend, signalisierte, alles sei okay.

Von Aha wollte mehr wissen, ohne aufdringlich zu wirken. »Was haben Sie Leckeres bestellt für Samstag?«

»Das dürfen Sie mich nicht fragen, die Auswahl hat Rebecca getroffen. Ich nehme an, ihre Bestellung wird zum Beispiel zu dem feinen Wagen passen, mit dem Sie hier vorfahren. Hummerhäppchen, Kaviar, Krimsekt, alles edel. Unsere Gäste seien diesen Standard gewohnt, heißt es, wenn ich ihr vorhalte, wie teuer alles geworden ist. Es darf der erlauchten Gesellschaft an nichts mangeln.«

»Sie hat hohe Ansprüche.«

Castillan hielt eine duftende Lieferung auf und überprüfte auf dem Klemmbrett, ob wirklich Pfefferminzpflanzen in Blumen-töpfen avisiert waren. Er fand sie auf der Liste.

»Da haben Sie den Beweis. Wir haben in unserer Anlage Platz für tausend Rosen, aber Pfefferminze darf der Gärtner nicht anpflanzen, die muss gekauft werden. Das ist doch ein Wahnsinn.«

Ihm musste jetzt schnell etwas Versöhnliches einfallen, schoss es Gero von Aha durch den Kopf, damit sein Gesprächspartner nicht in schlechte Laune abdriftete. »Es ist schon erstaunlich, was man alles aus Liebe macht.«

Er erntete einen Blick von Castillan, den er nur schlecht deuten konnte. In seiner Mimik lag eine Mischung aus Abscheu und Resignation. Er sparte sich, wohl aus Höflichkeit, einen Kommentar.

Von Aha schaute auf die Uhr. »Ich werde Ihre Frau für zwei, drei Stündchen entführen.«

»Das ist gut, dann kann sie wenigstens nicht meckern. Eigentlich könnte sie auch die Anlieferung ihres Arrangements beaufsichtigen, aber nein, alles bleibt an mir hängen.« Er schnaubte verärgert.

Von Aha machte sich auf den Weg zum Haus und war sich ganz sicher, dass er den letzten Satz in seinem Rücken richtig verstanden hatte: »Alles muss nach ihrer Nase tanzen, wie immer.«

Er traf Rebecca Castillan direkt an der Tür. Sie hat uns im Visier gehabt, dachte er.

»Hat er sich wieder über meine Ansprüche beschwert?«

»Hallo Rebecca. Wie kommst du darauf?«

»Er ist schon seit Wochen schlecht gelaunt und mäkelt an allem herum. Zu viel, zu teuer, zu aufwendig. Nichts gefällt ihm. Dabei soll doch nur alles so bleiben, wie es immer war.«

Gero von Aha musste lächeln, er dachte an Tom und die Informationen zur Vermögenslage der Castillans. Große Sprünge konnten die nicht machen, das zeigten die Ermittlungsergebnisse. Die Frage, wie Hubertus Castillan den Lebensstil seiner Frau finanzierte, lag für ihn auf der Hand. Um das zu untermauern, machte er hier den ziemlich besten Gesellschafter für die Frau im goldenen Käfig.

»Bist du startklar? Das Museum von Otto Pankok wartet auf uns.«

Sie starrte die ganze Zeit über nach draußen, schien ihren Gatten genau zu beobachten. »Ich würde viel lieber mit dir zusammen den Inhalt meines Kleiderschranks ergänzen. Ich habe von einem ganz großen Einkaufszentrum im Ruhrgebiet gehört. Das Centro, kennst du das?«

»Ja. Gern.« Von Aha brach innerlich zusammen, hasste nichts mehr als überdimensionierte Einkaufstempel, in denen man sich verlaufen konnte und einer Flut von Reizen ausgesetzt war. Er würde sich für eine polizeiinterne Auszeichnung vorschlagen, wenn der Fall gelöst war. Einkaufen im Centro kam an dritter Stelle hinter Durchsuchung von Messie-Wohnungen und Nachtobservation. »Es wird dich sehr beeindrucken, glaub mir, es ist eine riesige überdachte Fußgängerzone auf zwei Etagen.«

Ohne den Blick von ihrem Ehemann zu lösen, saß sie aufrecht in ihrem Rollstuhl. »Wir fahren.«

Typisch, dachte Gero von Aha, sie sagt nicht »Können wir losdüsen« oder »Fein, ich freue mich«, nein, sie stellt einfach fest, dass wir starten, und fertig. Ich werde sie für einen Moment bei ihrem Mann abstellen. Mal schauen, wie die miteinander kommunizieren.

***

Tom Weber war immer noch damit beschäftigt, die Finanzen der Castillans zu überprüfen, brauchte jedoch weitere Auskünfte von deren Hausbank, die er nur mit einer Anordnung des Staatsanwalts bekommen würde. Haase hatte sie, ohne weitere Fragen zu stellen, umgehend unterschrieben.

Der Leiter der Filiale in Xanten zierte sich zunächst, wurde aber kooperativer, als Weber ihn in seinem Büro darauf hinwies, dass es sich um Ermittlungen der Kripo handelte.

»Wissen Sie, ich habe schon überlegt, wovon die leben. Die haben bestimmt noch Konten bei anderen Instituten, bei uns kommt gerade einmal ein Minimum an Einkünften an, um die

Hypothek zu bedienen. Das meiste sind ungewöhnlicherweise Bareinzahlungen. Es kam auch schon zu Stundungen, und Herr Castillan ignoriert seit Monaten unser Beratungsangebot. Mit einer vertraglichen Veränderung könnte man sich manchen Ärger sparen.«

Der Einblick in die Welt der Konten ergab ein nüchternes Ergebnis. Eigentlich stand alles im Minus. Was die Kosten des Anwesens und die Ausgaben seiner Besitzer betraf, wurde dies in regelmäßigen Abständen nur durch Bareinzahlungen aufgefangen.

»Donnerwetter, das sind ja stets größere Beträge, die er einzahlt.«

»Ja, die Kolleginnen von der Kasse schließen schon Wetten ab, wenn er auftaucht, ob er wieder eine Rolle aus Geldnoten abgibt. Da kommt der Zuhälter, flüstern sie dann.«

»Sie haben nicht viele Kunden, die ihnen das Geld in der Form vorbeibringen?«

Der Bankangestellte schüttelte lächelnd den Kopf. »Es kann nur einen geben.«

»Haben Sie jemals Frau Castillan in Ihren Räumen gesehen?«

»Nein, sie kommt auch nicht in den Verträgen vor. Ich kenne sie nur von den Veranstaltungen auf Rosenhof. Der gesamte Schuldenberg ist mit seinem Namen verbunden, ausschließlich. Wie in einem schlechten Heimatfilm hat dieser Mann das geerbte Vermögen seiner Vorfahren in weniger als zwei Jahrzehnten völlig durchgebracht. Wir sprechen von einem zweistelligen Millionenbetrag. Wenn es da einen Erben gibt, dann kann man dem nur raten, alles abzulehnen. Es bleibt praktisch nichts übrig, wenn unsere Ansprüche erfüllt sind. Nach der letzten Begutachtung steht fest, dass sein riesiges Haus in nächster Zukunft einige Reparaturen und Sanierungen nötig hat. Denen wird es wohl demnächst auf den Kopf regnen. Und wer weiß, bei wem die noch verschuldet sind.«

»Haben Sie eine Erklärung für die Bareinzahlungen?«

»Er hat irgendwann durchblicken lassen, dass er spielt. Ich kann mir allerdings nicht vorstellen, dass jemand regelmäßig so hohe Beträge aus dem Casino abschleppt.«

»Erzielt er Gewinne aus den Veranstaltungen?«

»Nein, da geht es um Ruhm und Ehre, um Ansehen und Kontakte. Am Wochenende werden sich namhafte Größen aus Industrie und Wirtschaft bei ihm einfinden, das sind Sponsoren und Förderer der musischen Künste. Die Bewirtung geht auf seine Kosten. Ich werde Jahr für Jahr eingeladen, und am Montag steht die ganze Belegschaft da und will wissen, was es alles gab. Und jedes Mal bleibt die Frage zurück, wie der Mann das alles finanziell stemmt. Uns fehlt die Antwort. Sie müssen nicht denken, dass außer den kommunalen Abgaben, Strom, Wasser, Versicherungen, Gehalt der Hausangestellten eine einzige Rechnung von seinen Konten abgebucht wird. Es gibt weder Stiftungsgelder oder Ähnliches noch offizielle Zuschüsse vom Bund oder Land, die Stadt hält sich ebenfalls raus. Es ist uns schleierhaft, wie das alles abläuft.«

»Gibt es einen unbekannten Kunstmäzen im Rücken?«

»Das mag für die Matinee zutreffen, aber was ist mit den anderen Veranstaltungen im Jahr? Es gibt Ausstellungen, Konzerte, Vorträge mit namhaften Referenten.«

Tom Weber wusste das System der Castillans nicht zu deuten. »Können Sie mir die Kontobewegungen der letzten zwölf Monate ausdrucken?«

Gesagt, getan. Mit Hilfe der detaillierten Auszüge ließ sich vielleicht erkennen, ob eine Systematik hinter den Bareinzahlungen steckte und aus welchen Geschäften das Geld stammen könnte. Sie konnten schlecht von Luft und Liebe leben.

Mit offenen Fragen und unbefriedigenden Antworten machte Weber sich auf den Rückweg nach Wesel.

***

Gero von Aha hatte Rebecca Castillan in die Nähe ihres Mannes geschoben und dann so getan, als habe er einen dringenden Anruf vergessen, war eilig zu seinem Wagen gegangen, in dem das mobile Telefon lag. Er beobachtete die Castillans, während er kurz die geänderte Planung an Karin Krafft weitergab. Zwei

Sitze nur, doch er behielt sein Handy am Ohr und schaute zu den beiden hinüber.

Sie rollte nicht auf ihn zu, er bewegte sich keinen Zentimeter, hielt sich an seinem Klemmbrett fest und dirigierte das Personal mit strenger Miene. Sie schauten sich nicht einmal an. Rebecca Castillan hatte die Chance, sich nach dem Stand der Dinge zu erkundigen, doch ihr Mann organisierte ihre heiß geliebte Veranstaltung vor ihrer Nase, und es schien ihr egal zu sein. Sie bewegte sich nicht.

Von Aha hatte große Lust, dieses Spielchen auszudehnen. Würde es eskalieren? Er winkte ihr zu.

»Sorry, ein Anruf noch, ich bin gleich da.«

Von einem Kleinlaster wurden große Töpfe mit Zimmerpalmen abgeladen, offensichtlich die grüne Dekoration für den Veranstaltungsraum. Jetzt müsste sie doch Interesse zeigen, dachte von Aha, bestimmt hat sie selbst dafür gesorgt, dass die Blumen angeliefert werden. Nichts, sie saß stolz und aufrecht in seiner Nähe und ließ alles um sich herum nahezu teilnahmslos geschehen. Es hatte keinen Sinn, dieses Experiment in die Länge zu ziehen, merkte von Aha. Er lief auf sie zu.

»So, das wäre erledigt. Handwerker darf man nicht verärgern, ich hatte ganz vergessen, dass der Schreiner heute kommen wollte, um zwei Türen zu richten. Hier läuft alles zur Zufriedenheit, Herr Castillan?«

Er schaute Gero von Aha irritiert an. »Ja, natürlich. Wenn ich etwas in die Hand nehme, dann läuft es auch.«

Von Aha konnte es nicht lassen. »Das sind ja prächtige Palmen. Rebecca, hast du sie geordert?«

Sie blickte auf. »Ja, sie kommen jedes Jahr aus derselben Gärtnerei, im Grunde muss ich nur dort anrufen, die wissen dann Bescheid. Wir sollten starten, bring mich zum Wagen.«

Sie verabschiedeten sich nicht einmal voneinander.

»Bis nachher, Herr Castillan, möge alles ganz planmäßig laufen.«

»Was? Jaja, wird schon. Viel Spaß im Museum.«

Jetzt wandte sie sich mit ungeahnter Heftigkeit ihrem Mann

zu. »Wir werden ins Centro fahren. Das ist ein großes Einkaufszentrum in Oberhausen. Ich werde mir die Garderobe für die nächsten Tage aussuchen. Gero hilft mir dabei, nicht wahr?«

»Ich weiß nicht, ob ich als Modeberater tauge.«

»Du beweist täglich deinen Stil, ich werde gewiss davon profitieren.«

Und mit einem langen Blick auf ihren Mann feuerte sie noch eine Spitze ab. »Im Gegensatz zu dir nimmt Gero sich Zeit für mich. Wir werden Spaß haben.«

Noch immer fixierte sie Hubertus Castillan. »Wir fahren.«

Da war es wieder, dieses demütigende Verhalten eines Sklaventreibers.

Sie machten sich auf den Weg. Auf der A 3 bemerkte von Aha, dass Rebecca Castillan nervös wurde, sie räusperte sich, kontrollierte ihr Haar im Spiegel der Sonnenblende.

»Bist du aufgeregt?«

»Ich bin noch nie in einem Einkaufszentrum gewesen, und männliche Begleitung habe ich in den seltensten Fällen.«

Jetzt oder nie, dachte Gero von Aha, dies war die Gelegenheit, mehr über ihre Ehe zu erfahren. »Ihr unternehmt nichts zusammen?«

»Nein. Das ist lange her.«

»Darf ich dir eine ganz persönliche Frage stellen?«

»Nur zu.«

»Was macht eure Ehe aus? Ihr lebt in einem Haus. Mehr allerdings kann ich nicht entdecken. Verzeih, ich meine, ihr geht sehr kühl miteinander um.«

Zunächst schwieg die Frau neben ihm, und er bereute schon seinen forschen Schritt. Sie war in einem Alter, in dem man nur mit dem Hausarzt über Probleme im Privatleben sprach. Dann rührte sie sich.

»Das erkennst du ganz richtig. Es fällt nicht schwer, bei den wenigen Gästen, die ins Haus kommen, das liebende Paar zu mimen. Wer uns näherkommt, der erlebt, wie es uns wirklich geht.«

»Und? Wie geht es euch?«

»Wie es ihm wirklich geht, weiß ich nicht.« Sie schaute von Aha an. »Mir geht es im Moment gut.«

Schon dachte er darüber nach, ob sie falsche Hoffnungen hegte.

»Ein ›Wir‹ gibt es nicht mehr, wenn sich die Tür hinter uns schließt.«

Von Aha bog schwungvoll von der Autobahn ab. Sie wechselte das Thema.

»Du meine Güte, so viele Autos, dabei hat die Straße drei Spuren. Wo wollen die vielen Menschen nur hin?«

Von Aha lachte. »Hoffentlich nicht alle ins Centro. Mach dich darauf gefasst, dass es voll und laut ist.«

»Das macht nichts. Mit dir fühle ich mich sicher. Zum ersten Mal seit langer Zeit mag ich die Welt entdecken. Du bist aufmerksam, mit dir unterwegs zu sein, ist so leicht, das tut mir gut. Ich freue mich auf neue Kleider.«

Ein gequältes Lächeln lag auf seinem Gesicht, ihm gelang ein Kopfnicken, es fehlten die Worte. Einkaufen im Centro am frühen Nachmittag. Innerlich litt er schon Höllenqualen, als sie auf dem obersten Deck eines Parkhauses Platz für das noble Gefährt fanden.

***

Die kleine Lage am späten Nachmittag führte die Ermittlungsergebnisse aller Kommissare zusammen. Ein immer vollständigeres Bild vom Kollegen Drechsler, den Castillans und den zwei Frauen aus Rheinberg entstand. Burmeester hatte eine der beiden, sie hieß Celine Kühne, als Besitzerin des Twingo ausgemacht.

»Ich habe sie observiert, sie arbeitet in einem Callcenter in Moers und lebt in Rheinberg. Sie ist tatsächlich die Dealerin, die mir den Stoff zum Einstieg geschenkt hat. Ihre Freundin fand ich auf Celines Facebook-Seite, es gibt genügend Fotos, auf denen sie Selbstdarstellung betreiben, ich habe sie gleich erkannt, sie heißt Karo Michalski und ist Verkäuferin bei KiK. Ich denke, dass sich beide mit dem Handel von Drogen ihr schmales Gehalt aufbessern. Auf Facebook gibt es Urlaubsbilder von Karo und Celine in der Karibik, auf den Seychellen, auf den Malediven. Die sammeln Inseln, von denen eine kleine Verkäuferin und eine schlecht bezahlte Angestellte im Callcenter normalerweise nur träumen können.«

Karin hatte die beiden bereits gedanklich abgehakt. »Die werden wir uns am Samstag beim Lauftreff holen, wenn die Kunden sich bei ihnen eindecken, oder ist Gefahr im Verzug?«

Burmeester verneinte. »Ich glaube, die führen sonst ein ganz geordnetes Leben. Nur den Luxus verdienen sie sich mit Dealen. Ob sie selber abhängig sind, wird ein Test zeigen. Ich habe einen vorsichtigen Blick auf Facebook geworfen, mich als frühere Schulkameradin getarnt. Sie hat mich akzeptiert, Karo wird es nicht einmal merken, wenn wir weiter nachforschen. Die sind mit einer gehörigen Portion Naivität ausgestattet, glaub mir. Die haben zum Beispiel eine Initiative ins Leben gerufen, damit unsere Regierung mit der in Spanien in Kontakt tritt, um das Saufen von Sangria aus Eimern auf Mallorca wieder zu legalisieren. Die sammeln Stimmen und haben bereits zweitausendeinhundert Likes.«

Tom Weber konnte es nicht fassen. »Stimmen sammeln fürs Komasaufen – Sachen gibt's, das glaubst du nicht. Sollen sie sich doch gegen Salafisten und andere Fundamentalisten engagieren, da würde ich sogar mitmachen.«

Er berichtete als Nächster von seinen Ermittlungen zu Castillan. Seine Informationen zu den Bareinzahlungen führten zu einer Reihe von Spekulationen. Karin sah nur eine Möglichkeit, dies zu überprüfen.

»Wer regelmäßig eine Spielbank besucht und hohe Gewinne abräumt, der ist dort bekannt. Wie wäre es, die Casinos in erreichbarer Nähe mit einem Foto von Castillan zu besuchen? Am nächsten liegt, glaube ich, Duisburg. Tom, du bleibst dran.«

Sie blickte in die Runde. »Ich werde mich mit der Familie Castillan und dem vergrabenen Käfer beschäftigen. Schauen wir mal, ob Gero noch etwas herausfindet. Der Ärmste rief am Mittag an und gab eine Änderung der Tagesplanung durch. Er war nicht im Museum, sondern im Centro. Gnädige Frau wollte einkaufen.«

Burmeester lachte laut. »Der Job verlangt ihm wirklich alles ab. Gero hasst Konsumrausch im Großrudel.«

★★★

Der Donnerstag verlief geschäftig, das gesamte Team des K1 arbeitete konzentriert daran, hinter die ehrenwerte Fassade der Eheleute Castillan zu blicken, und ermittelte mit Hochdruck in alle Richtungen.

Karin Krafft widmete sich einzig und allein den Machenschaften des Kollegen Drechsler, es mussten hieb- und stichfeste Beweise her. Sie erschrak, als ihr die ehrgeizige Freude bewusst wurde, die sie antrieb. Er kannte die Vorgehensweise der Kriminalpolizei, mit Insiderwissen hielt er seine Tarnung wohl schon geraume Zeit aufrecht. Eine List musste her, um ihn zu überführen, falls es an Beweisen mangelte.

Man begegnete sich einsilbig, teilte sich Neuigkeiten in Stichworten mit, selbst die kleine Lage fiel aus. Sie hatten reichlich zu tun und vertagten die Auswertung. Privatleben, was war das gleich?

Am Freitagmorgen stand nach Analyse der von Gero von Aha gemachten Käferfotos fest, dass der Wagen in einen Unfall verwickelt gewesen sein musste. Heierbeck tippte auf einen Zusammenstoß entweder mit einem Fußgänger oder mit einem Radfahrer. Er machte Karin wenig Hoffnung, nach all den Jahren in feuchter Erde noch verwertbare Spuren an der Karosserie zu finden.

»Wenn ich die Fotos richtig deute, dann haben die Männer, die an der Ausgrabung beteiligt sind, außerdem ganze Arbeit geleistet. Sie haben Dach und Kofferraumhaube abgefegt oder abgebürstet, ebenso versucht, die noch nicht zerbrochenen Scheiben klarzukriegen. Wenn Sie bedenken, wie lange das Ding in der Erde liegt, dann können Sie sich vorstellen, wie wurmzerfressen es im Inneren aussieht. Alles, was vergänglich ist, Gummi, Stoff, Teppich, hat angefangen, sich aufzulösen, zu vermodern. Mikroorganismen sorgen für Kleinstarbeit. Alles aus Metall hat Rost angesetzt oder hat sich bereits aufgelöst. Betrachten Sie die Löcher in der Kofferraumhaube. Ein paar Jahre noch, und ein Mensch, der das Terrain überqueren würde, könnte einsacken und durch das brüchige Dach in den Innenraum fallen.«

»Ein Unfall, also doch.«

»Genau. Der alte Herr Castillan hat den einfachen, aber wirkungsvollen Weg genommen, diese Schmach für immer verschwinden zu lassen. Viele Autos, die aus welchen Gründen auch immer in Flüssen oder Seen versenkt wurden, sind irgendwann gefunden worden. Ein verschwundener Pkw ist also kein Einzelfall. Aber von einem aufwendig in einer Wiese, unter einem Acker oder im eigenen Park vergrabenen Corpus Delicti habe ich noch nie gehört.«

»Als der Wagen unter die Erde gebracht wurde, hatte das heutige Anwesen nur einen einfachen Garten. Nicht die ganze Fläche wurde genutzt, niemand kümmerte sich um eine unbepflanzte Ecke auf dem Anwesen. Das geben alte Pläne und Fotos des Hofes her. Castillan konnte sich sicher sein, dass der Wagen nie gefunden wird.«

Karin dachte nach, es musste Zeugen von damals geben. Einen Fahrer, vermutlich einen Mann, da zu der Zeit nur wenige Frauen einen Führerschein hatten. Und es musste Gehilfen gegeben haben. Die Mitglieder dieser herrschaftlichen Familie waren wohl kaum in der Lage, mit Hacke und Spaten zu hantieren. Irgendwer hatte geholfen, dieses große Loch zu graben, um das Unfallauto darin zu versenken.

»Wie sieht es mit Fingerabdrücken im Inneren aus?«

»Vergessen Sie es. Alles wird einen Überzug haben, feine Spuren sind überlagert oder vernichtet. Findet eine gebrauchte Zahnbürste in einer Kunststoffhülle, und ich lege los mit der Suche nach DNA-Spuren. Aber so?«

»Da liegt so viel im Argen, wir können noch nicht direkt

befragen, sonst bleiben uns unter Umständen eine Reihe von Hintergründen verborgen.«

»Verstehe, ihr seid noch außen vor.«

»Oder mittendrin, je nach Betrachtungswinkel. Von Aha ermittelt verdeckt.«

»Wie stellt er das an?«

»Er macht den Gesellschafter für die Dame des Hauses, die im Rollstuhl sitzt.«

Heierbeck überlegte. »Das kommt mir irgendwie bekannt vor ...«

»Er nennt sich der ziemlich beste Fahnder, klingelt es jetzt?«

»Genau, dieser französische Spielfilm. Liefern Sie mir, was immer Sie finden, ich habe auch am Wochenende Dienst.«

»Gut zu wissen.« Karin bedankte sich.

Sie würde sich zunächst den Kollegen Drechsler vornehmen, aber in Begleitung, damit er ihr nicht wieder nachsagen konnte, sie würde ihn anbaggern. Schon hatte sie den Hörer in der Hand.

»Burmeester, wo bist du?«

»Nebenan im Besprechungsraum.«

»Komm bitte rüber, wir nehmen uns den werten Herrn Drechsler vor.«

»Moment, müssen wir die Untersuchung seines Falls nicht an ein anderes Dezernat weiterreichen?«

»Staatsanwalt Haase meinte, wir sollen erst Handfestes sammeln. Ich finde, das können wir besser gemeinsam machen. Ich werde mich mit ihm am Großen Markt im Eiscafé La Gondola verabreden, ihm dann vorschlagen, den armen Walter Gesthuysen im Krankenhaus zu besuchen. Mal sehen, ob er sich traut oder einen Rückzieher macht.«

»Was soll ich machen?«

»Du sitzt mit mir am Tisch, er soll sich gleich in die zweite Reihe versetzt fühlen.«

Von Aha klopfte, fragte wortlos, ob er draußen warten solle, bis sie das Telefonat beendet hätte. Sie wies ihn an, sich zu setzen.

Burmeester schien sich auf den Einsatz zu freuen. »Ich spiele den Othello, wenn es sein muss. Meinst du nicht, dass er abdrehen wird, wenn er mich entdeckt?«

»Du wirst drinnen an dem Tisch neben der Tür warten, ich werde mich in Sichtweite setzen. Kurz bevor sein Hinterteil die Sitzfläche des Stuhls berührt, setzt du dich mit deiner Tasse Kaffee neben mich. Und ich will, dass Tom in der Nähe ist und sich an ihn dranhängt, er wird das Gespräch garantiert vorzeitig beenden. Ich will wissen, was er macht. Ich werde mich für zehn Uhr verabreden.«

Gero von Aha gab sich erstaunt über die nahezu diebische Freude, mit der sie ihn anstrahlte. »Was hast du vor?«

»Moment, zwei Telefonate noch.«

Sie holte sich vom Staatsanwalt die Genehmigung zur Ortung von Drechslers Handy und gab Patalon den Auftrag, alles Notwendige zu organisieren. Von Aha nickte anerkennend, sie wirkte in ihrer Planung fast euphorisch.

»Ich werde Drechsler ganz gehörig die Tour vermasseln. Ich habe mir eine List erdacht und Burmeester involviert.«

»Gut. Ich bin froh, dass du auf Abstand gehst.«

»Wie soll ich das verstehen? Ich war nie eng mit Drechsler. Er vereinigt so viele negative Eigenschaften, unsensibel, unpünktlich, unordentlich ...«

»Unehrlich. Und er hat eine besitzergreifende Art.«

»Das stört mich nicht. In gewisser Weise fand ich seine ungestüme Art amüsant.«

»Du magst Kerle, die dich zur Begrüßung an sich drücken und herumwirbeln?«

Sie lachte. Ein Hauch Eifersucht stand ihm auf die Stirn geschrieben. »Wenn wir uns fast zwanzig Jahre kennen, darfst du mich auch herumwirbeln, vorausgesetzt, deine Bandscheiben lassen das noch zu. Gibt's was Neues?«

»Die Castillans sind sich spinnefeind, die haben sich nicht mehr viel zu sagen. Er läuft, wenn sie ruft, und sie ruft, wann immer es ihr passt. Alles andere ist Getue, Fassade.«

»Sie nutzt ihn aus.«

»Rebecca ist schonungslos egoistisch in ihrem Umgang mit

anderen Menschen, sie behandelt alle wie Dienstboten. Nur für ganz sympathische Exemplare hat sie ab und zu ein nettes Wort.«

»Wie war es im ›Centro‹? Wir haben noch gar nicht über euren Ausflug in die Konsumwelt gesprochen. Wirft sie mit Geld um sich?«

»Du meinst, ob sie neben einem Haufen Klamotten auch noch den passenden Schmuck bei Rüschenbeck gekauft hat?«

Karin nickte und wartete förmlich auf die Fortsetzung einer zweifelhaften Geschichte.

»Ich glaube, sie war wirklich zum ersten Mal in solch einem Einkaufsparadies. In der ersten halben Stunde dachte ich, sie würde kollabieren, so viele Eindrücke prasselten auf sie ein, und dann noch in der Rollstuhlperspektive. Immerhin verschaffte uns der Rolli eine Schneise durch die Menge. Dann hatte sie sich daran gewöhnt, und ich musste sie durch gefühlte zweihundert Läden begleiten. Tüten über Tüten hingen an den Griffen, an meinen Handgelenken, über der Schulter, sie war nicht zu stoppen, und der etwas schlank geratene Kofferraum des Maserati war zum Bersten gefüllt. Zum Schluss entdeckte sie dann diesen exklusiven Schmuckladen und verguckte sich in ein Collier. Willst du wissen, was sie auf den Ladentisch geblättert hat?«

Karin blickte auf die Armbanduhr, halb zehn, nickte gleichzeitig.

»Fast dreizehntausend Euro in bar.«

»Donnerwetter, alles griffbereit im Handtäschchen?«

Gero von Aha rollte einige Notizzettel zusammen und blätterte sie vor Karin wieder aus. »Der Mann stöhnt über die Kosten für die Matinee, und die Frau schmeißt an einem kurzen Nachmittag insgesamt knapp fünfzehntausend Euro unter das Volk, unglaublich.«

»Woher stammt das Geld?«

Von Aha glättete die kleinen quadratischen Blätter und schob sie zurück in die Box auf Karins Schreibtisch. »Ich habe keine Ahnung. Es ist, als sei im Haus irgendwo eine Quelle, die niemals versiegt, ein wundersamer Geldbrunnen, der immer sprudelt.«

»Fährst du gleich nach Rosenhof?«

»Ja, und wenn diese Allround-Marietta nicht wieder den Schreibtisch abstaubt, komme ich vielleicht zum Schnüffeln. Gestern war das nicht möglich, obwohl Rebecca sich den ganzen Nachmittag völlig erschöpft im Pavillon bedienen ließ.«

»Mach das, da stimmt einiges nicht.« Karin berichtete von Heierbecks Vermutungen, dass man einen Unfallwagen nicht vergräbt, wenn man nur eine Wildsau auf dem Kühler hatte. Wieder schaute sie auf die Uhr. »So, ich muss los. Jetzt ist Drechsler dran.«

»Du bearbeitest den Dreckskerl, und ich suche die Moneten.«

Gemeinsam verließen sie das Gebäude, Burmeester befand sich bereits vor Ort. Von Aha bog zum Parkplatz ab, und Karin verabschiedete sich zu Fuß in Richtung Innenstadt.

»Und in siebzehn Jahren wirbele ich dich durch die Luft, wenn wir uns treffen«, rief er ihr nach.

SECHS

Der Große Markt in Wesel lag in sommerlicher Morgenluft, die Schirme des Eiscafés leuchteten in der Sonne. Luftig bekleidete Menschen liefen zur Fußgängerzone, deren neue Pflasterung hell und freundlich wirkte. Eine Traube Männer und Frauen stand redend und rauchend vor der Fachhochschule für Management, die seit Neuestem neben der rekonstruierten gotischen Fassade des alten Rathauses residierte. Karin erkannte Burmeester, der sich strategisch gut am Eingang des Eiscafés platziert hatte, und setzte sich draußen in Sichtweite.

Einige Tische waren besetzt, man genoss die Weite des Platzes im Sonnenlicht. Karin bestellte sich einen Cappuccino. Das Glockenspiel des Doms intonierte eine Version von »Wem Gott will rechte Gunst erweisen, den schickt er in die weite Welt«, eine Schar Tauben überflog in rasanter Kurvenformation die Dächer der Trappzeile.

Sie sah zuerst den Hund, Woodstock federte mit erhobenem Haupt ein paar Meter vor seinem Herrchen her, der mit wippendem Schritt am Dom vorbei auf Karin zukam. Während Drechsler sich lächelnd auf die Tischreihen zubewegte, driftete der Bouvier ab und begrüßte schwanzwedelnd die um einiges kleinere Puli-Dame Emma, die von der Besitzerin der Apotheke am Großen Markt ausgeführt wurde. Er legte sich mit ausgestreckten Pfoten vor sie, sprang wieder auf, animierte sie zum ausgelassenen Spiel.

Zwei Fellknäule in freudigem Tanz, dachte Karin, als ein kurzer Pfiff Woodstock umgehend neben sein Herrchen zitierte. Drechsler wollte ihr gerade einen Begrüßungskuss auf die Wange drücken, als Burmeester mit einer Kaffeetasse neben ihnen stand.

»Na so was, da setze ich mich doch gerne zu euch.«

Woodstock hockte neben Drechsler im Schatten und hechelte, interessierte sich nicht mehr für Emma, die ihn nun von Weitem anbellte. Befehl ist Befehl, dachte Karin.

Drechsler sah von einem zum anderen. »Kommen noch mehr,

habt ihr die kleine Lage wegen Schönwetter nach draußen verlegt?«

Karin lächelte nicht mehr. »Nein, ich beabsichtige einen Besuch im Krankenhaus zu machen, vielleicht begleitest du mich.«

Drechsler schaute sie an, wusste ihre Bemerkung nicht einzuordnen.

»Du kannst aussuchen, ob wir zuerst zu Frau van den Berg gehen. Nein, ich glaube, das wäre nicht gut, die ist ja nicht im Dienst. Dann magst du vielleicht mitkommen zu Walter Gesthuysen?«

»Wer soll das sein?«

»Der liegt auf der Chirurgischen, dem hat man einen Knöchel wieder zusammensetzen müssen, nachdem ihn jemand in seiner Laube in Spellen überfallen hat, um einen Drogenvorrat mitzunehmen, der in Blumentöpfen versteckt war.«

Drechsler wusste offensichtlich nicht, wie er reagieren sollte. Der Baggermann hat ausgebaggert, dachte Karin, er kann sich nicht mehr in Plattitüden und Anmache flüchten. Sie setzte noch eins drauf.

»Burmeester, habe ich mich mit irgendeiner Geste oder mit anzüglichen Worten dem Kollegen Drechsler unangemessen genähert?«

»Nein, wie kommst du darauf?«

Sie verrührte langsam den Schaum in ihrer Tasse und löffelte ihn genüsslich. »Ich dachte, ich hätte ihm gerade die Laune verdorben, er ist so ernst auf einmal.«

Die Kellnerin kam, Drechsler wollte nichts bestellen, er reagierte barsch. »Was soll das hier?«

Die Hauptkommissarin stippte den Keks in ihren Cappuccino und biss die eingeweichte Hälfte ab. »Ich dachte, du begleitest uns zu Gesthuysen, der kriegt so selten Besuch. Ich habe ihm gesagt, ich würde wiederkommen, wenn ich ein Stück weiter wäre mit den Ermittlungen zu dem Überfall. Und ich bin ein Stück weiter. Ich weiß, dass Friederike Wallenboom, der die Blumentöpfe gehörten, Drogen über die Grenze schmuggelte, als ›Rosentransporteurin‹. Ich weiß auch, dass sie den Stoff in den Verbenen zwischengelagert hatte. Und mittlerweile bin ich davon überzeugt, dass Gesthuysen den Mann wiedererkennen würde, der ihm diese Lieferung abgeknöpft hat.«

Burmeester nutzte den kommunikativen Kniff, einen Dialog über einen anwesenden Dritten zu führen, um ihn mit der eigenen Sichtweise zu konfrontieren. »Der Kollege zuckte merklich zusammen, als du den Besuch im Krankenhaus erwähnt hast?« Karin machte mit. »Ich glaube, dass er langsam ins Schwitzen kommt, denn Gesthuysen hat ein gutes Personengedächtnis.«

»Was macht dich so sicher?«

Drechsler stand abrupt auf. »Woodstock, bei Fuß. Ihr habt doch 'ne Macke. So einen Scheiß muss ich mir nicht anhören. Kann dein Kerl es dir nicht mehr besorgen, oder was? Komm bloß nicht und bettele mich an, ich will nichts mit dir zu schaffen haben. Halt dich doch an der bunten Kleiderstange fest, die neben dir hockt.« Er blitzte sie aus verengten Augenschlitzen an, wies mit der Hand auf Karin. »Du, du kannst mir gar nichts.«

In Karins Phantasie glich er einem erzürnten Rocker, der nicht mehr unantastbar ist, er wurde irrational, pöbelte Frauen an, drohte, beleidigte, gewaltbereit, sich aufplusternd auf die doppelte Körpermasse. Auch Burmeester schaute ihm nach – das lange Hundefell und der Zopf des Kollegen bewegten sich in unterschiedlichen Höhen fast synchron.

Burmeester nahm einen langen Schluck abgekühlten Kaffee. »Im unbeherrschten Abgang zeigt sich der wahre Geist. Ich hätte nicht vermutet, dass der so primitiv wird.«

»Doch, der beißt zu, wenn man ihn in die Enge treibt. So, Tom müsste an ihm dran sein, und Jerry sieht, wen er gleich anruft. Ich könnte wetten, dass er telefoniert, sobald er um die Ecke gegangen ist. Ich will wissen, mit wem er spricht.«

»Meinst du nicht, dass er vorsichtig sein wird?«

»Der denkt nicht im Schlaf daran, dass schon alles läuft. Ich bin doch ein dummer kleiner Bullenkäfer, der ihn nicht zur Strecke bringen kann, und in seinen Augen bist du der bunte Depp. Trink in aller Ruhe aus, der läuft uns nicht weg.«

Burmeester grinste. »Wenn ich dich Bullenkäfer nennen würde …«

»Wage es nicht! Einer von der Sorte reicht in meinem Dunstkreis.«

Karins Smartphone klingelte. Jerry Patalon berichtete, dass Drechsler bereits telefonierte, und die Hauptkommissarin war nicht überrascht, dass der Angerufene Kurt Dahmen in Goch war. Um den daran zu hindern, Beweismaterial verschwinden zu lassen, standen die dortigen Kollegen – vorsorglich von Patalon alarmiert – bereits in der Nähe des Hauses und würden zur Tat schreiten, sobald Drechsler aufgelegt hatte.

Keine zehn Minuten später erfuhr Karin, dass der Suchhund in Goch bei der Vogelvoliere in der Wohnung von Kurt Dahmen anschlug. Das Team fand eine große Menge Kunststofftütchen mit Crystal Meth im doppelten Boden. Burmeester machte Karin darauf aufmerksam, dass Drechsler auch die beiden Frauen in Rheinberg warnen könnte.

»Du hast recht, aber das Risiko müssen wir eingehen. Selbst wenn er sie warnt, haben wir noch deine Berichte über den florierenden Handel am Sportplatz. Er muss sich selber in Sicherheit wiegen, sonst erfahren wir nicht die ganze Wahrheit über das System, mit dem er arbeitet. Ich werde im Rahmen von Amtshilfe zwei Kollegen aus Dinslaken anfordern, die ihn weiter observieren. Tom wird er früher oder später erkennen.«

Schon telefonierte sie mit Haase, der ihr die Genehmigung erteilte. Durch diese offizielle Zusage konnte er die neu gesammelten Erkenntnisse in einem Strafverfahren gegen Drechsler auch verwenden.

Dinslaken schickte – unter Einsatz von Blaulicht – umgehend zwei neue Kollegen, die Drechsler nicht kennen konnte.

***

Ohne Gesthuysen waren die Männer der O.P.A.-Initiative aufgeschmissen, wenn es darum ging, im Internet nach Interessierten zu suchen, denen man ein verrostetes Auto andrehen konnte. Kostenfrei, nur abzuholen wäre es.

Mit dem Laptop eines Enkelkindes bewaffnet, hatten Trüttgen

und Mackedei den dünnen Mann am Raucherpavillon vor dem Marienhospital gefunden und ihn dazu überredet, in die Cafeteria zu gehen, um bei einem Getränk seiner Wahl an der Entsorgung des Fundes zu arbeiten.

Sie saßen an dem großen Fenster mit Blick in Richtung Innenstadt und berichteten Gesthuysen von ihren Sorgen. Der startete das Gerät und wählte sich ins WLAN des Hauses ein, um eine Verbindung mit dem Internet zu schalten. Trüttgen wies ihn an, bloß nichts zu verändern, sein Enkel würde ihm nie wieder einen Film aufnehmen, wenn er auch nur eine Datei verschieben würde.

Der selbst ernannte PC-Fachmann schnaubte. »Den Desktop dieses Geräts müsste man mal ein wenig aufräumen.«

»Nix da, du suchst jetzt irgendwo nach Käfer-Fans, die alles für das letzte heile Ersatzteil geben würden. Leg los.«

Gesthuysen tippte sich ein, Google bot ihm einige Möglichkeiten, flott fand er eine passende Plattform. »Wie soll ich es denn beschreiben?«

»Schreib: stark verrostetes Exemplar, steht in einer Grube und kann nur nachts abgeholt werden.«

Gesthuysen lehnte sich zurück und verschränkte die Arme. »Wie unauffällig! Wer soll sich da melden? Ein Geisteskranker? Komm, das muss anders klingen. Du musst die Leute erst neugierig machen, und wenn jemand anbeißt, die Details auspacken, sonst wird das nichts. Lasst mich mal machen.«

Die beiden Männer in Overalls setzten sich neben den unrasierten Kerl im längsgestreiften Bademantel und schauten zu, wie er mit flinken Fingern zunächst das Bild eines grünen VW Käfers kopierte, dann eine Nachricht zusammenstellte, die sie staunen ließ. Etwaige Käfer-Freunde standen nun vor dem Dilemma, ein stark verschmutztes Auto mit Macken in der Karosserie umsonst abholen zu können, wenn sie sich mit ein paar unwesentlichen Sonderkonditionen anfreunden würden. Details auf Anfrage.

Gesthuysen suchte noch ein Bildbearbeitungsprogramm und ließ dem Wagen eine Sonnenblume aus den Lüftungsschlitzen der kleinen Motorhaube wachsen, bevor er es der Beschreibung zufügte. Zur Kontaktaufnahme gab er seine E-Mail-Adresse an. Gesty-Action.de. Mackedei stöhnte auf. Dieser Angeber. »So macht man das. Jetzt ab ins Netz, und ihr werdet sehen, schon heute Abend wird sich ein Liebhaber finden, dem es in den Fingern juckt. Ich kann die Nachrichten auf meinem Handy empfangen und werde euch informieren. Ich muss allerdings das Gerät noch aufladen, kauft mir für Aldi Talk eine Guthabenkarte, und dann geht's los.«

Er fuhr den kleinen PC runter und reichte ihn zurück an Trüttgen. »Das hat mich viel Kraft gekostet, mein Fachwissen zur Verfügung zu stellen. Ich würde gerne etwas zu mir nehmen. Wer zahlt?«

Nachdem der Kollege einen Muffin, zwei Stück Apfelkuchen und drei Snickers verdrückt hatte, machten sich Hans-Hermann Trüttgen und Alfons Mackedei auf den Weg. Der Bulli stand auf einem der neu angelegten Parkplätze auf der Goldstraße zwischen eingezäunten Flächen für Mülltonnen. In Höhe der Volksbank konnten sie nicht mehr an sich halten.

»Gesty-Action.de, ich krieg die Motten.« Mackedei griente.

»Aber flotte Finger hat er. Schneller als seine Beine.«

»Und mit dem Mundwerk ist er tüchtiger als mit den Armen.«

»Wir müssen ihm noch die Karte holen, ich hab schon wieder vergessen, wie dat Dingen heißt.«

»Das kriegen wir hin, er soll schließlich in der Lage sein, seine E-Mails zu lesen, unser Gesty.«

Sie kicherten. Trüttgen entdeckte mit einem zufälligen Blick auf den Marktplatz Karin Krafft und Nikolas Burmeester, die gerade einen Tisch des Eiscafés verließen. »Da guck, die haben sogar Zeit für ein Eis. Unsere Kripo ist auch nich mehr, wat se mal war.«

»Nun meckere nicht, jeder braucht mal eine Pause.«

»Na gut, lass uns für Gesty einkaufen gehen.«

***

Karin Krafft saß im Besprechungsraum neben Jerry Patalon, der, mit Kopfhörern ausgestattet, die Telefonate von Drechsler kontrollierte. Auf dem Bildschirm vor ihnen war sein Bewegungsprofil zu erkennen. Solange er sein mobiles Telefon eingeschaltet ließ, würde man ihn verfolgen können.

Drechsler bewegte sich langsam in Richtung Rheinpromenade. Nach dem Gespräch mit Kurt Dahmen hatte er erfolglos versucht, zwei andere Teilnehmer zu erreichen. Und hier begann es für das Team im K1 spannend zu werden. Beide gewählten Nummern waren nicht zu verfolgen, da die Benutzer nicht ermittelt werden konnten und keine Ortung möglich war. Vielleicht nutzten die Angerufenen Prepaidhandys oder verschlüsselte SIM-Karten, das Suchergebnis war jedenfalls negativ. Hier geriet das wunderbare Überwachungssystem an seine Grenze. Karin wurde ungeduldig. »Wen haben wir denn da? Sind das gleich zwei Handys mit illegalen SIM-Karten, oder sehe ich das falsch?«

»Wenn die miteinander reden, können wir ihre Standorte ausmachen. Die Chance besteht zumindest.«

»Und wenn er ihnen eine SMS schickt oder über ein soziales Netzwerk kommuniziert?«

»Das wäre schlecht. Da lassen sich die Daten nur über den Anbieter einholen. Da, schau, er spricht mit einem der beiden. Moment, ich sehe nach, wo sich der Teilnehmer befindet.«

Patalon lauschte in seine Kopfhörer, und gleichzeitig tippte er den Suchauftrag für die Ortung des Teilnehmers ein. »Sie scheinen sich länger zu unterhalten, das ist gut.«

Die Anzeige auf seinem Schirm veränderte sich, ein Bild mit wenigen Straßen und leeren Flächen tat sich auf, Karin schaute genau hin. Der Punkt für den zweiten Teilnehmer leuchtete mitten in der Landschaft auf. Erst bei genauerem Hinsehen erkannte sie, wo sich Drechslers Gesprächspartner befand. Sie sprang auf und deutete auf den Bildschirm.

»Jetzt haben wir den Zweiten im Bunde. Weißt du, wo der sich aufhält? Das ist der Fürstenberg in Xanten. Drechsler telefoniert mit Castillan, den Mann mit den vielen SIM-Karten, garantiert.«

Patalon schob sich einen Kopfhörer hinter das Ohr. »Vorsichtig!

Die Verbindung ist schlecht, ich kann nicht einmal ausmachen, wo genau der andere Teilnehmer oder die Teilnehmerin telefoniert. Das Gelände von Rosenhof ist groß. Dass er mit Castillan telefoniert, werden wir ihm nicht nachweisen können, da die Handykarte nicht registriert ist. Das kann theoretisch irgendwer in der Nähe sein.«

Karin reagierte aufgebracht. »Das ist Hubertus Castillan! Wir können doch jetzt nicht so tun, als hätten wir nicht Mosaiksteinchen für Mosaiksteinchen zusammengetragen und wüssten es nicht.«

»Es ist nicht beweisbar, dass er telefoniert hat. Damit kommen wir bei Haase nicht durch.«

»Verdammt!«

Jerry Patalon grinste. »Wir wissen, wer dort lebt, und wir kennen seinen Vorrat an illegalen Karten. Damit sind wir glatt im Vorteil.«

»Stimmt.«

Karin Krafft verließ den Raum. Ihre Intuition sagte ihr, dass sie auf dem richtigen Weg war. Es gab wieder einen Kontakt zwischen Castillan und Drechsler, sie würde beiden eine Straftat nachweisen. Noch lag der Käfer in der Erde auf dem Fürstenberg. Wenn es einen Unfall gegeben hatte, dann würde sie die Fakten ans Licht bringen.

Wie hatte Heierbeck noch gesagt? Wegen eines Wildschadens vergräbt niemand sein Auto. Wegen einer Leiche am Straßenrand schon eher.

Die Hauptkommissarin begab sich in das Archiv der Kreispolizeibehörde, die alten Akten lagerten unter anderem im Keller des Kreishauses. Sie wies sich beim Archivar aus, erklärte ihm die Sachlage und erkundigte sich, wo sie Informationen finden könnte. Der Beamte ähnelte in seinem Denkmodus einer Wachsfigur, starr und unbeweglich. Kein Zucken in seiner Mimik verriet, ob er gerade einen Anfall erlitt oder seinen inneren Karteikasten durchforstete.

Plötzlich wieder hellwach, nannte er ihr Ziffern und Buchstaben, Regalreihen und Lagernummern. Sogar aus den Siebzigern, als die Kreisverwaltungen noch anders zugeschnitten waren als heute und andere Zuständigkeitsbezirke für die Polizei galten, gab es lange Reihen voller staubiger Akten mit Verkehrsdelikten, sie waren alphabethisch geordnet. Karin musste jeden einzelnen Deckel herausziehen, um auf der Vorderseite am oberen Rand einen Stempel als Zeichen für die Fallablage zu finden. Kein Stempel bedeutete, der Tatbestand hatte nicht als strafrechtlich relevant eingestuft werden können. Nach ungefähr zwanzig alten Aktendeckeln, deren Staub sich in ihre Fingerfurchen zu setzen schien, zog sie Einweghandschuhe aus ihrem Rucksack, bevor sie weitermachte.

In den Sechzigern und Siebzigern schien es weit mehr Verkehrstote gegeben zu haben als heute, obwohl sich weniger Autos auf den Straßen bewegten. Unfälle hatten verheerende Auswirkungen, die damalige Sicherheitstechnik der Autos war nicht weit entwickelt. Die Aufklärungsquote schien allerdings hoch gewesen zu sein, nach einigen Metern hatte Karin noch immer keine ungestempelte Akte entdeckt. Die ungewohnt schräge Körperhaltung – die Objekte ihres Interesses wurden nicht in Augenhöhe verwahrt – und die hohe Anzahl der verblassten doppelseitigen Pappdeckel mit mehr oder weniger seitenstarkem Inhalt, die sie bewegen musste, strengten sie an.

Nach fast zwei Stunden hatte sie drei ungeklärte Fälle gefunden. Der Archivar kam zwischenzeitlich nachschauen, ob sie zurechtkam. »Mögen Sie einen Kaffee? Ist aber bestimmt nicht mehr ganz heiß.«

»Gerne.«

Er verschwand so lautlos, wie er erschienen war. Stempel, Stempel, kein Stempel, ein Fall aus dem Jahr 1969. Sollte sie vielleicht nicht nur im Jahr 70 suchen, sondern die zwei Jahre danach ebenfalls beachten? Was, wenn das Auto nicht unmittelbar nach dem Unfall auf sonderbare Weise verschwunden war, stattdessen noch unbenutzt in einer Garage oder Scheune gestanden hatte? Hatte es den vermuteten schweren Unfall überhaupt gegeben? Sie wischte die Gedanken sofort beiseite, nein, sie musste irgendwo eine Grenze setzen. Nur das Jahr 70, vor dem August.

Der Kollege brachte ihr einen Pappbecher mit lauwarmem Kaffee. Nach dem ersten Schluck bemerkte sie, wie der Staub aus ihrer Kehle verschwand, den sie unbemerkt aufgenommen hatte. »Danke, das tut gut.«

Die Zeit verging, achtzehn mögliche Fälle waren es bis Dienstschluss, gegen zwanzig Uhr machte der Archivar sie darauf aufmerksam, dass er schon seit zwei Stunden Feierabend hatte. Die Verbissenheit, mit der sie sich durch die Vergangenheit arbeitete, erstaunte sie selbst. Karin hatte ein Ziel und ließ sich nicht beirren.

»Ich bin gleich durch, wenn Sie mir helfen, dauert es keine Viertelstunde mehr.«

»Fälle ohne Stempel?«

»Aus dem Jahr 1970, ja, bitte.«

Er begann an der entgegengesetzten Seite des letzten Regalbodens, und als sie sich bis auf einen halben Meter genähert hatten, überließ Karin ihm das Feld. Er verströmte einen sonderlichen Geruch nach Schweiß und Papier aus alten Zeiten.

Um Viertel nach acht nahm Karin sechsundzwanzig Akten mit, und der Kollege schloss hinter ihnen die Tür.

»Danke, Sie haben mir sehr geholfen.«

»Dafür nicht. Ich habe selten Gäste, die so lange bleiben, da wird man doch nicht ungemütlich.«

Karin wählte auf dem Weg zum Büro ihre eigene Festnetznummer.

»Krafft und de Kleutje.«

»Maarten, ich werde länger brauchen.«

»Das dachte ich mir. Ich bin noch mit Hannah draußen, es ist ein so schöner Abend. Wir werden warten, bis die Glühwürmchen auftauchen, vielleicht erscheinen sie zeitgleich mit dir.«

»Ich beeil mich, grüß die Süße.«

»Mach ich. Übrigens, wenn du zwischendurch Zeit für eine kleine Pause hast, schau dir auf dem Smartphone die neuen Fotos an, die Moritz geschickt hat. Du, da müssen wir auch hin, ein Eldorado für Archäologen, es gibt so viele wunderschöne historische Gebäude in Myanmar.«

Sie nutzte den Fußweg zum Herzogenring, tippte auf ihrem Smartphone und schaute in ihr elektronisches Postfach. Mit einem entspannten Lächeln passierte sie die Pforte, Bilder von goldenen Pagoden vor Augen und sechsundzwanzig verstaubte Akten unter dem Arm.

★★★

Glaub niemals, dass alles so bleibt, wie es ist. Niemals, hörst du? Schon gar nicht, wenn es gut ist. Das habe ich mir schon früh in meinem Leben abgewöhnt, sehr früh. Wenn einer eine Schraube locker hat, dann liegt es meistens an der Mutter. Prost, Mama! Alles steht und fällt mit dem, was sie dir gibt oder nimmt. Nimmt sie dir das Vertrauen, wird immer hinter der nächsten Ecke der Dämon lauern. Davon kannst du ebenfalls ein Lied singen, du bist doch auch so ein verkorkstes Element wie ich. Immer gibt's eins auf die Schnauze, entweder mit der Faust oder es heißt, küss den Asphalt.

Wieso ist die Flasche schon wieder leer? Hast du dich heimlich bedient? Pass bloß auf, was du machst, ich bin nicht in der Laune für abgedroschene Späßchen. Zur Strafe werde ich dir nichts aus dem Kühlschrank mitbringen. Wer faul auf dem Sofa rumhängt, muss sehen, wo er bleibt.

Wein auf Bier, das rate ich dir. Du wirst dir meinen Scheiß anhören müssen, ob du willst oder nicht. Mich haben sie am Arsch, mich, nicht dich, verstehst du? Ich habe allen Grund, mich zu besaufen.

Wenn du glaubst, du hast alles im Griff und jeden unter Kontrolle, dann fällt dir jemand aus dem Netz, das alles zusammenhält, und verbeißt sich in deiner Wade. Erst schlackerst du. Sinnlos. Dann versuchst du es mit Streicheleinheiten und guten Worten. Nichts. Bisswunden infizieren sich schnell. Wadenbeißer lassen nicht los, krampfartige Starre in den Kiefern lässt keine Erlösung zu. Innerhalb von wenigen Tagen fällt dir das Bein ab. Du kriechst fortan durch dein beschissenes Restleben und wartest darauf, dass dir jemand den Gnadenschuss gibt.

Du musst der Realität ins Auge blicken. Das gute Leben ist vorbei.

***

Jerry Patalon saß mit einem Döner zwischen den Händen immer noch am PC, die anderen hatten sich verabschiedet. Burmeester würde am Samstag zum Dienst kommen, da es noch einige Personen zu überprüfen galt, die Drechsler angerufen hatte.

»Ist er immer noch aktiv?«, fragte Karin.

Patalon deutete auf den Bildschirm, während er mit Krautsalatstreifen kämpfte, die aus der Fladenbrottasche hingen und Soßentropfen auf seine Hose verteilten. »Mist, ich bin einfach für Fisch am Spieß geboren und nicht für Mahlzeiten, bei denen man eine Maulsperre kriegt und sich von oben bis unten versaut. Drechsler hat zuletzt aus seiner Wohnung telefoniert, der sitzt brav zu Hause, sagen die Kollegen aus dem Krefelder Team. Die sind zuverlässig und observieren dort für uns. Tom wird in einer Stunde als Ablösung anfangen, und morgen früh übernehmen die anderen wieder.«

»Gut.« Karin nickte anerkennend. »Ich habe sechsundzwanzig ungeklärte Verkehrsunfälle aus dem Jahr, in dem der vermeintliche Verlust des Käfers gemeldet wurde. Ich bin gespannt, ob es Hinweise auf beteiligte Fahrzeuge gibt.«

Patalon wischte sich das Kinn mit einem Papiertaschentuch ab. »Das klingt wie eine Einladung zur Nachtschicht.«

»Nennen wir es zunächst mal Spätdienst und schauen dann weiter.«

Sie teilten sich die Akten auf. Manche konnten nach wenigen Minuten des Einlesens zur Seite gelegt werden, in andere mussten sich die beiden vertiefen, bis klar wurde, welches Fahrzeug beteiligt gewesen war und ob es Zeugen gab.

Gegen dreiundzwanzig Uhr saßen sie gähnend vor dem Aktenberg.

»Nichts. Da ist nirgendwo die Rede von grünen Lackspuren oder von Zeugen, die einen Käfer gesehen haben. Scherben von

Scheinwerfern sind in mehreren Fällen gefunden worden, bloß können wir damit nichts anfangen.«

Patalon bediente sich an von Ahas Luxus-Kaffeemaschine. »Für dich auch einen Becher?«

»Ja, super Idee.«

Das Koffein breitete sich umgehend in Karins Körper aus, belebte ihren Geist und beflügelte energisch ihren Ehrgeiz. »Wo ist der Denkfehler? Hätte ich bei der Aktensuche doch weitere Jahre berücksichtigen müssen?«

Patalon behielt den PC mit der Ortung im Blick, alles ruhig. »Das glaube ich nicht. Wer auf die eigentlich absurde Idee kommt, ein Auto zu vergraben, und das auch noch macht, der handelt aus einem Schock heraus. Lass uns mal herumspinnen. Spür dich in die Situation ein und versuche, die Gedanken auszusprechen, die dir kommen.« Er schob die Akten zur Seite und überlegte.

»Du hast einen Unfall erlebt, bist irgendwo vorgerumst. Oder ein Mensch wurde dabei verletzt, ist vielleicht sogar gestorben in deiner Gegenwart. Du siehst zu, nach Hause zu kommen. Niemand darf davon erfahren, absolut niemand. Es muss geheim bleiben, denn du bist einfach weggefahren. Unfallflucht wird bestraft. Vielleicht warst du betrunken und bist trotzdem gefahren. Das Auto ist beschädigt, eventuell ist auch das schon ganz furchtbar, es ist ein riesiger Ärger zu erwarten. Begriffe wie Nichtsnutz, Schmarotzer, ungeschickt, Bestrafung, verpfuschtes Leben, vielleicht sogar Mörder kommen dir in den Sinn. Der Käfer, der Beweis dafür, dass er eindeutig das Unfallfahrzeug war, muss weg.«

Karin hielt die Augen geschlossen. »Das kann nur ein junger Fahrer gewesen sein, verunsichert, panisch. Das war nicht der Senior, dem das Auto gehörte, ich sehe einen jungen Menschen, für den die Welt zusammenbricht.«

Sätze drängten an die Oberfläche. »Er hat alles falsch gemacht, das Auto ohne Wissen des Vaters für eine Spritztour genutzt und einen Unfall verursacht. Niemand durfte davon erfahren. Ich sehe das Anwesen auf dem Fürstenberg, weitläufig und abgelegen. Alles geschieht im Dunkeln, lautlose Schatten, ein kaputtes Auto, Adrenalin, aufgeregte Stimmen, die gedämpft und zittrig sind wie in einem schlechten Film. Es sind mehrere Personen, junge Männer, vielleicht mit jungen Frauen, alle sind aufgeregt und können nicht mehr klar denken. Sie wollen ihrem Kumpel helfen. Der Käfer muss weg. Vielleicht wird er im verborgenen Eck ein oder zwei Tage unter einer Plane versteckt. Länger hält der Unglücksfahrer es nicht aus. Eine Lösung, eine richtige Lösung, muss her.«

Jerry Patalon fühlte sich bestätigt. »Siehst du, niemand wird in aller Ruhe ein oder zwei Jahre gewartet haben. In dieser Verfassung geht das einfach nicht, es kommt zu irrationalen Handlungen. Bildlich gesprochen: Die Leiche musste unter die Erde, bevor sie anfing zu riechen. Für alle, die dabei waren, ist klar: Das demolierte Auto mit all den nachweisbaren Spuren muss weg. Der Druck, unter dem sich die Beteiligten fühlen, verdrängt das Schuldgefühl, das Unfallopfer liegen und verrecken lassen zu haben. Wenn es denn so war – wir wissen bis jetzt nicht, ob damals jemand angefahren wurde und vielleicht gestorben ist. Also müssen wir das herausfinden.«

Karin blinzelte ins Licht und war ratlos. »Es kann doch nicht sein, dass wir auch noch nach dem Unfallopfer von 1970 suchen müssen.«

Patalon meinte, die Leiche sei bestimmt aufgefunden worden. »Der Fahrer hätte ja gegenüber seinem Vater, also dem Autobesitzer, einen Zusammenstoß mit einem Wildschwein oder Reh angeben können, um die Spuren zu erklären. Er wird Furcht davor gehabt haben, dass ein Fachmann in der Werkstatt die Schäden misstrauisch beäugt und Spuren eines menschlichen Opfers findet. Stell dir einen jungen Menschen in großer Not vor.«

Karin malte mittlerweile gedankenversunken Kreise auf einen Notizblock. »Ich verstehe, nur, dass wir nichts in den Akten gefunden haben, irritiert mich.«

Patalon beobachtete, wie seine Chefin vor sich hin kritzelte. Was machte sie da?

Eine plötzliche Eingebung ließ ihn aufspringen. »Genau das ist es. Schau, was du auf dem Block machst.«

»Krickelkrackel würde meine Tochter es nennen.«

»Du malst Kreise und erweiterst sie von Runde zu Runde.«

»Und?«

»Wir erweitern den Radius der Ermittlung. Ich besorge eine Karte der Region. Stell dir noch einmal die jungen Leute in Papas Wagen vor, den sie sich heimlich ausgeliehen haben. Wo sind sie gewesen? Haben wir in der Diebstahlmeldung Informationen zu den Tatumständen oder Aussagen zum Datum nicht richtig verstanden? War das nach einem Wochenende?«

Karin nickte. Es sei die Rede davon gewesen, dass der Besitzer Hermann Castillan über das Wochenende keinen Blick in die Remise geworfen habe, in dem das Auto abgestellt war, er sei krank gewesen und habe die Tage im Bett verbracht. Erst am Montag sei ihm der Verlust aufgefallen.

»Karin, das ist es. Am Freitagabend oder Samstag ausgefahren, Mist gebaut, in der Nacht zurückgekommen, am Sonntag das Auto verbuddelt, im Zimmer die alten Platten laut gestellt und sich mit einer Flasche Martini aus der väterlichen Hausbar betäubt.«

Bis auf die Ausschmückungen fand Karin den Ablauf logisch. Welche Distanz hatte ein junger Mensch an einem Samstag im August 1970 zurückgelegt, um am Wochenende auszugehen? Fand im Ruhrgebiet die große Party statt? Reichte ein Ausflug nach Kleve, fuhr man ins E-Dry nach Geldern oder lieber nach Dinslaken?

»Wir brauchen jemanden, der in der Zeit um die zwanzig war und uns erzählen kann, wo man hinfuhr, wenn man einen eigenen Wagen hatte.«

Jerry Patalon nahm sein Handy zur Hand und tippte. »Ich rufe meine Eltern an, das sind gebürtige Weselaner, die haben hier eine wilde Jugend erlebt und wissen bestimmt noch, wo sie an den Wochenenden gewesen sind.«

Er wartete.

»Ja, ich bin es. Was? … Nein, Mama, alles in Ordnung. … Schon halb eins, oh, entschuldige.«

Karin ahnte, dass seine Mutter ihn nicht mehr aus den Klauen lassen würde. Leise stand sie auf und ging zur Toilette. Ein Blick in den Spiegel zeigte ihr, wie durch mangelnden Schlaf sofort Falten entstehen. Sie wagte nicht, an ihren Achseln zu schnuppern, und den Geschmack im Mund bekämpfte sie mit Wasser. Als sie zurückkam, hatte Patalon eine Landkarte aufgerufen und an die gläserne Infowand projiziert.

»Ich hatte auch nicht auf dem Schirm, wie spät es ist. Kannst du dich bei deinen Eltern noch sehen lassen?«

»Ja, keine Sorge, meine Mutter war froh darüber, mir diese wichtige Frage zu beantworten. ›Junge, wann kann ich dir schon mal bei einer richtigen Ermittlung behilflich sein?‹, sagte sie.«

»Und? Was hat sie so getrieben in ihrer Jugend?«

»Diskotheken besucht. Alle, die sie nannte, befinden sich in dem Radius, den wir mit den Akten schon abgegrast haben.«

»Mehr nicht?«

»Doch.«

Er zeichnete einige Striche in Richtung Westen. »Im Sommer gab es die berühmten Fahrten zum Sonnenuntergang nach Scheveningen oder Katwijk. Das war damals schon angesagt, das ist die kürzeste Strecke zum Meer. Man packte Getränke ins Auto, fuhr vielleicht bereits mittags los, um noch in der Sonne zu liegen. Batterien und ein Kofferradio nahmen sie mit, Radio Luxemburg spielte die Songs aus der Hitparade, die Niederländer hatten tolle Musiksender wie Hilversum 3. Viele junge Leute aus Deutschland fuhren samstags ans Meer. ›If you're going to San Fransisco, be sure to wear some flowers in your hair‹ haben sie gesungen, erzählte sie. Ich konnte meine Mutter durch den Hörer lächeln sehen.«

»Sommer, Sonne, Heineken. Im Dunkeln zurück. Vielleicht sogar über Nebenstrecken, damit man nicht angesäuselt auffiel.«

»Weißt du, was das bedeutet?«

Karin schaute sich die Strecke zwischen Scheveningen und Xanten an. »Wir müssen uns mit den Kollegen in den Niederlanden in Verbindung setzen.«

»Das sehe ich auch so. Nur werden die nicht so nett reagieren wie meine Mutter, wenn wir sie mitten in der Nacht in ihre Archive schicken. Wir sollten die Kontaktaufnahme auf eine zivile Zeit verlegen. Ich bleibe hier und behalte den PC im Blick. Ich kann ja schon mal die Kontaktdaten der Polizei jenseits der Grenze raussuchen, vielleicht per E-Mail Anfragen starten.«

Karin schwankte, Patalon bemerkte ihren Zwiespalt. »Ich regele das schon, Chefin, kein Problem. Leg dich zu Hause aufs Ohr und bring mir morgen ein Käsebrötchen mit.«

»Wir müssen bei Haase ein Rechtshilfeersuchen einreichen, um grenzübergreifend ermitteln zu können. Er hat mir zugesichert, dass er für uns erreichbar ist.«

»Ich mach das hier.«

Wenn sie am späten Nachmittag zur Matinee wollte, dann sollte sie ein wenig ausruhen, um hellwach zu sein. Karin nahm Rucksack und Jacke und verabschiedete sich.

Die laue Sommerluft umschmeichelte sie. Schade, diesen Abend am See hinter dem Haus hatte sie unwiederbringlich versäumt. Dafür war sie der Lösung einen Schritt näher gekommen.

***

Die zentrale Stelle der Rijkspolitie in Arnheim übernahm die Koordination der Suche, Ansprechpartner war eine Kollegin namens Wanda Muller, die ein wunderbares niederländisch angehauchtes Deutsch sprach. Karin musste ihr nicht lange erklären, wie wichtig es war, einen fünfundvierzig Jahre zurückliegenden Unfall aufzuklären.

»*Ik kan u wel verstaan*, alles muss ein Ende haben.«

Zwischenberichte wollte sie fernmündlich abliefern, da ihr Schriftdeutsch nicht vorzeigbar sei. »Ich bin besser mit die Mund, weißt du, ich sage euch, wenn wir eine Leiche mit ein Unfall finden. In Augustus 70, *dat is erg lang terug.*«

Burmeester überlegte, Karins Mann Maarten als Dolmetscher anzufragen, sie meinte jedoch, dass Wanda gut zu verstehen sei. Sie hatte ihnen erklärt, dass der Weg von Scheveningen nach Deutschland durch unterschiedliche Distrikte führt und sie auf elektronischem Weg eine Anfrage an alle größeren Städte gestartet hätte. Die Kollegen seien bereits aktiv, die meisten Archive nicht sehr umfangreich und daher gut einsehbar, weil die Arbeit auf viele Köpfe verteilt sei. Das lief.

Karin fragte bei Tom Weber an; er hatte einen verschlafen wirkenden Drechsler beobachtet, der in denselben Klamotten wie am Vortag das Haus verließ, mit seinem Hund um die nächste Ecke ging und nach zehn Minuten mit einer Brötchentüte und einem Tetrapak Milch wieder zurückkam.

Jerry Patalon registrierte keine Bewegung mehr im Ortungsprogramm. Karin, Burmeester und er beschäftigten sich gerade mit einer Landkarte der Niederlande, als Weber sich erneut meldete.

»Er geht mit dem Hund zu seinem Auto und telefoniert. Ich häng mich dran.«

Karin wies auf den Bildschirm vor Patalon. »Drechsler telefoniert.«

Patalon legte die Kopfhörer ab, die ihm ein Signal übermittelt hätten, wenn seine Augen nicht aufmerksam genug waren. »Dann hat er mindestens die Karte gewechselt. Damit haben wir keinen Zugriff mehr auf seinen Anschluss.«

***

Es war Samstag. Heute musste er entweder den Maserati zurückbringen oder sich dazu entschließen, den Sonntag dranzuhängen. Zwei Monatsgehälter waren schon futsch. Gero von Aha stand vor dem dunkelblauen Auto, mit Wehmut schweifte ein langer Blick von der Motorhaube zum Heck. Er wählte eine Nummer auf seinem Handy.

»Ja, von Aha hier. … Ja, der Maserati Quattroporte SQ4, ja, ich nehme ihn auch noch für morgen. … Bestimmt. Montag um acht Uhr steht er bei Ihnen. … Ja, bitte wieder abbuchen. Vielen Dank.«

Der blanke Wahnsinn, aber so unglaublich schön. Er stieg ein und ließ alles auf sich wirken, die Ledersitze, das Holzfurnier am

Armaturenbrett, den sonoren Klang des Motors. Er machte sich ohne Umweg auf nach Xanten.

Gero von Aha genoss das schöne Wetter, den blauen Himmel als Hintergrund für das umgedrehte betongraue Ypsilon der neuen Rheinbrücke, an das ochsenblutrote Stahlseile gespannt waren. Er ließ den Blick über das satte Grün der Felder und Pappelreihen schweifen, drei Störche stocherten im Gras in der Senke hinter Ginderich. Der Fernblick auf die Anhöhe des Fürstenberges wurde von der Deichkrone neben der Landstraße unterbrochen. Kolonnen von Fahrzeugen aus dem Ruhrgebiet fuhren in Richtung Xanten, das Freibad an der Südsee würde sehr, sehr gut besucht sein.

Eine große gemähte Pferdeweide unterhalb von Rosenhof war als Parkplatz für die Veranstaltung am späten Nachmittag ausgewiesen, Trassierband an hölzernen Stecken kennzeichnete Einfahrt, Parkreihen und Ausfahrt. Von Aha fuhr weiter, stellte den Wagen mitten unter dem Mammutbaum in der Einfahrt ab, schließlich gehörte er zur Familie. Castillan wies ihn aufgeregt an, den Wagen zu entfernen, man bräuchte das komplette Terrain.

Alles wirkte aufgeräumt und vorbereitet, Pavillons mit Spitzdächern und Palmen an den Ecken glänzten im Sonnenlicht, fleißige Hände verteilten Blumengestecke auf Stehtischen mit weißen Hussen. Marietta empfing ihn freundlich, die Gnädigste rechne noch nicht mit ihm, ob es ihm recht sei, in der Bibliothek zu warten.

Wie recht ihm das war.

Ob er es wagen sollte, den PC hochzufahren? Nein, bestimmt war er durch ein Passwort geschützt. Die Schubladen des Schreibtisches boten eine strenge Ordnung, in der rechten Seite des Unterbaus waren sie verschlossen. In den meisten Büros verbargen die Menschen ihre Schlüssel in ganz simplen Verstecken wie Stiftständern oder Briefmarkenablagen. So etwas gab es hier nicht. Die kleinen Schubfächer brachten nichts Interessantes zum Vorschein, alles war so angeordnet wie bei seiner letzten Schnüffelei.

Von Aha sah hoch zu der geschnitzten Krone des Aufsatzes am Schreibtisch, er tastete sie an den Seiten ab, rechts, ganz hinten an der Wand wurde er fündig. Gerade als er die oberste Lade aufziehen wollte, hörte er Schritte über den Marmorboden der Diele auf das Büro zukommen.

Marietta erschien mit einem Tablett in der Bibliothek, darauf eine Tasse Kaffee und ein Porzellanschälchen mit Gebäck. Von Aha stand in einen Bildband über Hortensien in der Bretagne vertieft vor dem Kamin.

»Die Gnädigste sagt, eine Viertelstunde braucht sie noch. Bedienen Sie sich.«

»Vielen Dank.«

Schon entschwand der fleißige Geist wieder im Hauswirtschaftstrakt.

Gero von Aha nahm ein Gebäckstück und machte sich erneut ans Werk. Die oberste Lade öffnete sich mit leichtem Widerstand, der Inhalt wog schwer.

***

Kriminalhauptkommissarin Wanda Muller schloss gegen Mittag einen Unfall zwischen Scheveningen und Arnheim zur damaligen Zeit aus, die Archive der Städte Den Haag, Utrecht und Arnheim hätten nichts Entsprechendes hergegeben.

»Jetzt schauen die Kollegen in Nijmegen in ihre alten Akten. Die Stadt liegt nicht genau auf die kurze Weg, aber viele junge Leute sitzen hier heut noch abends *aan de Rhijn*. Wer am Strand gefeiert hat, will vielleicht das letzte Heineken dort trinken. Wenn da nichts zu finden ist, frage ich die Kollegen in Venlo. Das dauert ein bisschen, wir haben morgen Staatsbesuch der Royals aus England bei Wilhelm en Maxima, viele Polizisten werden nach Den Haag abgeordnet sein.«

Karin Krafft versicherte ihr, wie dankbar sie für ihre Mitwirkung war. »Es ist nicht selbstverständlich, dass halb Holland nach einer Leiche aus den Siebzigern sucht.«

»Wenn wir was erreichen können, ist das doch prima. Bei Gelegenheit frage ich bei euch an, okay? Und wenn wir einer Familie den Frieden bringen können, weil sich der Tod eines

Menschen klärt, dann lohnt sich die viele Arbeit. Dat weißt du doch. Besser spät als nie. Ich melde mich.«

Kurz nach dem Gespräch fiel Karin ein, dass die niederländischen Tageszeitungen garantiert über ein Unfallopfer berichtet hätten. »Wir sollten bei den großen Zeitungen in den Archiven suchen, das können wir unabhängig von der Polizei machen.«

Jerry Patalon gähnte. »Das bringe ich nicht, dazu brauchen wir nun wirklich einen Menschen, der des Niederländischen sehr gut mächtig ist.«

»Ich habe einen.«

Schon hatte Karin ihr Telefon in der Hand und rief Maarten an. Sie erklärte ihm die Fakten und bat ihn, bei den großen Blättern nachzuforschen.

»Das kann ich machen, ich weiß nur nicht, ob es mir aus der Ferne gelingen wird, jemanden zu motivieren, vor Ort Mikrofilme, auf denen man Zeitungsausgaben damals gespeichert hat, zu durchforsten.«

»Meinst du nicht, dass die Archive mittlerweile digitalisiert sind?«

»Nicht aus der Zeit, aber ich kümmere mich darum. Habt ihr Kontakt zur Rijkspolitie?«

»Ja, eine nette Hauptkommissarin koordiniert die Suche von Arnheim aus.«

»Dann bleiben auch noch die Fernsehsender.«

»Bitte, wenn du die Zeitungen abklapperst, wäre ich dir dankbar.«

»Bin schon am PC und suche die Kontaktmöglichkeiten.«

»Du bist ein Schatz.«

Karin sah Jerry Patalon an, der sich kaum wach halten konnte. »Jetzt gehst du schlafen, Burmeester kann deinen Job hier übernehmen.«

»Ich werde den heutigen Tag auf keinen Fall verpassen. Ich bin davon überzeugt, dass wir Licht in die Sache bringen. Ich mache mir noch einen Kaffee.«

***

Damit hatte Gero nicht gerechnet. Adressbücher, Kladden mit handgeschriebenen Zahlenreihen, eine Geldkassette, in der es zwar nicht klimperte, aber raschelte, das Stammbuch der Familie, Reisepässe, in der untersten Lade Pappkartons. Rasch nahm sein fotografisches Auge auf, was sich ihm bot. Er musste schnell handeln, der Treppenlift setzte sich in der ersten Etage in Bewegung.

Von Aha schob die Laden mit viel Gefühl zu, drehte den Schlüssel, der alle drei Schubfächer gleichzeitig verriegelte. Es blieb keine Zeit, den Schlüssel wieder zu verstecken, er verbarg ihn auf dem kurzen Weg in die Bibliothek in seiner Hosentasche. Mit einem Lächeln stellte er sich ans Fenster, blickte auf den Rhein mit seinen sachten Windungen.

Rebecca Castillan rief nach ihm; sie hatte sich aus dem Treppenlift heraus in den Rollstuhl gesetzt und wartete nun neben dem Tisch mit dem riesigen duftenden Rosenbukett. Er ging mit hörbaren Schritten auf sie zu.

»Na, du hast ja die Sachen aus dem Centro an, steht dir prima.« Sie strahlte. »Gero, das habe ich so lange nicht mehr gehört, du tust mir wirklich gut.«

»Draußen ist alles perfekt, Kompliment.«

»In einer Stunde werden die ersten Musiker eintreffen und sich einspielen. Hubertus hasst es, wenn sich alle gleichzeitig in der Remise vorbereiten. Ich werde mich nicht einmischen.«

»Höre ich da Unmut heraus?«

Unwirsch drehte sie sich um. »Hör doch, was du willst, ich muss noch die Schilder aufstellen. Du kannst mir helfen.« Sie wies auf einen Korb neben der Tür, in dem dünne Latten mit Pappschildern steckten, auf denen in großen Buchstaben »Bitte nicht pflücken« stand.

»Sie müssen gut sichtbar vor allen erreichbaren Rosen stehen, damit nicht jeder Idiot meint, dass er einfach eine Blüte für sein Knopfloch abreißen kann. Im Korb ist ein Hammer, mit dem die Schilder in den Boden getrieben werden können. Lass uns gehen.«

Sie hält auf unglaublich subtile Art das Heft in der Hand,

dachte Gero von Aha, und ihre Kommunikation ist minimalistisch genial. Drei Worte reichen, um auszudrücken, schieb mich, nimm den Korb mit und schlag die Schilder in den Boden. Sie schaute ihn auffordernd an. »Nun komm, ich will, dass alles fertig ist.«

Wenn du wüsstest, was ich gerade gesehen habe, dachte von Aha und schnappte sich den aus Weidengerten geflochtenen Korb.

Er musste Karin informieren.

***

Burmeester hatte Jerry Patalon für zwei Stunden auf die Liege geschickt, er lehnte sich mit den Kopfhörern zurück – unter Drechslers bekannter Mobilnummer würde sich nichts mehr ereignen.

Tom Weber gab erfreuliche Nachrichten durch. Noch bevor die Krefelder Kollegen ihn abgelöst hatten, war Drechsler nach Goch gefahren und hatte bei Dahmens Wohnung vorbeigeschaut. Mit dem Einsatz der dortigen Polizei hatte er wohl nicht gerechnet.

Karin schüttelte den Kopf. »Er hat sich bestimmt gewundert, dass niemand zu Hause war. Der ist wirklich davon ausgegangen, dass sein fingierter Suchhundeinsatz so viel Eindruck auf mich gemacht hat, dass Dahmen für uns uninteressant ist.«

Ihr Gesichtsausdruck war nicht definierbar. Burmeester schob sich den Kopfhörer in den Nacken. »Er hat dich nicht nur als Frau, er hat dich bei deiner Berufsehre getroffen.«

»Versucht hat er es, aber er wird noch schmerzlich erkennen, wer am längeren Hebel sitzt, glaub mir.«

Burmeester sah auf die Uhr. »Musst du nicht langsam los, wenn du pünktlich in Xanten sein willst?«

»Stimmt, ich will mich noch umziehen. Wahrscheinlich werde ich allein hingehen, Maarten habe ich ja blöderweise mit Recherche beschäftigt. Das geht mir alles viel zu schleppend.«

»Es ist halt Samstag«, gab Burmeester zu bedenken.

»Du informierst mich, wenn Wanda sich meldet?«

»Natürlich, ich behalte hier alles im Blick.«

★★★

»Karin?«

»Gero, was gibt's?«

»Ich habe einen Blick in die geheimen Schubladen des Schreibtisches geworfen.«

»Und?«

»Verdammt, ich muss den Schlüssel noch zurücklegen.«

»Gero, was hast du gefunden?«

»Eine Geldkassette, in der sich vermutlich ein großer Betrag in Scheinen befindet.«

»Das ist nicht strafbar.«

»Dort liegen Adressbücher und Kladden, in denen Zahlenreihen hinter Monogrammen notiert wurden.«

»Das reicht auch nicht, um irgendeine Straftat nachzuweisen.«

»Jetzt kommt es. Ich habe im Stammbuch gelesen, wie Rebecca Castillan mit Mädchennamen heißt.«

»Worauf willst du hinaus?«

Er flüsterte hastig. »Ich muss Schluss machen.«

»Wir sehen uns gleich. ... Gero? Hallo, Gero.«

Schon hatte er aufgelegt. Karin rief Burmeester an.

»Wirf bitte einen kurzen Blick in die Meldedatei und sag mir, wie Rebecca Castillan vor ihrer Heirat hieß.«

Sie hörte ihn auf die Tastatur einhacken.

»Karin, bist du noch dran?«

»Ja.«

»Sie ist eine geborene Schreiber.«

Das sagte ihr nichts. »Gero wollte mir das als besondere Information mitteilen. Ich kann nichts Auffälliges daran finden.«

»Du triffst ihn nachher, er wird es dir erklären.«

Maarten hatte seinen Charme spielen lassen und in drei unterschiedlichen Hauptredaktionen engagierte Reporter gefunden, die hinter der Recherche zu einem ungeklärten Unfall in den Siebzigern eine heiße Story witterten. Er nahm seinen Auftrag sehr ernst und ließ den Bildschirm nicht mehr aus den Augen.

Hannah war von der Mutter einer Freundin abgeholt worden, er war froh darüber, dass sie aus dem Haus war. Nicht oft hatte er die Gelegenheit, seine Hauptkommissarin bei ihrer Arbeit zu unterstützen. Karin hatte ihn flüchtig begrüßt und war sofort nach oben gestürmt. Es würde ein besonderer Abend werden.

Das K1 war der Lösung sehr nahe. Karin war gespannt auf den Verdächtigen, diesen Gutmenschen, der mit Geld unbekannter Herkunft ein Fest ausrichtete, auf dem sich solvente Größen aus Politik und Wirtschaft trafen, um jungen Musikern die Chance auf eine große Karriere zu ermöglichen. Sie entschied sich für ein schwarzes kurzärmeliges Spitzenkleid, rote Sandaletten und ebensolchen Lippenstift.

Maarten pfiff, als er sie sah. »Jetzt weiß ich, warum du mich beschäftigt hast, du willst dir heute einen reichen Kerl angeln, der dich für den Rest deines Lebens aushält. Da muss der Ehemann zu Hause bei Knäckebrot darben und darf den PC nicht aus den Augen lassen. Das hast du gut eingefädelt, meine Liebe. Toll siehst du aus.«

»Ich muss los, ich will mitkriegen, wer ankommt und wer mit wem mauschelt.«

Sie gab ihm einen Kuss und wandte sich zur Tür, Maarten hielt sie auf. »Warte eben, ›De Telegraaf‹ aus Nijmegen hat sich gemeldet, schau mal, da gibt es einen Artikel vom Montag, dem 17. August 70.«

Sofort stand sie neben ihm und schaute auf den Bildschirm. Ein Artikel auf Niederländisch, natürlich. »Kannst du mir den Inhalt schnell zusammenfassen?«

»Ich lese gerade quer. Also, am *Zaterdag* … Samstag, fünfzehnter August, hat es gegen einundzwanzig Uhr zehn einen tragischen Unfall in der Gemeinde Groesbeek gegeben. Zwei Radfahrer waren auf dem Nachhauseweg. Ein VW Käfer, der ihnen in Schlangenlinien aus Richtung Nijmegen entgegenkam, rammte einen der Radfahrer an der Nijmeegsebaan knapp hundert Meter vor dem Sionsweg. Der andere Radfahrer gab an, das Auto hätte nach dem Zusammenstoß kurz angehalten, jemand sei ausgestiegen, habe zur Unfallstelle geschaut, ohne sich um den Schwerverletzten zu kümmern. Nur Sekunden später sei der Wagen mit wahrscheinlich deutschem Kennzeichen einfach davongefahren. Die Farbe des Autos konnte man in der Dämmerung nicht genau sehen, aufgefundene Lackspuren wiesen aber eindeutig auf Grün hin. Der verletzte Mann, Kees V., sei am Unfallort verstorben.«

Karen ließ sich auf den Stuhl fallen. »Und bis heute weiß keiner, wer der Fahrer war.«

»Es wurde auch grenzübergreifend ermittelt, aber ergebnislos. Der Datenaustausch war damals schwierig, die jeweiligen nationalen Zuständigkeiten waren nicht klar geregelt und die Archivsystematiken ganz unterschiedlich, wurde mir erzählt. Es könne gut gewesen sein, dass die Niederländer nichts von einem gestohlen gemeldeten grünen Fahrzeug auf deutscher Seite mitbekommen hätten. Fakt ist jedenfalls, dass damals niemand einen Zusammenhang hergestellt hat.«

»Das ist es. Wir haben ihn, Maarten, klasse. Lass mich mal eben an den PC.«

Karin kopierte den Artikel, druckte ihn aus und kopierte danach die Datei für die weitere Präsentation im Besprechungsraum des K1. Hastig tippte sie Burmeesters Nummer.

»Maarten hat es geschafft. Wir können einen Unfall mit einem grünen VW Käfer aus Deutschland im Nachbarland nachweisen. Ich habe dir einen Zeitungsartikel gemailt. Melde dich bei Wanda Muller und leite alles an sie weiter, damit sie weiß, wo gesucht werden muss.«

Sie beendete das Gespräch und drückte Maarten einen dicken Kuss auf die Lippen. »Ich wusste, dass du es schaffst. Könntest du noch eine Übersetzung an das K1 schicken?«

»Ich schicke den Text durch ein Übersetzungsprogramm und überarbeite das, dann ist er in zwanzig Minuten bei dir im Büro. Warum soll diese Wanda noch in den Polizeiarchiven weitersuchen?«

»In den protokollierten Zeugenaussagen werden detaillierte Informationen sein, Teile des Kennzeichens, eine Beschreibung desjenigen, der ausgestiegen war, alles, was der Reporter nicht wissen konnte. Wünsch mir, dass es klappt.«

Mit einer Stimme, die an Al Capone erinnern sollte, verabschiedete er seine Frau. »Klar, nimm den Laden auseinander, Baby, du bist das Gesetz.«

Sie faltete den Artikel und steckte ihn in die schwarze Ledertasche, die alles enthielt, was die Hauptkommissarin heute noch zu benutzen gedachte. Roter Lippenstift, Smartphone, Handschellen und die Dienstwaffe für alle Fälle.

★★★

Der Auflauf der Schönen, Schlauen und Reichen aus der Region oder derjenigen, die sich dafür hielten, hatte begonnen, der Parkplatz auf der Weide füllte sich, Damen mit hohen Absätzen und engen Röcken stakten durch das Gras, hielten Hüte und Taschen, Männer in Anzügen schwitzten in der sommerlichen Wärme. In der Einfahrt zu Rosenhof standen bereits dicht gedrängt festlich gekleidete Menschen mit Sektgläsern in den Händen. Karin erkannte Gero von Aha, er stand auf der Empore vor der Eingangstür, die Frau im Rollstuhl neben ihm musste die Dame des Hauses sein. Sie hat alles im Blick, dachte Karin.

Neben dem Eingang zum Veranstaltungsgebäude stand ein älterer Mann, der jeden Gast mit Handschlag begrüßte, das musste der Gastgeber sein. Karin erkannte den Bürgermeister von Xanten, der sich angeregt mit der Bürgermeisterin von Wesel unterhielt, Vertreter der Parteien im Stadtrat, ihren Hausarzt und seine Frau, auch die Leiterin des Gymnasiums und den Eigentümer zweier Supermärkte nebst Gattin konnte sie in der Menge ausmachen. Dort, wo sich eine Fotografengruppe mit hochgereckten Kameras aufhielt, mussten international bekannte Künstler oder Musiker zu finden sein, sie konnte aber nicht erkennen, um wen es sich handelte.

Zu den Bürgermeistern gesellte sich der Sozialdezernent der

Stadt Wesel. Der Hausherr lotste ihn von den beiden Stadtoberhäuptern fort, um einen lebhaften Dialog mit ihm zu führen. Man kannte sich, und man brauchte sich. Karin nahm ein Glas Sekt von einem Tablett und begab sich mitten ins Getümmel. In der Nähe des Hauses suchte sie den Blickkontakt zu von Aha, der sie bemerkte und mit einer anerkennenden Geste auf ihr Aussehen reagierte. Er holte sein Smartphone aus der Tasche und zeigte ihr zwei Finger, deutete anschließend auf sich selbst. Melde dich in zwei Minuten, sollte das heißen. Sie verschwand an der Seite der Pavillonreihe und verbarg sich für die meisten Gäste nicht sichtbar hinter einer Palme.

Der Kollege schien seiner Gastgeberin entwischt zu sein und meldete sich mit gedämpfter Stimme. »Du siehst klasse aus in dem Kleid, das sollte zur Dienstkleidung gehören.«

»Jaja, ich kann auch bestimmt gut rennen in den Sandaletten. Gero, wir haben ihn fast überführt. Es gab einen Unfall mit Todesfolge in den Niederlanden zum fraglichen Zeitpunkt, der Unfallwagen blieb verschwunden.«

»Was fehlt noch?«

»Es gab einen Zeugen. Dessen Aussage ist entscheidend. Gibt es hier etwas von Belang?«

»Hektik, falsches Lächeln, aufgesetztes Getue, ich blicke noch nicht durch.«

»Drechsler wird immer noch überwacht, das Krefelder Observierungsteam wird sich melden, wenn er Xanten ansteuert. Was wolltest du mir mit dem Geburtsnamen von Rebecca Castillan sagen?«

»Ich habe einen Blick in das Stammbuch werfen können. Sie hat die Sterbeurkunden ihrer Mutter und seiner Eltern auch darin abgeheftet, Briefe und ausgeschnittene Anzeigen aufbewahrt.«

»Sie ist eine geborene Schreiber, na und?«

»Es gibt da noch jemanden.«

Karin sah Castillan und den Sozialdezernenten um die Ecke kommen und steckte automatisch ihr Handy in die Tasche, widmete sich der Palme, hinter der sie stand, nippte an ihrem Glas. Castillan redete auf den politisch korrekt lächelnden Mann ein.

Alles sei gut organisiert, ob er seinen Einfluss spielen lassen könne. Es würde sein Schaden nicht sein.

Der Platz leerte sich, die Gäste strömten in den Veranstaltungsraum, Karin reihte sich ein, suchte sich einen Stuhl in der hintersten Reihe, nah am Ausgang, nahm das Programm auf, das überall auslag, und schaute hinein. Sie hatte ihr Handy auf Vibrationsalarm geschaltet und behielt es in der Hand, um nichts zu versäumen.

Gero von Aha staunte nicht schlecht, als sich der Vorplatz leerte und Rebecca Castillan keine Anstalten machte, sich dem Publikum anzuschließen.

»Du hörst dir die vielversprechenden Talente nicht an?«

»Ich mag klassische Musik nicht besonders. Ich habe dieses Theater jetzt über zwanzig Jahre lang mitgemacht. Heute habe ich mit deiner Anwesenheit eine Alternative und muss mir das nicht antun.«

»Ich dachte, ihr wäret beide an dem Konzert interessiert.«

Sie sah ihn an, ein trauriger Ausdruck lag auf ihrem Gesicht. »Immer muss ich das Kinn nach oben recken, wenn ich mit jemandem auf Augenhöhe sein will. Weißt du, wie anstrengend das ist? Ich bin nicht mehr die Jüngste, das Leben, meine besten Jahre, sind an mir vorbeigelaufen, und ich konnte sie nicht aufhalten und auch nicht genießen. Warum soll ich mir schon wieder eine Nackenstarre einhandeln, weil man die Frau, die arme Frau vom großen Castillan, mit ein paar beiläufigen Sätzen begrüßen muss? Ich habe keine Lust mehr darauf. Schieb mich zu meinem Gartenhaus, dahinten höre ich nichts von Cello, Geige und Klavier.«

Der Schlüssel zu den Schreibtischschubladen brannte Gero von Aha ein gefühltes Loch in die Hosentasche, während er Rebecca Castillan um das Haus herum durch den Rosengarten zur Rückseite des Anwesens schob.

★★★

Burmeester las gerade die deutsche Übersetzung des Zeitungsartikels über den Unfall, als sich Wanda Muller meldete.

»Ich habe hier die Aussage *van de* … von die zweite Mann. Ich kann dir alles schicken, er hatte sich seine Beobachtungen gut gemerkt, obwohl er sehr schockiert war. Der Tote war übrigens ein vierundzwanzig Jahre alter Mann, der gerade zum ersten Mal Vater geworden war.«

»Dann müsste sein Kind jetzt fünfundvierzig sein.«

»Ja, und ich habe nachgeschaut, sie heißt Emma Hoeckstra, lebt bei euch im Grenzgebiet, in Kranenburg.«

»Für sie hat es bestimmt auch eine Bedeutung, dass der Tod ihres Vaters nun mit ziemlicher Wahrscheinlichkeit aufgeklärt werden kann.«

»Bestimmt. Kannst du das niederländische Protokoll lesen?«

»Nein, aber ich habe ein Übersetzungsprogramm.«

»Es müsste gleich auf deinem Schirm sein.«

»Vielen Dank, Wanda, du bist sehr nett.«

»Du aber auch, ich finde deine Stimme ganz sympathisch. Viel Erfolg.«

Der Kommissar bedankte sich und formatierte den Text so, dass er den automatischen Übersetzer einsetzen konnte. Das Protokoll umfasste drei Seiten, maschinengeschrieben mit durchgeixten Stellen und handschriftlichen Randbemerkungen, die das Programm nicht erfassen konnte. Er las es durch.

Ein grüner VW Käfer, im Kennzeichen ein M und ein O, mehr nicht. Ein junger Mann, der kurz ausstieg und zur Unfallstelle schaute. Eine Frau im Auto, die schrill aufschrie, und noch etwas hatte der Zeuge beobachtet: In der Dämmerung erkannte er in dem kleinen, abgerundeten Heckfenster einen Kinderkopf. Es war, als ob ein Kind aufgewacht war und sich auf der Rückbank umgedreht und nach hinten geschaut hätte.

Burmeester lehnte sich zurück. Klar, der Fahrer war nicht allein zum Meer gefahren, er hatte seine Freundin dabei. Und ein Kind. Hatten Castillans ein Kind? Er schaltete sich ins elektronische Einwohnerregister der Stadt Xanten und schaute nach. Dort gab es keinen Eintrag.

Die Frau, die der Zeuge schreien gehört hatte, konnte Rebecca Castillan gewesen sein. Wer war dieses Kind?

★★★

Jede Musikerin, jeder Musiker wurde von Castillan höchstpersönlich angekündigt. Im Programmheft waren zwölf Gesichter mit einer kurzen Vita abgebildet, beim Vortrag der zweiten Geigerin vibrierte Karins mobiles Telefon lautlos. Sie stand still auf und verließ den Raum.

Eine E-Mail war eingegangen, Burmeester hatte ihr die Zeugenaussage geschickt. Sie öffnete den Anhang und stolperte wie Burmeester über die Aussage, ein Kind habe sich im Wagen befunden. Eine Frau, der Fahrer und eine dritte Person, vermutlich ein kleines Kind. Zwei Buchstaben aus dem Kennzeichen, M und O. Während sie sich Gedanken über diese Fakten machte, erreichte sie eine weitere Nachricht aus dem Büro, die Dinslakener Kollegen gaben durch, Drechsler sei auf dem Weg Richtung Xanten.

Karin warnte Gero von Aha, der sich hier irgendwo auf dem Rosenhof-Gelände aufhielt, und sendete das Aussageprotokoll weiter an ihn. Sie musste den Käfer in Augenschein nehmen, ließ sich Mackedeis Nummer schicken und rief ihn an.

Mackedei, der am Rand der Grube unauffällig Wache gehalten hatte, lotste sie durch den Garten zu der Taxushecke. Er gab sich erstaunt, das Autowrack sei plötzlich interessant für die Kripo, was da los sei. Sie vertröstete ihn.

»Seien Sie vorsichtig, die Plane ist locker und mit Erde bedeckt, es sieht stabil aus, Sie können jedoch überall einsinken, wenn Sie drauftreten«, erklärte er.

»Wo befindet sich die Front des Wagens, in Richtung Hecke oder beim Zaun?«

»Bei der Hecke.«

Sandaletten waren nicht geeignet für Einsätze in Gartenerde. Karin bahnte sich den Weg durch die Hecke, bückte sich und ertastete die Kante der Plane. Mit einem kräftigen Ruck hob sie die Tarnung an, Erde und getrocknetes Unkraut verrutschten, sammelten sich in Taschen, die sich zwischen Querbalken bildeten, die das dünne Material stützten. Es klaffte ein offenes Dreieck über der Grube, sie erkannte das völlig verrostete Fahrzeug darunter, den demolierten Kotflügel. Der Täter war sich wohl so sicher gewesen, dass niemand darauf kommen würde, hier zu suchen, dass er nicht einmal die Kennzeichen entfernt hatte. Hauptkommissarin Karin Krafft nahm ihr Telefon zur Hand.

»Herr Haase? Krafft, ja, ich dachte, Sie wären auch beim Konzert auf Rosenhof. ... Ach, die Bahn. ... Sie sind schon in Rheinberg, gut. Ich setze Sie darüber in Kenntnis, dass wir Herrn Castillan im Verlauf des Tages wegen Unfallflucht mit Todesfolge festnehmen werden. ... Ja, wir haben eine niederländische Zeugenaussage und das Fahrzeug. Ja, ich stehe am Rand der Grube und sehe den verbuddelten Wagen, seine zerstörten Kotflügel und die Delle in der vorderen Haube. ... Gut, danke.«

Der Staatsanwalt war mit dem Vorgehen einverstanden und würde den Haftbefehl ausstellen.

Erneut meldete sich ihr multifunktionales Telefon, eine SMS von Burmeester: »Die Dinslakener Kollegen haben Drechsler zwischen Uedem und Marienbaum verloren.«

Auch das noch. Der würde nicht abhauen, nein, der fühlte sich viel zu sicher in seinem strategischen Netz aus Lügen und Intrigen. Oder er hatte ein dringendes Problem.

Auf dem Rückweg zur Remise bemerkte sie, dass ihre Sandaletten und Füße völlig mit Staub bedeckt waren. Egal.

Hubertus Castillan verließ nach der dritten Ankündigung nicht nur die Bühne. Er hatte sein Handy gespürt, es gab eine Botschaft, und er musste nun auf der Hut sein. Hinter der Bar, wo niemand ihn beobachten könnte, warf er einen Blick auf das Display. Eine unbekannte Nummer war zu sehen, aber er wusste, wer versucht hatte, ihn zu erreichen. Er rief zurück.

»Ich bin's, es wird verdammt eng.«

»Was meinst du?«

»Die Polizei weiß von dem Auto.«

»Mach jetzt bitte keine blöden Witze mit mir, das Haus ist voll mit erlesenen Gästen.«

»Kein Witz. Die haben schon Fotos ausgewertet. Hau ab, mach dich auf den Weg nach Weeze oder nach Düsseldorf und nimm den nächsten Flieger.«

»Wie stellst du dir das vor? Ich habe Verpflichtungen.«

»Du musst es wissen. Aber sag später nicht, ich hätte dich nicht gewarnt.«

Castillan starrte auf das Display, keine Verbindung mehr vorhanden. Und jetzt? Ratlos tigerte er auf und ab.

Der junge Cellist hatte sein Stück beendet und erntete freundlichen Applaus. Castillan straffte die Schultern und begab sich zur nächsten Ansage zurück ins Rampenlicht.

∗∗∗

Jerry Patalon hatte Burmeester wieder abgelöst, der zum Lauftreff nach Rheinberg gefahren war. Alles war vorbereitet, nach dem Start sollte sich die Besatzung eines Streifenwagens hinter der nächsten Hausecke verborgen halten, bis zwei Frauen und ein Mann den blauen Twingo angesteuert hatten. Das würde der Moment sein, in dem sie ihre Deckung aufgaben.

Die beiden jungen Frauen liefen wieder schnatternd vor ihm her, zwei nette, unauffällige Mädels, denen niemand ansehen konnte, welche schmutzigen Geschäfte sie machten. Wie viele Männer und Frauen versorgten sie wohl mit Stoff?

Er fand, dass er die fünf Kilometer schon wesentlich lockerer nahm als in der letzten Woche. Nikolas Burmeester war mit sich zufrieden, als der Sportplatz wieder in Sicht kam.

Es lief völlig unspektakulär ab. Er fragte nach Stoff, Celine Kühne reichte ihm ein Tütchen, während er schon die Beamten auf sie zulaufen sah. Statt eines Geldscheins zog er seinen Ausweis aus der Hosentasche, Kühne und ihre Freundin rissen die Augen weit auf.

»Ach du Scheiße.«

»Celine Kühne und Karo Michalski, ich verhafte Sie beide wegen Handels mit Crystal Meth. Weglaufen ist zwecklos, hinter Ihnen kommt meine Verstärkung. Der Stoff und Ihr Fahrzeug sind beschlagnahmt, wir sehen uns in der Kreispolizeibehörde in Wesel.«

Celine Kühne war wütend, während ihre Freundin den Tränen nahe war. »Du Wichser, du hast uns reingelegt. Aber wer soll denn auch hinter so einem abgeschmackten Kerl einen Bullen vermuten.«

»Na, immer schön nett bleiben, sonst kommt noch Beamtenbeleidigung dazu. Und wie geschmacklos ist es wohl, an einer Gedenkminute teilzunehmen, dort, wo eine junge Frau aus dem Baum fiel, weil sie euer Scheißzeug konsumiert hatte? Wisst ihr eigentlich, wie viele Leben ihr ruiniert habt? Dieser Mist hinterlässt bleibende Schäden, clean werden reicht nicht, um unbeschwert weiterzuleben, wenn die Organe geschädigt sind und die Zähne ausfallen.«

Auf die nächste Anordnung, streng, deutlich und geradeheraus, hatte er sich schon den ganzen Tag gefreut.

»Abführen.«

***

Rebecca Castillans altmodisches Handy meldete sich, Gero von Aha dachte, wer das wohl sein könne. Natürlich sagte sie ihm nichts; Anweisungen gab sie, niemals Erklärungen.

»Bring mich ins Haus, ich muss mich ein wenig ausruhen. Wie wäre es, wenn du dir anhörst, was die Musiker zu bieten haben?«

Von Aha überlegte. Ein Gast, der nicht gesehen werden sollte, hatte sich offenbar angekündigt. Er schob Rebecca Castillan zum Haus, durch die Bibliothek in die Diele und begleitete sie zum Treppenlift. Er stand unten und winkte, bis sie oben ankam. »Bis nachher, du meldest dich, ja?«

Er ging zur Haustür, öffnete sie und ließ sie ins Schloss fallen, ohne das Gebäude verlassen zu haben. Schon hörte er das Surren des Lifts, ihm blieb als Versteck nur die begehbare Garderobe. Die schwere Holztür mit den Messingbeschlägen schloss sich sanft hinter ihm, es roch nach getragenen Jacken und Mänteln. Schwer lag der kleine Schlüssel in seiner Hosentasche. Der Verlust würde auffallen. Gut, Castillan war in der Remise beschäftigt, seine Frau käme nicht an das Versteck. Er war neugierig auf den Gast, von dem er als Freund der Dame des Hauses nichts wissen durfte.

Zur Pause vor dem zweiten Teil entstieg Haase einem Taxi und mischte sich unter die munter plaudernde Gesellschaft. Häppchen wurden gereicht, Karin stellte fest, dass ihr Nordseekrabben wesentlich besser schmeckten als schwarze Fischeier. Von Weitem hatte sie den Staatsanwalt gesehen, wollte gerade auf ihn zugehen, als der Hausherr sich aus einer Gruppe neben dem Eingang löste und auf ihn zulief.

Ihr Vorteil war, dass Hubertus Castillan sie nicht kannte, also bahnte sie sich, einen Teller in der rechten, ein Sektglas in der linken Hand, den Weg in die Nähe der beiden Männer, stellte sich mit dem Rücken zu ihnen und nippte zaghaft am perlenden Getränk. Sie begrüßten sich fast freundschaftlich. Karin wusste, dass Haase bei vielen Wohltätigkeitsveranstaltungen zugegen war und eine Menge einflussreicher Mitbürger kannte. Einzelne Gesprächsfetzen drangen durch das Gemurmel und Gelächter zu ihr durch. Castillan lotete offenbar den Einfluss aus, den ein Staatsanwalt hat.

»… kommt eine alte Sache auf mich zu, ich weiß auch nicht, wie …«

»… kann nicht viel machen, wenn bereits Ermittlungen laufen …«

»… Bescheid geben, wenn …«

»… darf nicht über Ermittlungen sprechen, bei allem Verständnis …«

»… wem nützt es, wenn …«

Eine junge Frau mit einem Tablett voller Gläser kam auf sie zu, Haase ließ sich einen Sekt geben.

»Kommen Sie, stoßen wir auf dieses gelungene Fest an. Sie haben das wie immer prächtig in Szene gesetzt.«

Karin entfernte sich wieder von den beiden, wollte Haase nicht in Bedrängnis bringen, sah gerade noch, wie sich die Tür zum Haupthaus schloss.

Gero von Aha hörte jemanden kommen, Rebecca Castillan hatte wohl aus dem Fenster geschaut und die Tür geöffnet, bevor der Gast schellen konnte.

»Mehr Publikum konntest du dir nicht aussuchen, um herzukommen.«

»Ich habe mir das alles nicht eingebrockt, wer hat denn den Wagen im Garten vergraben?«

»Ich nicht, das weißt du.«

Gero von Aha hörte Schritte, gleichmäßige, kräftige Schritte von zwei Leuten, die ins Büro gingen. War noch jemand dazugekommen?

»Ich habe Hubertus immer gesagt, dass eine andere Lösung hermuss, er wollte nicht darüber sprechen. Es war doch klar, dass es irgendwann wieder ans Tageslicht kommen würde. Es …«

Von Aha verstand Rebeccas Entgegnung nicht ganz, vielleicht war sie ihm zu widersinnig. Hatte sie gesagt, es sei ganz gut so, wie es ist? Er öffnete leise die schwere Tür. Was er durch einen Türspalt zu sehen bekam, erstaunte ihn sehr. Rebecca Castillan stand vor dem Schreibtisch. Ihre Schritte hatte er also gehört. Sie reckte sich mühelos und ließ ihre Finger über die Krone gleiten.

»Mein Gott, Marietta hat geputzt. Wahrscheinlich ist der Schlüssel wieder hinter den Sekretär gefallen.«

»Ich brauch das Geld aber jetzt, ich muss weg. Und wenn du schlau bist, dann kommst du mit. Es kann nicht mehr lange dauern, bis euch diese schöne Welt hier um die Ohren fliegt.«

Gero von Aha schlich in die Diele und schickte Karin eine Botschaft.

»Besuch bei R., brauche Verstärkung, die planen die Flucht. Terrassentür ist offen, Büro neben Bücherzimmer.«

Karin übergab Glas und Kaviarschnittchen der nächstbesten Kellnerin und machte sich auf den Weg zur Rückseite des Hauses. Gleichzeitig rief sie Burmeester an, er solle die Wache in Xanten mobilisieren, sie bräuchten Verstärkung. Die Flügeltür kam in Sicht, sie betrat die Bibliothek leise, schlich zur Nebentür, horchte, nahm die Waffe aus ihrer Tasche und öffnete schwungvoll die Tür zum Büro.

Niemand da. Hatte sie die Nachricht falsch verstanden? Sie zog sich zurück und schrieb an von Aha.

»Und? Wer? Wo?«

Seine Nachricht lautete, sie solle das Haus noch nicht betreten, gleich gehe es los.

Karin packte die Waffe wieder ein und begab sich auf den Weg zur Vorderseite des Hauses. Gero von Aha würde schon wissen, was er tat. Zumindest hoffte sie das.

Von Aha hatte sich überlegt, zur Offensive überzugehen. Leise hatte er das Schloss verlassen und schellte nun offiziell am Haupteingang. Rebecca öffnete persönlich und rollte ungelenk zurück in die Diele.

Er gab sich erstaunt. »Du bist schon auf, ich habe dich hoffentlich nicht geweckt? Wir hatten keine Zeit vereinbart.«

Die Hausherrin saß neben dem Tisch und richtete die Rosenköpfe in der Kristallvase. Von Aha bemerkte ihren unsicheren Blick, der für den Bruchteil einer Sekunde zum Garderobenraum glitt.

Staatsanwalt Haase sah die Hauptkommissarin um die Hausecke kommen und ging auf sie zu.

»Frau Krafft, kommen Sie, walten Sie Ihres Amtes. Castillan hat versucht, mich einzuwickeln und auszuhorchen, er weiß um seine Lage. Hat er die Grabung entdeckt?«

»Ich weiß es nicht. Im Haus ist auch nicht alles in Ordnung.«

»Ich will, dass er hier und jetzt seine verlogene Existenz aufgibt.« Haase lächelte ein überlegenes, aber auch schelmisches Lächeln. »Wenn ich mich umschaue, sehe ich einige Vertreter der hiesigen Presse. Sorgen Sie für einen waschechten Skandal, Frau Hauptkommissarin, meine Rückendeckung haben Sie.«

Von Aha hörte ein Geräusch aus der Tiefe der verborgenen Garderobe, ging zu der massiven Tür und drehte, zur Überraschung der Hausherrin, den Schlüssel um. Wer immer dort drin war, konnte nicht mehr heraus. Rebecca Castillan ließ sich nichts anmerken, stellte diese Handlung nicht einmal in Frage, widmete sich verbissen den weit aufgeblühten Rosen.

»Kann es sein, dass systematisches Wegschauen zu deinem gebauten Leben gehört wie dieser Rollstuhl?«

Begleitet von Staatsanwalt Haase bahnte sich Hauptkommissarin Krafft den Weg zu dem umschwärmten Gastgeber. Im Gehen öffnete sie ihre Handtasche und entnahm die Handschellen. Ein Raunen ging durch die Menge, als sie auf Hubertus Castillan traf und ihre Absicht äußerte.

»Ich verhafte Sie wegen des Verdachts auf Unfallflucht mit Todesfolge und vorsätzlicher Vertuschung einer Straftat, Herr Hubertus Castillan.«

Entsetzt schaute er auf die glänzenden Stahlringe, die sich um seine Handgelenke legten und mit metallischem Klackern schlossen. Zwei Streifenwagen hielten vor der Einfahrt, Getuschel und entsetzte Blicke streiften ihn auf seinem Weg zum ersten Wagen, für den angesehenen Mann ein wahrer Spießrutenlauf. Ein Beamter öffnete die hintere Tür und schützte den Kopf des Verhafteten beim Einsteigen. Kameras klickten, und Smartphones wurden in die Höhe gehalten, um die Szene zu filmen.

Von Aha nahm sein Handy offen zur Hand und wählte Karins Nummer an. Rebecca Castillan sah ihn mit erstauntem Blick an, als er Karin bat, ins Haus zu kommen.

»Wer ist das? Was erlaubst du dir, einfach jemanden hier hereinzubitten? Ich mag keinen Besuch, den ich nicht kenne.«

»Du wirst sie gleich kennenlernen, sie ist wirklich nett.«

Schon öffnete er die Tür, Karin Krafft betrat, flankiert von zwei Streifenbeamten, die weitläufige Diele. Von Aha zückte seinen Ausweis und hielt ihn in Rebecca Castillans Sichtweite. »Ich bin Kommissar Gero von Aha aus dem Kriminalkommissariat 1 in Wesel. Rebecca Castillan, ich verhafte Sie wegen langjährigen organisierten Drogenhandels, des Weiteren beschuldige ich Sie der Mittäterschaft an einem Unfall mit Fahrerflucht, der den Tod eines Menschen zur Folge hatte, sowie vorsätzlicher Vertuschung einer Straftat.«

Zum ersten Mal erlebte er sie sprachlos. Fast hatte er Mitleid mit ihr. »Tut mir wirklich leid.«

Ohne ihn eines Blickes zu würdigen, saß sie mit erhobenem Haupt in ihrem Rollstuhl. Widerstandslos ließ sie sich von einem Beamten zum zweiten Streifenwagen schieben.

Karin schaute ihnen nach. »Brauchen wir ein behindertengerechtes Fahrzeug?«

»Sie ist in der Lage, in einen Maserati einzusteigen, und schafft es zu Fuß quer durch die Diele, es wird funktionieren.«

Gero von Aha sprach den zweiten Beamten an, der gerade wieder das Haus verlassen wollte, er möge die Garderobentür öffnen. Von Aha stellte sich frontal davor in Position, um einen möglichen Fluchtversuch der dahinter verborgenen Person im Ansatz vereiteln zu können.

Die Tür öffnete sich lautlos. Zwischen aufgehängten Jacken und Mänteln, Zwirn und Loden erkannte Karin ein verdutztes Gesicht. Sie schob die schweren Bügel auseinander.

Von Ahas Stunde schlug. »Thilo Drechsler, geborener Schreiber, ich nehme Sie fest.«

»Du kannst mir nichts, gar nichts.«

Von Ahas Finger holten den Schlüssel zu den Schreibtischladen zum Vorschein. »Wenn Sie wüssten, was Ihre ältere Schwester alles fein säuberlich aufbewahrt und notiert hat, würden Sie nicht mehr so große Sprüche klopfen. Glauben Sie mir, es wird reichen, Sie zu überführen.«

Der Streifenbeamte legte ihm Handschellen an, er musste an Karin Krafft vorbei, sie schaute ihm ins Gesicht. Und lächelte.

»Wo ist dein Hund?«

»Im Auto.«

»Ich kümmere mich um Woodstock.«

Er nickte stumm.

***

Von Aha begegnete der Frau im Rollstuhl, als sie den Vernehmungsraum verließ. Sie sah ihn mit leerem Blick an.

»Was habe ich falsch gemacht?«

»Dein Umgang mit Geld, deine schroffe Art, den kleinen Bruder nicht zu erwähnen, deine Herzlosigkeit anderen gegenüber, wenn es um deine Interessen ging, deine Menschenverachtung. Das wirkte verstörend auf mich. Aber letztlich überführte dich der Inhalt deiner Schubladen im alten Schreibtisch.«

»Und wenn das alles von Hubertus ist?«

»Das in den Kladden ist deine Handschrift, du hast Einnahmen und Ausgaben notiert, nicht dein Mann. Die Spurensicherung hat ausschließlich deine Fingerabdrücke gefunden. Auch an den Pappschachteln mit den Plastiktütchen.«

Rebecca Castillan machte beim Verhör reinen Tisch. Es war, als habe sie auf den Moment gewartet, um die inneren Qualen der Vergangenheit loswerden zu können.

Freimütig berichtete sie von dem Unfall. Es war ein ausgelassener Ausflug ans Meer gewesen, Hubertus saß auf dem Rückweg angetrunken am Steuer des grünen VW Käfers, ihr kleiner Bruder Thilo lag schlafend in der Hutablage, weil er das so gern mochte. Der Aufprall, die nächtliche Odyssee auf unbefestigten Wegen durch den Reichswald bei Kleve, um den Grenzkontrollen zu entgehen – sie hatten die Tragweite ihres Handelns erst begriffen, als sie am nächsten Morgen den Schaden inspizierten.

»Es klebte Blut am Kotflügel.«

Ein befreundeter Bauer hatte ihnen mit einer Schaufel vor dem Trecker geholfen, das Loch auszuheben, sie hatten ihm gesagt, es sei eine Überraschung für den Vater, dort entstünde das Fundament für ein Gartenhaus. Zugeschüttet hätten sie den Wagen dann selbst.

Doch auch so waren die Folgen erheblich gewesen. Durch den Aufprall und die anschließende Plackerei hatten sich Rebecca Castillans Wirbel verschoben, und da sie nicht zum Arzt gehen durfte, hatten sich ihre Beschwerden manifestiert.

Später, als Hubertus ihr komplettes Geld durchgebracht hatte, war Thilo dann auf die Idee gekommen, mit Drogen zu handeln. Erst zwackte er die beschlagnahmten Bestände in der Asservatenkammer der Polizei an, dann nutzte er Kontakte zur Drogenszene, von denen er durch seine Arbeit erfuhr. Da er bei einer Eheschließung – das Glück hielt ganze zwei Jahre – den Namen der Frau angenommen hatte, blieb die Verbindung zu Rebecca lange Zeit im Dunkeln. Hubertus waren die Geschäfte nicht recht, er distanzierte sich, überließ Rebecca die Schmutzarbeit. Sie war über so viel Schwächlichkeit entsetzt, am Ende verachtete sie ihren Ehemann dafür.

Thilo war da anders gestrickt. Wenn Hubertus, von Skrupeln geplagt, alles aufgeben wollte, machte er von einem schlagkräftigen Argument Gebrauch, erinnerte ihn an den verbuddelten Käfer und den vertuschten Unfalltod. Und Hubertus Castillan schwieg.

EPILOG

Karin Krafft sah keine Chance, für den Bouvier eine andere Bleibe zu finden. Woodstock erkannte Maarten bedingungslos als Alphatier an, sobald er ihn erblickte, und Hannah schloss den Hund ins Herz, als er vor ihr hockte und Pfötchen gab. Karins Bedingung war, dass der Polizeihund zum Autofahren einen anständig gesicherten Platz in einer Transportkiste im Kofferraum bekam, damit er ihr nie wieder während der Fahrt die Schulter vollsabbern konnte.

Thilo Drechsler wurde zu mehreren Jahren Haft verurteilt. Man konnte ihm sogar den Tod von Friederike Wallenboom anlasten, da bei einer Hausdurchsuchung die billige Warnweste gefunden wurde, aus der ein Stück Stoff herausgerissen war. An der Schadstelle befand sich DNA der Toten, verglichen werden konnten die Spuren mit Proben von den technischen Geräten, die Walter Gesthuysen aus ihrer Wohnung einfach mitgenommen hatte. Drechsler schrieb Karin, der Hund sei bei ihr gut aufgehoben, er würde jegliche zukünftigen Ansprüche abtreten. Sie würde nie wieder von ihm hören.

Rebecca und Hubertus Castillan hatten getrennt voneinander ihren Frieden gefunden und akzeptierten ihre Strafen. Sie wirkten von einer großen Last befreit. Zur Tilgung ihrer Schulden wurde Rosenhof versteigert, die Ära Castillan ging unwiderruflich zu Ende, als das Namensschild am Pfeiler des Tores vor der Einfahrt abgeschraubt wurde.

Die Herren der O.P.A.-Initiative freuten sich über einen Neuzugang. Luis Kreidler stieß zu ihnen, immer noch enttäuscht von seinem verpatzten Auftritt bei der Matinee. Niemand hatte ihn bemerkt, wie er in Anzug und Krawatte mit einer feuerrot blühenden Rosenpflanze im Blumentopf dastand und auf die Preisverleihung für seine geheim gehaltene Neuzüchtung, die Teehybride »Edda Kreidleri«, wartete. Durch den Polizeieinsatz konnte der beauftragte Preisrichter nicht zu ihm vordringen, und die Presse hatte nur noch Castillans gesellschaftlichen Absturz im Visier gehabt.

Die neuen Eigentümer von Rosenhof würden einen Hausgärtner einstellen, und so gesellte Kreidler sich zu den nimmermüden Rentnern. Fortan boten die agilen Männer auch Gartenpflege und Balkonbepflanzung für Senioren an.

Walter Gesthuysen war erstaunt über die Resonanz auf sein Online-Inserat. Anfragen aus aller Welt erreichten ihn, man bot Höchstpreise für einzelne VW-Käfer-Ersatzteile an. Die Nachricht der offiziellen Entsorgung des Fahrzeugs traf ihn sehr, da bereits lukrative Erträge in Aussicht standen.

Am Sonntag nach dem Einsatz fuhr Gero von Aha in dem Maserati bis nach München, besuchte anschließend einen alten Freund in Göttingen und raste in der Nacht zurück. Um acht stand er mit dem Wagen vor dem Autohaus. Der Kommissar benötigte einen Kleinkredit, um das Minus auf seinem Konto zu löschen, als die Spesenstelle der Polizei bei der angefragten Bezahlung abwinkte.

Wann immer er an das Fahrvergnügen denkt, lächelt er.

Nachwort

Am Anfang war das wahre Leben. Es kann die schönsten Geschichten schreiben. Wir entdeckten eine unscheinbare Zeitungsmeldung, in der beschrieben wurde, dass ein vergrabener uralter VW Käfer entdeckt worden war. Tatsächlich war das Fahrzeug nach einem tödlichen Unfall nahe der niederländisch-deutschen Grenze entsorgt worden, um Spuren zu verwischen. Jahrzehnte später wurde es nach Erdarbeiten entdeckt, verrottet, zerfressen und doch noch Spuren bergend für eine nachträgliche Tatuntersuchung. Kann man so etwas erfinden? Der bemerkenswerte Fall ließ unsere Phantasie galoppieren. Wir nutzten ihn als reale Basis für die fiktive Handlung unseres neuen Kriminalromans vom Niederrhein. Es hat Spaß gemacht, die Geschichte zu entwickeln. Und viel Arbeit.

Ohne Unterstützer gelingt es nicht, einen guten Roman zu schreiben. Deshalb bedanken wir uns bei Eva und Martin für ihre Geduld, ihren Zuspruch, ihr Wissen, bei Dr. Christel Steinmetz und Hilla Czinczoll für ihre hilfreiche Begleitung.

Wir danken auch unseren vielen treuen Lesern, die immer wieder gefragt haben, wann denn der neue Niederrhein Krimi herauskommt, die uns bestärkt und die so zahlreich das Gespräch bei unseren Lesungen gesucht haben.

Schon allein deshalb lohnt es sich, mit dem nächsten Buch anzufangen. Also: Auf geht's.

Thomas Hesse und Renate Wirth

Thomas Hesse/Renate Wirth
DIE ELSTER
Broschur, 224 Seiten
ISBN 978-3-89705-629-9

›Eine niederrheinische Familiensaga der besonderen Art.«
Rheinische Post

»Die Szenen sind für Niederrheiner deshalb so interessant, weil sie
an realen Orten spielen und das Kopfkino beim Leser so automatisch
Unterstützung bekommt.« NRZ Wesel

www.emons-verlag.de

Thomas Hesse/Renate Wirth
DIE EULE
Broschur, 256 Seiten
ISBN 978-3-89705-769-2

»Die Verwicklungen setzen sich in bester Thriller-Manier am Ende komplett zu einer Geschichte zusammen. Besonders eindringlich ist die Darstellung der Figuren gelungen, ihre jeweilige Farbe, ihre eigene (Sprach-)Melodie, ihr Witz. Gut, dass kluger Humor und Herz dabei sein dürfen.« Rheinische Post

»Humorvolle und spannende Handlung!« Niederrhein Nachrichten

www.emons-verlag.de

Thomas Hesse/Renate Wirth
EULENBLUES
Broschur, 272 Seiten
ISBN 978-3-89705-930-6

»Renate Wirth und Thomas Hesse, das Krimiduo von beiden Seiten des Rheins, weiß, wie man im Team Spannung erzeugt.« NRZ

»Mit farbig ausgemalten Szenen, Humor und schrägen Späßen vermag das Duo zu punkten. Mit sicherem Blick werden menschliche Missgeschicke aufgespürt.« Rheinische Post

www.emons-verlag.de

Thomas Hesse/Renate Wirth
DIE SPINNE
Broschur, 320 Seiten
ISBN 978-3-95451-152-5

»Eine hintergründige Geschichte mit überraschenden Wendungen.«
Rheinische Post

www.emons-verlag.de